Ursula Neeb

Der Hölle Zorn

Über die Autorin:
Ursula Neeb wurde 1957 in Bad Nauheim geboren und studierte Geschichte, Kulturwissenschaft und Sozialpsychologie in Frankfurt am Main. Aus der Idee für ihre Doktorarbeit über verfemte Berufe im Mittelalter entstand ihr erster Roman. Nachdem Ursula Neeb viele Jahre für das Deutsche Filmmuseum und für die Frankfurter Allgemeine Zeitung tätig war, lebt sie seit 2005 als freie Autorin im Taunus und veröffentlichte bereits zahlreiche historische Kriminalromane in renommierten Verlagen. Ihre Faszination mit menschlichen Abgründen und Alfred-Hitchcock-Klassikern inspirierte sie zu ihrem Roman *Der Hölle Zorn*.

Ursula Neeb

Der Hölle Zorn

Roman

dotbooks.

Druckausgabe 2019

Copyright © der Originalausgabe 2019 dotbooks GmbH, München
Alle Rechte vorbehalten. Das Werk darf – auch teilweise – nur mit
Genehmigung des Verlages wiedergegeben werden.
Redaktion: Ralf Reiter
Umschlaggestaltung: Nele Schütz Design, München, unter Verwendung
von Bildmotiven von shutterstock/TTstudio, ilolab, faestock und
Valery Sydelnykov
Printed in the EU

ISBN 978-3-96148-548-2

»Es war, wie wenn nicht ein Mensch das getan hätte,
sondern ein teuflischer Götze, ein *Juggernaut*, der
mit seinen Wagenrädern über Menschenleiber
dahinfährt.«
Robert Louis Stevenson, *The Strange Case of Dr. Jekyll
and Mr. Hyde*, London 1886

***

»Kein Himmel kann je wüten wie Liebe, die zu Hass
geworden,
noch keine Hölle rasen verschmähten Frauen gleich.«
William Congreve, *The Mourning Bride*, III, 8,
London 1697

Prolog

Als die Kutsche an diesem trüben, regnerischen Novemberabend über die belebte Westminster-Brücke fuhr, gewahrte Sir John auf der anderen Uferseite, inmitten der Rauchwolken zahlloser Fabrikschlote, das weitläufige Gebäude des Londoner Irrenhauses. Vor einigen Jahren hatte er im Rahmen der Royal Society an einer Führung durch die Anstalt teilgenommen, die der Chefarzt Professor Hood für die Mitglieder veranstaltet hatte. Obgleich Sir John ein Mann der Wissenschaft war, und Professor Hood es trefflich verstanden hatte, die Zuhörer mit anschaulichen Erläuterungen in seinen Bann zu ziehen, hatte es ihn doch gegruselt, als sie durch den Trakt der unheilbaren Fälle geführt wurden. So erging es ihm auch jetzt, als die Kutsche vor der Hauptfront des mehr als 200 Meter langen Gebäudes, das eine der größten und ältesten Nervenkliniken der Welt beherbergte, vorfuhr.

»Es kann etwas dauern, Thomas«, beschied Sir John den Kutscher. »Ich habe mit dem Leiter der Anstalt eine Unterredung zu führen.«

»Ist recht, Sir«, entgegnete Thomas und bemühte sich, seine Betretenheit angesichts der schlechten Verfassung seines Herrn nicht zu offenkundig werden zu lassen. *Das Aas*, wie er Lady Wilson im Stillen zu nennen pflegte, *setzt ihm ganz schön zu.* Was ja auch kein Wunder war, denn alle Hausangestellten – er selbst nicht ausgenommen – waren schockiert über Lady Wilsons Gebaren. *Die hat doch nicht alle Tassen im Schrank,* wurde hinter vorgehaltener Hand gemunkelt – und das war wahrscheinlich

9

auch der Grund für Sir John Wilsons Gespräch mit dem Irrenarzt.

Als Sir John über den weiß gekiesten Weg dem Haupteingang zustrebte, kam ihm aus dem Pförtnerhäuschen der Türhüter entgegen und erkundigte sich dienstbeflissen nach dem Grund seines Besuchs.

»Ich bin Professor Wilson und wünsche Professor Hood, der ein guter Freund von mir ist, in einer dringlichen Angelegenheit zu sprechen«, ließ ihn der Gynäkologe mit einiger Herablassung wissen.

»Sehr wohl, Sir, ich werde Professor Hood gleich verständigen«, erwiderte der Bedienstete devot. »Vorab möchte ich Sie aber bitten, sich in unser Besucherbuch einzutragen, das ist bei uns so Vorschrift ...«

Sir John zog ungehalten die Brauen in die Höhe. »Mein Besuch ist rein privater Natur, von daher erübrigt sich ein derartiges Prozedere.«

Der Pförtner blinzelte verunsichert. »Da muss ich erst den Herrn Professor fragen ...«

»Darum möchte ich doch sehr bitten«, erwiderte Sir John und musterte den Dienstmann indigniert. Dieser holte aus der Pförtnerloge einen riesigen Schlüsselbund und bat den Besucher, ihm zu folgen. Sie stiegen eine breite Marmortreppe hinauf zum Eingangsbereich, der im griechischen Stil gestaltet war und von acht korinthischen Säulen umgeben wurde. Der Pförtner entriegelte das imposante zweiflügelige Portal und führte Sir John in eine geräumige Vorhalle, in deren Zentrum sich eine Marmorskulptur befand, die den rasenden und melancholischen Wahnsinn darstellte, wie Sir John sich sogleich erinnerte. Vor allem der Anblick des rasenden Wahnsinns hatte ihn seinerzeit mit Grauen erfüllt, und er musste unwillkürlich an Lilli denken, die wohlverwahrt hinter verschlossenen Türen in narkotischem Schlaf lag. *Hoffentlich*, dachte er inständig und stakste auf weichen Knien hinter dem Pförtner her, der ihn zu einem Empfangszimmer geleitete und ihn aufforderte, Platz zu nehmen.

Da es Sir John wenig behagte, sich zu den drei Wartenden zu gesellen, die mit sorgenvollen Mienen über die Leiden ihrer Angehörigen sprachen, lüftete er vor der offenen Tür nur höflich seinen Zylinder und zog es vor, in der Halle zu warten.

Nachdem seine Geduld erheblich auf die Probe gestellt worden war und die anderen Besucher nacheinander von weiß gewandeten Pflegern aufgerufen worden waren, kam ihm in der marmornen Wandelhalle endlich der Anstaltsleiter entgegen und entschuldigte sich für seine Verspätung mit der Erklärung, er habe noch ein Gespräch mit einem Patienten gehabt.

Sir John war bekannt, dass der renommierte Psychiater genauso mit seiner Arbeit verheiratet war wie er – obgleich Hood im Gegensatz zu ihm bei aller Betriebsamkeit noch Zeit gefunden hatte, sechs Kinder in die Welt zu setzen –, also nahm er ihm die Verspätung nicht übel. Als der beleibte Mann mit den gewellten, grau melierten Haaren und dem Vollbart ihn zur Begrüßung umarmte, musste er schwer an sich halten, um an der Brust des Gemütsmenschen, welcher Professor Hood zweifellos war, nicht loszuheulen wie ein Pennäler. Was er jedoch wenig später, als sie einander in Hoods Arbeitszimmer gegenübersaßen, unweigerlich tat, als dieser ihn fragte, wo ihn der Schuh drücke.

Professor Hood war sichtlich erschüttert, den zu Arroganz neigenden Professor der Gynäkologie derart fassungslos zu erleben, und tat unwillkürlich das, was er bei weinenden Kindern und Patienten stets zu tun pflegte: Er legte Sir John besänftigend den Arm um die Schultern und reichte ihm ein Taschentuch.

Auch wenn sich Sir John für den Gefühlsausbruch schämte, obsiegte doch seine heillose Verzweiflung. Seit Lillis Geständnis herrschte in seinem Innern das absolute Chaos, nichts war mehr, wie es gewesen war – und das würde für immer so bleiben. Obwohl es ihm ein brennendes Bedürfnis war, dem erfahrenen Kenner der menschlichen Seele sein Herz auszuschütten, musste er sich doch diesen Wunsch versagen, da es die Umstände geboten, mit Lillis schrecklichem Geheimnis allein zurande zu kommen.

»Ich brauche« deinen fachlichen Rat«, presste Sir John hervor und rang um Haltung, als er den Psychiater mit von Tränen geröteten Augen anblickte und ihn mit aller Eindringlichkeit bat, über die Angelegenheit strengstes Stillschweigen zu bewahren.

»Das versteht sich doch von selbst, erst recht, da es sich, wie du eben angedeutet hast, um eine Konsultation handelt«, sicherte ihm Professor Hood zu und betrachtete John, dessen Gesichtszüge vor Erregung bebten, ernst.

»Verzeih mir, wenn ich mich etwas kryptisch ausdrücke, aber es geht leider nicht anders.« John seufzte gequält. »Ich möchte auch keinen Namen nennen, aber es geht um jemanden, der im höchsten Maße geisteskrank ist, dabei aber so normal wirkt wie du und ich …«

»Das sind die Gefährlichsten«, äußerte der Psychiater. »Von dieser Gattung haben wir einige in unserer Kriminalabteilung.«

Sir John nickte betroffen. »Es handelt sich um eine Person, die völlig unberechenbar ist, die äußerst impulsiv und gewalttätig sein kann und daher eine große Gefahr für ihre Umwelt darstellt. Wie sollte man so einen Menschen am besten verwahren, ohne dass er Unheil anrichten kann?«

»Am besten natürlich, indem du ihn in unsere Anstalt einweist, denn wir verfügen über die besten Fachkräfte und Behandlungsmethoden für Geistesirre, selbst die unheilbaren und schwierigen Fälle werden bei uns optimal versorgt.«

»Davon bin ich überzeugt, mein lieber Reginald, aber das wird aus … Gründen der Diskretion leider nicht möglich sein.«

»Du machst mich neugierig«, brach es aus dem Psychiater heraus. »Sag bloß nicht, dass es jemanden aus der königlichen Familie betrifft?«

»Nein, es ist nicht der Duke of Clarence, falls du an ihn gedacht hast. Aber der Fall ist ähnlich heikel. Sagen wir mal, dass es sich um eine Patientin von mir handelt, die dem Adel angehört und daher größten Wert auf Diskretion legt. Ihre … Geisteskrankheit darf keinesfalls ruchbar werden. Sie soll auf dem Landsitz ihrer Familie gepflegt werden, und die Angehörigen baten mich um Rat, was ihre Verwahrung anbetrifft.«

Professor Hood glaubte ihm kein Wort. Da die Angelegenheit Sir John offensichtlich so naheging, musste es sich um einen Menschen aus seinem direkten Umfeld handeln – am Ende gar um seine Gattin, die der Psychiater auf Johns Bitte hin vor einigen Jahren einer Konsultation unterzogen hatte. Lady Wilson, die selbst unfruchtbar war, litt an einer an Hysterie grenzenden Abneigung gegen Schwangere – was für Sir John als namhaften Geburtshelfer, in dessen Praxis ständig Schwangere ein- und ausgingen, geradezu ruinös war. Hood erinnerte sich noch lebhaft an das Gespräch mit Lady Wilson, die sich als absolut therapieresistent erwiesen hatte. Alle Versuche, mit ihr über die Verhaltensauffälligkeit zu sprechen, waren an ihr abgeprallt wie an einem Eisenpanzer. Äußerst eloquent und gewieft – sie sprach unheimlich schnell, ohne Luft zu holen –, hatte sie ihn nach einer Stunde derart verwirrt, dass er das Gefühl hatte, er sei der Patient und nicht sie. Sie hatte ihn regelrecht erdrosselt mit ihrem Charme und ihrer schier atemberaubenden Überzeugungskraft, die keinen Zweifel aufkommen ließ, dass sie ganz und gar bei Sinnen war.

Dennoch hütete sich Professor Hood nun, diese Mutmaßung offen auszusprechen, um seinen Freund, der ohnehin schon das reinste Nervenbündel war, nicht zu kompromittieren.

»Nun, im Bethlem Royal Hospital sind wir seit einiger Zeit mit großem Erfolg dazu übergegangen, das Zwangssystem weitestgehend abzuschaffen. Vergitterte Fenster, Zwangsjacken und gepolsterte Zimmer verwenden wir nur noch vereinzelt bei den unheilbaren Fällen und natürlich in der Kriminalabteilung«, erläuterte der Psychiater. »Der mechanische Zwang findet nur im äußersten Notfall, bei Selbst- oder Fremdgefährdung noch Anwendung.«

Sir John hatte ihm angespannt zugehört. »Das scheint jedoch in besagtem Fall vorzuliegen.«

»Nun, dann werden die Angehörigen nicht umhinkönnen, insbesondere bei Gewaltausbrüchen der Tobsüchtigen eine Zwangsjacke anzulegen und sie in einem gepolsterten Zimmer zu verwahren. Wobei die Wattierung aus besonders festem Gummi bestehen sollte, da Rasende dazu neigen, die Polsterung herunterzureißen, um sich an den harten Wänden den Schädel einzuschlagen. Wenn du möchtest, kann ich dir im Flügel der Unheilbaren eine solche Gummizelle zeigen und auch andere, veraltete Zwangsmaßnahmen, wie Ledermanschetten, mit denen Tobsüchtige ans Bett gefesselt werden, oder eben jene Segeltuchjacken, die Gewalttätige bewegungsunfähig machen. Meine Vorgänger hielten sie bei der Behandlung von Geisteskranken für unumgänglich«, erklärte Professor Hood stirnrunzelnd. »Sie erachteten die Prügelstrafe und den Zwang als beste Kur für widerspenstige Kranke. Die Nahrung sollte dürftig sein, die Kleidung grob, das Bett hart und die Behandlung streng und unnachgiebig. Wer nicht parierte, der kam ins Schwarze Loch.«

Fast wäre Sir John bei Letzterem ein zustimmendes »Jawohl!« herausgerutscht, da er der Überzeugung war, das sei der richtige Ort für ein Ungeheuer wie Lilli, doch er beschränkte sich auf ein eifriges Nicken.

»Eine zeitweilige einsame Absperrung kann mitunter tatsächlich einen beruhigenden Einfluss auf Rasende ausüben«, fuhr der Psychiater fort. »Aber dann nur in Zusammenhang mit einem warmen Bad und beruhigenden Medikamenten, die dem Patienten zuvor verabreicht wurden.«

»Gehe ich recht in der Annahme, dass es sich dabei vor allem um bromhaltige Medikamente handelt?«, warf Sir John ein.

»In der Hauptsache Kaliumbromid«, bestätigte der Anstaltsleiter. »In entsprechend hoher Dosierung können wir damit den Patienten in einen künstlichen Winterschlaf versetzen, was zuweilen sehr heilsam für den Kranken und entlastend für unser Pflegepersonal ist. Es ermöglicht uns weitestgehend, auf den mechanischen Zwang zu verzichten.«

Professor Hood erhob sich und bot dem Freund an, ihm auf der Station der Unheilbaren die besagten Anschauungsobjekte zu zeigen. Sir John folgte dem Psychiater hinaus auf einen langen Flur, auf dem sich etwa zwanzig Kranke in hellgrauer Anstaltskleidung aufhielten. In der Mitte des Gangs befand sich ein großer Vogelbauer aus Messing, in dem prachtvolle Ringeltauben gehalten wurden. Sir John fiel auf, dass manche Patienten unablässig auf und ab gingen oder an die Wand gelehnt herumstanden und vor sich hin starrten. Nur die wenigsten unterhielten sich miteinander, die überwiegende Mehrheit verharrte in Schweigen und schien in ihrer eigenen Welt gefangen. Als die Kranken jedoch Professor Hood gewahrten, stürmten einige zu ihm hin, drückten ihm begeistert die Hand oder umarmten ihn. Es war augenscheinlich, dass sie ihn liebten. Der Professor lächelte milde und strich ihnen väterlich über die Köpfe.

»Ich habe nur äußerst selten erlebt, dass unsere Patienten das in sie gesetzte Vertrauen missbrauchen. Man muss sie nur behandeln wie Menschen und nicht wie Gefangene. Wenn es uns gelingt, einen Patienten zu klarem Bewusstsein zu bringen und ihm begreiflich zu machen, dass es von großer Bedeutung ist, sein Ehrenwort zu halten, so haben wir seinen geistigen Zustand bedeutend verbessert, denn die Wiederbelebung der Selbstachtung ist das erste untrügliche Zeichen einer Genesung«, wandte er sich an Sir Wilson und wies stolz auf die gitterlosen Fensterscheiben. »Im ganzen Jahr wurden nicht mehr als fünf Scheiben zertrümmert!«

»Alle Achtung«, pflichtete John ihm bei. »Doch du erwähntest vorhin, dass Fenstergitter in gewissen Abteilungen unverzichtbar seien?«

»Ja, im Patiententrakt der unheilbaren Fälle und in der Kriminalabteilung müssen wir bedauerlicherweise auf vergitterten Fenstern und verschlossenen Türen bestehen. Wenn du möchtest, gehen wir jetzt dorthin.«

Professor Hood entriegelte am Ende des Flurs eine Gittertür und trat mit John auf einen kleinen Hof, der von drei Gebäuden mit Säulengängen umgeben war. Der Professor ging auf die gepanzerte Tür des angrenzenden Flügels zu.

»Momentan befinden sich hier zehn Patienten.«

»Sind sie etwa auch … *gemeingefährlich*?«, fragte Sir John mit belegter Stimme.

»Keine Angst, mein Lieber, sie sind alle noch recht harmlos, wenn man von gelegentlichen Gewaltausbrüchen einmal absieht«, erklärte der Psychiater beschwichtigend. »Die wirklich gefährlichen Patienten befinden sich in der Kriminalabteilung, die wir zum Schluss auch noch aufsuchen werden.«

Dennoch stockte Sir John der Atem, als sie gleich darauf die Abteilung betraten, wo ihnen ein junger Patient im Sturmschritt entgegenkam und sie mit irrem, gehetztem Blick fragte, ob sie vom Home Office seien. Umgehend spurtete ein baumlanger Krankenwärter über den Flur, packte den jungen Mann am Arm und führte ihn weg.

»Der hat wieder einen Schub, Herr Professor«, meldete er.

»Ein hochintelligenter Cambridge-Student«, erklärte Hood seinem Begleiter, »der in einem Anfall von Paranoia versucht hat, mit einem Obstmesser seinen Zimmergenossen zu erstechen, weil er sich einbildete, der würde ihn im Auftrag des Innenministeriums ausspionieren. Gott sei Dank verletzte er ihn nur oberflächlich, sonst würde er jetzt in der Kriminalabteilung sitzen.«

Der Professor führte seinen Gast zu einem schwach erleuchteten Gewölbe am Ende des Flurs, das vom Fußboden bis zur Decke vollständig mit Gummi ausgepolstert war. In der Zelle befand sich keinerlei Mobiliar, mit Ausnahme einer Liege, die ebenso überpolstert war wie der Rest des Raums. Der Anstaltsleiter boxte demonstrativ gegen die Wand, was ein dumpfes Geräusch verursachte.

»Der Überzug ist ein äußerst stabiles Gummifabrikat und so zäh, dass es mit bloßen Händen nicht zu zerreißen ist.«

Auf dem Boden neben dem Bett lag eine Zwangsjacke. Der Professor demonstrierte, wie sie angewendet wurde.

»Wo kann man so etwas erstehen?«, erkundigte sich Sir John.

»In einer Segeltuchfabrik in der Nähe des Hafens, ich kann dir nachher die Adresse aufschreiben«, erbot sich der Psychiater. »Aber Vorsicht bei der Handhabung, man darf den Patienten nicht zu fest verschnüren. In der Vergangenheit hat es schon Todesfälle gegeben, weil die Kranken so eingeschnürt waren, dass sie nicht mehr atmen konnten.«

Im Anschluss traten die beiden Männer durch eine wuchtige Eisentür und stiegen in das Kellergewölbe hinab zur Kriminalabteilung.

»Hinter diesen dicken, ausbruchsicheren Mauern verwahren wir die wirklich gefährlichen Patienten«, sagte Hood und betätigte die Schelle an der gepanzerten Eingangstür. »Hier haben wir wahnsinnige Mörder und Gewaltverbrecher. Auch jener Laufbursche aus Oxford, der vor geraumer Zeit während einer Parade eine Pistole auf Queen Victoria abfeuerte, wird hier verwahrt.«

Gleich darauf waren hinter der Tür Schritte zu vernehmen, das Guckloch verdunkelte sich, und mit lautem Knirschen wurde von innen das Schloss entriegelt.

Ein kahlköpfiger Hüne mit prallem Bizeps unter der weißen Krankenwärterkleidung öffnete ihnen das Portal und begrüßte seinen Vorgesetzten höflich.

»Wir möchten gerne einen Blick in die Zellen werfen. Mein Freund, Professor Wilson, interessiert sich für die sachgerechte Unterbringung unserer Patienten«, informierte der Anstaltsleiter den Wärter, an dessen Gürtel ein schwerer Schlüsselbund angebracht war. »Hier ist alles wie in einem Gefängnis, und wir legen Wert darauf, dass die Patienten in sicherem Gewahrsam sind. Darum wird uns Charles, seines Zeichens Oberaufseher in der Männerabteilung, auch die Zellentüren aufsperren«, erklärte Professor Hood dem Besucher.

Sir Johns Blicke fielen auf die baumlangen Wärter, die vor jeder Zellentür postiert waren, und er fühlte sich in der Nähe der wehrhaften Männer ein Stück weit sicherer.

Der Psychiater, der seinem Blick gefolgt war, bemerkte lächelnd: »Sie bewachen hier Mörder und Totschläger, da bedarf es schon einiger Durchschlagskraft.«

»Zu wem darf ich die Herren denn bringen?«, fragte der Oberaufseher.

Hood sah Sir John fragend an, der kurz überlegte. »Mich interessiert insbesondere, wie der gefährlichste Geisteskranke von allen hier so sicher verwahrt wird, dass er keiner Fliege mehr etwas zuleide tun kann«, gab er schließlich zur Antwort.

»Dann müssen wir rüber in die Frauenabteilung«, beschied ihn der Psychiater. »Der gefährlichste Kranke, den wir in unserer Anstalt haben, ist nämlich eine Frau.«

»Hier befinden sich zurzeit zweiundzwanzig Patientinnen«, erläuterte Professor Hood, nachdem ihnen eine stattliche Matrone mit gestärkter weißer Haube die Panzertür geöffnet hatte. »Es sind allesamt Mörderinnen und Gewalttäterinnen, die größtenteils schon seit langer Zeit in unserer Kriminalabteilung untergebracht sind. Ada Miller, die ich dir gleich vorstellen werde, ist schon seit dreißig Jahren bei uns. Sie war die frühere Amme des Prinzen von Wales und hat in einem Anfall von Wahnsinn ihren sechs Kindern einem nach dem anderen den Hals durchgeschnitten. Der Fall war seinerzeit ein Riesenskandal in der Presse, du erinnerst dich vielleicht?«

Sir John nickte beklommen. »*Die Blut-Amme von Soho*«, murmelte er. »Die mit unglaublicher Kaltschnäuzigkeit ihre sechs Kinder abgeschlachtet hat.«

»Sie war gerade in der Küche beim Plätzchenbacken, als die Polizei gewaltsam in ihre Wohnung eindrang. In den Kinderzimmern lagen ihre hingemetzelten Kinder in riesigen Blutlachen. Als man Ada mit den Morden konfrontierte, erklärte sie nur, die Kinder seien ihr lästig geworden. Sie hätten sie regelrecht ausgesaugt und ständig etwas von ihr gewollt, das sei ihr eben zu viel geworden. Bevor sie in Handschellen gelegt wurde, bot sie den Polizisten frischgebackene Plätzchen an«, sagte der Psychiater mit ernster Miene. »Diese atemberaubende Kaltherzigkeit und das Fehlen jeglichen Schuldgefühls zogen sich durch den gesamten Prozess und sind Ada bis heute erhalten geblieben. Sie wirkt vollkommen ruhig und ausgeglichen, aber ich kann dich nur warnen: Hinter der Maske der Normalität verbirgt sich der schlimmste Berserker, der mir je untergekommen ist. Vor zwei Jahren hat sie einer Mit-Patientin nach einer Bridge-Partie, die sie verloren hatte, den Stiel eines Teelöffels ins Auge gerammt. Das Auge war nicht mehr zu retten, seitdem wird Ada rund um die Uhr von einem eigens für sie abgestellten Pfleger bewacht.«

Sir John wurde von einem heftigen Beben erfasst. Das, was Professor Hood da über die Kindermörderin berichtete, traf auch auf Lilli zu. Die gleiche Kaltschnäuzigkeit und das Nichtvorhandensein von Schuldgefühl – diese weiblichen Bestien schienen aus dem gleichen Holz geschnitzt zu sein.

»Was versetzt dich und dein Pflegepersonal überhaupt in die Lage, mit einem solchen Ungeheuer umgehen zu können?«, presste er hervor. »Denn jeden gesund empfindenden Menschen graust es doch vor so einem Scheusal.« Ihm waren vor Abscheu die Tränen in die Augen getreten.

Der Psychiater musterte ihn betroffen. »Es ist gewiss nicht leicht, aber im Umgang mit *Unmenschen* gibt es nur eine Devise:

Man muss sie mit kaltem Chirurgenblick Schicht für Schicht sezieren. Dabei muss man sich ihre arktische Gefühlskälte zu eigen machen, um sie zu verstehen – doch wir Warmblütler sind diesen Reptilien gottlob überlegen. Wir können diese Emotionslosigkeit nämlich ablegen – sie dagegen nie. Sie sind vermutlich schon damit geboren worden, und das Schlimme ist, man merkt es ihnen zumeist gar nicht an. Höchstens gelegentlich, wenn die Maske der Normalität durch aggressive Wutanfälle Risse bekommt und der Berserker hindurchschimmert.«

»Wie recht du hast …«, krächzte Sir John und kämpfte verbissen dagegen an, erneut die Fassung zu verlieren.

»Da wären wir«, verkündete der Psychiater, als sie vor einer verriegelten Eisentür angekommen waren, vor der ein muskulöser, baumlanger Krankenwärter Wache hielt.

Der Chefarzt begrüßte den jungen Mann und stellte ihn als Mathew Morgan vor, einen seiner besten Leute.

»Seit Pfleger Mathew Ada betreut, hat es keinen einzigen Übergriff mehr gegeben. Ada frisst ihm förmlich aus der Hand, strickt Socken und Schals für ihn, und zuweilen spielen sie sogar eine Partie Bridge miteinander.«

»Dabei achte ich aber peinlichst darauf, dass keine harten Gegenstände herumliegen, mit denen sie mich attackieren könnte, wenn sie am Verlieren ist. Sie weiß auch genau, was ihr blüht, wenn sie wieder ihre berüchtigten Wutanfälle bekommt – nämlich Zwangsjacke und Winterschlaf, da fackle ich nicht lange«, bemerkte der Hüne mit der Statur eines Totschlägers abgeklärt.

Sir John war beeindruckt von der Resolutheit des Irrenhauswärters. *Der wäre genau der Richtige für Lilli*, ging es ihm durch den Sinn. Professor Hood erkundigte sich bei dem Pfleger nach Adas Befinden.

»Sie trinkt Tee, strickt und liest in der Bibel«, gab dieser zur Antwort.

»Ich möchte sie gerne mit Professor Wilson bekannt machen. Meinen Sie, das ließe sich machen?«

Der Hüne nickte. »Da sehe ich kein Problem, aber sie hat vorhin ihre Medizin bekommen, weil bald Nachtruhe ist, und da könnte sie schon etwas schläfrig sein.«

»Umso besser«, entgegnete der Psychiater. »Wir werden sie auch nicht lange behelligen.«

Der Pfleger entriegelte das Schloss und rief durch den Türspalt: »Besuch für dich, Ada! Professor Hood und sein Begleiter möchten dir einen guten Abend wünschen.« Er ließ die beiden in die Zelle treten, schloss von innen die Tür ab und bezog dort Stellung.

Sir John bekam unwillkürlich eine Gänsehaut, als er die alte Dame im Lehnstuhl sah, die ihr Strickzeug weglegte und ihnen freundlich zulächelte. Mit den silbergrauen Haaren, die sorgfältig zu einem Knoten hochgesteckt waren, den Grübchen auf den rosigen Wangen und den blauen Augen sah sie aus wie eine liebenswerte Großmutter, der eine unwissende Mutter jederzeit ihr Kind anvertrauen würde. Nachdem Professor Hood einige Bonmots mit ihr gewechselt hatte, die sie mit reizendem, glockenhellem Lachen quittierte, äußerte sie bedauernd, dass der Professor gar nicht mehr zum Bridge-Spielen vorbeikäme.

»Das liegt daran, weil Sie einfach nicht verlieren können, meine Liebe«, erwiderte der Anstaltsleiter mit vielsagendem Lächeln.

»Dann lassen Sie mich eben gewinnen«, entgegnete die Kindermörderin verschmitzt und erkundigte sich im gleichen Atemzug, ob seine Frau und die Kinder wohlauf seien.

»Danke der Nachfrage«, erklärte der Psychiater und konnte bei aller Professionalität nicht verhindern, dass seine Stimme bebte.

Sir John, der während der ganzen Zeit, die sie in der Zelle der Kindsmörderin zubrachten, das Gefühl hatte, ein Eisenpanzer laste auf seiner Brust und schnüre ihm den Atem ab, wurde plötzlich von heftigen Panikattacken erfasst. Unversehens spürte er einen stechenden Schmerz in der Herzgegend und ihm schwanden die Sinne ...

Benommen öffnete Sir John die Augen und blickte in das besorgte Gesicht des Anstaltsleiters, der neben seiner Krankenliege saß.

»Was ist passiert?«, fragte er irritiert und gewahrte, dass sie sich im Arbeitszimmer des Psychiaters befanden.

»Du bist ohnmächtig geworden«, erklärte Professor Hood. »Zuerst dachte ich, du hättest einen Herzanfall. Doch als ich dich genauer untersuchte, stellte ich zu meiner großen Erleichterung fest, dass es nur ein Schwächeanfall war – hervorgerufen durch heillose Aufregung. Dein Herz raste, und der Blutdruck ging förmlich durch die Decke. Ich spritzte dir ein leichtes Sedativum, und allmählich beruhigtest du dich wieder.«

Sir John musste sogleich an Lilli denken und richtete sich alarmiert auf. »Wie lange ist das her?«

»Eine gute Stunde etwa.« Der Psychiater musterte Sir John ernst. »John, ich will dir nicht zu nahe treten, aber du musst etwas ganz Fürchterliches erlebt haben. Willst du dich mir nicht anvertrauen? Es würde dir mit Sicherheit guttun, dich bei einem anderen Menschen auszusprechen, und ich versichere dir, alles, was du mir sagst, untersteht der strengsten ärztlichen Schweigepflicht. Darauf kannst du dich verlassen.«

»Gibst du mir dein Ehrenwort?«, fragte Sir John mit belegter Stimme.

»Ich gebe dir mein Ehrenwort«, erwiderte Hood und bekräftigte sein Gelöbnis mit einem festen Händedruck.

Sir John musste schwer mit sich ringen, bis er die Worte über die Lippen brachte. »Es … es geht um meine Frau.« Seine Stimme war nicht mehr als ein Krächzen.

»Das dachte ich mir schon, mein Guter.« Der Psychiater ergriff eine Cognacflasche vom Beistelltisch, schenkte zwei Gläser voll und reichte eines an John weiter. »Nur Mut!«, ermunterte er den Freund beim Zuprosten und nahm einen tiefen Schluck.

Sir Johns Hand zitterte wie Espenlaub, als er das Glas zum Mund führte und in einem Zug leerte. »Sie … sie … bewahrt ganz … schreckliche Dinge auf …«, stammelte er, barg sein Gesicht in den Händen und brach in haltloses Schluchzen aus.

Kapitel 1

London, 4. November 1915

Es war schon später Abend, als der Krankenpfleger Mathew Morgan die Zellentür entriegelte, um seiner Patientin die Morphiumspritze für die Nacht zu geben. Die Tage der bis zum Gerippe abgemagerten Frau, das ahnte der erfahrene Pfleger, waren gezählt. Die Nase wurde immer spitzer, und die Haut um Mund und Nasenflügel war bereits so dünn wie Pergament und leichenblass – ein untrügliches Zeichen für den nahenden Tod. Mathew, der seit rund dreißig Jahren im Bethlem Royal Hospital seinen Dienst als Irrenhauswärter versah, hatte schon zu viele Menschen sterben sehen, als dass ihn der Tod noch erschüttern konnte. Außerdem waren die Patientinnen in der Kriminalabteilung der Irrenanstalt allesamt Mörderinnen, um die es nicht sonderlich schade war. Dennoch hatte er, als Ada Miller, eine seiner ältesten Patientinnen, vor zehn Jahren das Zeitliche gesegnet hatte, einen Kloß im Hals gespürt – obwohl sie eine grausame Kindsmörderin war, die ihre sechs Kinder abgeschlachtet und anschließend Plätzchen gebacken hatte. Aber er hatte sich in den vielen Jahren, in denen er ihr Krankenwärter gewesen war, einfach an sie gewöhnt wie an ein vertrautes altes Möbelstück. Mathew erinnerte sich daran, was ihm der Pfleger, der ihn seinerzeit eingearbeitet hatte, gesagt hatte: *Das hier unten ist der reinste Reptilien-Zoo, doch lass dich nicht von ihren starren, trägen Augen täuschen, die kleinste Unachtsamkeit, und sie schnappen zu.*

Das war ihm gottlob noch nicht widerfahren, weil er seine Patientinnen gut im Griff hatte, aber andere Kollegen hatten manche Blessuren davongetragen und anschließend den Dienst quittiert – oder Schlimmeres. Einer saß jetzt im Rollstuhl und hatte einen Tick, eine gestandene Schwester war von der London Bridge gesprungen, und ein junger Pfleger war durchgedreht und seither selbst Patient oben bei den Unheilbaren. Mathew besuchte ihn regelmäßig und brachte ihm immer Kuchen mit, den der an Katatonie Erkrankte in einem Bissen hinunterschlang, ohne mit der Wimper zu zucken. Wenn er ehrlich war, hatte die lange Zeit, die er hier unten in der Kriminalabteilung zugebracht hatte, auch bei ihm Spuren hinterlassen. Nach Feierabend brauchte er regelmäßig seine Flasche Gin, um sich die Tatsache von der Seele zu spülen, einen Großteil seines Lebens mit Ungeheuern zubringen zu müssen. Deswegen hatte ihn auch seine Frau verlassen, weil Mandy es nach 28 Jahren Ehe leid war, dass er sich Abend für Abend volllaufen ließ. Das war vor gut einem Jahr gewesen, und Mathew vermisste sie von Tag zu Tag mehr. Ebenso seine vier zum Teil schon erwachsenen Kinder, die ihm nach der Trennung der Eltern die kalte Schulter zeigten. Im Dienst rührte Mathew keinen Tropfen an, das hatte er sich zur eisernen Regel gemacht, und er beschränkte sich auch auf eine Flasche am Abend, um nicht ganz aus der Bahn zu geraten und am Ende noch seinen Job zu verlieren – der einzige Halt, der ihm noch geblieben war, und der ihn davor bewahrte, ganz und gar abzustürzen. Daher gab er auf der Arbeit auch sein Bestes und leistete sich, um nicht auch noch den letzten Rest an Selbstachtung zu verlieren, nicht den kleinsten Patzer.

»Alles klar, Lilli? Soll ich Ihnen noch mal die Einlage wechseln?«, erkundigte er sich bei der Frau mit den eingefallenen Wangen und dem strähnigen, schlohweißen Haar, die an Unterleibskrebs erkrankt war und unter starken Blutungen und Schmerzen litt.

»Nicht nötig«, wisperte die Todgeweihte und gab ihm ein Zeichen, näherzukommen, da sie ihm etwas zu sagen habe.

Mathew wusste, dass Lilli zu schwach war, um lauter zu sprechen, trat ans Bett und neigte den Kopf zu ihr hinunter.

»Ich möchte Sie um einen Gefallen bitten«, flüsterte die alte Dame. »Unter der Matratze liegt die Ledermappe mit den Aufzeichnungen, an denen ich immer geschrieben habe. Ich möchte, dass Sie sie an sich nehmen.«

Mathew, der sich gut an die Mappe erinnern konnte, nickte. »Geht klar, Lilli. Soll ich sie an jemanden weiterleiten?«

Die Kranke verneinte. »Machen Sie damit, was Sie wollen. Ich nehme es Ihnen auch nicht übel, wenn Sie den Kram ungelesen ins Feuer werfen«, erklärte sie mit dem ihr eigenen Humor, den sie auch auf dem Sterbebett nicht verloren hatte.

»Ich werde mich darum kümmern, Lilli. Kann ich sonst noch was für Sie tun?«

»Geben Sie mir meine Morphiumspritze und nehmen Sie die Mappe an sich. Wer weiß, ob ich morgen noch lebe«, wisperte die Kranke, die das Sprechen offenbar sehr anstrengte.

Nachdem Mathew ihr das Morphium gespritzt und die Mappe unter der Matratze hervorgezogen und an sich genommen hatte, wünschte er ihr noch eine gute Nacht. Zu seiner Verwunderung reichte ihm Lilli die Hand. Sie fühlte sich eiskalt an.

»Danke, Mathew«, stieß sie mit einem grimmigen Lächeln hervor, »dass Sie mich so lange ertragen haben.«

»Ist doch mein Job, Lilli, habe ich gern gemacht«, murmelte er und spürte unversehens wieder diesen Kloß im Hals. Gleichzeitig stieg die Ahnung in ihm auf, dass er der Letzte sein würde, der Lilli lebend sah, und er empfand einen Anflug von Mitgefühl mit der Sterbenden, die in all den Jahren, die sie in der Kriminalabteilung für Frauen zugebracht hatte, niemals Besuch bekommen hatte.

Sind wir nicht wie ein altes Ehepaar?, ging ihm Lillis Ausspruch durch den Sinn, mit dem sie ihn manchmal aufgezogen hatte, wenn er pünktlich zum Fünf-Uhr-Tee das Schachbrett auf dem kleinen Tisch in ihrer Zelle platziert hatte. Die tägliche Schachpartie war zu einem Ritual zwischen ihnen geworden, das Mathew nicht missen mochte – obwohl er die meisten Partien gegen Lilli Wilson, die eine hervorragende Schachspielerin war, verloren hatte. In den 27 Jahren, die die inzwischen 65-Jährige im Bethlem Royal Hospital zugebracht hatte, waren der Irrenhauswärter und seine Patientin zusammen alt geworden. Als Lilli Wilson damals von ihrem Gatten in die Anstalt eingewiesen worden war, war Mathew noch ein junger Mann gewesen, gerade frisch verheiratet und Vaterfreuden entgegensehend. Er erinnerte sich noch gut an die elegante Dame mit dem unscheinbaren Dutzendgesicht, die sich ohne jegliche Gefühlsäußerung in ihr Schicksal gefügt hatte und auch in der langen Zeit in der Kriminalabteilung stets zurückhaltend und beherrscht gewesen war. Sie war auch eine der wenigen Patientinnen, mit denen er sich nicht geduzt hatte, da Lilli bei aller Vertrautheit doch stets auf Distanz bedacht war. Schlagartig wurde Mathew bewusst, wie wenig er eigentlich über sie wusste. Der verstorbene Anstaltsleiter Professor Hood hatte ihm gegenüber lediglich erwähnt, Lady Wilson sei höchstwahrscheinlich eine Mörderin und äußerst gefährlich.

Die Dame aus dem vornehmen Londoner Westend lebte in der Anstalt wie eine Gefangene. Die zahlreichen Briefe, die sie an ihren Ehemann schrieb, blieben unbeantwortet. Lady Wilson war überaus gebildet und sprach mehrere Sprachen, hatte Humor und konnte sehr charmant sein. Zuweilen fragte sich Mathew, warum sie überhaupt hier war. Lilli verbrachte ihre Zeit mit Lesen und schrieb an ihren Aufzeichnungen. Mathew hatte den Eindruck, dass ihr die Lebenserinnerungen – trotz ihrer Äußerung, sie nehme es ihm nicht übel, wenn er sie ins Feuer werfe – viel bedeuteten.

Da Mathew seine Patientin in den langen Jahren ihrer Bekanntschaft ans Herz gewachsen war, nahm er die Ledermappe nach Dienstschluss mit nach Hause. Als ihn in der trostlosen Dachmansarde, die er nach der Trennung von seiner Frau unweit der Anstalt bezogen hatte, einmal mehr der Katzenjammer überkam, ergriff er kurzerhand die Kladde und fing an zu lesen …

9. Mai 1855

Ich wurde als Mary Elizabeth Ann, genannt »Lilli«, am 10. Februar 1850 als Tochter von Richard und Anne Hughes in Swansea/Wales geboren.

Mein Vater war Zinnfabrikant und einer der reichsten Männer Englands. Ich war das einzige Kind meiner Eltern und damals fünf Jahre alt.

Meine Mutter litt seit Jahren an der Schwindsucht.

Den ganzen Morgen über waren ihre Hustenanfälle wieder so laut, dass sie vom Krankenzimmer am Ende des Flurs bis in mein Spielzimmer herüberdrangen. Ich hasste den rasselnden Husten meiner Mutter, der mir häufig genug die Nachtruhe raubte oder mich beim Spielen störte. Das ewige Hüsteln machte mich zuweilen so wütend, dass ich Spielsachen auf dem Boden zerschmetterte und zornig aufstampfte, damit endlich Ruhe einkehrte. Doch diesen Gefallen tat mir das »Hustengespenst« nicht, wie ich meine Mutter im Stillen zu nennen pflegte. Waren das hohle Rasseln und die pfeifenden Atemgeräusche, die über den weitläufigen Flur unseres Landhauses hallten, schon unangenehm genug, so waren die regelmäßigen Besuche im Krankenzimmer für mich indessen die reinste Hölle, und ich wehrte mich mit Händen und Füßen dagegen, der kranken Mutter einen Besuch abzustatten. Das eingefallene, wächserne Gesicht und der leidvolle Ausdruck ihrer großen, glasigen Augen, mit denen sie mich immer anblickte, waren mir zutiefst zuwider. Den Geruch nach Krankheit und Verfall, den sie aus jeder Pore verströmte, empfand ich als abstoßend. Es ekelte mich vor der Kranken, und ich hatte große Angst, mich bei ihr anzustecken – was jedoch nicht geschehen konnte, wie mir unser Hausarzt Doktor Bond und mein Vater immer wieder versicherten, da die Krankheitsform, unter der meine Mutter litt, nicht ansteckend sei. Trotzdem war ich peinlichst darauf bedacht, Abstand zu ihr zu halten, und vermied jegliche Berührung mit ihr, obgleich mein Gebaren Mutter sehr verletzte. Sie hätte ihr über alles geliebtes Kind gerne geküsst und in die Arme geschlossen.

»Du ekelst dich vor mir«, sagte sie einmal mit Tränen in den Augen zu mir, was ich ihr auch unverblümt bestätigte – sehr zum Leidwesen meines Vaters, der von meiner Schroffheit vor den Kopf gestoßen war. Dennoch hatte die allumfassende Nachsicht und Güte, mit denen er mir stets begegnete, rasch wieder die Oberhand gewonnen, und er murmelte nur entschuldigend, ich sei doch noch ein kleines Kind, und das sei eben meine Art, gegen das unsägliche Leid und den Schmerz der Mutter, die mein zartes Gemüt deutlich überforderten, zu protestieren. Doktor Bond hatte ihm zugestimmt, wenn auch etwas zögerlich. Ich mochte den Doktor nicht, er musterte mich immer so merkwürdig.

Einmal hatte er mich im Kinderzimmer aufgesucht und mir gesagt, ich solle mir doch einen Ruck geben und meiner Mutter wenigstens die Hand reichen, wenn ich sie das nächste Mal besuchte. Meine Mutter sei sehr krank, und es würde der Kranken guttun, wenn ich nicht ganz so abweisend sei. Daraufhin hatte ich einen Wutanfall und erzählte meinem Vater, der Doktor habe mich ange- schrien, weil ich mich scheute, der Mutter nahezukommen, worauf mein Vater mit dem Arzt eine ernsthafte Unterredung führte, bei der es zu einem erbitterten Wortgefecht kam. Ich hörte alles mit, weil ich an der Tür des Arbeitszimmers lauschte.

»Mit Verlaub, Mister Hugh, aber Sie sind auf dem besten Wege, sich ein herzloses, egoistisches Geschöpf heranzuziehen. Das Kind ist jetzt schon ein rechter Satansbraten, der den Dienstboten das Leben schwermacht – und eine notorische Lügnerin noch dazu, wenn man bedenkt, wessen sie mich bezichtigt hat. Ich habe ganz ruhig und begütigend mit Lilli gesprochen und kein einziges Mal meine Stimme erhoben – obwohl es zuweilen durchaus ratsam sein könnte, ihr ge- genüber mal ein Machtwort zu sprechen. Ich habe selbst vier Kinder, und manchmal ist eben eine gewisse Strenge unabdingbar«, ver- nahm ich die aufgebrachte Stimme des Arztes.

»Sie können meinethalben mit Ihren eigenen Kindern so streng sein, wie Sie wollen, aber mein Kind schreit niemand an«, erwi- derte mein Vater daraufhin mit einer Schärfe, wie ich sie bei ihm noch nie zuvor erlebt hatte, und damit war der Disput beendet ge- wesen.

Als der Hustenanfall auch nach längerer Zeit nicht abebben wollte, eilte ich verdrossen zu meinem Bastelpult, auf dem sich ne- ben vielerlei Buntstiften Malbücher, Farbbögen und Scherenschnitte stapelten, und ergriff ein Leimdöschen. Ich trat damit an das große Puppenhaus, eine detailgetreue Nachbildung unseres Anwesens, nahm eine mit einem weißen Nachthemd bekleidete Puppe aus dem Himmelbett, das in etwa dem Bett meiner Mutter entsprach, und strich mit dem Pinsel Leim auf ihren Mund. Ich hatte das schon häufiger getan, um das Hustengespenst zum Schweigen zu bringen. Zu meiner Verblüffung trat daraufhin tatsächlich Stille ein, die von Zeit zu Zeit lediglich von einem leisen Wehklagen unterbrochen wurde, das sich wie ein unterdrücktes Wimmern anhörte. Im nächsten Moment wurde die Tür des Kinderzimmers geöffnet und mein Vater trat ein. Obgleich ich seine bekümmerte Miene hinlänglich gewohnt war, weil sie seit der Erkrankung meiner Mutter häufig an ihm zu beobachten war, so bemerkte ich doch sofort, dass er heute noch bedrückter war als sonst. Sein schleppender Gang und der gebeugte Rücken muteten an, als trüge er eine schwere Last auf seinen Schultern, ganz zu schweigen von dem vergrämten Gesicht und den tränengeröteten Augen, die sich bei meinem Anblick zusehends verschleierten. Er kam auf mich zu, kauerte sich neben mich und drückte mich an sich.

»Deiner Mammy geht es sehr schlecht, mein Kind, und sie möchte dich noch einmal sehen … bevor sie …« Ihm versagte die Stimme, und es entrang sich ihm ein Schluchzen, während er mich noch enger an sich presste. »Du musst jetzt sehr, sehr tapfer sein, mein kleines Mädchen, denn Mammy liegt im Sterben«, brach es aus ihm heraus, und er kämpfte gegen die Tränen an.

»Heißt das, dass Mammy in den Himmel kommt?«, fragte ich, da ich mich daran erinnerte, dass Vater und auch der Gemeindepfarrer in letzter Zeit häufiger darüber gesprochen hatten.

Er bestätigte das mit belegter Stimme. »Doktor Bond hat gesagt, es geht mit ihr zu Ende und wir sollten von ihr Abschied nehmen.«

Außer Erleichterung, das lästige Hustengespenst endlich loszuwerden, empfand ich auch Unmut, mich von der Sterbenden verabschieden zu müssen.

»Ich will aber nicht zu ihr!«, erklärte ich trotzig. »Sie riecht nicht gut, und ich mag es auch nicht, wenn sie mich anfasst.«

Mein Vater war am Boden zerstört. »Lilli, ich flehe dich an, Mammy liebt dich über alles und will dich unbedingt noch einmal sehen! Du wirst doch deiner Mutter nicht ihren letzten Wunsch versagen …«

»Nein, ich will nicht!«, schrie ich und schleuderte wütend die Porzellanpuppe in dem Nachthemd auf die Eichendielen des Kinderzimmers, wo sie scheppernd zerbarst. »Dann wird mir nur wieder schlecht, und ich werde ohnmächtig«, beeilte ich mich hinzuzufügen, da mir das unlängst widerfahren war, als meine Mutter mit keuchenden Atemzügen versucht hatte, ein paar liebevolle Worte an mich zu richten, und plötzlich Blut in ihr weißes Damast-Taschentuch gehustet hatte. Ich hatte eine regelrechte Abscheu vor Blut, auch vor meinem eigenen, und schon die kleinste Verletzung führte unweigerlich dazu, dass ich ohnmächtig wurde. War mein Vater darüber außer sich vor Sorge, so beurteilte Doktor Bond meine Zustände deutlich abgeklärter und riet Vater dringend dazu, Ruhe zu bewahren und mich mit allem Nachdruck daran zu hindern, mich durch hektisches Atmen in eine Ohnmacht hineinzusteigern. Mitunter helfe bei derartigen Allüren auch ein Klaps auf die Wange, bemerkte der Arzt lapidar, was Vater jedoch entsetzte, und so wiederholten sich meine Schwächeanfälle – die allesamt darin mündeten, dass ich im Anschluss von Vater ein hübsches Geschenk zur Aufmunterung erhielt. So hatte Blut für mich neben dem Schrecken letztendlich auch sein Gutes.

Stellte es für die Dienstboten schon lange kein Geheimnis mehr dar, wer im Hause Hughes das Sagen hatte, so gewannen auch Besucher, Freunde und Verwandte rasch den Eindruck, dass ich das Zepter fest in meinen kleinen Händen hielt. Nahe Verwandte und meine Großeltern unterwarfen sich zwar meinem Regiment, doch nicht wenige Geschäftsfreunde und Bekannte, die meinen Vater als unnachgiebigen Kaufmann kannten, dessen bahnbrechender Erfolg ihn zu einem der reichsten Männer Englands gemacht hatte, mokierten sich hinter vorgehaltener Hand darüber, wie butterweich der harte Geschäftsmann in den Händen seiner Tochter wurde.

Da ich sehr wohl wusste, dass mir mein Vater keinen Wunsch abschlagen konnte, beschloss ich, mir die Situation zunutze zu machen. Es sah nämlich ganz danach aus, dass ich nicht umhinkam, mich von der todkranken Mutter zu verabschieden, was gleichzeitig mein letzter Besuch in dem muffigen Krankenzimmer sein würde – für den mir eine angemessene Belohnung zustand.

Ich blickte Vater mit meinen haselnussbraunen Augen treuherzig an. »Ich gehe zu Mammy, wenn ich dafür ein Pony kriege.«

Daddy seufzte erleichtert. Er hatte ohnehin geplant, mir zu Weihnachten meinen schon lange gehegten Herzenswunsch zu erfüllen, und willigte sofort ein.

»Ich liebe dich unsagbar«, flüsterte Mammy mit glühenden Wangen. Ihre Stimme war nicht mehr als ein leises Wispern, das von einem durchdringenden Summen unterlegt war, als habe sich ein riesiger Bienenschwarm in ihrem Brustkorb eingenistet.

»Ich liebe dich auch, Mammy«, erwiderte ich und ließ zu, dass sie meine Hand küsste, auch wenn es mich vor ihren feuchten Lippen schauderte. Ich blickte meinen Vater, der neben mir am Sterbebett saß, ungeduldig an. Ich hatte jetzt meine Pflicht erfüllt und Mutter gesagt, dass ich sie liebe, wie er es mir aufgetragen hatte. Doch Daddy, dem die Tränen über die Wangen strömten, war zu sehr in seinem Leid gefangen, um mein stummes Drängen, nur schnell wieder hinauszugelangen, wahrzunehmen. Ich schaute mich betreten um. Auch meine Großeltern und die anderen Verwandten, die sich um Mutters Bett versammelt hatten, waren in Tränen aufgelöst. Lediglich der Pfarrer und Doktor Bond, die ebenfalls vertreten waren, wirkten gefasster – und natürlich ich selbst.

In jenem Moment ahnte ich zum ersten Mal, dass ich anders war als die meisten Leute, und das lag nicht daran, dass ich das einzige Kind unter all den Erwachsenen war. Meine Augen blieben tränenlos, während die anderen weinten. Selbstverständlich war mir das Weinen nicht unbekannt. Ich weinte, wenn ich wütend war, weil ich meinen Willen nicht durchsetzen konnte und nicht bekam, was ich wollte, oder wenn ich krank war, Schmerzen hatte oder mir wehgetan hatte. Aber momentan empfand ich weder Schmerz noch Trauer und hoffte nur, dass alles schnell vorbei wäre und ich endlich wieder gehen konnte. Es lag mir schon auf der Zunge, Vater zu fragen, ob ich mich entfernen dürfe, doch entgegen meiner üblichen Impulsivität und Direktheit zügelte ich mich, nestelte das große Taschentuch aus meiner Kleidertasche, welches mir die Nanny vor dem Krankenbesuch zugesteckt hatte, und wischte mir die nicht vergossenen Tränen ab. Wenn ich schon nicht so war wie alle anderen, dann würde ich wenigstens so tun als ob – denn die mussten das ja nicht unbedingt merken.

Schließlich erbarmte sich eine meiner Tanten und begleitete mich hinaus, wo sie mich der Obhut der Kinderfrau anvertraute.

Wenig später verstarb meine Mutter. Sie war erst 28 Jahre alt.

Für mich war ihr Tod ein bedeutendes Ereignis, hatte es mir doch die Erkenntnis beschert, dass das, was in meinem Kopf vorging, anderen Gesetzen gehorchte als bei den meisten Menschen. Gleichzeitig entwickelte ich von diesem Zeitpunkt an ein Geschick darin, meine Andersartigkeit vor der Umwelt zu kaschieren.

12. Mai 1855

Bei Mutters Beerdigung, die drei Tage später in Anwesenheit einer
großen Trauergesellschaft auf dem Friedhof von Swansea stattfand,
zeigte ich die gleiche Erschütterung wie mein Vater und alle anderen
nahestehenden Verwandten. Dieses Mal allerdings mit echten Trä-
nen, da es mir trefflich gelang, mich in die Rolle des trauernden
Töchterchens hineinzusteigern, wodurch ich mit Mitgefühl und An-
teilnahme seitens der Erwachsenen nur so überschüttet wurde. Al-
lenthalben waren Aussprüche zu vernehmen, wie: »Das arme Kind
kann einem leidtun!«

Ich genoss die allgemeine Fürsorge und fühlte mich in meiner
Rolle zunehmend wohl.

Am Tag darauf führte mich mein Vater zu den Pferdeställen und
präsentierte mir zwei wunderhübsche Shetlandponys.

»Eines ist von mir und das andere von Großmutter Lillibeth, weil
du so viel durchmachen musstest und so ein tapferes kleines Mäd-
chen bist«, erläuterte er mit Rührung in der Stimme.

Ich jubelte und umhalste Daddy außer mir vor Freude. Noch am
gleichen Tag und auch an den Folgetagen war ich unter der Obhut
meiner Kinderfrau von früh bis spät mit nichts anderem beschäftigt,
als auf meinen beiden Ponys zu reiten, denen ich aus Verehrung
für Queen Victoria und ihren Prinzgemahl Albert die Vornamen
»Vicky« und »Berti« gegeben hatte. Eine Woche später war ich je-
doch schon gelangweilt von den possierlichen Tieren und lag mei-
nem Vater ständig in den Ohren, einen Hund haben zu wollen, da
man mit dem viel schöner spielen könne als mit den drögen Klein-
pferden. Da Vater mir gegenüber ohnehin ein schlechtes Gewissen
hatte, weil er so wenig Zeit mit mir verbringen konnte, wo ich doch
gerade erst meine Mutter verloren hatte, las er mir jeden Wunsch

*von den Augen ab und schenkte mir einen Cockerspaniel-Welpen –
was zur Folge hatte, dass es zwischen mir und meiner Nanny zum
Eklat kam. Denn für mich war der kleine Hund von Anfang an
nichts anderes als ein Spielzeug, das völlig meinen Launen ausge-
setzt war. So schäumte ich den Welpen im Badezuber mit Lavendel-
seife ein, und wenn das Tier, das entsetzlich unter der Prozedur litt,
sich meinem Griff zu entwinden suchte, um die Flucht zu ergreifen,
packte ich den Hund und tauchte ihn kopfüber in die Wanne. Ich
zog ihm Puppenkleider an und legte ihn in den Puppenwagen, und
weil der ungezogene kleine Kerl immer wieder Reißaus nahm,
schnitt ich ein Bettlaken in Streifen und schnürte ihn so fest zusammen, dass er sich nicht mehr rühren konnte.*

*»Bist jetzt mein Wickelkind«, sagte ich und legte das zusammen-
geschnürte Bündel in den Puppenwagen, wo ich eine Steppdecke
über es breitete, sodass nur noch der von einer Strickmütze bedeckte
Hundekopf zu sehen war. Das Tier winselte so jämmerlich, dass meiner Kinderfrau der Geduldsfaden riss. Sie tadelte mich in scharfem
Tonfall als Tierquälerin, nahm kurzerhand das Tier aus dem Puppenwagen und befreite es von seiner Fesselung, worauf ich das ganze
Haus zusammenschrie. Vor der versammelten Dienerschaft verkündete ich unter Tränen, dass meine Nanny mich geschlagen habe –
was im Übrigen schon öfter vorgekommen sei. Völlig verschreckt
und am ganzen Körper bebend suchte ich Zuflucht bei Miss Rupert,
der ältlichen, moralinsauren Hauswirtschafterin, die das Personal
mit strenger Hand leitete und der auch meine Kinderfrau unter-
stand.*

*»Stimmt das, Ernestine?«, bellte Miss Rupert in Richtung der jun-
gen Frau, die erst vor Kurzem ihre Stellung angetreten hatte, da ihre
beiden Vorgängerinnen rasch nacheinander den Dienst quittiert
hatten. Bei der Einstellung von Ernestine Middleton, bei der Miss*

Rupert auch ein Wörtchen mitzureden gehabt hatte, hatte sie meinem Vater gegenüber zu bedenken gegeben, die junge Frau sei ja so sanft wie ein Lämmchen und dass ich möglicherweise eine festere Hand brauchte.

»Lilli hat es durch die Krankheit ihrer Mutter schon schwer genug und braucht vor allem Herzensgüte«, hatte Daddy schnippisch entgegnet und die schüchterne junge Frau mit den hellblonden Haaren eingestellt.

Da sie mir kaum etwas entgegenzusetzen hatte, verfuhr ich mit ihr wie mit ihren Vorgängerinnen und dem Großteil unseres Hauspersonals. Es bereitete mir ein diebisches Vergnügen, ihnen das Leben schwer zu machen. Obgleich ich noch ein Kind war, entwickelte ich damals bereits ein untrügliches Gespür für die Schwächen und Unzulänglichkeiten anderer Leute, um sie entsprechend zu manipulieren, damit ich sie an ihrem wunden Punkt treffen konnte. Zudem war ich eine notorische Lügnerin, die eine Begabung hatte, andere gegeneinander auszuspielen – und zwar so, dass sie es zumeist erst merkten, wenn der Eklat bereits vorüber war. Dadurch hatten wir einen erheblichen Verschleiß an Personal, vornehmlich an Kindermädchen. Was meine Nannys anbetraf, führte ich sogar eine geheime Strichliste. Jeder Strich hinter dem von mir mit ungelenken Buchstaben vermerkten Namen – denn trotz meines nicht gerade einfachen Charakters war ich ein überaus gelehriges Kind, welches bereits mit fünf Jahren lesen und schreiben konnte – bedeutete, dass ich die Gute vergrault hatte. Entweder kündigte sie gewissermaßen aus freien Stücken ihre Stellung, oder mein Vater setzte sie vor die Tür – was ein echter Volltreffer war, da dies in ihrer Referenz als Schandfleck vermerkt wurde, der eine weitere Einstellung in besseren Kreisen beträchtlich erschwerte. Auch unter den Haustieren, die Daddy mir schenkte, herrschte ein ständiges Kommen und Gehen.

Im günstigsten Falle gelang es den Tieren, insbesondere den Hunden oder Katzen, bei passender Gelegenheit die Flucht zu ergreifen, um ihrem Quälgeist auf Nimmerwiedersehen zu entkommen. Andere Kleintiere, wie Zwergkaninchen oder Meerschweinchen, hatten nicht so viel Glück und gingen ein, weil sie das dauerhafte Tollschocken nicht ertrugen. Ähnlich turbulent verhielt es sich auch bei meinen ohnehin sehr spärlichen Freundschaften zu anderen Kindern, die mich allesamt eher langweilten. Außer ich brachte sie dazu, verbotene Dinge zu tun, wie etwa, sich in weißen Sonntagskleidern mit Schlamm zu bewerfen, sodass sie von ihren Eltern eine ordentliche Tracht Prügel bezogen, was mich außerordentlich erheiterte. Manchmal waren es auch schlimmere Dinge, die ich ihnen einbrockte. Ich schenkte ihnen teure Spielsachen und stellte es im Nachhinein mit reiner Unschuldsmiene so dar, dass sie diese entwendet hatten. Wenngleich die Rauschgoldengel dies tränenreich bestritten, so lastete doch der Makel des Verdachts auf ihnen, dafür hatte ich schon gesorgt. Mein Vater hielt mir ohnehin immer die Stange und nahm sogar in Kauf, sich mit den Eltern zu überwerfen. Mit der Zeit langweilten mich jedoch die Ränke und Zwistigkeiten, die ich sorgfältig einfädelte. Ich war sowieso ein Kind, das sich schnell langweilte. Es gab allerdings auch etwas, das mir großen Spaß bereitete, denn um sein Herzenskind zu beschäftigen und bei Laune zu halten, engagierte mein Vater eine kunstsinnige, erfahrene Dame vom Theater, die mir Tanz- und Schauspielunterricht erteilte. Ich war damals zwölf Jahre alt, und obgleich ich ein hässliches Kind mit einer plumpen Statur war, was mein unerschütterliches Selbstbewusstsein jedoch nicht trüben konnte, erwies ich mich vor allem in der Schauspielerei als herausragendes Talent. Meine Begabung lag vor allem darin, andere Leute zu imitieren. Darin war ich unübertroffen, und dank der Interventionen meines Vaters hatte ich auch die Möglichkeit, dies vor einem breiten Publikum unter Beweis zu stellen. Die Leute lachten Tränen und spendeten mir regen Beifall. Es lag auf der Hand, dass ich für eine Bühnenkarriere prädestiniert war – wäre ich nur etwas ansehnlicher gewesen, denn so, wie ich aussah, eignete ich mich bestenfalls als Lachnummer. Daher wurde nichts aus meinen hochfliegenden Plänen, da konnte auch das Geld meines Vaters nichts ausrichten. Wie hätte ich damals in meiner abgrundtiefen Enttäuschung auch ahnen können, dass mir meine Gabe, wenn auch sehr viel später, einmal von großem Nutzen sein würde. Denn jeder große Imitator muss zuvor sein Objekt gründlich studieren, um dessen Eigenheiten perfekt wiederzugeben. Er spielt nicht nur, jemand anderer zu sein, er muss förmlich in die fremde Haut schlüpfen, um den Charakter überzeugend darzustellen. Das alles gelang mir mit Leichtigkeit, da es mir aufgrund meiner Wesensverschiedenheit von »normalen« Leuten zur zweiten Natur geworden war, sie insgeheim zu beobachten, damit sich das böse Mädchen, welches ich schon zu diesem Zeitpunkt war, keinen Deut von ihnen unterschied – und heute darf ich mit Stolz behaupten, genau das war das Geheimnis meines späteren bahnbrechenden Erfolgs, der alles überdauern würde. Da mir aber wenig daran gelegen ist, erbauliche Anekdoten aus meiner Kindheit und Jugend aufzuschreiben, wie sie Lebenserinnerungen gemeinhin zu eigen sind, die dem geneigten Leser nicht selten ein gelangweiltes Gähnen entlocken, wende ich mich nun jenen Ereignissen zu, die dazu beitrugen, dass aus dem bösen Mädchen ein sehr böses Mädchen wurde.

10. Januar 1863

Im Alter von fünfzehn Jahren war meine Grundpersönlichkeit bereits voll ausgereift. Ich hatte zwar gelernt, äußerst charmant zu sein, wenn es mir von Nutzen war, grundlegende Gefühle wie Furcht, Trauer, Angst oder Freude waren mir jedoch fremd. Ich war sehr selbstbewusst und fühlte mich den meisten meiner Mitmenschen überlegen – doch ich ließ es mir nicht anmerken. Ganz im Gegenteil, ich machte mich so klein, wie es ging, und war eine Meisterin im Understatement, denn ich wollte auf keinen Fall von anderen durchschaut werden. Tarnung ist alles, war meine Devise seit der frühen Kindheit. Mir war absolut daran gelegen, so normal und unauffällig zu wirken wie Krethi und Plethi, und da ich ein brillantes Talent hatte, mich zu verstellen, und auch von meinem äußeren Erscheinungsbild eine unscheinbare graue Maus war, ahnte niemand, was für ein Ungeheuer hinter meiner harmlosen Fassade heranreifte.

Daddy konnte ich sowieso um den Finger wickeln, wie es mir gerade passte, und auch sonst bekam ich immer das, was ich wollte. Doch außer einer gewissen Genugtuung, meinen Willen durchgesetzt zu haben, konnte ich mich nicht wirklich darüber freuen. Eigentlich konnte ich mich über gar nichts freuen, auch nicht über die kostspieligen Geschenke, mit denen Daddy mich stets überhäufte. Denke ich heute an meine Kindheit und Jugend zurück, so dominierte eindeutig die Langeweile. Das galt im Übrigen für mein ganzes Leben. Erst durch mein Werk fand ich meine Erfüllung. Doch dazu komme ich später. Zunächst geht es um die Frau, die immer ein Meilenstein für mich sein wird und die das aus mir gemacht hat, was ich heute bin: meine Gouvernante Mary Beaver.

»Je suis très heureuse de faire votre connaissance!«, begrüßte mich Miss Beaver an jenem eiskalten Januarmorgen mit akzentfreiem Französisch. Selbst nach mehr als dreißig Jahren erinnere ich mich noch an jedes Detail. Obgleich bereits in reifem Alter – ich schätzte sie so um die vierzig –, war sie eine tadellose Erscheinung. Ihre

schlanke Gestalt in dem schlichten schwarzen Schneiderkostüm, dessen perfekter Sitz und exquisiter Stoff von auserlesener Qualität war, die nur den höchsten Ansprüchen genügte, ließ einen durch Sport gestählten, durchtrainierten Körper erahnen, der im Gegensatz zu mir keine überflüssigen Pfunde kannte. Eine dürre Ziege ist längst keine Gazelle, *kam mir unwillkürlich der hämische Spruch in den Sinn, mit dem ich mich als Pummelige zu trösten suchte, doch ich musste mir eingestehen, dass Miss Beaver eher Letzterer entsprach. Auch ihr bleicher, makelloser Alabasterteint, der ohne jegliches Make-up auskam, zeigte nicht das kleinste Fältchen oder sonst eine Unregelmäßigkeit, und ihre straff nach hinten gekämmten, zu einem Knoten aufgesteckten dunkelbraunen Haare wiesen weder eine lose Strähne auf noch ein einziges graues Haar. Die fein geschwungenen dunklen Brauen bildeten einen perfekten Kontrast zu ihren hellen, eisblauen Augen, die eine atemberaubende Gefühlskälte verströmten und mir – was ich noch nie zuvor erlebt hatte – bis auf den Grund meiner Seele blickten.* Sie ist genau wie ich, *überkam mich die überwältigende Erkenntnis, und im Nachhinein kann ich nicht leugnen, dass ich mich in diesem schicksalhaften Moment bis über beide Ohren in meine neue Gouvernante verliebt hatte. Auf meine eigene abstruse Weise, versteht sich.*

»Ganz meinerseits, Madam«, entgegnete ich mit einem höflichen Knicks und ergriff ihre dargebotene Hand. Schon von dieser ersten kurzen Berührung bekam ich eine wohlige Gänsehaut und unterdrückte den Reflex, auf ihre gepflegte, feingliedrige Hand mit den polierten Fingernägeln, die betörend nach einer kostspieligen Handcreme duftete, einen Kuss zu hauchen. Mein Vater, der mir Miss Beaver als eine weltgewandte Dame aus gutem Hause angekündigt hatte, die viel in der Welt herumgekommen sei und mehrere Sprachen beherrsche, verabschiedete sich mit einer galanten Verbeugung

und wünschte uns einen erfolgreichen ersten Unterrichtstag. Ich
wollte mich schon hinter mein Schreibpult setzen, um mitzuschrei-
ben, was meine neue Gouvernante auf die Wandtafel schreiben
würde, denn mein Schulzimmer war mit allem ausgestattet, was für
einen breit gefächerten Privatunterricht vonnöten war, doch zu mei-
ner Verblüffung ergriff Miss Beaver sachte meinen Arm und führte
mich zu der weich gepolsterten Chaiselongue an der rückwärtigen
Seite des Raums, vor der ein zierlicher Beistelltisch mit einer üppig
gefüllten Obstschale stand, damit ich mich in den Unterrichtspau-
sen ausruhen und stärken konnte.

»Ich denke, wir sollten uns erst ein wenig kennenlernen, bevor wir
mit dem Unterricht beginnen«, erklärte sie mit verschwörerischem
Lächeln und läutete nach den Dienstboten, um Tee und Gebäck für
uns zu bestellen. Nachdem sie sich auf dem Diwan an meiner Seite
niedergelassen hatte, musterte sie mich wohlwollend und verkün-
dete frei heraus, ich sei bestimmt die gelehrigste Schülerin, die sie
jemals gehabt habe.

»Woher wollen Sie das denn wissen, Sie haben mich doch noch gar
nicht unterrichtet«, erkundigte ich mich beklommen und mühte
mich, mir nicht anmerken zu lassen, dass ich mich von ihrer voll-
mundigen Behauptung durchaus geschmeichelt fühlte.

»Dafür habe ich einen Blick«, erklärte sie schlichtweg. »Die Art,
wie du mich vorhin angesehen hast. Du hast eine außergewöhnlich
gute Beobachtungsgabe und bist auch weitaus schlauer als der
Durchschnitt.«

»Wenn Sie meinen, Miss Beaver«, erwiderte ich mit schiefem
Grinsen und gab mich bescheiden, obgleich sie mit ihrer Einschät-
zung voll ins Schwarze getroffen hatte. Heutzutage weiß ich, dass
dieses durchtriebene Aas genau das Richtige getan hat, um mich von
Anfang an für sich einzunehmen, indem sie mir sagte, was ich gerne

hören wollte. Daher muss ich mein anfängliches Urteil, dass Miss Beaver und ich einander ebenbürtig waren, auch sogleich wieder revidieren. Miss Beaver war zwar von der gleichen gefühlskalten Art, aber sie hatte aufgrund unseres nicht unbeträchtlichen Altersunterschieds wesentlich mehr Erfahrung in der Kunst, die Mitmenschen zu manipulieren, und war mir daher ein Stück weit überlegen. Außerdem hatte ich eine Schwäche für sie, was es erheblich leichter für sie machte, mich fügsam – um nicht zu sagen »gefügig« – zu machen, denn ich fraß ihr vom ersten Augenblick an förmlich aus der Hand.

Nachdem das Dienstmädchen uns Tee und Plätzchen gebracht hatte – Miss Beaver trank ihren Tee ohne Sahne und Zucker und begnügte sich im Gegensatz zu mir mit einem einzigen Plätzchen –, erzählte sie mir im Plauderton, dass sie über viele Jahre bei einer englischen Diplomatenfamilie als Erzieherin für deren Töchter angestellt gewesen sei und dadurch viel von der Welt gesehen habe. »Wir verbrachten mehrere Jahre in Frankreich, Spanien, Italien und Russland. Daher hatte ich die Gelegenheit, die jeweiligen Landessprachen zu lernen, außer Französisch, das ich ja bereits beherrschte.«

»Sie sprechen all diese Sprachen – fließend?«, fragte ich mit verhaltener Bewunderung.

»In Wort und Schrift«, bestätigte Miss Beaver. »Und da ich eine humanistische Schulbildung hatte, spreche ich außerdem noch Griechisch und Latein.« Sie lächelte mich an, und ich hatte die Gelegenheit, ihre makellosen Zähne zu bestaunen. Da es mir als guter Beobachterin in Fleisch und Blut übergegangen war, auch auf die kleinen Dinge zu achten, weil sie oft mehr über eine Person verraten als das, was förmlich ins Auge sticht, kam ich vollends zu dem Schluss, dass die perfekte Fassade dieser Dame nicht die kleinste Schwachstelle aufzuweisen schien. Was mir sehr zu denken gab,

denn als gut getarnte graue Maus wusste ich aus Erfahrung, dass ein solcher Aufwand nicht von ungefähr kam: Je aufwendiger die Camouflage, desto mehr gab es zu verbergen.

»Soweit mir bekannt ist, beherrschst du neben dem kleinen Latinum und Griechisch auch Französisch. Wenn du möchtest, kann ich dir auch die anderen Sprachen, die ich beherrsche, beibringen. Dein Vater sagte mir, du seist sehr sprachbegabt.«

»Am besten alle«, erklärte ich prompt. »Man weiß ja nie, wofür das einmal nützlich sein kann. Ich habe ein gutes Gedächtnis und lerne schnell, außerdem macht es mir Spaß, etwas Neues zu lernen. Das Latinum habe ich mir übrigens selbst beigebracht, weil meine früheren Erzieherinnen bedauerlicherweise dazu nicht in der Lage waren. Es ist im Rahmen der Ausbildung von Töchtern aus gutem Hause nicht unbedingt vorgesehen, da eine Frau ohnehin nicht studieren kann. In meinem Unterricht ging es größtenteils um die Übermittlung von musischen Fächern, damit eine angehende Dame der Gesellschaft an der Seite ihres Gatten eine gute Figur macht. Wenn sie hübsch Klavier spielen, schön singen kann und kunstfertig genug ist, um die Familieninitialen auf die Servietten zu sticken, ist dem voll und ganz Genüge getan.«

Miss Beaver gab ein trockenes Lachen von sich und verdrehte die Augen. »Ich kenne dieses Brimborium zur Genüge! Auch mir wurde eine derartige Ausbildung zuteil, um einmal eine gute Partie zu machen, wie meine Mutter es zu formulieren pflegte, worin ja auch unsere eigentliche Bestimmung liegt – dem vielversprechendsten Aspiranten eine brave Ehefrau zu sein.« Miss Beaver schnaubte und warf mir einen verschmitzten Seitenblick zu. »Ich indessen entschied mich für eine andere Laufbahn und zog es vor, als Gouvernante zu arbeiten, anstatt an der Seite eines Mannes mein Dasein zu fristen – und ich darf behaupten, dass ich das auch nie bereut habe.«

Ich musterte meine neue Miss verstohlen. Im Gegensatz zu den meisten meiner Gouvernanten – blaustrümpfigen alten Jungfern, die nicht gerade mit Schönheit gesegnet waren – war Miss Beaver durchaus attraktiv, wenn auch auf eine eher spröde Art, und sie hatte ein Charisma, das selbst ein Fischblut wie mich in Bann zog.

»Verehrer hatten Sie doch bestimmt genug«, versuchte ich die Dame aus der Reserve zu locken.

»Es war jedoch keiner darunter, für den ich bereit gewesen wäre, meine Souveränität aufzugeben«, erwiderte Miss Beaver achselzuckend. Was noch nicht einmal gelogen war, wie ich später herausfand, wenn man »Souveränität« durch ein anderes, schlimmes Wort ersetzte, doch das ahnte ich zu diesem Zeitpunkt noch nicht. Ganz so dumm war ich aber auch nicht, denn immerhin durchschaute ich ihre Taktik, etwas von sich preiszugeben, womit ich mich identifizieren konnte. Denn dass ich nicht gerade ein Ausbund an Liebreiz war, bei dem die Kavaliere einmal Schlange stehen würden, war nur allzu augenscheinlich. Was also sagt man einem hässlichen, aber wissbegierigen jungen Mädchen, um es für sich einzunehmen? Man faselt etwas von weiblicher Unabhängigkeit, weil es für eine Frau so viel interessantere Dinge gibt, als einen Mann abzukriegen. Unsere Plauderei ging weiter, Miss Beaver war charmant, eloquent und von einer erfrischenden Offenheit. So hatte sie bereits nach einer Viertelstunde das erreicht, was ihre Vorgängerinnen weder mit Strenge noch mit Engelszungen je bewerkstelligt hatten: ein nettes, folgsames Mädchen aus mir zu machen – und das, obwohl sie mich von Anfang an nicht ausstehen konnte. Aber das war mir zu diesem Zeitpunkt noch nicht bewusst.

Unsere erste Unterrichtsstunde trug vollends dazu bei, dass ich von meiner neuen Gouvernante äußerst angetan war. Sie war mit Sicherheit die intelligenteste Frau, der ich jemals begegnet bin. Doch schlauer als ich war sie fürwahr nicht – und das wurde ihr schließlich zum Verhängnis. In jener ersten Zeitspanne indessen kannte meine Bewunderung für die fabelhafte Miss Beaver keine Grenzen. Es gab nichts, was sie nicht wusste, und keine Frage, die sie nicht beantworten konnte. Sie gab nicht nur eine perfekte Erscheinung ab, sondern war auch als Lehrerin ohne Fehl und Tadel. Kritisch und mäkelig, wie ich von Hause aus war, hätte sie nicht geschickter vorgehen können, um mich ganz und gar auf ihre Seite zu ziehen. Tagsüber lernte ich mit Feuereifer sämtliche Naturwissenschaften, die einer höheren Tochter gemeinhin verwehrt blieben, erprobte mich in fremden Sprachen, als sei mir, wie den Aposteln beim Pfingstwunder, der Heilige Geist in die Zunge gefahren, und am Abend, in meinem stillen Kämmerlein, erging ich mich in verliebten Schwärmereien für meine vortreffliche Gouvernante, die, meinem Backfischalter entsprechend, durchaus lustvoll waren. In diesem Zusammenhang sei verraten, dass ich mich in meinen Fantasien nicht nur damit begnügte, ihre schönen, zarten Hände zu küssen. Nein, ich stellte mir Miss Beaver nackt vor, mit vollen Brüsten und einer schwarz behaarten Scham, die erregend nach Moschus duftete. Ich möchte auf meine schlüpfrigen Fantasien hier nicht weiter eingehen, sondern allmählich zu jenen Ereignissen kommen, die meine kühnsten Vorstellungen übertrafen.

Obgleich ich mich stets bemühte, meine Schwärmerei für Miss Beaver nicht ruchbar werden zu lassen, war es doch für meine gesamte Umgebung, allen voran meinen lieben Vater, nur allzu offensichtlich, wie sehr ich mich unter dem Einfluss meiner neuen Gouvernante verändert hatte. Und zwar eindeutig zum Vorteil, wie sich mein Vater, Freunde, Verwandte und nicht zuletzt auch unser Hauspersonal, bald einig waren. Ich lernte mit Begeisterung, und zwischen mir und meiner Erzieherin gab es nie ein böses Wort, geschweige denn die üblichen Beschwerden über meine Aufsässigkeit, die in der Vergangenheit an meinen Vater herangetragen worden waren. Daddy sprach es zwar nie offen aus, um keine schlafenden Hunde zu wecken, aber er war überglücklich, dass ich in Miss Beaver endlich eine Lehrerin gefunden hatte, die mich zu nehmen wusste. Um ihr gegenüber seine Dankbarkeit zu bekunden, gab er ihr bereits nach einem Vierteljahr eine satte Gehaltserhöhung. Zudem bot er Miss Beaver, die im Gegensatz zur Dienerschaft ohnehin über das Privileg verfügte, ein eigenes Zimmer im zweiten Stock unseres Landhauses zu bewohnen, an, das Eckzimmer in der Beletage zu beziehen, welches nicht nur ein eigenes Badezimmer, sondern auch einen kleinen Balkon zur Park- und Gartenseite hatte. War das Hauspersonal im feuchten, kalten Tiefparterre untergebracht oder in winzigen Dienstbotenkammern auf dem zugigen Dachboden, so wohnte Miss Beaver bald im ersten Obergeschoss, wo die Räume am höchsten und am behaglichsten ausgestattet waren und, was das Bedeutsamste war, auf dem gleichen Stockwerk wie ihre Herrschaften. Damit wollte ihr mein Vater eben diese herausragende Wertschätzung bekunden. Mich selber erregte die Vorstellung, dass meine Angebetete nur ein paar Türen weiter von meinem eigenen Schlafzimmer in ihrem Himmelbett lag. Da ich mich sowieso brennend für sie interessierte und regelrecht besessen davon war, alles über ihre Person, und sei es noch so unbedeutend, in Erfahrung zu bringen, fing ich an, sie heimlich auszuforschen. Dergestalt, dass ich mir regelmäßig, wenn Miss Beaver ihren freien Tag hatte, mithilfe des Universalschlüssels, den mein Vater in seinem Schreibtisch aufbewahrte, unbemerkt Zutritt in ihre Privaträume verschaffte, wo ich akribisch ihre Sachen durchsuchte, wobei ich größten Wert darauf legte, alles so zu hinterlassen, wie ich es vorgefunden hatte. So hatte ich das höchst lustvolle Vergnügen, herauszufinden, dass sie feine, spitzenbesetzte Seidenunterwäsche trug, was mir schier den Verstand raubte, wenn ich mir in meiner Fantasie ausmalte, welch delikaten Stellen sie bedeckte. Bald wusste ich auch, welches Parfum sie benutzte und welche Seifen, Hand- und Hautcremes; einem Jagdhund gleich, der Witterung aufnahm, sog ich tief den Geruch ihres Kopfkissens oder Nachtgewands in meine bebenden Nüstern und hatte dabei das Gefühl, vor Lust zu vergehen. So entdeckte ich auf meinen heimlichen Erkundungstouren in der Schublade ihrer Nachtkonsole auch ein reichlich abgegriffen anmutendes Exemplar der lasterhaften Memoiren der Fanny Hill *des Skandalautors John Cleland, welches Miss Beaver neckisch unter der Bibel versteckt hatte. Beim Anblick des Buches überkam mich ein heftiges Kribbeln, da ich seinen lasziven Inhalt hinlänglich kannte. Denn vor Jahren hatte ich es aus der Bibliothek meines Vaters entwendet und in der darauffolgenden Nacht gelesen. Wenngleich mich die drastischen Schilderungen des Lasters seinerzeit derart schockiert und abgestoßen hatten, dass ich mich monatelang im Schlaf eingenässt hatte. Daher konnte ich es auch zunächst kaum fassen, dass meine tadellose Erzieherin, die lieber Gouvernante geworden war, als sich einem lüsternen Ehemann anheimzugeben, derartige Ergüsse las, welche der Feder eines unverbesserlichen Sittenstrolchs entsprungen waren. Im Übrigen hatte ich Daddy nach der Lektüre dieses Machwerks, die ich ihm allerdings geflissentlich verschwieg, aufs Schärfste getadelt, solch ein schändliches Buch in seinem Besitz zu haben. Errötend versuchte er sich damit herauszureden, ein Geschäftsfreund habe es ihm geschenkt und er habe es bis heute noch nicht gelesen, versprach aber schuldbewusst, es sogleich ins Kaminfeuer zu werfen.*

Ich sollte in diesem Zusammenhang unbedingt erwähnen, dass ich sehr bibeltreu war. Eine meiner Tanten, Mary Reynolds, eine Cousine meiner früh verstorbenen Mutter und enge Freundin der

Familie, erteilte mir von Kindesbeinen an Bibelunterricht, was wir bis heute in Form von wöchentlichen Bibelstunden und frommen Hausandachten beibehielten. Gemeinsam mit meinem Vater, meiner Tante und der vortrefflichen Miss Beaver besuchte ich regelmäßig den sonntäglichen Gottesdienst. Tante Mary, die mit Anfang dreißig immer noch unverheiratet war, war ebenso wie ich eine glühende Verehrerin von Queen Victoria, die gleichzeitig auch unserer anglikanischen Kirche vorstand. In ihrer Pflichtbesessenheit und Tugendhaftigkeit war mir unsere unvergleichliche Monarchin stets ein großes Vorbild, und ich war von klein auf eine unerschütterliche Royalistin, der das Wohl unseres Vereinigten Königreichs über alles ging. Da ich aufgrund meiner religiösen Überzeugung stets danach trachtete, ein sittenstrenges Leben zu führen, das der menschlichen Verworfenheit die Stirn bot, geriet ich ob meiner sündigen Fantasien in Bezug auf Miss Beaver in arge Gewissensnot. Außerdem war mir nur allzu bewusst, wie krank und abartig es war, derartige Gefühle für mein eigenes Geschlecht zu hegen. Ich denke, zu einem nicht unbeträchtlichen Teil stellten diese nagenden Schuldgefühle auch die Triebfeder dar, meine Gouvernante auszuforschen – in der vagen Hoffnung, dass dadurch das makellose Götzenbild von ihr, welches ich so grenzenlos verehrte, ja regelrecht anbetete, ein paar hässliche Kratzer erhielt. Gleichzeitig fürchtete ich mich aber auch davor, mich durch mein selbstzerstörerisches Streben am Ende noch der schönen Illusion zu berauben, mein Idol sei gegen alle Anfechtungen erhaben, wie es bislang stets den Anschein hatte. Doch heutzutage darf ich glücklicherweise behaupten: Ich lag absolut richtig damit, ihr zu misstrauen, und ich danke Gott für diesen untrüglichen Instinkt, mit dem er mich so reich beschenkt hat, um dem Laster den Kampf anzusagen. Wurde mein Argwohn über das Auffinden des Skandalbuches der sündigen Ausschweifungen einer Dirne in Miss

Beavers Nachttischschublade schon genug angestachelt, so erhielt er weitere Nahrung, als ich in einer ihrer Hutschachteln im Kleiderschrank fassungslos vier Wodka-Flaschen gewahrte. Eine davon war angebrochen und bis zur Hälfte geleert. Es handelte sich dabei um hochprozentigen russischen Wodka, so rein, dass er nahezu geruchlos war, wie ich beim Riechen an der angebrochenen Flasche feststellte. Was natürlich auch erklärte, warum mir im täglichen Umgang mit meiner Gouvernante, selbst wenn sie sich über mein Schreibpult beugte, um meine Aufzeichnungen durchzugehen, nie aufgefallen war, dass sie nach Alkohol roch, wie es bei Gewohnheitstrinkern häufig genug der Fall war. Auch mein Vater trank zum Feierabend zuweilen einen Scotch, er vermied es bei diesen Gelegenheiten jedoch tunlichst, mir den üblichen Gutenachtkuss zu geben, da mir der Alkoholgeruch, den sein Atem verströmte, zutiefst zuwider war. Tante Mary, die als aufrechte Puritanerin in ihrem ganzen Leben keinen Tropfen Alkohol angerührt hatte, hielt dagegen, als ich mich einmal darüber beschwerte, dass mein Vater sehr hart arbeiten müsse, und da sei ein kleines Gläschen nach getaner Arbeit eine eher lässliche Sünde. Dennoch stieß es mich ab, wenn im familiären Umfeld im Rahmen von Feierlichkeiten Alkohol getrunken wurde, erst recht bei den Damen. War ein beschwipster Mann schon reichlich degoutant, so war eine angetrunkene Frau ein absolutes Unding, dem ich nur Zorn und Verachtung entgegenbringen konnte. Daher sträubten sich mir bei der Erkenntnis, dass meine vermeintlich so unfehlbare Gouvernante sich in ihrem stillen Kämmerlein nicht nur mit unzüchtiger Lektüre die Zeit vertrieb, sondern sich auch zügellos dem Trunke ergab, sämtliche Nackenhaare. Ich, die ich schon immer ein Gespür für die Schwächen anderer Menschen besessen hatte, musste mir zu meiner Schande eingestehen, dass mich die durchtriebene Miss Beaver ebenso geblendet hatte wie alle anderen *törichten Leute. Für einen kurzen Moment hasste ich mich für diese Blauäugigkeit, was sich jedoch rasch wieder verflüchtigte angesichts der rasenden Wut auf meine Gouvernante, die wie ein Unwetter in meinem Inneren tobte. Die kühle, stets beherrschte Eiskönigin meines Herzens war in Wahrheit eine Trinkerin mit einem Hang zum Laster.* Du wirst mir nichts mehr vormachen, ich habe dich im Blick, und bei passender Gelegenheit werde ich dir die Maske der Wohlanständigkeit herunterreißen!

Miss Beaver gegenüber ließ ich mir freilich nichts anmerken und verhielt mich so entgegenkommend wie eh und je. Denn ihre Enttarnung, auf die ich sorgsam und bedacht hinarbeitete, sollte sie eiskalt erwischen, getreu nach der Redensart: Rache ist ein Gericht, das am besten kalt serviert wird. *Außerdem hatte ich noch nicht genug gegen sie in der Hand, damit mein Vater sie mit Schimpf und Schande vom Hof jagen konnte, denn ich hätte ja zugeben müssen, dass ich heimlich in ihrem Zimmer gewesen war. Hatte ich mich bisher darauf beschränkt, in ihren privaten Sachen herumzuschnüffeln, so begab ich mich nun sozusagen auf Beobachtungsposten. Einen Trinker erkennt man unter anderem an den Flaschen, die er um sich herum ansammelt – den vollen wie den leeren; ein stetes Kommen und Gehen also. Daher stellte sich mir die Frage: Wo organisierte sich Miss Beaver ihre Ration, und wo entsorgte sie das Leergut? Bislang musste sie diesbezüglich sehr dezent vorgegangen sein, denn sonst wäre ihr Schnapskonsum schon längst Tagesgespräch. Schon eine einzige leere Schnapsflasche, die ein Dienstmädchen beim Aufräumen und Reinemachen in ihrem Zimmer gefunden hätte, hätte ausgereicht, dass ihr der Ruf einer Schnapsdrossel vorausgeeilt wäre, denn Dienstboten waren unheimlich verklatscht, und wenn sie es erst wussten, dann dauerte es erfahrungsgemäß auch nicht mehr lange, bis es zu den Herrschaften durchdrang. Daher richtete ich in der Folgezeit mein Augenmerk darauf, doch leider gelang es mir nicht, das Rätsel zu lösen. Weder ertappte ich meine Gouvernante dabei, wie sie sich an ihren freien Tagen verstohlen mit ihren Schnapseinkäufen in ihr Zimmer stahl, noch konnte ich ausmachen, wie sie mit dem Altglas verfuhr. Da kam mir glücklicherweise eine andere zündende Idee, und ich legte mich unweit des Dienstboten- und Lieferanteneingangs auf die Lauer. Zweimal in der Woche, am frühen Montag- und Freitagmorgen, erhielten wir die von unserer Hauswirtschafterin bestellten Lebensmittel von einem ortsansässigen Feinkosthändler, die von seinem Ladengehilfen angeliefert wurden. Meine Geduld wurde eine Zeit lang auf die Probe gestellt, denn es erfolgte keine verdächtige Lieferung an meine Gouvernante. Erst beim dritten Anliefern eilte der Ladengehilfe mit einer verschlossenen Kiste durch den Lieferanteneingang, mit der Bemerkung an die Wirtschafterin, es handele sich um eine Bücherbestellung für Miss Beaver, welche er ihr wie üblich persönlich aushändige. In meinem Versteck hinter einem Strauch fiel mir auf, dass man auch nicht das leiseste Klirren von Flaschen hörte, als der Lieferant die kompakte Holzkiste von der Ladefläche nahm und zur Tür lief. Es verblüffte mich jedoch einigermaßen, dass er wenig später mit derselben Kiste wieder zurückkehrte, die er zuvor Miss Beaver in die Beletage gebracht hatte. Auch dieses Mal war kein verdächtiges Klirren zu hören. Das sah mir ganz nach einem abgekarteten Spiel aus. Möglicherweise waren der Ladenkrämer und sein Gehilfe von Miss Beaver instruiert worden. Ich kannte den Ladeninhaber Theodor Higgins gut genug, um zu wissen, dass er überaus geschäftstüchtig und sehr darauf bedacht war, es seinen Kunden recht zu machen. Sein Katzbuckeln, wenn mein Vater und ich ihm sonntags vor der Kirche begegneten, war an Servilität kaum noch zu überbieten. Hinter der Ladentheke wie in den eigenen vier Wänden hatte seine*

Frau das Sagen, die sich der Kundschaft gegenüber redlich mühte, ihre herrische Art hinter dicken Schichten falschem Zuckerguss zu kaschieren, und die überdies eine üble Klatschbase war. Wenn also Miss Beaver tatsächlich ihre Wodka-Rationen aus dem Laden der Higgins bezog, dann hätte sich Mrs. Higgins doch schon längst das Maul über sie zerrissen, so viel stand fest. Ich suchte also in den nächsten Tagen den Krämerladen auf und verstrickte die Ladeninhaber und den Gehilfen in ein unverfängliches Gespräch, wobei ich immer wieder geschickt einfließen ließ, wie zufrieden ich mit meiner neuen Gouvernante war.

»Eine vornehme Dame, man hört von ihr nur Gutes«, schwärmte auch der Krämer mit glänzenden Augen, was ihm einen tadelnden Blick seiner Gattin einbrachte.

»Sie trägt die Nase ein bisschen hoch, sonst ist aber nichts gegen sie zu sagen«, äußerte die Klatschbase sauertöpfisch, da ihr Miss Beaver offenbar noch keinen Anlass geliefert hatte, über sie herzuziehen. Ähnlich verhielten sich auch unsere Dienstboten bei meinen Versuchen, sie behutsam über meine Gouvernante auszufragen. Im Gegensatz zu Mrs. Higgins ließ aber keiner von ihnen verlautbaren, dass Miss Beaver hochnäsig sei. Alle erklärten übereinstimmend, sie sei zwar recht zurückhaltend, aber immer sehr freundlich. Das zeigte mir nur einmal mehr, wie klug und geschickt sie im Umgang mit anderen Menschen war. Sie war schlau genug, das Hauspersonal nicht gegen sich aufzubringen durch Arroganz oder sonstige Kapriolen, wie sie Leuten häufig zu eigen waren, die sich für etwas Besseres hielten. Genauso gelang es ihr mit atemberaubender Souveränität, ihren Dienstherrn und andere Höhergestellte für sich einzunehmen. Selbst meine fromme und tugendhafte Tante Mary hatte nichts an Miss Beaver auszusetzen. Sie war charmant, ohne aufdringlich zu sein, hatte tadellose Manieren, war gebildet, ohne blaustrümpfig zu

wirken, und – was in den Augen der meisten wohl ihre allerhöchste Trumpfkarte war – sie leistete gute Arbeit, indem sie es im Handumdrehen geschafft hatte, mich, die verwöhnte, schwierige Tochter des Hauses, an die Kandare zu nehmen. Alle respektierten sie, nur ich verachtete sie, wie ich in meiner Naivität glaubte. Dabei hatte ich damals nicht den Hauch einer Ahnung, was Verachtung tatsächlich bedeutete – und dass sie einen Menschen dazu bringen kann, über sich selbst hinauszuwachsen.

Der Sommer ging ins Land, und bei schönem Wetter verlagerten meine Gouvernante und ich nicht selten den Unterricht in den Garten. In der Freizeit unternahmen wir Spaziergänge am nahe gelegenen Meeresstrand, denn unser Anwesen grenzte direkt an die Dünen, und ich musste erkennen, dass ich längst nicht so restlos von meiner Eiskönigin kuriert war, wie ich es mir einzureden suchte, denn Miss Beaver faszinierte mich noch immer, und ich träumte sogar von ihr. In diesen Träumen küssten wir uns und streichelten einander lustvoll. Im Kunstunterricht fertigte ich Porträts von ihr an, die sehr gelungen waren. Mein Vater ließ sie rahmen, und ich hängte sie in mein Zimmer. Vielleicht trank sie ja, weil sie einsam und unglücklich war, ging es mir zuweilen durch den Kopf, und ich könnte sie durch unsere Freundschaft vielleicht davon abbringen und auf den Pfad der Tugend führen. Als aufrechte Protestantin war es sogar meine Pflicht, die Gestrauchelte aufzurichten und von ihren Irrungen abzubringen, um wieder ein gottgefälliges Leben zu führen. Solcherart Gedanken hatte ich, und ich wähnte mich schon als die Retterin ihrer verirrten Seele, was es natürlich unabdingbar für mich machte, mich wie ein wachsamer Hütehund unauffällig an ihre Fersen zu heften, wenn sie ihre Feierabende außer Haus verbrachte. Miss Beaver hatte es sich in der warmen Jahreszeit zur Gewohnheit gemacht, sich nach dem Abendessen noch im Garten oder am Strand ein wenig die Beine zu vertreten. Zumeist hatte sie ein Buch dabei und ein warmes Umhängetuch, weil es abends doch recht kühl werden konnte, erst recht an der walisischen Küste. Sie hatte eine Lieblingsbank am Gartenteich, wo sie die Schwäne fütterte oder sich in ihre Lektüre vertiefte, solange es noch hell war. Bei Einbruch der Dämmerung schlenderte sie dann langsam zum Haus zurück, in angemessenem Abstand gefolgt von mir, ihrem unsichtbaren Schatten, der sie im Schutz der alten Bäume und blühenden Sträucher unseres weitläufigen Englischen Gartens unablässig beobachtete. Eines Abends schlug Miss Beaver jedoch zu meiner Verblüffung den Weg zum Strand ein. Will sie so spät noch ans Meer, es wird doch schon dunkel? dachte ich und folgte ihr auf dem Trampelpfad hinter dem Gartentor, der durch den Dünengürtel führte. Im Schutze der Dünen gewahrte ich, dass sie zielstrebig auf die kleine Fischerhütte zueilte, die sich am Strand am Rande der Dünen befand, in der die ortsansässigen Fischer ihre Netze aufbewahrten. Ehe ich mich versah, schlüpfte sie hinein. Meine Gedanken überschlugen sich, ich konnte mir keinen Reim darauf machen, was sie vorhatte, und hastete dorthin. Vorsichtig spähte ich durch ein Astloch an der Rückseite des Bretterschuppens, und bei dem, was ich dort im Halbdunkel gewahrte, gingen mir förmlich die Augen über. Miss Beaver wälzte sich mit einem Mann, der an ihr hing wie eine Klette, in lasziver Umarmung am Boden. Ich konnte ihre keuchenden Atemzüge hören und sah, wie sie sich gegenseitig die Kleider vom Leibe rissen. Mit einer Obszönität, die mir den Atem stocken ließ, ergriff Miss Beaver die Hand des Mannes und presste sie an ihre entblößte Scham. Sie winselte vor Lust, als er sie wenig später wie ein geiler Straßenköter penetrierte. Im schlimmsten Gassenjargon, der mir jemals zu Ohren gekommen war, feuerte sie ihn noch weiter an – als ob das nötig gewesen wäre, denn er ver-

hielt sich ohnehin schon wie ein wild gewordener Berserker, sodass regelrecht die Hütte bebte. Miss Beaver gebärdete sich schamloser als jede läufige Hündin, und das erschütterte mich derart, dass ich das Gefühl hatte, ein übermächtiger Blitzstrahl fahre mir durch den Unterleib, sodass ich mein Wasser nicht mehr halten konnte und mir regelrecht die Sinne schwanden. Anschließend war mir speiübel vor Abscheu, und es fehlte nicht viel und ich hätte mich hinter der Hütte übergeben. Du elende, dreckige Hure – ich hasse dich mehr als alles andere auf der Welt! *Dieser Orkan des Hasses hat sich auch heute, nach mehr als dreißig Jahren, nicht in mir gelegt. Von diesem unglückseligen Moment an hat er mich zu meinen unvergleichlichen Taten angetrieben, so stark und machtvoll, dass die Menschen auch in Jahrhunderten noch darüber sprechen werden.*

Nun gut, der Rest ist rasch erzählt. Im Zuge meiner Beobachtungen kam ans Licht, dass Miss Beaver Affären mit einem halben Dutzend Männer aus unserer Ortschaft hatte: mit dem Lebensmittelhändler Theodor Higgins, seinem jungen Ladengehilfen Peter Beckham, der erst seit einem Jahr verheiratet war und dessen bedauernswerte Frau ein Kind erwartete, und mit vier anderen Männern aus Swansea, einfachen Fischern und Handwerkern, die ebenso wie Higgins und Beckham allesamt Familienväter waren, weit unter Miss Beavers Stand und Bildung und zudem noch deutlich jünger als sie. Das kam wohl nicht von ungefähr, denn da ihren Liebhabern ebenso wie ihr daran gelegen war, dass die Affäre nicht ruchbar wurde, konnte sich Miss Beaver ihrer Verschwiegenheit gewiss sein – und ihres Entgegenkommens, wenn man an die diskreten Schnapslieferungen aus dem Krämerladen dachte. Als Erstes weihte ich Tante Mary über meine nächtlichen Beobachtungen ein, die mich bald darauf zu der Fischerhütte begleitete – und dann platzte schließlich der Knoten. Noch in besagter Nacht erfuhr mein Vater von den schändlichen Vorkommnissen, und es kam zu einem Skandal, der sich gewaschen hatte und der auch für die treulosen Ehemänner nicht ohne Folgen blieb. Daddy war außer sich und setzte Miss Beaver umgehend vor die Tür. Zum Abschied richtete meine Gouvernante noch ein paar aufbauende Worte an mich.

»Ich konnte dich noch nie ausstehen, du hässliches Ding!«, spie sie mir verächtlich ins Gesicht. »Du wirst niemals einen Mann finden, der dich liebt, und falls du dennoch einen abkriegst, dann nur wegen deines Geldes.«

Ich war zunächst noch viel zu perplex, um etwas zu entgegnen. Obwohl ich recht selbstbewusst war, wusste ich doch sehr wohl, wie unattraktiv ich war. Doch schon im nächsten Moment überkam mich eine arktische Gefühlskälte, und ich trat hocherhobenen Hauptes an meine Gouvernante heran, so nahe, dass wir uns Auge in Auge gegenüberstanden.

»Das ist billig, Miss Beaver, so spricht keine Dame, bestenfalls eine Hure!«, zischte ich ihr mit einer Verachtung zu, wie ich sie noch nie zuvor für einen Menschen empfunden hatte. Sie war so übermächtig, dass sie mir wie zahllose kleine Giftpfeile aus allen Poren schoss, die meine Widersacherin mitten ins Herz trafen. In Miss Beavers eisblauen Augen glitzerten Tränen, sie wandte sich jäh von mir ab und hastete aus der Tür hinaus. Ihre Tränen waren gewissermaßen ein letztes Souvenir für mich, denn ich habe sie nie wiedergesehen. Sie blieben mein Triumph, von dem ich viele Jahre zehrte. Doch ich begnügte mich nicht mit der Genugtuung, Miss Beaver mit meiner Entgegnung gedemütigt und verletzt zu haben, in meiner Fantasie stellte ich mir noch ganz andere Dinge vor – wie ich sie erst viele Jahre später in meinen Werken verwirklichen konnte. Obgleich die unsäglichen Qualen und Verstümmelungen, die ich meiner Gouvernante zufügte, nur in meiner Einbildung existierten, so weiß ich *doch heute, dass sie die Sonne waren, die einen außergewöhnlich guten Wein heranreifen ließ, der erst im Alter sein volles Aroma entfalten sollte. Wenngleich ich zugeben muss, dass jedes einzelne meiner Werke eine Hommage an Miss Beaver war, so gab es im Laufe der Zeit auch andere lasterhafte Frauen, die meine Hassfantasien beflügelten.*

Da ich nach dem Fiasko mit Miss Beaver die Nase von Gouvernanten gestrichen voll hatte und auch Daddy wenig Lust verspürte, sich wieder so ein Dreckstück ins Haus zu holen, heiratete er – mit meinem ausdrücklichen Segen, versteht sich – meine liebe Tante Mary, damit ich endlich wieder eine Mutter hatte. Auch wenn sich meine Erziehung unter der Federführung dieses lammfrommen, blutarmen Geschöpfs nicht annähernd so spannend gestaltete wie bei Miss Beaver und sich vor allem auf geistliche Lektüre beschränkte, so war sie doch wenigstens tugendhaft. Daher gründete die Beziehung zu meiner neuen Stiefmutter auch auf Achtung und Respekt, und es fiel mir nicht schwer, »Mutter« zu ihr zu sagen. In einem sehr behutsamen Gespräch, das meine Stiefmutter und ich über den Sinn und Zweck der Ehe führten, brachte ich unmissverständlich zum Ausdruck, dass mir keineswegs der Sinn nach etwaigen Geschwistern stehe, zumal ich es ja auch nicht anders gewöhnt sei. Daher übten sich meine Eltern in Tugend, und ihre Ehe blieb kinderlos. Es ist gerade diese Tugendhaftigkeit, die eine Frau in meinen Augen so auszeichnet. Bedauerlich nur, dass nicht alle Ehemänner so darüber denken und heimlich zu Huren gehen, um den Frevel der Unzucht zu begehen. Im Falle meines Vaters musste ich die bittere Erkenntnis gewinnen, dass er ein Techtelmechtel mit einem Dienstmädchen hatte, das nur wenig älter war als ich. Meine bedauernswerte Stiefmutter ahnte nichts davon oder wollte es nicht ahnen, jedenfalls vermied ich es, mit ihr darüber zu sprechen, um der Guten keinen

Verdruss zu bereiten. Mit Vater indessen ging ich nicht so schonend um. Ich tadelte ihn aufs Schärfste und drohte ihm damit, davonzulaufen, wenn er der Dirne nicht augenblicklich den Laufpass gäbe, was er schließlich auch tat und mir auf Ehre und Gewissen versprach, dass sich Derartiges nicht mehr wiederholen würde. Nach all den niederschmetternden Erkenntnissen, die mir die Augen dafür öffneten, welchen verheerenden Schaden lasterhafte Frauen in den Familien anrichteten, begann ich mich gemeinsam mit meiner Stiefmutter dem regen Engagement unseres Gemeindpfarrers anzuschließen, gefallene Mädchen und Frauen in einem sogenannten Magdalenen-Asyl der Rechtschaffenheit zuzuführen, einer sowohl von der Kirche als auch von menschenfreundlichen Laien getragenen wohltätigen Einrichtung in meiner Heimatstadt Swansea, die es sich unter Berufung auf die Legende der Maria Magdalena zur frommen Aufgabe gemacht hatte, reuigen Prostituierten und anderen liederlichen Frauenzimmern ein tugendhaftes Leben außerhalb des Lasters zu ermöglichen. So erhielten die Gestrauchelten nicht nur die Möglichkeit, regelmäßig den sonntäglichen Gottesdienst in unserer Gemeindekirche zu besuchen, wo sie, hinter einem Paravent von den Gemeindemitgliedern abgeteilt, der Predigt lauschen konnten, durch unsere unermüdliche Spendenarbeit fanden sie im Magdalenen-Asylum auch ein bescheidenes, aber sauberes Zuhause, das sie vor dem Rückfall in das Laster bewahrte. Da diese Subjekte dergestalt auf Kosten des Gemeinwohls ein behagliches Leben führen konnten, welches durch mildtätige Spenden unserer Bürgerschaft finanziert wurde – allein mein Vater hatte nicht weniger als 1000 Pfund für den Bau und die Ausstattung des Gebäudes gespendet –, war es nicht mehr als angemessen, diese Wohltat, wenn auch nur ein Stück weit, an die Gemeinschaft zurückzugeben. Und da Müßiggang bekanntlich aller Laster Anfang ist, wurde den

Sünderinnen die Möglichkeit gegeben, in einer angegliederten Wäscherei die anfallende Wäsche des Swansea-Hospitals zu waschen; andere sittenlose Frauen und Mädchen erhielten wiederum die Aufgabe, die Krankenhauswäsche auszubessern und zu flicken, desgleichen gab es auch eine Bügelabteilung.

Zu dieser Zeit las ich zahlreiche Werke berühmter Philanthropen und Geistlicher. Bestimmte Passagen daraus kenne ich auch heute noch auswendig, so einprägsam waren die frommen Botschaften. Immer wieder war die Rede von den »gefallenen Frauen, die mit der Zeit unter der Obhut einiger tugendhafter Aufseherinnen zu gebührender Gottesfurcht und Abscheu vor ihrem schändlichen Tun bekehrt werden könnten« oder »durch wahre christliche Zucht von ihrem Irrweg ablassen würden«. Kurzum: All die guten Leute, ich selbst nicht ausgenommen, waren der Überzeugung, dass es in dem von uns gestifteten Magdalenen-Haus möglich sei, aus schlechten und verderbten Frauen gute zu machen. Ich selbst verkündete anlässlich einer Rede vor unserem hiesigen Bibelkreis, das Ziel des Magdalenen-Asylums sei es, eine verkommene Dirne in eine bescheidene, anständige Frau zu verwandeln. Nahezu zehn Jahre engagierte ich mich nach Leibeskräften, solch ein Wunder zu bewerkstelligen. Doch heute weiß ich, dass das alles vergebliche Liebesmüh war. Die gefallenen Frauen waren fern einer jeglichen Reue, sie fühlten sich nicht schlecht und schuldig und suchten im Asyl auch keine Erlösung. Für sie war das Magdalenen-Haus eine behagliche, kostenlose Unterkunft, wo sie ein sauberes Bett hatten und immer an einem gedeckten Tisch sitzen konnten. Im Asyl ging es ihnen doch sehr viel besser als im Gefängnis, Armenhaus oder auf der Straße. Es hat einige Zeit gebraucht, bis ich erkannte, dass das Laster nicht heilbar war. Es ist schlimmer als die Pest, und es gibt nur eine Möglichkeit, es zu besiegen: Man muss es ausmerzen!

»Starker Tobak«, stieß Mathew zwischen den Zähnen hervor und legte Lillis Aufzeichnungen beiseite.

Ein Blick auf die Uhr verriet ihm, dass es bereits kurz nach Mitternacht war, und schon in wenigen Stunden, um sechs Uhr in der Früh, musste er wieder seinen Dienst antreten. Er hatte eigentlich gedacht, dass ihn das Lesen schläfrig machen würde, doch die verstörende Lektüre hatte eher das Gegenteil bewirkt. *Die hat tatsächlich nicht mehr alle Tassen im Schrank,* dachte er und goss sich noch einen Gin ein, in der Hoffnung, wenigstens dadurch die nötige Bettschwere zu erhalten. *Da bringst du schon dein ganzes Leben mit Irren zu, und dann musst du dir auch noch die Arbeit mit nach Hause nehmen. Ganz schön verrückt, so was,* befand er grimmig und stürzte das Glas in einem Zug hinunter. *Das letzte für heute,* beschloss er, löschte das Licht und legte sich auf die schmale, durchgelegene Pritsche unter der zugigen Dachschräge, die die Bezeichnung »Bett« beileibe nicht verdiente.

Doch obwohl er hundemüde war, konnte er nicht einschlafen und musste immer wieder an Lillis Memoiren denken, die ihn, wenngleich er einiges gewohnt war, ziemlich aufgewühlt hatten. Nicht, weil daraus deutlich hervorging, dass sie bereits in jungen Jahren schwer gestört gewesen war. Deswegen war sie ja schließlich auch im Irrenhaus gelandet. Nein, da hatte er schon ganz andere Sachen erlebt während der langen Dienstjahre in der Kriminalabteilung des Bethlem Royal Hospitals. Es war die Art ihrer Verrücktheit, die ihm so zu denken gab, diese außergewöhnliche Intelligenz, gepaart mit notorischer Gefühlskälte und einem krankhaften Drang zur Grausamkeit, die sie so überaus geschickt vor ihrer Umwelt kaschierte. Selbst er als erfahrener Irrenhauswärter hätte nicht gedacht, dass diese blitzgescheite, zurückhaltende Dame der guten Gesellschaft, die ihm in all den Jahren niemals Verdruss bereitet hatte, hinter ihrer harmlosen Fassade eine kaltherzige, religiöse Fanatikerin war, die Tiere gequält, Dienstboten schikaniert und Hassfantasien gegen ihre Gouvernante entwickelt hatte, bloß weil diese gerne einen trank und Spaß mit Männern hatte. Und dann immer wieder diese seltsamen Anspielungen auf ihr Werk und ihre Taten, mit denen sie der Menschheit einen großen Dienst erwiesen hätte. *Eindeutige Anzeichen von Größenwahn,* konstatierte Mathew trocken, auch wenn Lilli nach außen hin keine Symptome gezeigt hatte, wie sie für wahnhafte Propheten, Menschheitsretter oder andere sendungsbewusste Paranoiker typisch waren, die allesamt eine große Mission zu erfüllen hatten. Er hatte jedenfalls genug von Lillis Memoiren, die ihm auch jetzt noch den Schlaf raubten, obwohl er eine ganze Flasche Gin intus hatte. Immerhin war es das erste Mal seit gut einem Jahr, dass er vor dem Einschlafen an etwas anderes dachte als an Mandy, die er seit ihrer Trennung einfach nicht aus dem Kopf kriegte. *Jetzt mach nicht auch noch dieses Fass auf, du blöder Hund,* ermahnte er sich ungehalten und zog sich die fadenscheinige Wolldecke über die Ohren, um endlich die Schotten dicht zu machen vor diesem jämmerlichen Scheißleben – und sei es auch nur für ein paar Stunden.

Kapitel 2

Als die Nachtschwester an diesem kalten, nebligen Freitagmorgen die gepanzerte Stationstür entriegelte, stieß Mathew beim Anblick ihrer reservierten Miene und der kühlen Art, wie sie ihn begrüßte, innerlich einen Fluch aus.

»Betty liegt mit Fieber im Bett«, erläuterte sie sauertöpfisch. »Da musste ich leider einspringen, obwohl ich gestern meinen freien Tag hatte.«

Debbie Taylor, die zehn Jahre jünger war als er und vor ein paar Jahren ihren Mann bei einem Arbeitsunfall auf der Werft verloren hatte, hatte es Mathew nämlich sehr übel genommen, dass er ihr nach einer kurzen, aber lustvollen Affäre den Laufpass gegeben hatte. Die attraktive Pflegerin hatte seit ihrer Witwenschaft ein Auge auf ihn geworfen, und bei der Weihnachtsfeier im letzten Jahr, bei der wie immer reichlich Schnaps geflossen war, denn die meisten Bediensteten des Irrenhauses waren dem Trunke nicht abgeneigt – die Ärzteschaft nicht ausgenommen –, war aus dem Schäkern mehr geworden. Er war mit Debbie in ihre Wohnung gegangen, wo sie im Bett gelandet waren. Obwohl Mathew ziemlich blau gewesen war, hatte er es ihr gut besorgt und somit keinen Zweifel daran gelassen, dass er nicht nur vom Äußeren her, sondern auch im Bett ein ganzer Kerl war. Er hatte seine Frau in fast dreißig Jahren Ehe nie betrogen, aber es war nach dieser langen Zeit einfach verlockend gewesen, mit einer anderen Frau zu schlafen, und so konnte er Debbies Reizen nicht länger widerstehen. Am Morgen danach hatte er dann einen ausgewachsenen Kater – und ein verdammt schlechtes Gewissen seiner Frau gegenüber, welches durch Debbies Anhänglichkeit – die schließlich in dem Geständnis mündete, dass sie sich in ihn verliebt habe – nur noch verstärkt wurde. Er möge sie ja auch, hatte er gepresst erwidert, aber er sei eben auch ein verheirateter Mann mit vier Kindern.

»Ich habe auch zwei Kinder«, hatte Debbie entgegnet, »die beide schon auf eigenen Beinen stehen, wie deine Kinder auch.«

»Außer Maureen, die ist erst zehn«, hatte Mathew eingewendet. Er erinnerte sich noch gut, wie sein Herz sich bei der Erwähnung des geliebten Nesthäkchens schmerzhaft zusammengezogen hatte. Da nun jedoch seine Mannhaftigkeit trotz Debbies Bemühungen hoffnungslos darniederlag und er auch auf ihre Zärtlichkeit nicht mehr eingehen mochte, verabschiedete er sich mit einem Kuss auf ihre Wange und wollte schon zur Tür gehen, als Debbie fragte, wann sie sich denn wiedersehen würden, denn für sie sei ihre erste gemeinsame Nacht weitaus mehr als nur eine Bettgeschichte gewesen – und sie spüre genau, dass es ihm ähnlich ergehe.

»Demnächst … auf der Arbeit, denke ich«, grummelte er betreten.

Debbie war maßlos enttäuscht und fing unvermittelt an zu weinen. In so einem Zustand konnte er sie schwerlich allein zurücklassen, er war ja schließlich kein herzloser Schuft, der nur ein flüchtiges Abenteuer suchte und sich dann wieder aus dem Staub machte. Immerhin waren sie Kollegen und kannten sich schon viele Jahre. Also ging er zurück, setzte sich auf die Bettkante und breitete tröstend seinen Arm um Debbie. Ehe er sich's versah, fiel sie ihm um den Hals, küsste ihn leidenschaftlich, und da wurde er eben wieder schwach. Nach dem Liebesakt, der ihm durchaus gefallen hatte, schmiegte sie ihren Kopf an seinen muskulösen Oberkörper und sagte, sie seien wie füreinander geschaffen, das habe doch auch er gemerkt, da sei sie sicher.

»Ja, hat schon Spaß gemacht«, erklärte er immer noch leicht außer Atem und dachte bei sich, dass es ihm mit seiner Frau auch noch Spaß machte – und das nach fast dreißig Jahren. Als habe sie seine Gedanken erraten, küsste sie seine Brustwarzen, an denen er besonders empfindlich war, und flüsterte, sie könne ihn glücklicher machen als Mandy. Denn wenn er mit seiner Frau wirklich glücklich wäre, hätte er sich ja nicht mit ihr eingelassen. Als er darauf nichts entgegnete und auch nicht auf ihre Zärtlichkeit einging, richtete sie sich plötzlich auf und funkelte ihn entschlossen an. »Du sagst es ihr doch, das mit uns, meine ich …«

»Normalerweise habe ich vor meiner Frau keine Geheimnisse«, äußerte Mathew ausweichend und traf Anstalten, sich aus dem Bett zu erheben und anzukleiden.

»Wenn du es nicht machst, mache ich es!« Debbie war hartnäckiger, als er gedacht hatte – ihr war es bitterernst, daran bestand kein Zweifel.

»Ich denke schon, dass ich mit ihr reden werde«, sagte er, verzichtete diesmal jedoch auf einen Abschiedskuss und winkte ihr nur zu, ehe er aus der Tür trat.

Als er an jenem Morgen nach Hause kam, musste er gar nicht mehr viel sagen, denn seine Frau ahnte bereits, was passiert war.

»Mit wem?«, erkundigte sie sich kehlig und mühte sich tapfer, ihre Tränen zu unterdrücken.

»Mit Debbie«, antwortete er zerknirscht und fügte hinzu, dass es ihm leidtue. Mandy starrte ihn daraufhin nur mit versteinerter Miene an, aber er konnte in ihren grünen Augen deutlich lesen, wie tief sie verletzt war. Er ging auf sie zu und wollte sie in die Arme schließen. »Mandy, es tut mir so leid«, stieß er hervor. »Ich hatte einen im Tee und da bin ich schwach geworden. Mehr war da nicht, und das wird sich auch nicht mehr wiederholen, darauf kannst du dich verlassen. Bitte verzeih mir, ich liebe dich, Mandy, und daran wird sich auch nie etwas ändern …«

»Doch, Mathew, es wird sich etwas ändern«, schnitt Mandy ihm das Wort ab. »Du packst jetzt auf der Stelle deine Sachen und ziehst aus.« Ihr Tonfall war kalt und entschlossen, wie Mathew alarmiert feststellte, denn er kannte seine Frau und wusste, dass sie so etwas niemals sagen würde, wenn es ihr nicht ernst damit wäre. Mandy war keine von diesen Zimtzicken, die ihren Männern wegen jeder Kleinigkeit eine Szene aufs Parkett legten. Sie war unprätentiös, geradlinig und hatte ein goldenes Herz. Eine bessere Gefährtin als sie hätte er niemals finden können. Sie war eine allseits beliebte und hochgeachtete Frau, von ihm und den Kindern innig geliebt. Unversehens wurde ihm ganz elend zumute, und er spürte, dass er zu weit gegangen war.

»Wenn ich nicht schon seit Jahrzehnten deine Sauferei mitmachen müsste, dann hätte ich jetzt gesagt, dumm gelaufen, aber das kann ja mal passieren, und hätte dir deine Affäre verziehen. Aber beides zusammen ist mir zu viel, und deswegen setze ich dich auch vor die Tür, obwohl mir das Herz blutet. Hau ab, Mathew, und komm erst wieder, wenn du mit dem Saufen aufgehört hast!«

Mandys Worte hatten sich unauslöschlich in sein Gedächtnis eingebrannt. Er hatte mit Engelszungen versucht, sie umzustimmen, doch vergebens – seine stolze »hardheaded woman«, wie er sie seit der ersten Zeit ihrer Liebe nannte, hatte konsequent an ihrer Entscheidung festgehalten.

»Meine Tür ist nicht ganz zu für dich, du kannst im Lokal immer einen Teller Suppe kriegen, und ich habe auch nichts dagegen, wenn du die Kinder sehen willst. Ich weiß doch, wie du an ihnen hängst, besonders an der Kleinen«, hatte sie später gesagt, als er mit seinem gepackten Koffer vor ihr stand, und er hatte ihr ergriffen die Hand geküsst.

»Am meisten hänge ich an dir, und das wird auch immer so bleiben«, war es aus ihm herausgebrochen, und er war davongestürmt, damit sie seine Tränen nicht sah. Dann hatte er sich in der schäbigen Dachmansarde eingemietet, in der er immer noch hauste, sich zwei Tage lang besoffen – mit dem eisernen Entschluss, vom dritten Tag an keinen Tropfen mehr anzurühren, damit ihn Mandy wieder aufnehmen würde. Gerade mal einen Tag hatte er es geschafft, auf den Schnaps zu verzichten, und dabei war ihm so hundeelend zumute gewesen, dass er kaum noch in der Lage war, seine Arbeit anständig zu machen. Er hatte heftige Schweißausbrüche, Herzrasen und zitterte wie ein Entenarsch. Walter, sein langjähriger Kollege und guter Kumpel, der früher selbst mal gesoffen hatte, inzwischen aber seit zwei Jahren enthaltsam war, erkannte sofort, was Mathew durchmachte.

Nach einem plötzlichen Krampfanfall, den Walter auf der Arbeit erlitten hatte, war ihm vom Stationsarzt der Suchtabteilung, Doktor Nicholson, eröffnet worden, er habe einen alkoholbedingten Epilepsie-Anfall gehabt, was durchaus häufiger auftreten könne, wenn er weiter trinke. Walter, der als langjähriger Irrenhauswärter schon genug Epileptiker gesehen hatte, war damals derart schockiert gewesen, dass er von heute auf morgen mit dem Trinken aufgehört hatte.

»Lass dir von Nicholson was geben, damit du leichter durch den Entzug kommst«, hatte er ihm zugeflüstert. »Hab ich damals auch gekriegt, aber davon wirst du so müde, dass du nur noch pennen willst.«

Da das Mathew wenig behagte, hatte er darauf verzichtet und nur gemurmelt, er werde es schon so schaffen. Er erinnerte sich mit einem Mal daran, dass auch seine distinguierte Patientin Lilli Wilson bemerkt hatte, wie schlecht es ihm gegangen war.

»Kann ich irgendetwas für Sie tun, Mathew?«, hatte sie ihn gefragt, als er bei ihr in der Zelle war. Das war ihm peinlich gewesen, und er hatte verneint. Für einen flüchtigen Moment hatte sie ihn daraufhin eindringlich angesehen und gesagt: »Mit eisernem Willen und Gottes Beistand stehen Sie das durch. Ich werde für Sie beten.«

Wenngleich Lilli dies mit der üblichen Emotionslosigkeit geäußert hatte, so hatte ihn ihre Anteilnahme doch berührt.

»Wir haben übrigens einen Todesfall«, riss ihn Debbies Stimme unversehens aus seinen Gedanken. »Die Wilson ist heute Nacht gestorben. Ich wollte so gegen drei Uhr nach ihr sehen und fragen, ob sie noch eine Morphiumspritze braucht, da lag sie tot in ihrem Bett.«

Obwohl die Todesnachricht nicht überraschend kam, wurde ihm ganz flau im Magen, und er hätte gut einen Schnaps gebrauchen können.

»Professor Soderberg hat vorhin den Totenschein ausgestellt und angeordnet, dass die Leiche abgeholt wird. Das Bett könnt ihr dann putzen und frisch beziehen, ich habe in einer halben Stunde Feierabend.«

»Ich gehe noch mal zu ihr rein, bevor sie abgeholt wird«, erklärte Mathew entschlossen und eilte zu Lillis Zellentür, die nur angelehnt war. Im flackernden Gaslicht der Deckenlampe wohnte den eingefallenen Gesichtszügen der Toten etwas Gespenstisches inne, und Mathew überkam unwillkürlich ein Schaudern. Dennoch neigte er das Haupt vor der Verstorbenen, bekreuzigte sich und bewegte die Lippen zu einem stillen Gebet, das war er seiner langjährigen Patientin schuldig. War ihm Lilli schon zu Lebzeiten, vor allem in den letzten Jahren, häufig genug als leere Hülle erschienen, die nur noch reglos in ihrem Lehnstuhl saß und mit leerem Blick vor sich hin starrte, so verstärkte sich dieser Eindruck im Tod fast ins Groteske. Aus der ehedem so tief in ihrer eigenen, fernen Welt Entrückten war ein seelenloses Etwas geworden. Lillis Leichnam gemahnte Mathew an einen hohlen Kokon, aus dem ein unsichtbares Insekt geschlüpft und noch irgendwo im Raum präsent war. Beim Gedanken daran wurde ihm so unheimlich zumute, dass ihm Schweißperlen auf die Stirn traten. *Du hast sie doch nicht mehr alle,* suchte er sich auf den Boden der Tatsachen zurückzuholen. *Du solltest weniger saufen, demnächst siehst du noch weiße Mäuse.*

»Friede deiner Seele«, murmelte Mathew verstört und hatte es plötzlich eilig, aus der Zelle hinauszugelangen.

Am späten Freitagnachmittag, kurz vor Dienstschluss, wurde er ins Büro des Anstaltsleiters Professor Soderberg zitiert. Es hatte bestimmt etwas mit Lillis Testament zu tun, mutmaßte er, das er und seine Kollegin Mildred in einem verschlossenen Kuvert in Lillis Nachtkonsole gefunden hatten, als sie das Bett gereinigt und frisch bezogen hatten. Sie hatten den Umschlag mit der Aufschrift *Mein letzter Wille* an Professor Soderberg weitergeleitet.

Der hagere Psychiater mit dem kurz geschnittenen weißblonden Haar und dem vergeistigten Gelehrtengesicht, eines der jüngsten Mitglieder der Royal Society of Medicine und bereits mit achtundzwanzig Jahren habilitiert, galt als überaus ehrgeizig. Entgegen seinem Vorgänger Professor Hood, dem ein warmherziges, väterliches Wesen zu eigen gewesen war, war der junge Anstaltsleiter, der gleichzeitig auch der Chefarzt der Kriminalabteilung war, ganz und gar ein Mann der Wissenschaft, der großen Wert auf Hierarchien legte. Von den ihm unterstellten Kollegen protegierte er nur diejenigen, die ihm absolut ergeben waren, wer andere Ansichten vertrat als er und es wagte, ihm die Stirn zu bieten, konnte sich in der Anstalt nicht lange halten. Dem Pflegepersonal, das keine wissenschaftliche Ausbildung durchlaufen hatte, begegnete er spröde und arrogant, und im Umgang mit den Patienten konnte man sich des Eindrucks nicht erwehren, dass die Kranken ihm in erster Linie als Anschauungsobjekte dienten, die seine Thesen untermauerten. Das alles trug dazu bei, dass Professor Soderberg weder beim Personal noch bei den Insassen des Bethlem Royal Hospitals sonderlich beliebt war. Auch Mathew konnte den bornierten Schnösel nicht ausstehen, der gut und gerne sein Sohn hätte sein können.

Als er nach dem Anklopfen in das Arbeitszimmer des Anstaltsleiters trat, nickte ihm dieser hinter seinem Schreibtisch nur kühl zu und bot ihm noch nicht einmal einen Platz an, wie Professor Hood es immer getan hatte, der, fern von jeglichem Standesdünkel, gerne einen Schwatz mit seinen Mitarbeitern gehalten hatte, bei dem er einen jeden, vom Oberarzt bis zum Küchenpersonal, mit Tee, Gebäck und Brandy bewirtet hatte. Das *Fischauge*, wie Soderberg von seinen Untergebenen hinter vorgehaltener Hand genannt wurde, überreichte ihm eine kleine, mit dunkelblauem Samt verkleidete Schatulle, in der Lilli immer ihren Schmuck aufbewahrt hatte.

»Nachdem Lady Wilson in ihrem Testament ausdrücklich bestimmt hat, dass Sie ihren Schmuck bekommen sollen und Professor Wilson mir soeben zurücktelegrafiert hat, dass er an den Schmuckstücken seiner verstorbenen Gattin keinerlei Interesse hegt, mögen Sie meinethalben darüber verfügen«, erläuterte er herablassend. »Es sind zwar nicht gerade die Kronjuwelen, aber ein paar hundert Pfund werden die Stücke schon wert sein. Tragen Sie's nicht gleich ins Pfandhaus, sondern heben Sie es sich besser als Rücklage auf, Morgan, Ihre Familie wird's Ihnen danken«, fügte Soderberg mit Anspielung auf Mathews Trinkgewohnheiten hinzu, die auch ihm schon zu Ohren gekommen waren.

Ohne weiter darauf einzugehen, bedankte sich Mathew bei seinem Vorgesetzten und trat mit dem Schmuckkästchen in den Händen auf den Flur hinaus, ging in das benachbarte menschenleere Wartezimmer, wo er sich auf einem Besucherstuhl niederließ und sorgfältig den Inhalt begutachtete. Neben einer goldenen Damentaschenuhr mit Uhrkette, die Lilli immer bei sich getragen hatte und die ein Geschenk ihres verstorbenen Vaters gewesen war, befanden sich in der Schatulle eine Perlenkette mit dazu passenden Ohrsteckern, welche Lady Wilson immer an Sonn- und Feiertagen angelegt hatte, sowie drei Ringe. Das Gewicht des schlichten goldenen Eherings ließ vermuten, dass er aus hochkarätigem Gold bestand. Lilli hatte ihn bis zu ihrem Tode immer am Finger getragen. Bei einem der beiden anderen Ringe handelte es sich um einen mit einem lupenreinen, kunstvoll geschliffenen Brillanten, der aussah, als sei er ein Vermögen wert. Er hatte ihn nie an Lilli gesehen, auch den anderen Ring, einen billigen Blechring mit einem roten Glasstein, hatte sie nie getragen. In Anbetracht der exquisiten Qualität der anderen Schmuckstücke wunderte sich Mathew ein wenig über den wertlosen Tand, der so gar nicht zu Lady Wilson und ihrem ausgesuchten Geschmack zu passen schien. *Vielleicht eine Kindheitserinnerung,* sinnierte er und schloss die Schatulle wieder. Sein Herz schlug höher, als er mit dem Schmuckkästchen in der Tasche seines weißen Pfleger-kittels der Kriminalabteilung zustrebte. Er würde die Schatulle gleich morgen zu Mandy bringen, damit sie sie sicher verwahrte – ohne den Brillantring darin, denn den würde er in seiner Tasche tragen, um ihn Mandy an den Finger zu stecken. Na, die würde vielleicht Augen machen, denn so etwas Schönes und Kostbares konnten sich doch einfache Leute wie sie gar nicht leisten.

»Was wollte denn das Fischauge von dir?«, fragte einer der Kol-legen, als Mathew auf die Station zurückkehrte, und auch die an-deren Wärter musterten ihn neugierig.

Mathew vermutete, dass die Neuigkeit in der Anstalt ohnehin die Runde machen würde, da Soderberg es mit der Diskretion nicht so genau nahm, wenn er die Gelegenheit witterte, seine Un-tergebenen gegeneinander auszuspielen, also antwortete er leicht verlegen, Lilli Wilson habe ihm ihren Schmuck vermacht.

»Hey, altes Haus, dann kannste uns ja heute zum Feierabend ordentlich einen ausgeben«, krähte Igor, ein ehemaliger russischer Zirkusakrobat mit der Statur eines Pitbulls.

»Kann ich machen«, sagte Mathew gutmütig, denn er wollte es sich mit den Kollegen nicht verderben. Er verabredete sich mit ihnen für zwanzig Uhr im nahe gelegenen Bedlam's Inn.

Kapitel 3

Da Mathew an diesem Samstag frei hatte, beschloss er, nach dem Morgentee einen kleinen Spaziergang zur Southwark Bridge zu machen, um seiner Frau, die am Themseufer ein kleines Fischlokal betrieb, einen Besuch abzustatten und ihr von Lillis Hinterlassenschaft zu berichten. Vorher wusch und rasierte er sich gründlich, fuhr sich mit dem Kamm durch das kurz geschnittene Haar, das an den Schläfen schon grau wurde, und zog sich seine Sonntagskleidung an, denn er wollte einen guten Eindruck machen. Ehe er die Dachmansarde verließ, nahm er den Brillantring aus der Schmuckschatulle, wickelte ihn sorgsam in ein Taschentuch und verstaute ihn in seiner Hosentasche. Die Schatulle verwahrte er in einer alten Stofftasche, die er zum Einkaufen verwendete, schob sich eine Handvoll Lakritzpastillen in den Mund, um frischen Atem zu haben und nicht nach Gin zu riechen, den er am Abend zuvor beim Saufgelage mit den Kollegen reichlich konsumiert hatte, und schloss hinter sich die wurmstichige Mansardentür. Als er hinaus auf die Straße trat, peitschte ihm ein stürmischer Wind eisige Regenschauer ins Gesicht, und er stellte seinen Mantelkragen hoch. Ein Novembertag, wie er trostloser nicht sein konnte, und es schmerzte Mathew in der Seele, dass ihn das Leben auf seine alten Tage dazu verdammt hatte, einsam und fernab seiner Familie ein freudloses Dasein in einer schäbigen Dachkammer zu fristen. *Ehe du wieder in Selbstmitleid versinkst, solltest du dir klarmachen, dass es der Schnaps ist, dem du dein Elend zu verdanken hast,* gingen ihm plötzlich die Worte seiner Frau durch den Sinn, die sie mit der üblichen Resolutheit geäußert hatte, als er sich einmal mehr über die Trennung beklagte. *Wie recht sie doch hat, und du Memme hast es in fast einem Jahr noch nicht geschafft, vom Saufen loszukommen, obwohl du sie mehr liebst als alles andere auf der Welt.*

Aber nicht mehr als den Schnaps, hatte Mandy ihm auf seine Liebesbeteuerung hin an den Kopf geworfen, und er hatte bedrückt geschwiegen – weil da ja was dran sein musste. Denn wie war es sonst zu erklären, dass er es einfach nicht packte, mit dem Trinken aufzuhören, und stattdessen in Kauf nahm, die Frau, die er liebte, für immer zu verlieren?

Zweimal war er seit ihrer Trennung zu Mandy zurückgekehrt, mit dem eisernen Vorsatz, keinen Schnaps mehr anzurühren. Doch nach ein paar Tagen hatte er still und heimlich wieder damit angefangen, weil er es kaum noch ausgehalten hatte, so dreckig war es ihm gegangen – und dann hatte ihn Mandy wieder vor die Tür gesetzt, und das Ende vom Lied war, dass er sich nach den kurzen Aufenthalten in der häuslichen Geborgenheit nur noch mieser gefühlt hatte als zuvor. Er war ganz verrückt vor Sehnsucht gewesen nach Mandys üppigem, warmem Körper, den er innig in den Armen gehalten hatte, und nach den Grübchen auf ihren sommersprossigen Wangen, die es ihm vom ersten Moment an, als sie sich begegnet waren, angetan hatten.

Mandy war damals erst sechzehn gewesen, als sie sich vor nunmehr dreißig Jahren am Osthafen kennengelernt hatten, wo Mathew sich häufig herumtrieb und Mandy gemeinsam mit ihren jüngeren Geschwistern den Fang ihres Vaters abholte, dessen Fischerboot dort anlegte. Mathew war achtzehn und hatte schon etliche Jobs ausprobiert, die meisten davon lausig bezahlte Drecksarbeiten. Was man als Sohn eines Gelegenheitsarbeiters aus dem Elendsquartier Spitalfields halt so kriegen konnte. Der baumlange Mathew, der schon in jungen Jahren die Statur eines Totschlägers hatte, konnte zupacken – und zuschlagen. So ergab es sich bald, dass er anfing, sich im Gangstermilieu zu verdingen, als Aufseher in Bordellen, Geldeintreiber und Leibwächter für einen Gangsterboss. Er verdiente leidlich gut, doch die Sache hatte einen Haken: Auch wenn er wegen seines Körperbaus ganz schön was hermachte und kaum ein Ganove sich mit ihm anlegen wollte, so machte es ihm doch im Grunde genommen keinen Spaß, andere Leute zu vermöbeln. Denn hinter Mathews furchteinflößender Fassade verbarg sich ein sanftes Gemüt – und ein Hang zur Melancholie. Die Fischerstochter mit den rotblonden Haaren, deren Mutter eine Fischkantine am Themseufer betrieb, fühlte sich zu Mathew hingezogen, der nie einen Hehl daraus gemacht hatte, dass er bis über beide Ohren in sie verliebt war. Mandy gefiel sein muskulöser Körper und sein verwegenes Gesicht, die auf den ersten Blick nicht verrieten, dass er ein grundguter Bursche mit einem friedfertigen Wesen war. Was Mandy jedoch überhaupt nicht zusagte, war Mathews schlechter Umgang. Obwohl sie noch sehr jung war, wusste sie schon ganz genau, was sie wollte: einen Mann, auf den sie sich verlassen konnte, und einen Stall voll Kinder. Und sie war nicht bereit, einem Windhund das Jawort zu geben, der früher oder später sowieso im Kittchen landete oder mit einem Messer im Rücken in der Themse trieb. In der Fischkantine ihrer Mutter verkehrten auch Wärter aus dem nahe gelegenen Bethlem Royal Hospital, allesamt baumlange, kräftige Burschen, die in der Lage waren, tobsüchtige Geistesirre zu bändigen – und da war ihr die Idee gekommen, ob das nicht auch etwas für Mathew sein könnte.

So hatte es sich bald ergeben, dass er eine Stelle als Irrenhauswärter in der Kriminalabteilung für Frauen bekam. Mathew und Mandy hatten daraufhin geheiratet, ein Kind nach dem anderen in die Welt gesetzt und waren sehr glücklich miteinander gewesen – bis sich mit der Zeit herausstellte, dass Mathew sein Dienst erheblich aufs Gemüt schlug. Es machte ihm zu schaffen, einen großen Teil seiner Zeit mit weiblichen Ungeheuern zubringen zu müssen, die bestialische Morde begangen hatten, und er fing an zu trinken, in der trügerischen Hoffnung, damit die Dämonen, die ihm auch nach Feierabend noch im Kopf herumspukten, zum Schweigen zu bringen. In den vergangenen Jahren hatte sich das bei ihm auf eine Flasche Gin am Abend eingependelt, deutlich zu viel, wie er selbst nur zu gut wusste. Er war immer ein stiller, melancholischer Trinker gewesen, der niemals ausfallend gegen Frau und Kinder geworden war. Dazu liebte er sie viel zu sehr, doch mit jedem Glas Schnaps ersäufte er auch nach und nach seinen Schneid und seine Lebenskraft. Mandy hatte keine Mühe gescheut, ihn davon abzubringen, und war sogar zu Temperenzler-Versammlungen gegangen, um sich Rat zu holen. *Es nutzt nichts, wenn Sie wollen, Mrs. Morgan, dass Ihr Mann mit dem Trinken aufhört, er selbst muss es wollen,* hatte man ihr dort gesagt, und sie war so verzweifelt nach Hause gekommen, wie Mathew sie noch nie erlebt hatte. Deswegen hatte er sich schließlich auch von ihr erweichen lassen und war zu einem Treffen der Mäßigkeitsbewegung mitgegangen, aber das hatte nicht gefruchtet. Insgeheim hatte er sich über diese sauertöpfischen Abstinenzler lustig gemacht und sich des Eindrucks nicht erwehren können, dass ihnen das hochgelobte Leben ohne Alkohol in Wahrheit reichlich fade schmeckte.

Inzwischen aber beschlichen ihn leise Zweifel, ob er damit richtig gelegen hatte, denn fader und trostloser als das Leben eines einsamen, in die Jahre gekommenen Säufers, der alles an den Suff verloren hatte, was ihm einmal lieb und wert gewesen war, konnte das Leben doch gar nicht mehr sein.

Nachdenklich setzte Mathew seinen Weg durch Southwark fort, vorbei an den tristen Fabrikgebäuden mit den rauchenden Schloten, den eng an eng stehenden kleinen Backsteinhäusern, in denen die Familien der Fabrikarbeiter hausten, die oftmals vom jüngsten Kind bis zu den Eltern in den Manufakturen schufteten.

Als er sich dem Fishermen's Inn näherte und hinter den Fenstern Mandy gewahrte, die in dem kleinen Gastraum mit Schüsseln in den Händen geschäftig von Tisch zu Tisch eilte, bekam er Herzklopfen. Seit geraumer Zeit hatte es sich zwischen ihnen eingespielt, dass er an seinen freien Samstagen vorbeikam – aus alter Verbundenheit, die durchaus auf Gegenseitigkeit beruhte. Mandy ließ es sich bei diesen Gelegenheiten nie nehmen, ihn ausgiebig mit ihren einfachen, aber schmackhaften Gerichten zu bewirten. Auf Bier oder andere alkoholische Getränke indessen musste er in ihrem Lokal verzichten. Sie nahm sich auch jedes Mal Zeit für ihn, setzte sich zu ihm an den Tisch und unterhielt sich mit ihm über alles, was von Belang war, und begegnete ihm insgesamt mit großer Warmherzigkeit, wie er es nicht anders von ihr kannte. Stets zugegen war auch die zehnjährige Maureen, die sehr an ihrem Daddy hing und ihn sehnsüchtig erwartete. Mathew hatte immer ein Mitbringsel für Mutter und Tochter dabei und oft unternahm er mit Maureen einen kleinen Ausflug.

Als er in die Gaststube trat, stürmte ihm die Zehnjährige sogleich entgegen und umhalste ihn freudig. Mathew traten jedes Mal die Tränen in die Augen, wenn er sie an sich drückte. *Wenn du es schon nicht um deinetwillen oder meinetwillen tust, dann mach es doch wenigstens für Maureen, sie braucht dich und vermisst dich,* gingen ihm Mandys Worte durch den Sinn, und er hasste sich für seine Willensschwäche.

Auch Mandy kam auf ihn zu und umarmte ihn herzlich.

»Setzt euch schon an unseren Tisch, ich komme gleich dazu«, erklärte sie und wies auf den kleinen Tisch neben der Theke, welcher der Familie vorbehalten war. Es roch nach Bratfisch und Backkartoffeln, der gusseiserne Ofen in der Ecke verbreitete eine wohlige Wärme, und Mathew wurde vor Freude ganz warm ums Herz, endlich wieder zu Hause zu sein bei Mandy und Maureen. Nachdem Mandy die anderen Gäste bedient hatte, Fischer und Hafenarbeiter aus der Nachbarschaft, die sich nach Schichtende eine kleine Stärkung gönnten, stellte sie drei gut gefüllte Schüsseln mit heißer, duftender Fischsuppe auf den Tisch und setzte sich zu ihrem Mann und ihrer Tochter.

Während sie die Suppe löffelten, berichtete Mathew von Lillis Tod und ihrem Vermächtnis. »Ich habe die Schatulle mitgebracht und zeige euch nachher, was drin ist«, sagte er zu Mandy und Maureen, die beide große Augen machten.

»Ich will's aber gleich sehen«, murrte Maureen.

»Erst wird gegessen«, beschied ihre Mutter, »sonst wird die Suppe kalt.«

»Das ist ja nett von der Lady, dass sie an dich gedacht hat«, wandte sich Mandy dann an Mathew.

»Sie hat mir auch noch kurz vor ihrem Tod eine Art Tagebuch vermacht, in das sie ihre Lebenserinnerungen eingetragen hat«, erläuterte er mit einer gewissen Anspannung.

»Das will ich unbedingt lesen«, rief die Zehnjährige begeistert. »Hast du das Buch dabei?«

»Nein. Ich glaube, das ist auch nichts für kleine Mädchen«,

erklärte er mit gespielter Strenge, worauf Maureen enttäuscht schmollte.

Ich habe letztens schon mal reingelesen«, wandte er sich an seine Frau. »Da stehen ganz schön heftige Geschichten drin, die auch sehr persönlich sind. Sie muss mir also sehr vertraut haben, sonst hätte sie es mir nicht überlassen.«

»Du warst ja auch der einzige Mensch in der langen Zeit, der sich gut um sie gekümmert hat. Natürlich hast du ihr am Herzen gelegen, ich glaube sogar, du warst eine Art Ersatzsohn für sie, weil sie ja selbst keine Kinder hatte.«

»Das kann schon sein«, sagte Mathew versonnen. »Aber das bezog sich nicht nur auf mich, sondern auf unsere gesamte Familie. Sie hat immer Anteil an uns genommen, wollte wissen, wie es dir und den Kindern geht, und hat sich gerne die Fotografien angesehen, die wir von uns anfertigen ließen. Wenn ich von zu Hause erzählt habe, ist Lilli regelrecht aufgeblüht.«

»Weil sie selbst nie eine richtige Familie hatte. Kinder hatte sie keine, und ihr Mann hat es nicht für nötig befunden, sie zu besuchen, und auch sonst hat es wohl niemanden gegeben, der ihr nahestand. Ins Irrenhaus abgeschoben und von der Welt vergessen, im Grunde genommen konnte sie einem leidtun.« Mandy wischte sich mit einem Taschentuch den Mund ab, räumte die inzwischen leeren Suppenteller zusammen und trug sie in die an den Tresen angrenzende kleine Küche, während sie Mann und Tochter anwies, ihr dorthin zu folgen. »Das braucht nämlich keiner zu wissen, was du bei dir hast, sonst kommen die nur auf dumme Gedanken«, erläuterte sie abgeklärt, säuberte gründlich die Oberfläche des Küchentischs, damit die Schatulle keinen Schaden nahm, und blickte Mathew erwartungsvoll an. Mit feierlicher Geste nahm der das Schmuckkästchen aus der Tasche, platzierte es auf dem Tisch und öffnete es. Mandys Augen glänzten beim Begutachten der Schmuckstücke. Sie ließ die Perlenkette bewundernd durch die Finger gleiten. »Das sind echte Perlen, die muss ganz schön was wert sein.«

Maureen war in ihrer Begeisterung kaum noch zu bremsen, sie wiegte mit verzücktem Lächeln die goldene Taschenuhr in den Händen und wollte sich auch schon den Ring mit dem roten Glasstein an den Finger stecken, als die Mutter sie zur Räson rief.

»Hör sofort auf damit, man steckt sich nicht den Ring einer Toten an den Finger, das gehört sich nicht!«

»Ach, lass sie doch, Lady Wilson hätte bestimmt nichts dagegen gehabt, wenn Maureen ihn trägt. Der Ring ist außerdem nicht echt, und ich wollte ihn Maureen sowieso schenken.«

Nachdem die Mutter zögernd zugestimmt hatte, streifte sich Maureen den Ring über den Mittelfinger, weil er ihr für den Ringfinger zu groß war. Da es aber offenbar ein Erwachsenenring war, schlackerte er auch dort noch. Trotzdem freute sich Maureen riesig und konnte sich gar nicht sattsehen an dem glitzernden roten Glasstein. »Bestimmt ein Rubin«, erklärte sie schwärmerisch.

»Ein Rubin aus der Glasfabrik«, spöttelte ihre Mutter, »aber er sieht schön aus an deiner Hand.«

»Für dich habe ich auch etwas«, sagte Mathew zu seiner Frau und nestelte mit geheimnisvoller Geste das zusammengefaltete Taschentuch mit dem Brillantring aus der Hosentasche. »Augen zu und nicht blinzeln«, wies er sie an, faltete das Taschentuch auseinander, legte beschwörend den Zeigefinger auf die Lippen, da Maureen beim Anblick des Kleinods schon drauf und dran war, Begeisterungsrufe von sich zu geben, und steckte Mandy den Diamantring behutsam an den rechten Ringfinger, da sie am linken ihren Ehering trug. Als Mandy auf sein Geheiß die Augen aufschlug und den Ring erblickte, war sie erst einmal fassungslos.

»Im Gegensatz zu Maureens Ring ist der echt«, bemerkte Mathew flapsig.

»Das brauchst du mir nicht zu sagen, ein richtiges Prunkstück ist das, das sich nur reiche Leute leisten können«, erwiderte Mandy mit gesenkter Stimme, da sie die Aufmerksamkeit der Gäste draußen im Schankraum nicht unnötig auf sich ziehen wollte. Sie begutachtete den Ring eingehend, ehe sie ihn mit entschlossener Geste wieder vom Ringfinger streifte und ihn Mathew mit den Worten reichte: »Der sieht nicht aus an so rauen, abgearbeiteten Händen wie meinen. Der gehört an die gepflegte Hand einer vornehmen Dame, die sich ihre Hände nicht mit groben Putzarbeiten ruinieren muss, weil sie dafür ihre Hausangestellten hat. Am Finger einer einfachen Kantinenwirtin, wie ich es bin, wirkt er nur lächerlich – und weckt am Ende noch Begehrlichkeiten«, fügte sie hinzu. »Dann braucht man sich nämlich nicht zu wundern, wenn man in unserer Arme-Leute-Gegend bei Nacht und Nebel überfallen wird.«

Obwohl Mathew ihr Recht geben musste, war er doch etwas enttäuscht über ihre pragmatische Art, denn er war eigentlich davon ausgegangen, dass der Brillantring weitaus mehr Begeisterung hervorrufen würde.

Mandy, die seine Ernüchterung sogleich bemerkte, tätschelte ihm aufmunternd den Oberarm. »Versteh mich nicht falsch, Mathew«, erklärte sie entgegenkommend. »Ich freue mich riesig über den Schmuck, nur denke ich, man sollte ihn besser zur Bank bringen, wo er sicher in einem Tresor verwahrt wird. Er kann für unsere Familie eine gute Rücklage sein, für uns beide und die Kinder – und wie ich das so einschätze, kommen da bestimmt noch

Enkelkinder hinzu.« Sie lächelte Mathew freudig an, der sie daraufhin in die Arme schloss. »Wie schön, dass du uns wieder als eine Familie siehst«, krächzte er ergriffen.

»Das war nie anders, du bist und bleibst mein Mann und der Vater unserer Kinder – auch wenn du ein Säufer bist, der endlich zur Vernunft kommen sollte …«

Mathew traten Tränen in die Augen, er legte einen Arm um Maureen und drückte Frau und Tochter fest an seine Brust, während er mit kehliger Stimme hervorstieß, wie sehr sie liebe.

»Ich liebe dich auch, Daddy, komm doch wieder zu uns zurück«, flehte Maureen und küsste ihn auf die Wange.

»Es gibt nichts, was ich lieber täte, mein Schatz«, flüsterte Mathew.

»Daddy muss erst wieder gesund werden, Darling, und ich glaube, da müssen wir noch ein bisschen Geduld haben«, sagte Mandy, löste sich aus der Umarmung, streichelte ihrer Tochter liebevoll übers Haar und bat sie, in der Gaststube das Geschirr abzuräumen und den Gästen, die noch etwas bestellen wollten, zu sagen, sie käme gleich zu ihnen.

Nachdem Maureen die Küche verlassen hatte, wandte sie sich an ihren Gatten. »Du bist seit unserer Trennung schon zweimal zurückgekommen und jedes Mal wieder rückfällig geworden«, sagte sie mit ernster Miene. »Das war für mich nicht leicht und auch für die Kleine nicht, und je öfter so was passiert, desto mehr verliere ich den Glauben an dich und dass du es packen kannst, vom Suff loszukommen – und das möchte ich nicht!« Sie fuhr sich mit dem Handrücken über die Augenwinkel, küsste Mathew auf den Mund und bemerkte mit fester Stimme: »Ich bin nicht bereit, dir unbegrenzte Chancen zu geben, Mathew, auch wenn ich dich noch immer liebe und mir nichts mehr wünsche, als dich wieder bei mir zu haben. Aber verflucht noch mal, ich erwarte von dir, wenn du wieder bei uns einziehst, dass es dir wirklich ernst ist, denn noch einmal tue ich mir das nicht mehr an. Wenn du es beim nächsten Mal auch wieder nicht hinkriegst, dann war's das mit uns – so leid es mir tut. Dann gebe ich dich auf.«

Die Art, wie Mandy das sagte, ließ bei Mathew keine Zweifel aufkommen, wie bitterernst es ihr war.

Er schloss die in die Küche zurückkehrende Maureen in die Arme und fragte sie, ob sie ins Electric Theatre am Skin Market gehen wollten, um sich einen Film anzuschauen, da er genau wusste, wie sehr seine Tochter die bewegten Bilder liebte – und die Limonade und Zuckerwatte, die es dort am Erfrischungsschalter zu kaufen gab. Die Freude der Zehnjährigen übertrug sich auf ihn, er verabschiedete sich von Mandy mit einem Kuss und spazierte Hand in Hand mit seiner Tochter frohgemut unterm Regenschirm durch den Novemberregen zum nahe gelegenen Filmtheater, um in den spannenden Abenteuerfilmen über ferne Länder mit Indianern, Eskimos und wilden Bestien die eigene Mühsal ein wenig zu vergessen.

Als er sich am Samstagabend von Frau und Tochter verabschiedete, schmerzte es ihn wie immer in der Seele, nicht bei seinen Lieben bleiben zu können und stattdessen hinaus zu müssen in die heftigen Sturmböen, die durchsetzt waren von eisigen Regen- und Hagelschauern. Die behaglich warme Gaststube verlassen zu müssen, die der Familie am Tage bis zur Schließung um zwanzig Uhr ein zweites Zuhause war, erst recht aber die häusliche Geborgenheit, kam ihm vor wie der Rauswurf aus dem Paradies in eine Wirklichkeit, die trister nicht sein konnte. Einer der zahllosen einsamen Abende in seiner zugigen Dachkammer, wo er versuchen würde, seinen Lebensüberdruss mit Schnaps zu betäuben – was ihn indessen seiner Liebsten beraubt hatte, und damit schloss sich der Teufelskreis.

Beim Abschied von Mandy überwand er den Impuls, sie zu bitten, ihn wieder bei sich aufzunehmen, da ihm ihre Worte von vorhin noch deutlich im Ohr klangen. *Wenn du es wieder nicht schaffst, gebe ich dich auf ...* Und das mochte er keinesfalls riskieren. Er musste sich zu hundert Prozent sicher sein, dem Alkohol für immer die Stirn bieten zu können, erst dann konnte er zu Mandy zurückkehren, dessen war er sich gewiss. *Was bist du doch für ein jämmerlicher Schwächling, dass du dich dazu nicht durchringen kannst,* verfluchte er sich im Stillen. Maureen war wie immer den Tränen nahe, als sie sich von ihrem Daddy verabschiedete.

»Bald werde ich wieder bei euch sein ... auf Dauer, meine ich ...«, murmelte er mit brüchiger Stimme, ehe er hinausging.

»Hoffentlich!«, erwiderten Mutter und Tochter wie aus einem Mund.

Während Mathew am Bedlam's Inn vorbeilief, überlegte er kurz, ob er dort einkehren sollte, denn irgendein bekanntes Gesicht aus der Belegschaft des Irrenhauses war bestimmt anwesend, mit dem man reden, zechen und spielen konnte, doch er entschied sich dagegen, da er erfahrungsgemäß wusste, dass er sich an Abenden wie diesem in Gesellschaft nur noch einsamer fühlen würde, als es ohnehin schon der Fall war. Außerdem, wer ging am Samstagabend schon allein ins Pub? Doch nur die gleichen einsamen Wölfe wie er selbst, die keine Frau und Kinder hatten, mit denen sie den Abend verbringen konnten. Also beschloss er, sich im Krämerladen unweit seiner Behausung mit der üblichen Wochenendration Gin einzudecken, dazu noch ein Stück Chester-Käse, eine

Dose Bratheringe und ein kleines Kastenbrot, die ihm morgen als Sonntagsmahl dienen würden.

Nachdem er oben in seiner Dachmansarde sogleich mit flatternden Fingern eine Flasche Gin entkorkt und zwei randvolle Gläser in einem Zug hinuntergestürzt hatte, entzündete er die Petroleumlampe auf dem klapprigen, wurmstichigen Tisch und nahm die Kladde mit Lillis Lebenserinnerungen von der Nachtkonsole, um seine Lektüre fortzusetzen – obgleich er nach den ersten fünfzig Seiten ihrer wahnwitzigen Aufzeichnungen wenig Lust verspürt hatte, weiterzulesen, da er tagein, tagaus schon oft genug mit Wahnsinn konfrontiert wurde. Doch nun, da ihm Lady Wilson noch über den Tod hinaus ihre Wertschätzung bekundet hatte, indem sie ihm ihren Schmuck – vermutlich das Kostbarste, was ihr in ihrem traurigen Dasein als Insassin eines Irrenhauses noch geblieben war – vermachte und ihm und seiner Familie dadurch eine solide Rücklage bescherte, fühlte er sich ihr gegenüber gewissermaßen in der Pflicht. Er hätte es schäbig gefunden, ihr schriftliches Vermächtnis links liegen zu lassen und sich nur auf ihre Wertsachen zu konzentrieren. Also schlug er die Stelle der Kladde auf, die er mit einem Stück Zeitungspapier markiert hatte, und setzte seine Lektüre fort.

Samstag, 24. Dezember 1871

Schon den ganzen Tag über, genauso wie während der zurückliegenden Wochen, war ich regelrecht aus dem Häuschen vor lauter Glückseligkeit. Denn es war genau das eingetreten, was kaum noch jemand zu hoffen gewagt hatte – am wenigsten ich selbst: Ich hatte, wenn auch erst im fortgeschrittenen Alter von einundzwanzig Jahren, endlich einen Verehrer gefunden! Und nicht nur irgendeinen hungerleidenden Lateinlehrer mit Überbiss und dicken Brillengläsern, ähnlich unscheinbar wie seine Auserkorene, der ebenso wie ich mit dem Minderwertigkeitsgefühl behaftet war, auf dem Heiratsmarkt der Schönen, Reichen und Erfolgreichen nur zweite Wahl zu sein. Nein, davon konnte gar keine Rede sein! Mein Aspirant war eine blendende Erscheinung, ein großer, stattlicher Mann mit einem markanten, gut geschnittenen Gesicht, der außerdem noch klug, charmant und humorvoll war und als junger Facharzt der Frauenheilkunde eine solide Karriere vor sich hatte. Die Tausendschönchen in unserem Verwandten- und Bekanntenkreis würden platzen vor Neid, wenn sie sehen würden, welch schmucken Verehrer das Mauerblümchen Lilli Wilson ergattert hatte! Allein schon diese Vorstellung erfüllte mich mit einem Hochgefühl. Wenn ich mich noch dazu an die vernichtende Prophezeiung meiner lasterhaften Gouvernante Miss Beaver erinnerte – von wegen, so ein hässliches Ding wie ich würde niemals einen Mann abkriegen –, dann hätte ich vor Genugtuung kreischen können, wäre ich nicht so ein kaltes, bedachtsames Fischblut gewesen, welches bei allem Triumphgefühl nie vergaß, seine Rechenaufgaben zu machen – da schließlich alles im Leben seinen Preis hatte. So hatte ich auch die mehr als simple Rechnung, nachdem offenbar geworden war, dass der junge Herr Doktor sich ernsthaft für mich interessierte, im Bruchteil von Sekunden gelöst – und musste mir eingestehen, dass Miss Beaver offenbar doch nicht so falsch gelegen hatte mit ihrer Prognose, dass mich ein Mann nur wegen meines Geldes heiraten würde, wenn überhaupt. Auch Daddy schien diesen Gedanken gehabt zu haben, als ich ihm Doktor Wilson vor einem Monat bei der Mitgliederversammlung unseres hiesigen Wohltätigkeitsvereins vorstellte, verhielt sich dem jungen Mann gegenüber aber ausgesprochen gewogen. Im Grunde genommen hatte ich schon bei unserer ersten Begegnung im Magdalenen-Haus in Swansea in Johns Miene gelesen, dass ich alles andere als seine Traumfrau war – und da konnte er noch so nett und verbindlich sein. Was mich auch nicht weiter verwunderte, denn schließlich wusste ich, wie ich aussah, und war es hinlänglich gewohnt, dass die Männerwelt dem Pummel mit den kurzen Beinen, dem taillenlosen Körper, flachen Busen, dicken Kopf, dem breiten, nichtssagenden Dutzendgesicht nur mit mäßigem Interesse begegnete. Obgleich sie stets bemüht waren, dies mit Höflichkeit zu kaschieren, denn schließlich war ich die Tochter eines der reichsten Männer Englands und galt überdies als klug, witzig und charmant. Also prädestiniert dafür, von den heiratsfähigen jungen Männern aus gutem Hause bei Bällen und anderen gesellschaftlichen Veranstaltungen wenn schon nicht als Tanzpartnerin, so doch als gute Kameradin und spaßige Gesprächspartnerin geschätzt zu werden. Um meine Hand hatte jedoch noch keiner angehalten. Zum einen, weil es in unseren Kreisen auch genügend andere gute Partien gab, die attraktiver waren als ich, zum anderen, weil die jungen Herren selbst recht vermögend waren. Bei dem fabelhaften Herrn Doktor war dies allerdings ein wenig anders gelagert – was natürlich auch sein Interesse an mir erklärte. Denn John Wilson, das hatte mein Vater durch seine guten Verbindungen zum Chefarzt der Gynäkologie-Abteilung im Swansea-Hospital in Erfahrung gebracht, stammte aus einfachen Verhältnissen und hatte nur deswegen studieren können, weil sich seine früh verwitwete Mutter für das Medizinstudium ihres Goldjungen jeden Bissen vom Mund abgespart hatte. Jedenfalls hatte sich Daddy, genauso wie ich, stillschweigend damit arrangiert, dass mein Verehrer ein Hungerleider war, der nach Höherem strebte und dafür eben in Kauf nahm, einer reichen, aber hässlichen jungen Dame Avancen machen zu müssen. Es gab schließlich Schlimmeres, als sein geliebtes Herzenskind einem armen, aber tüchtigen jungen

Arzt zur Frau zu geben, der überdies ein echter Frauentyp war –
aber warum sollte ich nicht auch meinen Spaß haben? Wie dieser
Spaß indessen aussah, dazu werde ich später noch reichlich Gelegen-
heit haben, mich auszulassen.

Die heutige Einladung am Weihnachtstag auf unserem herr-
schaftlichen Anwesen war der offizielle Antrittsbesuch meines viel-
versprechenden Verehrers, und Daddy hat sich für das Fest der Liebe
nicht lumpen lassen. Die feinsten Speisen und exquisitesten Ge-
tränke sollten aufgefahren werden – und den besten Champagner,
den mein Vater im Keller hatte. Auch wenn wir nur im engsten
Familienkreis – bestehend aus Daddy, meiner Stiefmutter, meiner
Wenigkeit und unserem Gast – speisen würden, war die kleine Tafel
so festlich gedeckt, als erwarteten wir Queen Victoria persönlich.

Als pünktlich um fünf die Glocke läutete, ließ ich es mir nicht
nehmen, John persönlich die Tür zu öffnen. Er sah umwerfend aus
in Frack und Zylinder, dieser charmante Lady's Man, und wäre
ich durch meine persönliche Disposition nicht völlig außerstande
dazu gewesen, ich wäre hingeschmolzen wie die Kerzen an unserem
Weihnachtsbaum, als John mir nicht nur formvollendet die Hand
küsste, sondern diese auch noch für einige erhebende Sekunden in-
nig an seine Brust drückte und mir zuraunte, ich ahne ja gar nicht,
wie glücklich er über die heutige Einladung sei. Der Abend verlief
überaus angenehm, und jeder zeigte sich von seiner besten Seite.
John freute sich riesig über mein Weihnachtsgeschenk, eine goldene
Krawattennadel, und ließ sich mir gegenüber ebenfalls nicht lum-
pen, indem er mir ein kleines Kästchen mit dem Emblem des re-
nommiertesten Juweliers in Swansea, Abbercombie and Sons, unter
dem Weihnachtsbaum überreichte, welches ein Paar wunderhüb-
sche, zierliche Perlenohrringe enthielt, die ich mir sogleich vor dem
großen Spiegel meines Ankleidezimmers anlegte. Kurz bevor John

aufbrach – es war bereits 23 Uhr, und wir hatten vom Champagner und Weihnachtspunsch alle schon die nötige Bettschwere –, räusperte er sich verlegen und ließ mich wissen: »Meine Mutter lässt übrigens ausrichten, dass sie sich überaus darüber freuen würde, Sie morgen zum Dinner begrüßen zu dürfen, meine Liebe – natürlich nur, wenn Sie es gestatten, Sir?«

Selbstredend hatte Daddy nichts gegen diese Einladung, und somit stand Johns Plan, seine Zukünftige seiner Mutter vorzustellen, weshalb ich mich sehr geschmeichelt fühlte, nichts mehr im Wege. Meine Eltern hatten auch nichts dagegen einzuwenden, dass ich John zur Tür begleitete. Unten in der Halle, wo wir unbeobachtet waren, küsste er mir zum Abschied nicht nur galant die Hand und dankte mir für den wunderbaren Abend, sondern zog mich an sich und hauchte mir einen Kuss auf meinen kleinen, schmallippigen Mund.

Es war das erste Mal, dass mich ein Mann küsste, Daddy natürlich ausgenommen, und ich versteifte mich unwillkürlich ob dieser ungewohnten Intimität.

»Sie bedeuten mir sehr viel, Lilli«, gestand Doktor Wilson und nannte mich erstmals beim Vornamen.

»Sie mir auch, John«, erwiderte ich mit der gleichen Gefühlsduselei, die man wohl in solch einem Moment vom anderen erwartete, und gab mir alle Mühe, meinen Verehrer entsprechend anzuschmachten, worin ich zwar keinerlei Erfahrung, dies aber schon häufig bei anderen Verliebten beobachtet hatte – was mir stets, wie ich zugeben muss, lächerlich vorkam. So hätte ich genauso gut auch sagen können »Die Petits Fours schmecken vorzüglich« oder »Was für ein hübsches Teeservice« – ich hätte nicht viel mehr dabei empfunden. Trotz alledem hatten John und ich einander nicht belogen, das muss man uns in jedem Fall zugutehalten. Wenngleich ich hier keineswegs von der üblichen Zuneigung sprechen möchte, die derartigen Geständnissen

innewohnte, darin glichen wir uns wie ein Ei dem anderen, nein, das, was der eine dem anderen bedeutete, war, sagen wir mal, eher prosaischer Natur. Ich war für John die Gans, die goldene Eier legte und ihm ein glanzvolles, luxuriöses Leben ermöglichte, und John war für mich der gut aussehende Arzt, mit dem sich die unscheinbare graue Maus schmückte. Es schmeichelte meiner Eitelkeit, einen attraktiven Mann an meiner Seite zu haben, um den mich die Gänschen aus der Nachbarschaft beneideten. Fertig! So lautete von Anfang an unser Kontrakt, auch wenn wir dies selbstredend niemals aussprachen, zumindest in den ersten Jahren unserer Ehe nicht.

Der Besuch bei »Mom«, wie John seine Mutter zu nennen pflegte, trug auch nicht gerade dazu bei, uns füreinander zu entflammen. Mrs. Wilson, auch wenn sie dies hinter der Maske des Wohlwollens zu kaschieren suchte, erwies sich als herrische Übermutter, die ihren Goldjungen, für den sie sich ein Leben lang aufgeopfert hatte, mit niemandem teilen wollte. Die Blicke ihrer kleinen Vogelaugen, mit denen sie mich verstohlen musterte, verrieten mir, dass ich ihr für ihren heiß geliebten John längst nicht schön genug war, mal ganz abgesehen davon, dass sie selbst an Aphrodite persönlich noch einen Makel entdeckt hätte. Andererseits – und da war sie mit ihrem Sprössling absolut konform – freute sie sich wie eine Schneekönigin über meine Präsente, den teuren Kaschmirschal und einen Flakon »Eau de Cologne Impériale« von Guerlain, das Lieblingsparfüm von Queen Victoria, welches für einfache Leute wie sie unerschwinglich war. Das Mobiliar des kleinen Cottages, das sie bewohnte und das gleichzeitig auch Johns Elternhaus war, bestand aus billiger Massenware, die wenigen Teppiche waren fadenscheinig und durchgelaufen, Bilder und andere Accessoires, die dem kitschigen Geschmack der Unterschicht entsprachen, waren allesamt wertloser Tand. Als ich ihr dennoch beim Eintreten Komplimente machte, wie hübsch und heimelig sie es habe, denn man wusste ja schließlich, was sich gehörte, hüstelte sie verlegen und bemerkte zutreffend, dass ich zu Hause bestimmt Besseres gewohnt sei.

»Aber dafür ist es nicht annähernd so gemütlich wie bei Ihnen, Madam«, erwiderte ich mit dem üblichen Understatement meiner Kaste gegenüber Minderbemittelten, das reiche Leute häufig an den Tag legen, um sich jovial zu geben und keinen Neid aufkommen zu lassen.

Mrs. Wilson quittierte meine Bemerkung mit einem glockenhellen Lachen, das genauso falsch war wie die gerahmte Reproduktion des Gemäldes Die Witwe des Fischers *von John Bramley, die über dem schmucklosen Kamin ihres Wohnzimmers hing. »Danke, meine Liebe, wie nett von Ihnen«, flötete sie geschmeichelt, während ihr stechender Blick absolut humorfrei blieb, und geleitete John und mich zum Esstisch, der mit original Wedgwood-Tellern aus dem Kaufhaus eingedeckt war. Von da an war ich nur noch Statistin in einer Schmierenkomödie, welche* Wahre Mutterliebe *hätte heißen können, denn mit vor Eifer geröteten Apfelbäckchen wurde Mrs. Wilson nicht müde, ihrem Sohn gegenüber anzupreisen, welch kulinarische Köstlichkeiten sie für ihn zubereitet hatte, die selbstredend allesamt zu Johns Lieblingsspeisen gehörten, wie sie mit einem Seitenblick auf mich betonte, wahrscheinlich in der Hoffnung, dass ich mir sogleich alles merken würde, was sie da so marktschreierisch herunterleierte: »Lamm mit Minzsoße und Yorkshire Pudding, Kidney-Pie mit gebackenen Bohnen, und zum Nachtisch gibt es Christmas Pudding – den isst du doch immer so gerne!«*

Was soll ich sagen, wenn ich diesen Tag Revue passieren lasse? Das Essen war zum Davonlaufen, wie alles andere auch, und das ewige Mutter-Sohn-Geklüngel derart nervtötend, dass ich mich zwingen musste, nicht ständig auf die Uhr zu schauen, und fast schon einen Kieferkrampf bekam, weil ich immer häufiger ein gelangweiltes Gähnen unterdrücken und mich dazu überwinden musste, ein scheinheiliges Lächeln aufzusetzen. Gute Miene machen, nennt man so etwas in der hohen Schule der Heuchelei, worin ich absolut unschlagbar war. Als endlich die Stunde des Abschieds nahte und John mich in der Kutsche nach Hause brachte, hielt er meine Hand, und wir wurden nicht müde, uns gegenseitig in Begeisterungsbekundungen zu übertreffen, wie schön der heutige Tag gewesen sei, und dass wir das unbedingt wiederholen sollten. »Komm bald wieder«, hatte Johns Mutter mit Tränen in den Augen an der Tür gesagt und rasch versucht, ihren Versprecher zu korrigieren, indem sie sich beeilte hinzuzufügen: »Kommt bald wieder, ihr beiden ... meine ich natürlich«, was das Ganze nur noch peinlicher machte. Erst recht, da »Mom« und ich zu diesem Zeitpunkt bereits ahnten, dass aus uns keine Freundinnen werden würden. »Ich glaube, Mom mag dich«, hatte John mit Rührung in der Stimme gesagt, als wir uns im Foyer unserer Villa voneinander verabschiedeten, und hauchte mir einen Kuss auf die Wange.

»Ich mag deine Mutter auch, sie war mir auf Anhieb sympathisch«, erwiderte ich mit strahlendem Lächeln, und um der Schmierenkomödie noch eins draufzusetzen, ließ ich John wissen, dass ich sehr glücklich sei. Er war darüber so erfreut, dass er mich spontan auf den Mund küsste. Seine Lippen waren feucht und sein Atem roch nach Moms gehaltvoller Küche, sodass ich dabei unwillkürlich an die labberigen Schafsdärme denken musste, die dem Kidney-Pie beigemischt waren. »Danke für die wunderbare Einladung«, sagte ich mit belegter Stimme, warf meinem Verehrer am Portal noch eine letzte Kusshand zu, ehe ich die Tür hinter mir zuzog und die Hand an den Mund presste, weil mir speiübel war.

Dienstag, 12. Februar 1872

So plätscherte die Liaison zwischen John und mir im weiteren Verlauf eher belanglos vor sich hin, da wir – obgleich wir uns alle Mühe gaben, so zu tun – nicht verliebt ineinander waren und uns im Grunde genommen in der Gesellschaft des anderen langweilten. Daher möchte ich auch auf die Besuche bei Johns Mutter oder meinen Eltern hier nicht weiter eingehen, sondern jenes Ereignis schildern, das mir bis heute unauslöschlich im Gedächtnis geblieben ist. Verblüfft musste ich nämlich feststellen, dass der junge Herr Doktor nicht nur ein eitles, selbstgefälliges Muttersöhnchen war – so einfach gestrickt wie sein von Mom gefertigter Wollschal und ungefähr genauso interessant –, sondern auch durchaus seine guten Seiten hatte. Um mir eine Freude zu machen, hatte mich John am Dienstagvormittag um zehn in seine Praxis in der 13 Craddock Street eingeladen, wo er an einer Patientin eine Hysterektomie – eine Gebärmutterentfernung – vornehmen wollte. Da ich bereits bei meinem ersten Besuch in seiner gynäkologischen Praxis den Wunsch geäußert hatte, dass ich gerne einmal einer Operation beiwohnen würde, war er meinem Drängen schließlich nachgekommen. Wenngleich er nicht gerade begeistert war von der Idee, weil er fürchtete, ich würde womöglich beim Anblick des Bauchschnitts und des vielen Blutes ohnmächtig werden. Deswegen hatte er auch zunächst versucht, mich für die Neugeborenen zu begeistern, und mir angeboten, der Säuglingsschwester beim Waschen der Babys zu helfen, was ich jedoch dankend ablehnte, weil ich diesen blut- und schleimverschmierten kleinen Schreihälsen nicht allzu viel abgewinnen konnte. Die Patientin, eine ältere Frau um die vierzig, stand bereits unter Narkose, als John mit der Operation begann. »Da ich bei der Patientin eine komplette Entfernung der Gebärmutter mitsamt dem

Gebärmutterhals vornehmen muss, weil die Absenkung des Organs so ausgeprägt ist, dass es der Patientin starke Schmerzen bereitet, ist in diesem Fall ein operativer Eingriff nötig«, dozierte mein famoser Verehrer mit Seitenblick auf mich, die ihm gegenüberstand, weit genug weg, um die Arbeit des Operateurs, seines Assistenten und der OP-Schwester nicht zu behindern, doch nahe genug, um von meinem Logenplatz aus alles im Blick zu haben. Ich hing fasziniert an Johns Lippen und war begierig, jede Sequenz der Operation in mich einzusaugen. Ich übertreibe nicht, wenn ich sage, dass das, was folgte, eines der aufregendsten und erhabensten Erlebnisse meines Lebens werden sollte. Der Unterbauch der Frau war zuvor von der Schwester mit flüssigem Jod desinfiziert worden. Sie reichte John ein kleines, messerscharfes Skalpell, und er setzte gezielt und konzentriert den quer über den Unterbauch verlaufenden Bauchschnitt an. Ich war tief beeindruckt von der Schnelligkeit und Akkuratesse, mit der John den Schnitt ausführte. Während die Schwester das herausströmende Blut abtupfte, erläuterte mir John weiter: »Der Bauchschnitt kann auch in Längsrichtung erfolgen. Bisher habe ich nur die Haut durchtrennt, jetzt durchtrenne ich das Bindegewebe und anschließend das Unterhautfettgewebe.«

Ich wagte vor Anspannung kaum zu atmen, als er das tat. Der Geruch des Blutes wurde immer stärker und stieg mir regelrecht zu Kopf, sodass ich mich von dem scharfen, eisenartigen Duft eigentümlich berauscht fühlte, denn ganz entgegen meiner Kindheit, in der ich Blut verabscheut hatte, war ich nun vom Saft des Lebens gefesselt, ja geradezu betört. Welch seltsame Veränderung, sagte ich mir, für die ich auch heute noch keine Erklärung finde. Nun, es ist, wie es ist.

»Hierbei muss man sehr vorsichtig vorgehen«, rissen mich Johns Worte aus meiner Versenkung, »denn es besteht die Gefahr, den

Darm zu verletzen.« Die Schwester reichte dem jungen Assistenz-
arzt einen sogenannten Retraktor oder Wundspreizer, ein langer
Haken mit gebogenem Ende, der aussah wie ein mittelalterliches
Folterinstrument, mit dem er die durchtrennte Haut- und Gewebe-
schicht auseinanderzog und so die Wunde offen hielt. Zum Vor-
schein kam ein eigenartiges, kelchartiges Gebilde, dessen Anblick
mich so verzauberte, dass ich plötzlich einen Kloß im Hals spürte
und mir Tränen in die Augen stiegen. Das weibliche Fortpflanzungs-
organ erschien mir wie der sagenhafte Heilige Gral, der die Quelle
des ewigen Lebens in sich birgt, nach dem die Templer und andere
Geheimbünde ein Leben lang gesucht hatten. Auch ich sollte mich
dereinst auf diese Suche begeben, um das kostbare Kleinod der Lie-
derlichkeit zu entreißen!

Mathew stutzte und hielt die aufgeschlagene Seite noch dichter
ans Licht der Petroleumlampe. Kein Zweifel, der Satz war mit roter Tinte geschrieben. *Sieht aus wie Blut,* kam es ihm in den Sinn,
und ihm wurde kurzzeitig so unheimlich zumute, dass er sich
noch einen Gin eingoss und in einem Zug hinunterkippte. *So'n*
Quatsch, wird rote Tinte gewesen sein, wo soll denn Lilli das Blut
herhaben?, brachte er sich zur Räson und las weiter.

Ich war tief berührt von diesem wundersamen Organ, welches
Gott uns Frauen geschenkt hat, um Kinder zu gebären. Diese hei-
lige Bestimmung des weiblichen Geschlechts war auch mir dereinst
zugedacht, sinnierte ich ergriffen. Wie konnte ich denn zu diesem
Zeitpunkt auch wissen, dass alles ganz anders kommen und mir der
Herrgott diese Erfüllung verwehren würde, um mich stattdessen mit
einer anderen Aufgabe zu betrauen? Und obgleich ich im Nachhi-
nein nicht viel Gutes über John sagen kann, so komme ich doch

nicht umhin zu konstatieren, dass ich in Bezug auf die Chirurgie und weibliche Anatomie viel von ihm gelernt habe, denn zweifellos verstand er sein Handwerk. Nachdem John seinen Assistenten angewiesen hatte, die rechts und links am Gebärmutterkörper befindlichen Eierstöcke abzuklemmen, durchtrennte er diese mit einem einzigen glatten Schnitt. Ich konnte gar nicht so schnell schauen, wie er anschließend den Gebärmutterhals mit zwei gezielten vertikalen Schnitten heraustrennte und mit einem finalen horizontalen Schnitt oberhalb der Vagina beendete, sodass der gesamte Halteapparat der Gebärmutter unterbunden und abgetrennt war. Mit beiden Händen löste er nun den Gebärmutterhals und den Gebärmutterkörper aus dem Unterleib, legte sie in eine bereitgestellte Organschale und erklärte die Hysterektomie für beendet.

Als ich mein Erstaunen darüber bekundete, wie schnell die Operation verlaufen war – sie hatte nur wenige Minuten gedauert –, erläuterte John: »In Anbetracht der zeitlich sehr begrenzten Anästhesie ist es für die Operateure von essenzieller Bedeutung, blitzschnell zu arbeiten, um dem Patienten unerträgliche Schmerzen zu ersparen. Wir verwenden für die Narkose in der Regel Lachgas oder Äther und neuerdings auch Chloroform. Bei Queen Victorias Entbindungen von Prinz Leopold und Prinzessin Beatrice wurde ebenfalls Chloroform verwendet«, fügte er lächelnd hinzu, da er wusste, dass ich eine glühende Verehrerin der Queen war. Im Anschluss reinigte der Assistenzarzt die Wundhöhle und kontrollierte sie gemeinsam mit dem Operateur auf eventuelle Verletzungen von Harnleiter, Blase oder Darm. Ich war so überwältigt von dem freigelegten weiblichen Unterleib – der nun, da er seines Fortpflanzungsorgans beraubt worden war, anmutete wie ein ausgeweidetes Wild –, dass ich weiche Knie bekam. Gleich darauf fuhr mir ein so heftiger Blitz durch die Eingeweide, dass sich nicht nur der Kloß in meinem Hals schlagartig löste, sondern ein gigantischer Knoten in mir zu platzen schien. Ich wurde mitgerissen von einer mächtigen Woge der Lust und kurzzeitig war es mir, als würde ich vergehen. Ich hatte mir zwar nichts anmerken lassen und wissentlich auch sonst nichts preisgegeben von dem gewaltigen Seebeben auf dem Grunde der Tiefsee, wie ich dieses Phänomen einmal selbstironisch nennen möchte, aber irgendetwas war wohl doch an die Oberfläche gedrungen, denn John fragte mich besorgt, ob mir unwohl sei.

»Keineswegs«, gab ich zur Antwort und fühlte mich fast ein wenig ertappt, doch dann gewann sogleich wieder meine Unverfrorenheit die Oberhand. »Ganz im Gegenteil, mir ist es selten so gut gegangen«, ergänzte ich mit altbewährtem englischem Humor – und niemand außer mir ahnte, dass das absolut der Wahrheit entsprach.

Rund zwei Wochen später, am 29. Februar, da das Jahr 1872 ein Schaltjahr war, verlobten wir uns im engsten Familienkreis. In der Zwischenzeit hatte sich mir noch eine weitere Gelegenheit geboten, einem gynäkologischen Eingriff in Johns Praxis in der Craddock Street beizuwohnen, einer Eierstockentfernung, bei der John mich sogar schon mit kleinen Handreichungen beauftragte. Gegenüber meinen Eltern und meiner Schwiegermutter in spe, Eleanor Wilson, machte John daher die spaßige Bemerkung, an mir sei ein waschechter Chirurg verloren gegangen, was Daddy sehr belustigte, da er sich noch gut daran erinnern konnte, dass ich als Kind beim Anblick von Blut immer ohnmächtig geworden war; Eleanor dagegen war verärgert, weil sie sich immer ärgerte, wenn John mir ein Kompliment machte. »Das ist doch nichts für eine Frau«, entrüstete sie sich kopfschüttelnd, womit sie tatsächlich recht hatte, denn nach geltendem Gesetz blieb Frauen ein Studium verwehrt, und somit war eine Frau als Ärztin oder gar als Chirurgin undenkbar – nicht aber in einem pflegerischen Beruf. »Vielleicht bildet John mich ja als OP-Schwester *aus, dann kann ich ihm bei seinen Operationen assistieren«, erklärte ich vollmundig, da es mir Spaß bereitete, die eifersüchtige Mutterglucke noch weiter zu provozieren. Das saß, nur wollte sie sich vor meinen Eltern nicht zu weit aus dem Fenster lehnen und erklärte stattdessen mit säuerlichem Lächeln:* »*Wenn ihr erst Kinder habt, wird für so was keine Zeit mehr sein.*« *Nur ihr Tonfall verriet, was sie eigentlich sagen wollte: Wenn ihr erst Kinder habt, werden dir solche Flausen vergehen.*

Doch wie einen das Leben lehrt, kommt alles meistens ganz anders, und wenn sich auch das eine nicht bewahrheitete, so doch wenigstens das andere.

Samstag, 3. April 1872

Unsere Trauung in der festlich geschmückten Libanus Chapel in Morriston, drei Meilen entfernt von Swansea, hätte schöner und feierlicher nicht sein können. Unter den erhabenen Orgelklängen von Händels Wassermusik, meiner absoluten Lieblingsmusik, die ich mir für unsere Hochzeit gewünscht hatte, schritt ich – oder besser gesagt, schwebte ich – am Arm meines Bräutigams in einem majestätischen Hochzeitsgewand mit ellenlanger Schleppe, welches ich in Anlehnung an das Hochzeitskleid von Queen Victoria eigens hatte anfertigen lassen, zum Traualtar. Die 200 geladenen Hochzeitsgäste entstammten, mit Ausnahme von Johns Arme-Leute-Verwandtschaft, den vermögendsten und vornehmsten Kreisen des britischen Königreichs. Zu Ehren des Brautpaars erhoben sich alle von ihren Plätzen, viele hatten Tränen in den Augen, weil es nun mal zum guten Ton gehörte, bei Hochzeiten anmutig zu weinen, und da ich mich noch gut an meine eigenen Tränen beim Begräbnis meiner Mutter erinnern konnte, wusste ich, was derartige

Ergüsse zu bedeuten hatten. Außerdem war es für mich schon lange kein Geheimnis mehr, dass sich Menschen im Grunde genommen auf drei Kategorien reduzieren lassen, als da wären »gleichgültig«, »missgünstig« oder »liebenswürdig« im Falle, dass es den eigenen Interessen diente. Von daher hielten sich die beiden Letzteren etwa die Waage. Nur bei Daddy und meiner Schwiegermutter Eleanor Wilson waren die Tränen mehr als bloße Attitüde. Im Gegensatz zu Daddy, der aus Freude und Ergriffenheit weinte, heulte Eleanor, weil sie ihren geliebten Goldjungen an eine andere Frau verlor, die ihn selbstredend nicht verdient hatte. Als John mir am Traualtar mit vor Rührung bebender Stimme sein Eheversprechen ablegte, blieben auch meine Augen nicht länger trocken, zu schön waren seine Worte:[1]

»Vor Gottes Angesicht nehme ich dich, Mary Elizabeth Ann Hughes, als meine Ehefrau. Ich verspreche dir die Treue in guten und in schlechten Tagen, in Gesundheit und Krankheit, bis der Tod uns scheidet. Ich will dich lieben, achten und ehren alle Tage meines Lebens. Dazu helfe mir Gott!« Dann steckte er mir den Trauring, den er aus seiner goldenen Ehrenmedaille für herausragende Leistungen im Bereich der pathologischen Anatomie erhalten und für meinen Ehering hatte einschmelzen lassen, an den linken Ringfinger und wir küssten uns. Anschließend fand im großen Ballsaal unseres Anwesens eine glanzvolle Hochzeitsfeier statt, wie sie Swansea noch nie erlebt hatte. Das festliche Bankett ließ keine Wünsche offen, und der Champagner floss in Strömen. John und ich tanzten Wiener Walzer und waren so glücklich und ausgelassen, wie man es von einem frisch vermählten Brautpaar nur erwarten konnte. Denn in Bezug auf die perfekte Einhaltung der Etikette standen John und ich

---

[1] Heute bin ich um die Erfahrung reicher, dass es nur schöne Worte waren. (Anmerkung der Verfasserin)

uns in nichts nach. Er, weil er ein hoffnungsloser Opportunist und aufstrebender Emporkömmling war, und ich, weil ich von Haus aus stets tat, was angesagt war, um nicht aufzufallen.

Erst als wir uns zu später Stunde in unser Schlafgemach zurückzogen, fielen die Masken – und ich übertreibe nicht, wenn ich zu meiner Schande gestehen muss, dass unsere sogenannte Hochzeitsnacht ein einziges Fiasko war. Um uns ein wenig aufzulockern und die Hemmungen abzubauen, hatte John eine Flasche Champagner mit nach oben ins Schlafgemach genommen. Doch das erwies sich insgesamt als vergebliche Liebesmüh. Denn so betrunken hätte ich gar nicht sein können, um meine Abneigung vor dem Geschlechtlichen im Allgemeinen und dem männlichen Geschlecht im Speziellen zu überwinden. Schon Johns Ansinnen, mich vor ihm zu entkleiden, damit er seine frisch gebackene Ehefrau im schummrigen Gaslicht genauer in Augenschein nehmen konnte, war für mich, die sich noch nie zuvor jemandem nackt gezeigt hatte – noch nicht einmal meinen Ärzten –, die reinste Zumutung. Daher bestand ich auch darauf, das Licht zu löschen, ehe ich meine Oberbekleidung abstreifte, selbstverständlich aber Unterrock und Unterwäsche anbehielt. Im Bett biss ich dann die Zähne zusammen und ließ die Übergriffe meines Ehemanns klaglos über mich ergehen, da ich mir sagte, es gehöre nun mal zu meinen ehelichen Pflichten, mich von ihm betatschen zu lassen und es hinzunehmen, dass er sein ekelhaftes, monströses Geschlechtsteil gegen meine fest zusammengepressten Oberschenkel drängte.

»Zieh deine Unterhose aus«, flüsterte er mir keuchend ins Ohr, und da ich eine artige Ehefrau sein wollte, die sich Kinder wünschte – und Kinder müssen nun mal erst gezeugt werden –, entledigte ich mich auch noch dieser letzten Hülle. John verrichtete regelrechte Schwerstarbeit, um mich zu entjungfern, und ich erspare es mir,

diesbezüglich noch weiter ins Detail zu gehen. Doch so viel sei ver-
raten: Es gelang ihm einfach nicht. Ich blieb verschlossen wie eine
Auster – und das sollte auch so bleiben. Auch heute, im fortgeschrit-
tenen Alter von fünfundsechzig Jahren, bin ich immer noch Jung-
frau. Dieses zwischen mir und meinem Ehemann so streng gehütete
Geheimnis vertraue ich einzig meinem Tagebuch an. Sollte es nach
meinem Tod jemand lesen, ist mir das herzlich egal. Die ganze Ge-
schichte von meiner angeblichen Unfruchtbarkeit, die mein Gatte
und ich in die Welt setzten, da unsere Ehe kinderlos blieb, ist eine
einzige große Lüge. Die Wahrheit ist, ich bin frigide. Zumindest was
den herkömmlichen Geschlechtsakt zwischen Mann und Frau anbe-
trifft, um den meines Erachtens viel zu viel Wind gemacht wird – der
zum Kinderkriegen aber leider unerlässlich ist. Was mein eigenes
Geschlecht angeht, ist das möglicherweise anders gelagert, wenn ich
daran denke, wie verliebt ich einmal in meine Gouvernante war.
Doch es kann nicht sein, was nicht sein darf! An diesen Grundsatz
habe ich mich ein Leben lang gehalten.

Am nächsten Tag brachen wir zu unserer Hochzeitsreise zum
Kontinent auf, wo John in meiner Begleitung verschiedene Kran-
kenhäuser aufsuchen wollte, wir uns aber auch in unserer Freizeit
Sehenswürdigkeiten anschauen und auf Besichtigungstouren gehen
würden. Vor unseren Verwandten, von denen wir uns vor der Abreise
verabschiedeten, spielten wir überzeugend das glückliche Brautpaar,
und John äußerte gegenüber einer Reporterin der örtlichen Klatsch-
presse, die eigens mit einem Fotografen angereist war: »Lilli sieht
blendend aus in ihrem Reisekostüm.« Das entsprechende Konterfei
von mir, das dem Artikel beigefügt war, um Johns Kompliment ge-
wissermaßen zu bestätigen, zeigte eine kleine, gedrungene Person
in einem Schneiderkostüm, die eine Art Bowler mit Tüllschleier auf
dem für ihre Statur viel zu großen Kopf trug und deren unscheinba-

res rundes Dutzendgesicht die durchaus nett gemeinte Bekundung ihres Ehemanns Lügen strafte. Im Kontrast dazu ein Foto meines attraktiven Göttergatten, der große, stattliche junge Arzt mit den markant-blasierten Gesichtszügen, ein echter Lady's Man, der Frauenherzen höher schlagen ließ, und dann noch ein gemeinsames Foto von uns, auf dem John den Arm um mich legte und wir uns verliebt anlächelten. Die Bildunterschrift lautete auch sinnigerweise: Die Frischvermählten im Honeymoon – Die zweiundzwanzigjährige Tochter des Zinnfabrikanten Richard Hughes, Mary Elizabeth Ann, genannt Lilli, und ihr frisch gebackener Ehemann, der zehn Jahre ältere, erfolgreiche Gynäkologe Dr. John Wilson, vor Antritt ihrer Hochzeitsreise auf den Kontinent, wo sie ihre Flitterwochen verbringen werden.

Trotz des Desasters in unserer Hochzeitsnacht, in der, wären sie denn überhaupt vorhanden gewesen – zumindest was mich betraf –, jegliche Lustanwandlungen restlos im Keim erstickt wurden, versuchten wir während unserer Hochzeitsreise noch ganze drei Mal tapfer, einen Zeugungsakt zustande zu bringen, doch unsere Bemühungen scheiterten kläglich. John, der im Gegensatz zu mir wohl schon über diesbezügliche Erfahrungen verfügte, fluchte zwischen den Zähnen, so etwas habe er ja noch nie erlebt und meine Verkrampfung trage nicht gerade dazu bei, ihn zu animieren. Als Frauenarzt kannte er ja den weiblichen Körper hinlänglich, und er versuchte mich mit der Hand entsprechend zu stimulieren, die er sich zuvor mit Fettcreme eingerieben hatte, um meinen Schoß geschmeidiger zu machen, doch was soll ich sagen? Anstatt mich auf irgendeine Weise zu erregen, stellte das abstoßende Prozedere eine echte Qual für mich dar. Immerhin besaß John das Feingefühl, es gerade noch zum rechten Zeitpunkt zu beenden, ehe mir vor Abscheu der Kragen geplatzt wäre und ich ihn geohrfeigt hätte.

»*Kann es sein, meine Liebe, dass du frigide bist?*«, erkundigte er sich bemüht zartfühlend. *Später habe ich mir deswegen ganz andere Sachen anhören müssen.*

»*Ich weiß nicht, ich kenne mich mit so was nicht aus*«, antwortete ich ausweichend.

»*Nun, ich denke, du solltest das unbedingt in den Griff bekommen, ich helfe dir auch gerne dabei, denn wir wollen doch beide Kinder haben.*«

»*Unbedingt*«, kam es von mir wie aus der Pistole geschossen. *Wie hätte es auch anders sein können, denn alle Welt erwartete von uns, dem glücklichen jungen Ehepaar, was wir tatsächlich niemals waren, dass wir eine ganze Horde Kinder in die Welt setzen würden. Johns Mutter schien sich überhaupt nur deswegen damit abfinden zu können, ihr Jüngelchen an seine Ehefrau abtreten zu müssen, weil sie sich sehnlichst ein Enkelkind wünschte, vorzugsweise natürlich einen Enkelsohn, welcher dereinst in die Fußstapfen seines famosen Vaters treten und die Familiendynastie ruhmvoll fortsetzen würde. Für die Mutterglucke war doch die Hochzeit von John und mir nur ein notwendiges Übel, das sie als Entschädigung zur Großmutter von John1, John2 und John3 machen würde, die sie in altbewährter Gluckenmanier unter ihre Fuchtel nehmen konnte. Auch Daddy und meine Stiefmutter hatten diesbezüglich schon neckische Anspielungen gemacht, wie sehr sie sich über ein Enkelkind freuen würden, und John und ich waren uns von Anfang an einig, dass wir Kinder haben wollten. Das Kinderkriegen schien überhaupt für die Leute das absolute Nonplusultra zu sein, der Sinn und Zweck des menschlichen Daseins. Seid fruchtbar und mehret euch, hatte Gott zu Adam und Eva gesagt, nachdem er sie erschaffen hatte, und diese unsere höhere Bestimmung habe ich niemals auch nur ansatzweise in Frage gestellt, und so war auch mein Kinderwunsch zu dieser Zeit absolut aufrichtig. Obgleich ich zugeben muss, dass ich mit Kindern nicht allzu viel anfangen konnte und mir die törichten Geschöpfe mit ihren lästigen Fragen eher auf die Nerven gingen – aber dafür gab es ja gottlob Kinderfrauen, die sich mit ihnen abgaben, wenn es einem zu bunt wurde. Meine tiefe religiöse Überzeugung, zu der ich auch heute noch unerschütterlich stehe, ließ mich nie daran zweifeln, dass es für eine Frau keine schönere Aufgabe geben kann, als eine treu sorgende Mutter und Ehefrau zu sein. So steht auch eine tugendhafte, sittsame Frau, die ihren Kindern eine gute Mutter und ihrem Gemahl eine tadellose Ehefrau ist, ganz hoch in meiner Achtung. Das Laster dagegen habe ich schon immer zutiefst verabscheut. Diese moralische Unanfechtbarkeit, die ich mir schon als Kind groß auf die Fahne geschrieben hatte, war mir wohl zu einer Art zweiten Natur geworden, die ich nicht mehr ablegen konnte, ob ich wollte oder nicht. Und wenn ich ganz ehrlich bin, dann wollte ich es nicht. Daher hat mein Schoß nie gebären können, und weil ich mich durch diese meine Widerspenstigkeit Gottes Willen verwehrt habe, hat er mich schließlich dafür bestraft, indem er meine zur Nutzlosigkeit verdammten Fortpflanzungsorgane von Krebsgeschwüren zerfressen ließ. Dieses Stigma werde ich mit ins Grab nehmen und dafür werde ich mich dereinst vor unserem Richter im Himmel verantworten müssen. Andererseits habe ich aber auch durch meine Taten Gott und der Menschheit einen großen Gefallen erwiesen und wage daher zu hoffen, dass der gestrenge Herrgott Güte walten und mich nicht in der Hölle schmoren lässt.*

Mathew hielt inne und runzelte nachdenklich die Stirn. Er erinnerte sich noch gut daran, als Lilli vor rund einem Jahr die vernichtende Diagnose erhalten hatte, dass sie an Unterleibskrebs erkrankt war. Monatelang hatte sie schon Unterleibsblutungen gehabt und wahrscheinlich auch ziemliche Schmerzen, auch wenn sie keinen Mucks von sich gegeben hatte. Schon damals hatte ihr Mathew unbedingt dazu geraten, sich untersuchen zu lassen, doch sie hatte das immer vehement abgewehrt und versucht, das Ganze herunterzuspielen. Dann waren die Blutungen immer häufiger aufgetreten und stärker geworden und Mathew hatte nicht länger den Mund gehalten und den Anstaltsleiter darüber in Kenntnis gesetzt, der daraufhin einen Gynäkologen in die Anstalt bestellt hatte. Der Arzt hatte, nachdem er die Diagnose gestellt hatte, versucht, Lilli mit Engelszungen zu überreden, sich einer Totaloperation zu unterziehen, da es durchaus noch Heilungschancen gebe, wenn die vom Krebs befallene Gebärmutter vollständig entfernt werde, aber Lilli hatte sich von Anfang an dagegen gesträubt. Sie lasse sich in ihrem Alter nicht mehr operieren, hatte sie dem Arzt gesagt und war keinen Millimeter mehr davon abgewichen, obgleich ihr der Doktor unmissverständlich klar gemacht hatte, dass sie dann in nicht allzu ferner Zeit sterben würde, und es wäre auch nicht gerade ein angenehmer Tod, da sie schon bald unter höllischen Schmerzen zu leiden habe. »Dann ist das Gottes Wille, und ich werde mich dem fügen«, hatte sie lapidar geantwortet, sich bei dem Arzt bedankt und ihn wissen lassen, das Gespräch sei hiermit beendet. Auch von Mathew hatte sie nichts mehr hören wollen, geschweige denn, dass sie sich jemals bei ihm über ihre Krankheit beklagt oder gar ausgeweint hätte. Ganz im Gegenteil, sie hatte nie auch nur eine Träne vergossen. Lediglich die Frage, ob sie denn Angehörige habe, die in diesem Falle verständigt werden müssten, hatte Lilli ein wenig in Wallung versetzt, erst recht, als Mathew im Beisein des Arztes vorschlug, Lillis Gatten zu verständigen, der ebenfalls Arzt und noch dazu ein namhafter Gynäkologe sei. Lilli schlug mit der flachen Hand auf den

Tisch. »Das kommt überhaupt nicht in Frage!«, verbat sie sich das in einem Tonfall, der keinen Widerspruch duldete. Erst jetzt schien der Arzt zu begreifen, wen er vor sich hatte. »Lady Wilson – sind Sie etwa die Gattin von Sir John Wilson, dem früheren Geburtshelfer der königlichen Familie?«

»Das tut nichts zur Sache«, wehrte Lilli ab und erinnerte den peinlich berührten Frauenarzt in schneidendem Ton an seine Schweigepflicht. »Sollten Sie es dennoch wagen, Sir John in der Angelegenheit zu behelligen, sorge ich dafür, dass Sie standrechtlich erschossen werden.«

»Wie wird denn ein Frauenarzt *standrechtlich erschossen*?«, erkundigte sich Doktor Arnolds, ein Frauenarzt aus dem London Hospital, mit schiefem Grinsen.

»Auf dem Untersuchungsstuhl«, erwiderte Lilli mit dem ihr eigenen trockenen Humor, und damit war die Sache für sie erledigt. Im Nachhinein erinnerte sich Mathew, dass sie in der Folgezeit verstärkt an ihren Aufzeichnungen geschrieben hatte, wenn sie sich nicht, wie so häufig, dem Studium der Bibel gewidmet hatte. Bei allem Zynismus, der aus Lillis Aufzeichnungen sprach, empfand Mathew doch Mitleid mit der glücklosen Frau, die zwar alles hatte, wovon ein armer Teufel wie er nur träumen konnte, das Wesentliche aber, was das Leben ausmachte – nämlich um ihrer selbst willen geliebt zu werden und Liebe und Zuneigung für einen anderen Menschen zu empfinden –, war ihr nicht beschieden. Gefühle für andere Menschen schienen ihr ohnehin fremd zu sein, wenn man von ihrem Vater einmal absah. Aber ihre augenscheinliche Frigidität in geschlechtlichen Dingen hätte ein liebender und einfühlsamer Mann durchaus auflockern können – wäre da nicht ihre Vorliebe für das eigene Geschlecht gewesen, die Lilli sich indessen nicht zugestand. Im Grunde genommen war sie wohl eine verkappte Lesbierin – auch wenn die Liebe unter Frauen gemeinhin als absolutes Unding galt, das gar nicht existierte. Doch dem war nicht so. Während seiner Jahre in der Ganovenszene des Londoner Eastend hatte Mathew etliche Lesben kennengelernt; vor allem unter Huren, die von Freiern die Nase gestrichen voll hatten, erfreute sich die gleichgeschlechtliche Liebe großer Beliebtheit. Alles sprach dafür, dass Lilli diese Veranlagung hatte, aber moralinsauer und erzkonservativ, wie sie war, hätte sie sich eine solche Verirrung niemals gestattet. Die schockierende Tatsache aber, dass die von ihr so detailliert beschriebene Unterleibsoperation für sie erregend gewesen war, hielt Mathew, unabhängig von jedweder geschlechtlichen Vorliebe, einfach nur für krank und abartig. Es hatte ihn richtig gegruselt, als er die Schilderungen gelesen hatte. Nur eine total gestörte Irre war zu derartigen Empfindungen fähig. Doch die stets beherrschte, zurückhaltende Lady Wilson hatte nicht im Mindesten so geisteskrank gewirkt, wie sie es ihren Aufzeichnungen zufolge offensichtlich gewesen war – und das war das Erschreckende daran!

Die benachbarte Kirchturmuhr hatte zwar schon zur Mitternacht geschlagen, und Mathew war schon ziemlich müde und betrunken, aber aus unerfindlichen Gründen übten Lillis Eintragungen einen Sog auf ihn aus, dem er sich kaum widersetzen konnte. Er war von dem, was er las, gleichermaßen fasziniert und abgestoßen und blätterte zur nächsten Seite.

23. Juli 1872

Als John und ich an diesem herrlichen Sommertag mit der offenen Pferdekutsche vor unserem neuen Domizil, der Hausnummer 28 Harley Street im vornehmen Londoner Westend vorfuhren, wurden wir von der Dienerschaft, die sich in Reih und Glied vor der marmornen Freitreppe aufgestellt hatte, bereits in Empfang genommen. Die imposante Villa im georgianischen Stil mit dem weitläufigen, parkähnlichen Garten erforderte natürlich auch ein aufwendiges Personal, das alles in Ordnung hielt und ihren Bewohnern ein standesgemäßes Leben ermöglichte. Die ganze Pracht hatten wir Daddy zu verdanken, der im Mai mit John und mir im Schlepptau nach London gereist war, um uns ein Haus zu kaufen, das groß und repräsentativ genug war, uns als Wohnhaus zu dienen und Johns neue gynäkologische Praxis zu beherbergen. In erster Linie aber, obgleich Daddy das nicht explizit sagte, hatte er die Liegenschaft für mich erworben. Weil für seine über alles geliebte Tochter nur das Beste gut genug war, denn ich sollte ja auch an der Seite eines wenig begüterten Mannes das luxuriöse Leben führen, das ich von klein auf gewohnt war. Da die Grundstückspreise in dieser noblen Wohngegend zu den höchsten von ganz London zählten, residierten hier vor allem Geldleute oder Angehörige des Adels, und wir waren somit in bester Gesellschaft. Wie es sich gehörte, sprachen mich die Domestiken mit »Frau Doktor Wilson« an, was ich als Ehefrau eines Arztes auch erwarten konnte, und bildeten dezent ein Spalier, damit mein Gatte seine Anvertraute in traditioneller Manier auf Händen über die Türschwelle tragen konnte. Ein Diener, der elegant ein Tablett mit zwei gefüllten Champagnerkelchen auf den Fingerspitzen der weiß behandschuhten Hand balancierte, stand hinter der Türschwelle schon bereit, damit John und ich nach dem Eintreten auf unser neues Zuhause anstoßen konnten. Doch entweder war John so außer sich vor Entzücken über unsere prachtvolle Zuckergussvilla, die sich ein Arzt niemals im Leben hätte leisten können, oder aber er kannte als Sprössling der Unterschicht, der keine gute Kinderstube erfahren hatte, die alte Tradition nicht, die Braut über die Schwelle zu tragen, jedenfalls beging er den groben Fauxpas, mich vor der Schwelle einfach stehen zu lassen und voran ins Foyer zu stürmen, als gebe es dort etwas umsonst – dieser hoffnungslose Parvenü! Die livrierte Dienerschaft blinzelte betreten, als Herr Doktor hastig einen Champagnerkelch vom Tablett ergriff und mir strahlend zuprostete – immerhin besaß er die Güte, mit dem Trinken wenigstens so lange zu warten, bis auch ich mein Glas in den Händen hielt. Der nächste Patzer, denn ein Mann mit Erziehung hätte beide Kelche vom Tablett genommen und einen davon der Dame seines Herzens gereicht und erst dann einen Toast ausgebracht. Ich beschreibe dieses Vorkommnis deswegen so genau, weil es bereits damals für unsere zwischenmenschlichen Beziehungen symptomatisch war und bedauerlicherweise ein Dauerzustand bleiben sollte. So tief beschämt und gekränkt, wie ich beim Eintritt in unser erstes gemeinsames Haus war, fühlte ich mich in der gesamten Zeit unserer Ehe, mit dem feinen Unterschied, dass sich die mannigfaltigen Demütigungen, die ich von John erfuhr, noch bis ins Unermessliche steigerten. Doch das ist im Grunde genommen unerheblich, denn enttäuscht ist nun mal enttäuscht, und es gibt genauso wenig ein bisschen enttäuscht wie sehr enttäuscht, da man ja auch nicht von ein bisschen verliebt oder ein bisschen schwanger sprechen kann, hier gilt nur ganz oder gar nicht.

Auch das Weitere, das ich hier schildern werde, sollte sich als beispielhaft für unsere Ehe erweisen. Am darauffolgenden Sonnabend luden wir unsere Nachbarn zum Dinner ein, um uns mit ihnen bekannt zu machen. Die Ehepaare waren allesamt vermögende, kultivierte Leute, die uns großzügige Willkommensgeschenke mitbrachten. Während wir einander im Salon unauffällig taxierten und uns in reizenden, aber nichtssagenden Konversationen ergingen, konnte ich die Gedanken der mondänen Damen in ihren mit kunstvollen

Frisuren drapierten Spatzenhirnen förmlich lesen: Landpomeranze mit viel Geld, aber unattraktiv und langweilig – schade um den gut aussehenden Mann, er kann einem leidtun, ob sie ihn wird halten können? Aus dieser Schublade, in die mich diese affektierten Gänse von Anfang an steckten, sollte ich nicht mehr herauskommen. Waren sie mir gegenüber freundlich und distanziert, so waren sie von meinem charmanten Gatten indessen geradezu begeistert. John zeigte sich von seiner besten Seite, flirtete mit den Damen, machte ihnen reizende Komplimente und eroberte die Herzen der über- kandidelten Westend-Ladys schon am ersten Abend. So kam es auch, dass sich die vornehmen Damen aus dem Viertel in der Fol- gezeit in Johns gynäkologischer Praxis die Klinke in die Hand ga- ben – und mit einigen von ihnen hatte er seine ersten Affären, denen noch zahllose folgen sollten. Denn aufgrund unserer Eheprobleme wollte sich John beweisen, dass er noch ein ganzer Mann war. So viel zu unserer illustren Nachbarschaft, und wäre da nicht »unsere Pra- xis« gewesen, wie ich Johns gynäkologische Behandlungsräume, die mit einem großen Operationssaal und dem neuesten technischen Standard ausgestattet waren, liebevoll zu nennen pflegte, hätte ich mich unter diesen versnobten Hohlköpfen zu Tode gelangweilt. Da Daddy ja den ganzen Zinnober mit teurem Geld finanziert hatte, um seinem Schwiegersohn beruflich auf die Sprünge zu helfen, be- trachtete ich die Praxis mit Fug und Recht auch ein Stück weit als meine und nahm mir heraus, in Belangen, die für mich von Interesse waren, ein Wörtchen mitzureden. So konnte ich John schließlich davon überzeugen, mich systematisch mit den Aufgaben einer OP-Schwester vertraut zu machen, und mithilfe meiner Intelligenz und dem Feuereifer, mit der ich mich in die Materie einarbeitete, gelang es mir bereits nach einem halben Jahr, meinem Gatten bei gynäkologischen Operationen zu assistieren. Da ich mich brennend für die Frauenheilkunde interessierte und die jeweilige Funktion der Operationsbestecke sprichwörtlich im Traum beherrschte, saß bei mir jeder Handgriff, und John merkte schon nach kurzer Zeit, dass er keine bessere Kraft als mich hätte finden können. Wenigstens in dieser Hinsicht verstanden wir uns blind, und bevor John irgendetwas sagen musste, wusste ich schon, welches Instrument er als Nächstes benötigte oder was ich zu tun hatte. Schon nach etwa einem Jahr wäre ich in der Lage gewesen, die blitzschnellen Schnitte, die aufgrund der unzulänglichen Narkose vonnöten waren, selbst auszuführen. Leider muss ich hier anmerken, dass das nur ein paar Jahre gut ging, denn in Anbetracht meiner eigenen »Unfruchtbarkeit« entwickelte ich im Laufe der Zeit eine derartige Abneigung gegen Schwangere, dass ich beim Anblick ihrer Kugelbäuche immer häufiger eine heftige Übelkeit verspürte, die von Wutanfällen begleitet wurde. Da in einer Praxis für Frauenheilkunde aber werdende Mütter bekanntermaßen ein- und ausgingen, kam ich nicht umhin, mich aus der Praxis meines Mannes gänzlich zurückzuziehen. Doch glücklicherweise fand ich bald ein neues Betätigungsfeld, auf das ich im nächsten Kapitel genauer eingehen werde.

3. März 1879

Bereits während meiner ehrenamtlichen Tätigkeit im Magdalenen- -Haus in Swansea, jener mildtätigen Stiftung für gefallene Frauen, wo ich auch John kennengelernt hatte, beschäftigte ich mich mit den verheerenden Folgen des Lasters auf weite Kreise der Bevölkerung. Das herausragende Werk über das Wesen der Prostitution von Doktor William Acton, einem der führenden Mediziner unserer Zeit, welches ich mit großer Begeisterung gelesen hatte, war ein Meilenstein im Kampf gegen die Ausbreitung der Geschlechtskrankheiten.

Daher verfolgte ich auch die Parlamentsdebatten zu dem Thema mit regem Interesse, da ein hartes Durchgreifen in der Angelegenheit unabdingbar war, zumal die Anzahl von Geschlechtskrankheiten unter den Angehörigen des Militärs, aber auch unter Zivilisten, horrend angestiegen war. Anno 1869 wurden die Gesetze zur Eindämmung von Geschlechtskrankheiten endlich verschärft, was für mich eine große Freude war. Dadurch wurde unserer Polizei das Recht eingeräumt, Huren und andere liederliche Weibsbilder, die heimlich der Prostitution nachgingen, in Arrest zu nehmen, sie in Arbeitshäusern oder entsprechenden kirchlichen Einrichtungen zu internieren, wo sie sich gynäkologischen Untersuchungen unterziehen mussten, was auch absolut angemessen war, um die Verbreitung von Geschlechtskrankheiten zu unterbinden. Umso mehr erzürnte es mich, dass mit der längst überfälligen Verschärfung dieser Gesetze auch Stimmen in der britischen Bevölkerung laut wurden – vor allem von Frauen, wie ich fassungslos hinzufügen muss –, die behaupteten, die Huren würden durch die Erlasse kriminalisiert, und die sich sogar noch bemüßigt fühlten, für die ach so bedauernswerten Geschöpfe, die eigentlichen Verursacher des ganzen Elends, mehr Rechte zu fordern. Allen voran eine gewisse Josephine Butler, die Ehefrau eines Pastors und Mutter von vier Kindern – das muss man sich mal vorstellen! Zu äußern, das sei degoutant, wäre noch deutlich untertrieben. Frevelhaft und lästerlich wäre nach meinem Dafürhalten treffender. Nicht allein die ausufernde Prostitution hat das Britische Empire ins Unglück gestürzt, nein, es waren auch diese vorlauten, törichten Weiber vom Kaliber der Butler – oder mindestens genauso entsetzlich, weil ehedem verdient und geachtet, unsere Krankenschwester Florence Nightingale, die sich an der Kampagne gegen die Gesetze zur Bekämpfung der Geschlechtskrankheiten beteiligte. Ganze 140 dieser Totengräberinnen der Nation schlossen sich in einem Konglomerat zusammen und forderten die Abschaffung des Erlasses gegen die Liederlichkeit. Selbst gebildete Frauen und Angehörige der Oberschicht fingen plötzlich an, über die Ursachen der Prostitution zu debattieren, die schrecklichen Lebensbedingungen der Huren anzuprangern und zu kritisieren, dass die armen Dirnen gesellschaftlich so verachtet wären. Verkehrte Welt, kann ich da nur sagen! Nach Schätzungen der Polizei hatten wir zu dieser Zeit etwa 3325 Bordelle in der Londoner Innenstadt, in den Schandflecken und Elendsquartieren im Eastend war sogar jedes zweite Haus in den Fängen des Lasters. Vor allem in den berüchtigten Stadtteilen Spitalfield und Whitechapel gab es Bereiche, wo sich selbst am helllichten Tag keine anständige Frau hinwagen würde. Mit eigenen Augen habe ich sehen müssen, wie dort die Straßendirnen auf widerwärtigste Weise auf Kundenfang gingen, und das hat das Bild in mir, das ohnehin schon immer vorhanden war, nur noch verstärkt, dass es in der Welt nichts Verabscheuungswürdigeres gibt als diese läufigen Hündinnen, die sich den Männern schamlos feilboten und dadurch unentwegt die Geißel der Syphilis in der Bevölkerung ausstreuten. Die halb nackten, verdreckten Ausgeburten der Gosse, die weder Anstand noch Gewissen kannten, sollten nun mehr gesellschaftliche Achtung erfahren und wurden von der »kreischenden Schwesternschaft«, wie die Nestbeschmutzerinnen in einem -Artikel des Saturday Review *treffend genannt wurden, auch noch mit Glacéhandschuhen angefasst. Glücklicherweise gab es in diesen gottlosen Zeiten auch noch vernünftige Menschen, wie den von mir so geschätzten Doktor William Acton, dessen unermüdliches Wirken maßgeblich dazu beigetragen hatte, die Gesetze zu verschärfen. Bedauerlicherweise war der vortreffliche Mann im Jahre 1875 verstorben, doch sein enger Freund und Mitstreiter der ersten Stunde, Reverend Angus Beardsley, erwies sich als würdevoller Ver-*

fechter von Dr. Actons geistigem Erbe und trat in seinen Schriften und Vorträgen unerschrocken für die scharfe Überwachung des Lasters ein, was auch in den Gesetzen zur Bekämpfung der Geschlechtskrankheiten Berücksichtigung fand. So wurden Huren, die sich einer gynäkologischen Untersuchung verweigerten, kurzerhand in einem Gerichtsverfahren zu Zwangsarbeit verurteilt, und falls bei einer Dirne eine Geschlechtskrankheit diagnostiziert wurde, kam sie in ein Arbeitshaus, bis ein Arzt sie für geheilt erklärte. Als ich jedoch an jenem Morgen in der Zeitung lesen musste, dass es den kreischenden Weibern gelungen war, dem britischen Parlament 9667 Petitionen gegen die Gesetze zur Bekämpfung der Geschlechtskrankheiten vorzulegen, mit sage und schreibe insgesamt 2.150.941 Unterschriften, bekam ich einen Wutanfall. Die Butler und ihre Mitstreiterinnen forderten nicht nur den vollständigen Widerruf der Gesetze, sondern auch bessere Lebensbedingungen für Huren. Besonders wütend machte mich die völlig haltlose Bemerkung der unsäglichen Pastorengattin, die Untersuchung von Prostituierten mithilfe eines Spekulums gleiche einer Vergewaltigung, und sie selbst würde lieber sterben, als sich von einem Mann mit einem solchen Instrument untersuchen zu lassen. Diesen Gefallen sollte man dieser hysterischen und verantwortungslosen Person doch nicht vorenthalten, dachte ich, und gleichzeitig reifte in mir ein Entschluss. Ich fing sogleich an, ihn in die Tat umzusetzen, indem ich unter dem Pseudonym »Nurse Betty« einen Leserbrief verfasste, der wenige Tage später im Daily Telegraf *erschien. Ich gebe ihn hier wie folgt wieder:*

»Ist nicht die Gesundheit und der Schutz des ungeborenen Lebens ungleich wertvoller, als sie dem vermeintlichen Recht der Prostituierten zu opfern, hemmungslos und ungehindert Geschlechtskrankheiten zu verbreiten? Das frage ich die Rädelsführerin der

›Kreischenden Schwesternschaft‹ und ihre Mitläuferinnen mit aller gebotenen Ernsthaftigkeit. Das schon an Hysterie grenzende weinerliche Beharren von Mrs. Butler, die angeblich so missbrauchten und unterprivilegierten Huren so zu behandeln, als wären sie anständige Menschen, ist einer der verhängnisvollsten Irrtümer, der seit Menschengedenken begangen wurde – und er wird uns alle ins Unglück stürzen.« (Gezeichnet: Nurse Betty, eine aufrechte Royalistin und Streiterin im Kampf gegen die physischen Schäden der Prostitution.)

Da ich ja nicht mehr in der Praxis meines Mannes mitarbeitete und mich ohnehin die meiste Zeit langweilte, schrieb ich einen ausführlichen Brief an Reverend Angus Beardsley, in dem ich ihm nicht nur meiner tiefen Bewunderung und uneingeschränkten Loyalität versicherte, sondern ihn auch um Rat fragte, wie ich unserer Sache dienen könnte, die momentan durch gewissenlose Eiferer derart infrage gestellt wurde. Gleichermaßen ließ ich den Reverend wissen, dass ich als Gattin eines Gynäkologen, die zudem noch von diesem als OP-Schwester ausgebildet worden sei, über grundlegende medizinische Kenntnisse, vor allem in Bezug auf die weibliche Anatomie, verfügen würde, die ich gerne bereit sei, in eine etwaige neue Aufgabe im Rahmen der Bekämpfung von Geschlechtskrankheiten einfließen zu lassen. Die Antwort von Reverend Beardsley ließ auch nicht lange auf sich warten und enthielt neben einem flammenden Appell für unseren gemeinsamen Kampf auch eine aufrichtige Danksagung an mich, die mich in ihrer Herzlichkeit fast zu Tränen rührte – da ich das Gefühl hatte, in Beardsley, ebenso wie im Falle des verstorbenen Doktor Acton, einen Seelenverwandten gefunden zu haben. Auf Empfehlung des Reverends suchte ich daraufhin die British Red Cross Society in der 92 Dalston Lane in London auf, wo ich in einem vierzehntägigen Intensivkurs zur Rotkreuzschwester *ausgebildet wurde, denn aufgrund des Ärztemangels wurden für die Untersuchungen von Huren verstärkt Rotkreuzschwestern mit gynäkologischen Grundkenntnissen eingesetzt. Nachdem ich die Prüfung mit Bravour bestanden hatte, erhielt ich ein Schwestern-gewand mit einer weißen Schürze, versehen mit dem ehrwürdigen Rotkreuz-Emblem, eine gestärkte weiße Schwesternhaube und ein Köfferchen, welches Gazetücher, ein Fläschchen mit Desinfektions-mittel und ein Spekulum enthielt. Als ich anschließend befragt wurde, in welchem Londoner Stadtbezirk ich gerne eingesetzt wer-den möchte – es handelte sich hierbei um Regionen, die von Huren bevorzugt frequentiert wurden, wie die Umgebung von Kasernen, die Häfen, die Londoner Innenstadt und das berüchtigte Eastend –, musste ich gar nicht lange nachdenken und gab zur Antwort: »Dort, wo es am Schlimmsten ist.« Unsere Vorsteherin, Nurse Gertrud, eine bejahrte, resolute und überaus tüchtige Krankenschwester, die un-verheiratet geblieben war, da sie, wie sie gerne betonte, mit ihrer Arbeit verheiratet sei, musterte mich perplex. »Mit Verlaub, Nurse Betty, aber das wird für eine vornehme Dame aus dem Westend wie Sie bestimmt keine leichte Aufgabe werden.«*

»Ich will helfen, Frau Vorsteherin, und deswegen möchte ich dort arbeiten, wo die Hilfe am nötigsten ist.«

»Das lobe ich mir«, sagte Nurse Gertrud anerkennend und brachte tatsächlich so etwas wie ein Lächeln zustande, da »Nurse Betty«, wie ich mich nach der Kurzform meines zweiten Vornamens Elizabeth zu nennen pflegte, unbestritten ihre Lieblingsschülerin war. So suchte ich nun an zwei Tagen in der Woche meine neue Wirkungs-stätte auf. Montags arbeitete ich von zehn bis fünfzehn Uhr im Lam-beth Workhouse in der Princess Road und donnerstags von elf bis sechzehn Uhr im Whitechapel Workhouse in der Whitechapel Road – beide Einrichtungen befanden sich im Stadtteil Whitechapel,

117

welcher in nicht allzu ferner Zukunft von schicksalhafter Bedeutung
für mich werden sollte. Im Nachhinein kann ich sagen, dass meine
Einsätze in der Hölle des Lasters eine gute Grundlage für mein spä-
teres Wirken darstellten.

Donnerstag, 4. Mai 1883

Obgleich die Welt um mich herum immer mehr aus den Fugen
geriet – die kreischende Schwesternschaft hatte inzwischen sogar
die Stirn, für das Wahlrecht von Frauen einzutreten, und mein
notorisch treuloser Ehemann war neuerdings auch noch zum
Hurenliebhaber geworden –, tat ich unbeirrt meine Pflicht und
versah nun schon das vierte Jahr meinen Dienst im Rahmen der
Zwangsuntersuchungen von Huren. Ich war zwar von Haus aus
wenig zimperlich, aber an den schrecklichen Ekel beim Anblick
der eitrigen, von Schleimhautgeschwüren oder weißlichen Pappeln
übersäten Vulvas – deutlichen Anzeichen für die Syphilis – würde
ich mich niemals gewöhnen. Die mit der Lustseuche infizierten
Hurenschlünde verfolgten mich bis in den Schlaf, und ich träumte
immer häufiger, das Spekulum in meinen Händen, das ich ihnen
unsanft in die Scheide rammte, wäre ein Messer und schnitt durch
sie hindurch wie Butter – war das ein Vergnügen! In Wahrheit wa-
ren die Untersuchungen aber für jeden reinlichen, anständigen und
gesund empfindenden Menschen die reinste Zumutung, der man
sich nur stellte, da sie von Erfolg gekrönt war. Denn Hunderte, wenn
nicht gar Tausende Huren, die an Syphilis oder Gonorrhö erkrankt
waren, hatte ich nun schon im wahrsten Sinne des Wortes aus dem
Verkehr gezogen, und das versöhnte mich ein Stück weit mit den
Widerwärtigkeiten – wenn auch nicht mit allen. Denn wie gesagt,
der Abscheu ließ sich nicht zum Schweigen bringen, und genauso

wenig der Hass. Dieses rasende Tosen steigerte sich ins Unermessliche, wurde zum Orkan, der mich auch am Tage nicht mehr losließ und mich fast zum Bersten brachte.

»Tut mir leid, Nurse Betty, aber heute Morgen war die Polizei da und hat mir so einen Wisch vorgelegt, und da steht drin, dass das Parlament die Zwangsuntersuchungen der Huren außer Kraft gesetzt hat.« Mary Peel, die Vorsteherin des Whitechapel Workhouse, zuckte bedauernd mit den Achseln und bot mir einen Tee an. »Das haben wir doch nur dieser Butler zu verdanken. Die Polizei ist auch ärgerlich, sie haben mir vorhin gesagt, ihr Zugriff auf die Dirnen wäre durch den Beschluss viel eingeschränkter als vorher.«

»Sodom und Gomorrha«, stieß ich nur hervor und eilte hinaus, um mich abzureagieren, denn ich hatte das beklemmende Gefühl, dass mir jeden Moment der Kopf platzte. Ich hatte jegliches Zeitgefühl verloren und irrte bis zum Abend durch die stinkenden, mit Unrat und Abfall vollgestopften Gassen des Elendsquartiers, in dem zerlumpte Kinder spielten, abgemagert und verwahrlost, Ratten und räudige Gassenköter jagend, die im Müll nach Verwertbarem suchten. Etliche der Rotznasen waren von ihren Hurenmüttern wahrscheinlich schon mit der Syphilis infiziert worden und trugen sie weiter wie ihre Mütter, die grell geschminkt und mit vulgär aus dem Mieder quellenden Brüsten vor den Hauseingängen herumlungerten, schon am Vormittag nach Schnaps stanken und nach Kunden Ausschau hielten. Sie waren der Müll auf den Straßen Whitechapels, der unbedingt beseitigt werden musste! Dieser alles beherrschende Gedanke kam mir damals schon, aber es sollte noch fünf Jahre dauern, bis er endlich Wirklichkeit wurde.

Ich kam fast zu spät zum Dinner, und John, der sich normalerweise nicht im Mindesten dafür interessierte, was ich den Tag über so trieb, fragte mich erstaunt, wo ich herkam.

»Heute war so ein schöner Tag, da war ich nach dem Dienst noch ein wenig spazieren«, antwortete ich sarkastisch, da das Wetter alles andere als freundlich, sondern trübe und verregnet war. Doch John, der mir wie immer nicht zuhörte, bemerkte es nicht. Während er das blutige Roastbeef in sich hineinstopfte wie ein Emporkömmling ohne Tischmanieren, der er ja tatsächlich auch war, sprach er über den neuen Parlamentsbeschluss, die Gesetze zur Bekämpfung der Geschlechtskrankheiten außer Kraft zu setzen, wie er es in der Mittagspause im Daily Telegraf gelesen hatte. Da John, ebenso wie ich, eher konservativ war, kritisierte er diese Entscheidung, vor allem dahingehend, dass die Geschlechtskrankheiten dadurch wieder auf dem Vormarsch seien, worauf ich mir die Bemerkung nicht verkneifen konnte, umso sträflicher sei es für Männer, die Dienste einer Hure in Anspruch zu nehmen. Dagegen könnte man sich ja schützen, äußerte er säuerlich. »Eben«, sagte ich, da ich mich bestätigt fühlte.

»Ich meine mit Kondomen«, erwiderte John mit mokantem Grinsen. Er schlang sein Essen hinunter und verzichtete genau wie ich darauf, unsere angeregte Unterhaltung fortzusetzen. Anschließend huschte er pfeifend durchs Haus, machte sich frisch und warf sich in Schale, da er vorhatte, noch in seinen Klub zu gehen. An diesem Abend begab ich mich auf eine weitere Exkursion in den Sündenpfuhl Whitechapel, der noch unzählige folgen sollten. In der nächsten Zeit ergab es sich allerdings, dass ich auch wieder beruflich dort zu tun hatte, denn John fing im Zuge der Wohltätigkeit an, in den Armenhäusern Whitechapels Bedürftige zu behandeln, zu denen auch Huren zählten. Ich assistierte ihm nicht nur bei gynäkologischen Untersuchungen, sondern auch bei Geburten und Schwangerschaftsabbrüchen. Ich kann den Anblick der bedauernswerten Säuglinge bis heute nicht vergessen, die aufgrund der Syphiliserkrankung ihrer liederlichen Mütter zu früh auf die Welt kamen oder

als Totgeburten, was in Anbetracht dessen, dass die unschuldigen
Geschöpfe mit angeborener Syphilis geschlagen waren, eine Gnade
Gottes darstellte. Auch die Schwangerschaftsabbrüche, die wir bei
den verkommenen Subjekten vornehmen mussten, gingen größten-
teils auf eine fortgeschrittene Geschlechtskrankheit zurück, die einen
Abbruch als medizinische Indikation unabdingbar machte. Wenn es
nicht die Syphilis oder Gonorrhö war, welche den Fötus beschädigte
oder gar tötete, dann war es der Alkohol, der die Neugeborenen zu
Krüppeln machte. Mein Hass auf diese gottlosen Huren, die das Hei-
ligste entweihten, das ihnen unser Schöpfer geschenkt hatte, loderte
so gewaltig, dass ich es kaum noch ertragen konnte. Gott wird euch
richten – durch meine Hand!

Wenngleich Lillis fanatische Hasstiraden und unheimliche Ra-
chefantasien höchst aufwühlend und alles andere als eine ein-
schläfernde Gutenachtgeschichte waren, fielen Mathew gegen drei
Uhr in der Früh die Augen zu, und er sank in einen tiefen und
glücklicherweise auch traumlosen Schlaf.

Kapitel 4

London, 7. November 1915

Es war fast schon Mittag, als Mathew erwachte. Die rauen Herbststürme pfiffen durch die Mauerritzen der kleinen Dachkammer und rüttelten an der Fensterluke in der Dachschräge, auf deren Glasscheibe in dicken Tropfen der Regen prasselte. Das Feuer in dem kleinen Holzofen war längst ausgegangen, und in der Stube war es bitterkalt. *Das richtige Wetter, um im Bett zu bleiben und sich einen hinter die Binde zu gießen,* ging es ihm beim Gedanken, dass er heute seinen freien Sonntag hatte, durch den Kopf, und er schielte nach der fast leeren Gin-Flasche, die neben Lillis zugeklappter Kladde auf dem wurmstichigen Nachtschränkchen lag. *Bloß nicht – meine Laune ist auch so schon schlecht genug,* dachte er beim Anblick des Buches und widerstand dem Reflex, es wieder in die Hand zu nehmen, um die Lektüre fortzusetzen. Die wenige Zeit, die er nicht im Irrenhaus zubrachte, würde er sich nicht noch damit versauen, die Aufzeichnungen einer fanatischen Moralwächterin durchzulesen, die außerdem noch einen gewaltigen Sprung in der Schüssel hatte – und er würde auch verdammt noch mal nicht den Tag damit beginnen, sich volllaufen zu lassen. *Denk daran, du Esel, was du deiner Tochter versprochen hast.* Er genoss lieber noch ein bisschen die Wärme unter der fadenscheinigen Wolldecke und betrachtete versonnen die Regentropfen auf der Glasscheibe der Dachluke. In der ersten Zeit ihrer Ehe, als sie noch keine Kinder hatten, die versorgt werden mussten, hatten er und Mandy auch manchmal den ganzen Sonntag im Bett zugebracht und waren nur kurz aufgestanden, um etwas zu essen. Das war die reinste Wonne gewesen, sie knutschten wie die Wilden, liebten sich, unterhielten sich über Gott und die Welt und alberten miteinander herum. War das eine schöne Zeit gewesen, die leider viel zu schnell vorbeigegangen war. Alles war vorbei, was sein Leben einmal glücklich gemacht und erfüllt hatte – er war nur noch ein einsamer Säufer, von dem keiner mehr etwas wissen wollte. *Hör endlich auf mit deinem bescheuerten Selbstmitleid, du blöder Hund. Es ist noch lange nicht alles verloren, denn die Liebe ist dir geblieben – und das ist auch umgekehrt so, also hör auf zu flennen und mach gefälligst was draus.*

Mathew schälte sich aus der Decke und schlurfte zum Ofen, um Feuer zu machen. Der Kohleeimer war zwar noch halb voll, genug, um für die nächsten Stunden einzuheizen, aber er hatte vergessen, ein Bündel Anzündholz zu kaufen. Er blickte sich suchend in der Dachmansarde um. Notfalls ginge auch Papier, das qualmte zwar, war aber immer noch besser als nichts. Kurzzeitig fiel sein Blick auf Lillis Kladde. *Du ersparst dir so manches, wenn du den Kram einfach ins Feuer wirfst …* Doch irgendetwas hielt ihn zurück – und es dämmerte ihm auch gleich, was es war: Weil es Lilli gegenüber pietätlos gewesen wäre, und verflucht noch mal, es war eben einfach so, er wollte wissen, wie es weiterging. Und wenn ihr Geschreibsel noch so ein kranker Irrsinn war, Lillis Wahnsinn hatte Methode. Diese schockierende Wahrheit hatte er längst kapiert. Also schnappte er sich vom Küchenregal eine alte Zigarrenkiste, die ihm als Sparbüchse für Kleingeld diente, warf die Handvoll Pennys in ein Glas, zerlegte die Schachtel und machte Feuer. Anschließend kochte er sich einen Tee und haute sich ein paar Eier in die Pfanne. Beim Frühstück überlegte er, ob er nicht mal wieder seinen ehemaligen Kollegen Teddy in der Anstalt besuchen sollte. Teddy war seit rund zwanzig Jahren als Insasse im Flügel der Unheilbaren untergebracht. Er hatte seinerzeit hautnah miterleben müssen, wie Ada Miller, eine Patientin der Kriminalabteilung für Frauen, ihrer Mitpatientin einen Löffelstiel ins Auge gestoßen hatte, weil sie eine Bridgepartie gegen sie verloren hatte. Teddy, damals noch ein junger Kerl mit geringen beruflichen Erfahrungen, hatte dieses schreckliche Erlebnis nicht verkraftet und war in eine Schockstarre verfallen, aus der er sich zeitlebens nicht mehr befreien konnte. Nachdem sich die Anstaltsärzte die größte Mühe gegeben hatten, den jungen Irrenhauswärter zu heilen, jedoch feststellen mussten, dass selbst die Behandlung mit elektrischen Impulsen nicht vermochte, den Stupor des Leibes zu lockern und das beharrliche Schweigen, den sogenannten Mutismus, zu durchbrechen, brachte man ihn im Flügel der unheilbaren Fälle unter, wo er gut versorgt wurde. Mathew, der mit Teddy früher befreundet gewesen war, besuchte ihn dort regelmäßig, obgleich der an Katatonie Erkrankte keinerlei Lebenszeichen von sich gab und während Mathews Besuch nur steif und teilnahmslos auf seinem Stuhl saß. Trotzdem ließ Mathew es sich nicht nehmen, hin und wieder nach ihm zu schauen und ihm bei diesen Gelegenheiten immer eine Tüte Chelsea Buns, Teddys Lieblingsgebäck, mitzubringen.

Du hast heute frei, und da willst du schon wieder ins Irrenhaus rennen. Mathew überkamen Zweifel, doch er beschloss, es trotzdem zu tun, um dem armen Teufel zu zeigen, dass er in ihm immer noch einen Kumpel hatte. Denn er war sich sicher, dass es Teddy guttat, wenn er ihn besuchte, wenngleich er das in keiner Weise zeigte, was natürlich seiner Erkrankung geschuldet war. *Die merken mehr, als wir denken, auch wenn es so aussieht, als wären bei denen schon lange die Lichter ausgegangen,* lautete Mathews Überzeugung, die er auch Kollegen gegenüber vertrat, wenn es um Teddy ging. Es widerstrebte ihm zutiefst, einen Menschen aufzugeben. So erhob er sich vom Frühstückstisch, verrichtete seine Morgentoilette, zog sich warme, wetterfeste Kleidung an und machte sich auf den Weg zur benachbarten Bäckerei Cartwright, wo er ein halbes Dutzend frische, vor Zuckerguss triefende Chelsea Buns erstand. Die Kapuze tief ins Gesicht gezogen, eilte er mit weit ausholenden Schritten, um so schnell wie möglich wieder ins Trockene zu kommen, zu dem wuchtigen Gebäude des Bethlem Royal Hospitals hin, welches wie eine düstere mittelalterliche Trutzburg die gesamte Umgebung beherrschte. Unterwegs musste er wieder an Lillis Aufzeichnungen denken, vor allem an die letzte Zeile, *Gott wird euch richten – durch meine Hand,* die ihn auf seltsame Weise beunruhigte. Obwohl er siebenundzwanzig Jahre mit Lilli zugebracht hatte, zeigten ihm die Enthüllungen doch, wie wenig er seine Patientin gekannt hatte. Letztendlich war sie für ihn ein Buch mit sieben Siegeln, und er brannte förmlich darauf, mehr über sie in Erfahrung zu bringen als die spärlichen Informationen, die er seitens der Ärzteschaft erhalten hatte. Im Nachhinein fühlte er sich sogar regelrecht abgespeist von den Herren Irrenärzten, die sich in ihrem Standesdünkel von einem einfachen Pfleger nicht in die Karten schauen ließen. Das war unter dem Pflegepersonal hinlänglich bekannt, und Mathew hatte sich schon oft darüber geärgert. Denn schließlich waren es die Irrenhauswärter und Krankenschwestern, die einen großen Teil der Zeit mit den Patienten zubrachten, und nicht die Doktoren. Er hatte auch noch nie Lillis Krankenakte gelesen, auch diesbezüglich hielten sich die Ärzte bedeckt mit der hingeworfenen Begründung, die Patientin Wilson sei ohnehin austherapiert, was so viel bedeutete wie *Da ist sowieso nichts mehr zu machen.* Mathew gehörte nicht zu denen, die gerne das Maul aufrissen, und hatte sich damit abgefunden.

»Tach, Gerold, wie läuft's denn so?«, begrüßte er wenig später seinen Kollegen, der ihm die verriegelte Tür der Station I – »I« stand für incurable, unheilbar – öffnete und ihn eintreten ließ.

»Tach, Mathew, alles klar bei dir?«, sagte der gedrungene, stiernackige Wärter, der in jungen Jahren einer der besten Ringer Londons gewesen war, und klopfte Mathew kameradschaftlich auf die Schulter. »Willste mal wieder zu unserer Quasselstrippe?«

Mathew grinste. »Mal hören, was er mir heute so zu sagen hat. Das letzte Mal hat er gemeint, der Alte wär' ein ziemliches Arschloch.«

Der ehemalige Ringer lachte trocken auf. »Da ist er nicht der Einzige, der das denkt«, flachste er – wobei mit der »Alte« kein anderer als Anstaltsleiter Professor Soderberg gemeint war.

Teddy saß wie immer auf einem Lehnstuhl am Fenster und zeigte keinerlei Reaktion, als Mathew ihm zur Begrüßung die Wange tätschelte. Als er ihm anschließend die Tüte mit den Rosinenteilchen reichte, nahm Teddy ein Stückchen nach dem anderen heraus und schlang es hinunter, ohne mit der Wimper zu zucken. »Ich hol dir jetzt einen Tee, damit es besser rutscht«, sagte Mathew und erhob sich von seinem Besucherhocker.

»Ich hol dir jetzt einen Tee, damit es besser rutscht«, wiederholte Teddy in ausdruckslosem Tonfall, was der Kranke zuweilen tat. Er gab jedes Wort, das an ihn gerichtet wurde, mechanisch wieder. Mathew trat zu Teddy und knuffte ihn freundschaftlich gegen den Oberarm. »Bist ein Ass, Teddy, auch jetzt noch.«

»Bist ein Ass, Mathew«, echote der Katatoniker und blinzelte. Mathew kam es fast so vor, als habe er ihm zugezwinkert.

Er war fassungslos, dass Teddy seinen Namen ausgesprochen hatte, und zwar klar und deutlich. »Schön, dass du mich noch kennst«, sagte er gerührt und ging zur Teeküche. Auf dem Flur traf er den Kollegen Gerold und erzählte ihm davon. »Da hat der alte Stockfisch doch mal einen lichten Moment gehabt«, erwiderte Gerold staunend.

Mathew ging in die Küche und brühte für sich und Teddy einen Tee auf, dann füllte er Zucker und Sahne in die Tassen und kehrte damit zurück zu seinem ehemaligen Kollegen. Eine gute halbe Stunde blieb er noch bei ihm sitzen und erzählte ihm, was ihm gerade so durch den Kopf ging. So hatte er es immer gehalten – Teddy bei seinen Besuchen über das aktuelle politische Geschehen, besondere Ereignisse oder auch Belange des Alltags zu informieren. Und obgleich er das Gefühl hatte, gegen eine Wand zu reden, mochte er doch nicht ganz ausschließen, dass das, was er sagte, zu dem Kranken durchdrang und ihn, wenn auch nur geringfügig, am Leben teilnehmen ließ. Da Teddy Lilli Wilson noch aus seiner Zeit als Wärter in der Kriminalabteilung kannte, berichtete ihm Mathew, dass sie vor ein paar Tagen verstorben war und ihm nicht nur ihren Schmuck, sondern auch eine Art Tagebuch vermacht hatte. »Die Lady«, wie Lilli vom Pflegepersonal der Abteilung genannt wurde, war wegen ihrer höflichen, zurückhaltenden Art, die gänzlich ohne unerwünschte, gefürchtete Kapriolen auskam, recht beliebt gewesen. Umso mehr erstaunte es Mathew, als Teddy plötzlich »Miststück« zwischen den Zähnen hervorstieß und erbittert die Lippen zusammenpresste. Trotz mehrfachen Insistierens war aus dem Kranken nicht mehr herauszukriegen, und er verfiel wieder in das übliche beharrliche Schweigen. Mathew führte Teddys harsche Äußerung auf sein schreckliches Erlebnis mit Ada Miller zurück, an die ihn Mathews Geschichte über die ehemalige Patientin wohl erinnert haben musste, und er beschloss, solche Gesprächsthemen bei seinen Besuchen künftig zu meiden. Nachdem er noch eine Weile schweigend an der Seite des Kranken zugebracht hatte, verabschiedete er sich von Teddy. Als er anschließend Gerold auf dem Flur gewahrte, kam ihm spontan eine Idee.

»Sag mal, weißt du, ob der Alte heute im Haus ist?«, fragte er.

»Sollte mich wundern, wenn nicht«, gab Gerold zur Antwort. »So arbeitswütig, wie der ist, kommt er doch oft genug am Sonntag hierher – und wenn es nur deswegen ist, um uns auf die Finger zu schauen. Aber gesehen habe ich ihn heute noch nicht …«

Just in diesem Moment wurde die gepanzerte Eingangstür geöffnet und Anstaltsleiter Soderberg trat mit einem großen Schlüsselbund in der Hand auf den Stationsflur. Er vertrat die Ansicht, dass er als Direktor der Anstalt an den Eingängen der geschlossenen Stationen nicht die Klingel betätigen musste wie ein Besucher, und trug stets einen Schlüsselbund mit sämtlichen Türschlüsseln bei sich – was ihm natürlich auch seinen Untergebenen gegenüber einen gewissen Überraschungseffekt einräumte. »Guten Tag, die Herren«, grüßte er die beiden Wärter, die ihn einigermaßen verdattert anstarrten und ihrerseits begrüßten. »Gibt es irgendetwas, das ich wissen müsste, weil mein Erscheinen die Herren offenbar so aus der Fassung bringt?«, erkundigte sich Professor Soderberg spöttisch.

»Ja«, sagte Mathew und berichtete davon, dass Teddy ihn vorhin beim Namen genannt hatte.

Der Professor lächelte blasiert. »Nun, es ist bei Katatonikern durchaus keine Seltenheit, dass sie hin und wieder ihren Mutismus durchbrechen. Dann wiederholen sie irgendetwas Sinnentleertes, das sie irgendwann mal aufgeschnappt haben – oder aber, und das kann zuweilen sehr unangenehm sein, geben sie plötzlich unflätige Schimpfworte und Verwünschungen von sich, jedoch in einem völlig unbeteiligten, emotionslosen Tonfall. Wir sollten diesem kleinen Ausbruch nach meinem Dafürhalten nicht zu viel Bedeutung beimessen«, erläuterte er hochnäsig und wandte sich sogleich mit einer Reihe dienstlicher Anweisungen an Gerold. Mathew blieb an der Seite stehen und wartete geduldig, bis der Anstaltsleiter seine Instruktionen beendet hatte und Gerold mit ärgerlicher Miene und gerötetem Gesicht davoneilte. Als der Direktor sah, dass Mathew noch im Flur stand, erkundigte er sich mit gerunzelter Stirn bei ihm, ob noch etwas anstehe. Mathew holte tief Luft und erklärte, dass er gerne etwas mit ihm besprechen würde. Soderberg schien irritiert darüber, erteilte ihm aber das Wort.

Mathew hüstelte unbehaglich. »Wäre es vielleicht möglich, dass ich mir die Patientenakte von Lady Wilson anschauen kann?«

Soderberg musterte ihn unwirsch. »Wieso denn das?«

Mathew hielt sich einstweilen mit der Wahrheit zurück. *Je weniger dieser Erbsenzähler weiß, desto besser, sonst fragt er mir nur Löcher in den Bauch und nervt mich mit seiner ewigen Besserwisserei.* Daher flunkerte er: »Ich habe Lady Wilson sieben undzwanzig Jahre lang betreut, und sie lag mir sehr am Herzen ... deswegen würde ich mir gerne mal ihre Krankenakte durchlesen.«

»Jetzt, wo Lady Wilson tot ist, interessiert Sie das auf einmal. Mit Verlaub, mein lieber Morgan, das fällt Ihnen aber früh ein.« Soderbergs umtriebige Augen hinter den blitzenden Gläsern der Nickelbrille taxierten Mathew argwöhnisch. »Das hat doch einen anderen Grund, warum Sie sich so plötzlich für die Patientenakte interessieren – und den möchte ich jetzt wissen.«

Mathew, der von Haus aus nicht gut lügen konnte, seufzte und fühlte sich von »Fischauge« ertappt. »Es ist nur, weil ... na, weil in ihrem Tagebuch so schlimme Sachen drinstehen, und da hätte ich mir eben gerne mal ihre Krankenakte angesehen …«

»Welches *Tagebuch*?«, fragte der Anstaltsleiter bass erstaunt.

Mathew merkte, dass er einen Fehler gemacht hatte, und versuchte noch irgendwie die Kurve zu kriegen. »Ach, das ist bloß so ein Kindertagebuch, das Lilli mir noch kurz vor ihrem Tod vermacht hat.«

»Sie hat Ihnen ihr Tagebuch vermacht, und Sie haben mir nichts davon erzählt?«, empörte sich der junge Anstaltsleiter. »Das hätten Sie mir umgehend sagen müssen, Morgan, und mir das Buch übergeben. Das ist Unterschlagung, was Sie da getan haben. Die wie immer gearteten Aufzeichnungen eines Patienten gehören in die Hände der Ärzteschaft und nicht in die eines Wärters, der dann auch noch in seiner Freizeit darin herumschmökert.«

Mathew war über die Art, wie ihn dieser Jungspund abkanzelte, so wütend, dass er die Fassung verlor, und wie es bei gutmütigen Menschen häufiger der Fall ist, die oft viel zu lange stillhalten, ehe sie gegen einen Widersacher aufbegehren, schoss er über das Ziel hinaus.

»Das Einzige, was ich mir vorwerfe, ist, dass ich Ihnen überhaupt davon erzählt habe, und das war auch ein übler Vertrauensbruch, denn meine Patientin hat *mir* ihre Aufzeichnungen anvertraut – und nicht so einem studierten Eierkopf wie Ihnen, der glaubt, er hätte die Weisheit mit Löffeln gefressen! Hätte ich mir doch gleich denken können, dass es nichts bringt, Sie um einen Gefallen zu bitten«, brach es aus Mathew heraus. »Dann steck dir doch deine Patientenakte sonst wo hin, du arroganter Schnösel«, murmelte er noch in seinen Bart, da er ohnehin wusste, dass er zu weit gegangen und sehr wahrscheinlich seinen Job los war, und wandte sich abrupt zum Gehen. Er sah, wie Gerold und noch ein anderer Wärter, die seinen Ausrutscher wohl mitgekriegt hatten – laut genug war er ja gewesen –, verstohlen die Köpfe aus den Zimmertüren streckten. »Könnt ihr mir bitte die Tür aufschließen?«, richtete er sich betreten an die Kollegen.

»Nicht nötig, das mache ich schon«, vernahm er wider Erwarten die Stimme seines Chefs aus dem Hintergrund, und Mathew verharrte vor dem Eingang wie ein begossener Pudel, als der hagere Anstaltsleiter, dessen ohnehin blasses Gesicht noch einige Nuancen bleicher geworden war, mit energischen Schritten zu ihm hinstrebte.

»Setzen Sie mich jetzt vor die Tür?«, stellte Mathew die bange Frage, die schon eher eine Feststellung war.

»Wenn Sie diese Tür meinen, ja«, erwiderte Soderberg mit einem gallebitteren Humor, den Mathew dem überkorrekten Anstaltsleiter gar nicht zugetraut hätte, »aber wenn Sie gestatten, komme ich mit.«

Mathew starrte den jungen Mann mit den vergeistigten Gesichtszügen an, als wäre er das »Phantom der Oper« aus dem gleichnamigen Film, den er unlängst mit seiner Tochter im Electric Theatre gesehen hatte.

Als kluger, reflektierter Mensch war sich Professor Soderberg nämlich durchaus bewusst, worin seine Stärken und Schwächen lagen. Dass er in seinem Berufsleben ein absoluter Perfektionist war, dem die wissenschaftliche Exaktheit über alles ging, machte ihn als Arzt und Wissenschaftler so herausragend, gleichzeitig mangelte es ihm aber an dem schnöden Rest: der Menschlichkeit – wie ihm im Privatleben zuweilen bescheinigt wurde. *Meine Begabung ist zugleich auch meine Schwäche*, hatte er seiner Ehefrau gegenüber geäußert, wenn diese sich wieder einmal über seine spröde Art beklagt hatte. *Ich mag vielleicht ein begnadeter Wissen-*

schaftler sein, aber im zwischenmenschlichen Bereich bin ich eher unbegabt. Und Mathew Morgan hatte mit seiner Unmutsäußerung genau diese wunde Stelle getroffen. Draußen vor der Stationstür schlug der Anstaltsleiter dem Pfleger vor, mit in sein Arbeitszimmer zu kommen, wo sich auch Lady Wilsons Patientenakte befand. »Ich wollte mir die Akte sowieso noch mal anschauen, denn morgen kommt sie in den Keller ins Patientenarchiv, wo wir alle ausgeschiedenen Fälle aufbewahren, auch die der Verstorbenen.«

Mathew war so verblüfft über Soderbergs unerwartetes Entgegenkommen und dass er überhaupt nicht gekränkt oder beleidigt zu sein schien, dass er es für angemessen hielt, sich bei ihm zu entschuldigen. »Danke, Chef«, krächzte er sichtlich zerknirscht. »Äh ... und es tut mir leid, dass ich eben so an die Decke gegangen bin ...«

»Schon gut, Morgan, das braucht Ihnen nicht leidzutun«, erklärte Soderberg nachsichtig. »Wenn mal wieder so was ist, dann sagen Sie es mir gleich, ich bin ja schließlich kein Unmensch.« Er warf dem hünenhaften Pfleger, der neben ihm herlief und befangen den Kopf senkte, einen verstohlenen Seitenblick zu. »Was steht denn eigentlich so Schlimmes drin in Lady Wilsons *Kindertagebuch*?«

Mathew fuhr zusammen. »Äh, das ist gar kein Kindertagebuch, Sir, da habe ich ein bisschen geflunkert. Es sind ihre Lebensaufzeichnungen, die sie in der Anstalt niedergeschrieben hat, ich glaube, die letzten Monate vor ihrem Tod hat sie am meisten daran geschrieben. Was sie so Schlimmes geschrieben hat, fragen sie mich. Im Grunde genommen alles. Nur lauter krankes Zeug steht da drin – am besten wird es sein, Sie lesen es selbst, Sir. Ich kann Ihnen die Kladde ja morgen mitbringen, wenn Sie wollen – und sie kann dann auch in der Anstalt bleiben, wo sie hingehört.«

Nun war es Soderberg, der sich über Mathews Bereitwilligkeit freute. »So können wir es gerne machen, Morgan«, sagte er angetan. »Es sollte uns jedoch nicht sonderlich erstaunen, dass die Aufzeichnungen von Lady Wilson derart irrsinnig sind, mein lieber Morgan, denn die Dame befand sich ja nicht von ungefähr in einem Irrenhaus.«

»Natürlich, Sir«, erwiderte Mathew grinsend. »Ich bin bestimmt der Letzte, der das vergisst, bei den vielen Jahren, die ich schon hier Dienst schiebe. Aber – wie soll ich sagen? – die Sachen, die Lilli so schreibt, sind selbst für ein Irrenhaus ziemlich starker Tobak.«

Soderberg musterte ihn interessiert. »Sie machen mich neugierig«, erklärte er unumwunden und schloss die Tür seines Arbeitszimmers auf. Dann drehte er die Gaslampen an, damit sie es an diesem trüben Nachmittag hell genug zum Lesen hatten, rückte für Mathew einen Stuhl neben seinen Schreibtischstuhl und bat ihn, Platz zu nehmen, er suche nur noch die Akte heraus und dann könne es losgehen. Professor Soderberg ging ins Nebenzimmer, wo sich der Arbeitsplatz der Direktionssekretärin befand, in dem auch die Patientenakten aufbewahrt wurden. Es dauerte nicht lange, bis er die Akte von Lady Wilson gefunden hatte, und er war schon im Begriff, damit zurück ins Arbeitszimmer zu gehen, als er plötzlich innehielt, das Deckblatt aufschlug, um die erste Seite zu überfliegen, auf welcher der Grund für die Einweisung der Patientin genauer erläutert wurde – denn dem stets so gewissenhaften jungen Anstaltsleiter war schon vorhin bei der Unterredung mit dem Pfleger siedend heiß bewusst geworden, dass er selbst die Akte von Lady Wilson nie gelesen hatte, da sie mit dem Vermerk »austherapiert« versehen war, was die Patientin im Fachjargon einer Nervenheilanstalt sozusagen als hoffnungslosen Fall einstufte, mit dem man sich keine Arbeit mehr machte. Mit einem Mal schrak er so heftig zusammen, als habe er in ein Wespennest gegriffen, und ihm wäre vor Entsetzen fast die Akte aus der Hand gefallen. Er zwang sich zur Besonnenheit, atmete mehrere Male tief durch, legte die Patientenakte hastig unter die lederne Schreibtischauflage und mühte sich um einen neutralen Gesichtsausdruck, als er in sein Büro zurückkehrte.

»Tut mir leid, Morgan, aber ich konnte die Akte nirgends finden«, äußerte er bedauernd. »Wahrscheinlich hat meine Sekretärin sie doch schon ins Archiv gegeben. Ich werde der Sache morgen nachgehen und gebe Ihnen dann Bescheid.«

Mathew seufzte enttäuscht. »Schade, da kann man leider nichts machen, dann muss ich mich eben noch bis morgen gedulden, und dann bringe ich Ihnen auch das Buch vorbei.« Er erhob sich vom Stuhl und wünschte seinem Vorgesetzten noch einen schönen Sonntag.

»Danke, gleichfalls«, erwiderte Soderberg zerstreut. Als der Irrenhauswärter gegangen war, lauschte der Anstaltsleiter noch eine Weile angespannt auf die sich entfernenden Schritte, dann stürzte er ins Büro seiner Sekretärin, schloss mit bebenden Händen die Tür hinter sich ab und ließ sich am Schreibtisch nieder, wo er die Akte unter der Auflage hervorzog und konzentriert zu lesen begann. Als er mit der ersten Seite durch war, war er so verstört, dass er die Lektüre einstweilen unterbrach, um etwas zu tun, was er nur äußerst selten tat: Er schenkte sich in seinem Arbeitszimmer einen doppelten Cognac ein und leerte das Glas in einem Zug.

Als Mathew auf dem Nachhauseweg war, hatte bereits die Dämmerung eingesetzt und das Wetter war keinen Deut besser geworden. *Irgendwie seltsam, wie der sich verhalten hat,* ging es ihm durch den Kopf, als er das Geschehen im Büro des Anstaltsleiters noch einmal Revue passieren ließ. *Erst war er so entgegenkommend, was eigentlich gar nicht seine Art ist – und aus welchen Gründen auch immer ist er dann doch zurückgerudert und war wieder ganz das Fischauge, das unsereinen schön auf Distanz hält.* Mathew konnte sich auf das wetterwendische Gebaren Soderbergs keinen Reim machen. Vielleicht tat er ihm ja auch unrecht und Lillis Patientenakte war tatsächlich schon im Archiv gelandet. Wie auch immer, er würde jetzt nach Hause gehen, einen Happen essen und ein Gläschen Gin trinken und weiter in Lillis Tagebuch lesen, denn morgen würde er die Kladde Soderberg übergeben, wie er es ihm zugesagt hatte – und daran würde er sich halten. Es waren noch etwa hundert Seiten, und die würde er auch zu Ende lesen, mit durchaus gemischten Gefühlen in Anbetracht des höchst verstörenden Inhalts, der ihn mit Sicherheit erwartete. Andererseits brannte er regelrecht darauf, zu erfahren, wie es weiterging. Zu Hause angekommen, schüttete er den kümmerlichen Rest des Kohleeimers auf die noch schwelende Glut und bereitete sich ein karges Abendessen, das aus Bratheringen und Brot bestand, welches er mit einer großen Tasse Tee, versehen mit einem ordentlichen Schluck Gin, ein wenig aufzuwerten suchte. Er nahm die Kladde vom Nachttisch, schlug sie an der markierten Stelle auf und fing noch während des Essens an zu lesen. Der Eintrag war fünf Jahre später datiert.

Montag, 6. August 1888

Die vergangenen Tage musste ich oft an Daddy denken. Obwohl ich ein pummeliges Mädchen mit einem unscheinbaren Mondgesicht war, das auch im Erwachsenenalter jeglichen Liebreizes entbehrte, war ich doch für ihn stets sein wunderschönes Herzenskind, das trefflicher nicht sein konnte. Er liebte und vergötterte mich von der ersten Minute an und hat nie aufgehört, mir zu zeigen, dass ich für ihn das liebenswerteste Geschöpf unter der Sonne war. Daddy war auch der einzige Mensch, der mich tröstete, weil ich ihn nicht mit einem Enkelkind beglücken konnte, obgleich er sich das sehr gewünscht hatte. »Das wird schon, mein Mädchen«, hatte er manches Mal zu mir gesagt und mich liebevoll in den Arm genommen. War ich in den Augen von John und seiner dominanten Übermutter eine taube Nuss, die keine Kinder kriegen konnte, so stand Daddy unerschütterlich zu mir. Bis zu seinem tragischen Tod vor fünf Tagen.

Mein Vater, Richard Hughes, einer der erfolgreichsten und wohlhabendsten Fabrikanten Englands, dessen Zinn-Manufaktur nicht nur mehr als tausend Männern, Frauen und Kindern Lohn und Brot bescherte und dem Britischen Empire zum wirtschaftlichen Aufstieg verholfen hatte, schoss sich in den frühen Morgenstunden des 1. August mit seinem Jagdgewehr in den Kopf – weil er den finanziellen Niedergang seines ehedem so glanzvollen Unternehmens, der Landore Tinplate Works, der größten und modernsten Zinn-Manufaktur der Welt, mit den ersten Walzen, die von Dampfkraft betrieben wurden, nicht verkraftet hatte. Noch dazu, da er seinen Bankrott einem hinterhältigen Schurken zu verdanken hatte, der früher einer seiner engsten Vertrauten gewesen war und dem er sogar Prokura erteilt hatte. Dieser Judas hatte all seine Kenntnisse und sein Wissen, das er sich in den Jahren als Geschäftsführer angeeignet hatte, dafür verwendet, eine eigene Manufaktur aufzubauen, die effektiver und kostengünstiger produzierte als die Landore Tinplate Works und somit meinen Vater ausgebootet. Die menschliche Niedertracht kennt fürwahr keine Grenzen, wurde es mir bei der

Hiobsbotschaft einmal mehr bewusst. Als ich am vergangenen Freitag gemeinsam mit meinem treulosen Ehemann am Grab meines Vaters stand, erfüllte mich daher vor allem anderen eine rasende Wut, ein gigantischer Zorn, der verborgen vor meiner Umwelt in meinem Innern tobte, und ich hätte jeden, der an diesem schwarzen Tag meinen Weg kreuzte, mit bloßen Händen erwürgen können. Allen voran meinen scheinheiligen Gemahl, der am Sarg meines Vaters den Betroffenen gab – betroffen einzig, weil nun der warme Geldregen, den Daddy uns in regelmäßigen Abständen zukommen ließ, damit ich an der Seite meines Mannes auch weiterhin ein luxuriöses Leben führen konnte, für immer ausbleiben würde. Dadurch hatte sich auch für mich das Blatt gewendet. Aus der reichen Fabrikantentochter war ich mit einem Schlag zu einer Frau ohne eigenes Einkommen geworden, die vom Goodwill ihres Gatten abhing, mit dem es, wie mir hinlänglich bekannt war, nicht allzu weit her war. Denn John war immer nur großzügig mit dem Geld anderer Leute; was sein eigenes anbetraf, war er ein Knauser. Da ich ihm in unseren nunmehr sechzehn Ehejahren nicht selten vorgehalten hatte, dass er mich nur wegen meines Geldes bzw. des Geldes meines Vaters geheiratet hatte, würde eine entsprechende Retourkutsche bestimmt nicht lange auf sich warten lassen. Am Morgen war es zu einem heftigen Streit zwischen uns gekommen, weil er mir kurzerhand eröffnet hatte, er habe vor, den heutigen Feiertag in seinem Klub zu verbringen, und es könnte später werden. Aus langjährigen Erfahrungen wusste ich nur zu gut, was solcherlei Ausflüchte zu bedeuten hatten, nämlich dass er zu einer seiner Nutten ging. Ich warf ein, dass ich es in Anbetracht von Daddys Tod für pietätlos erachtete, wenn er sich mit einem Weibsbild verlustierte und womöglich noch in den Crystal Palace mit ihm ging, wo er von Hinz und Kunz gesehen wurde – und das, obwohl erst vor kurzem sein Schwiegervater

verstorben war. »Dem du alles verdankst, was heute aus dir gewor-
den ist«, fügte ich verbittert hinzu.

»Lass mich mit deinen ewigen Vorhaltungen zufrieden, du fri-
gider Trampel!«, warf er mir daraufhin an den Kopf und hatte es
eilig davonzukommen – ohne auch nur einen Gruß oder sonst ein
gutes Wort für mich zu haben. Ich dachte an seine neueste Errun-
genschaft, diese läufige Hündin aus Whitechapel, den Abschaum
der Gosse, die ihn bestimmt schon mit gespreizten Schenkeln er-
warten würde. Dieser schamlosen Hure würde ich zu gerne ihr
unersättliches Loch aufschlitzen – und zwar bis zum Halse, damit
jeder sehen konnte, was sie war: nichts als ein ekelhafter, stinkender
Schlund, der einfach nicht genug kriegen konnte. Beim Gedanken
daran geriet ich in eine solche Raserei, dass ich dachte, ich würde
jeden Moment platzen wie eine überreife Zecke, die ein Opfer ihrer
Blutgier wurde. Doch ich nässte mich nur ein. Als ich mich anschlie-
ßend aufs Gründlichste mit antiseptischer Arztseife einschäumte,
die in unserem Haus freilich nicht fehlen durfte, denn schließlich
war mein werter Gatte der Erfinder der antiseptischen Geburtshilfe,
reifte in mir der Entschluss, den heutigen Bank Holiday, den letzten
Tag der Sommerferien, auf meine Weise zu genießen – indem ich
der Menschheit einen großen Dienst erweisen und endlich meine
Erfüllung finden würde, die schon seit Jahren nach Verwirklichung
drängte. »Ich tue es auch für dich, Daddy«, flüsterte ich feierlich und
bekreuzigte mich.

Die Hure, auf die ich ein Auge geworfen hatte, war etwa in meinem
Alter. Sie war mollig, hatte dunkle Haare und ein aufgedunsenes
Säufergesicht. Sie saß mit einer anderen Frau, die die grobschläch-
tige Statur eines Bauarbeiters hatte und obendrein noch von einer
Gesichtsrose verunstaltet war, an einem Tisch in der herunterge-

kommenen Kaschemme The Two Brewers, kippte einen Gin nach dem anderen und unterhielt sich mit ihrer Bekannten. Ich saß am Nebentisch und konnte ihr Gespräch mit anhören.

»Seit Henry mich vor dreizehn Jahren verlassen hat, geht es mit mir den Bach runter«, lamentierte die Schnapsdrossel. »So was wie Ehre, Charakter und Gefühle hab ich nicht mehr, seit ich anschaffen geh. Ich fühle nichts mehr und kenne es inzwischen auch nicht anders, hab mich daran gewöhnt.« Die Huren stießen miteinander an. »Das geht mir genauso«, erwiderte die Rotgesichtige. »Ich sage immer, das bisschen Stolz und Anstand, das unsereiner vielleicht mal hatte, haben sie im Fürsorgeheim aus uns herausgeprügelt, und das Empfinden ist mir durch die Freier abhandengekommen.«

»Früher habe ich gefühlt, besonders als Henry mir damals den Laufpass gegeben hat. Ich habe geheult und mich aufgeführt, aber was hat mir die ganze Aufregung denn gebracht? Gar nix, ich war kreuzunglücklich und hab weiter gesoffen. Ich bin auch heute nicht glücklich. Ich weiß gar nicht mehr, was das ist. Aber ich verdiene genug Geld zum Essen und Trinken, und das Trinken ist das Einzige, was mir Spaß macht. Du glaubst ja gar nicht, wie ich mich immer auf meinen Gin freue, der ist für mich alles. Ich weiß zwar, dass ich mich damit ins Grab saufe, aber das soll mir recht sein. Andererseits sehne ich mich aber auch nicht genug nach dem Sterben, um mich umzubringen.«

Ein großer Fehler, *dachte ich.* Wenn du nur einen Funken Anstand im Leib hättest, würdest du es tun und der Welt dadurch einen großen Gefallen erweisen. *Mein Hass auf das Dreckstück wuchs ins Unermessliche.* Die muss dran glauben, und wenn ich das heute nicht fertigbringe, dann nimmermehr, *beschwor ich mich wieder und wieder und wünschte mir nichts sehnlicher, als dass dieser menschliche Müll endlich gehen würde – und zwar allein, damit ich im Schutze der Dunkelheit über ihn herfallen konnte. Doch leider kam alles ganz anders und meine Pläne wurden durchkreuzt. Eine Gruppe junger Soldaten kam in das Pub, und für die zahlreichen Huren, die sich in der Kneipe herumdrückten, war der Tisch plötzlich gedeckt. Sie bedrängten und umschwirrten die jungen Kerle von allen Seiten wie die Schmeißfliegen das Aas. Auch meine beiden Tischnachbarinnen lockten und gurrten, was das Zeug hielt – und sie schienen sogar Erfolg zu haben, denn zwei junge, schnittige Burschen, dem Anschein nach ein Private und ein Corporal, gesellten sich zu ihnen an den Tisch. Was mich einigermaßen erstaunte, denn ich fragte mich stirnrunzelnd, ob diese Milchbärte tatsächlich an diesen hässlichen alten Schabracken ihr Mütchen kühlen wollten. Aber manche Leute graust es eben vor nichts. Rasch wurde mir klar, dass die Kerle viel zu besoffen waren, um genauer zu sehen, mit wem sie sich da einließen. Sie zechten mit den Huren um die Wette, begrapschten sie und ließen sich von ihnen begrapschen, und schließlich wurde man miteinander handelseinig. Die Kavaliere zahlten die Zeche und gingen mit den »Damen« hinaus. Auch ich gab dem Wirt ein Zeichen. Ich hatte mich derart auf das Miststück eingeschossen, dass ich jetzt, nachdem es gegangen war, auch nicht länger bleiben wollte. Meine Enttäuschung indessen, dass sie mir durch die Finger geschlüpft war, war grenzenlos.* Weiber ihres Kalibers gibt es hier in Whitechapel zuhauf, *versuchte ich mich zu trösten, und da es erst kurz vor Mitternacht war, beschloss ich, mir noch ein wenig die Beine zu vertreten. Ich schlenderte ein Stück die Straße entlang. Keiner der Passanten, die mir entgegenkamen, beachtete mich. Es hatte eben auch was für sich, ein unscheinbares Dutzendgesicht zu haben, an das keiner einen Blick verschwendete, und obwohl es in den Gassen des Elendsquartiers vor Huren und Freiern nur so wimmelte, widerfuhr es mir kein einziges*

Mal, dass mir jemand ein unzüchtiges Angebot unterbreitete. Man sah mir wahrscheinlich schon von Weitem an, dass ich keine käufliche Frau war. Waren die Huren meist grell geschminkt und entsprechend billig und auffällig gekleidet, so war ich eine unauffällige graue Maus, die niemals Puder oder Lippenstift verwendete und in ihrem knöchellangen schwarzen Cape bieder und züchtig anmutete wie eine Klosterfrau. Natürlich auch ärmlich genug, um unter diesen Hungerleidern nicht aufzufallen. Das hatte ich vor meiner Exkursion bei der Auswahl meiner Kleidung wohlbedacht und mich aus dem Altkleidersack bedient, den die Wohlfahrt noch nicht abgeholt hatte. Während mir der Nieselregen ins Gesicht wehte, zog ich mir die weite Kapuze tiefer in die Stirn und hielt Ausschau nach einem anderen Stück Abfall, das für meine Zwecke infrage kam, denn eines hatte ich mir für heute geschworen: Ich würde keinesfalls unverrichteter Dinge nach Hause gehen, selbst wenn ich bis zum Morgengrauen herumstreifen müsste. Ich ging gerade an einem heruntergekommenen Wohnblock vorbei, der trister kaum sein konnte, und vor dessen Eingangstür zwei Paare standen, die lautstark am Palavern waren. Ihrem Grölen nach mussten sie schon tief ins Glas geschaut haben. »Wir verziehen uns zur Angel Alley«, krähte eine der beiden Frauen, und ich erkannte in ihr das rotgesichtige Mannweib wieder, das mit der Molligen am Nachbartisch gesessen hatte.

»Und wir machen's uns im Treppenhaus ein bisschen gemütlich«, sagte die andere, bei der es sich um die Hure mit dem aufgedunsenen Säufergesicht handelte, die ich mir so liebend gerne vorgenommen hätte. Die Paare verabschiedeten sich mit den üblichen Zoten und Anzüglichkeiten, die bei Angehörigen der Unterschicht bedauerlicherweise zum guten Ton gehörten. Während das Mannweib mit dem Corporal davonwankte, hakte meine Favoritin den jungen Soldaten unter und zog ihn mit sich zur Eingangstür. Doch dieser

gebärdete sich plötzlich unerwartet störrisch. »Lass mich in Ruhe, du alte Vettel, bei dir krieg ich doch sowieso keinen hoch«, raunzte er und stieß sie von sich. Entweder war der Milchbart doch nicht so betrunken, wie ich anfangs gedacht hatte, oder aber die Vorstellung, was ihm gleich blühen würde, hatte ihn schlagartig nüchtern gemacht, jedenfalls gelang es der Hure nicht, ihn umzustimmen. Er ließ die Verdatterte einfach stehen und suchte das Weite. Meinen Segen hatte er!

»Hau bloß ab, du Drecksack, sonst schmier ich dir eine!«, schrie ihm die Hure erbost hinterher und musterte mich, als ich ihr auf dem Bürgersteig entgegenkam, gereizt.

»Nicht ärgern, um den ist es doch nicht schade«, richtete ich das Wort an sie und lächelte ihr aufmunternd zu, während ich dichter an sie herantrat. »Soll ich dich vielleicht ein bisschen verwöhnen? Ich wüsste schon, wie – und ich geb dir sogar einen Schilling dafür«, flüsterte ich ihr lüstern zu – und das war noch nicht mal geheuchelt.

Ihr Missmut löste sich sogleich in Luft auf. Sie grinste breit und zeigte mir ihre schlechten Zähne. »Die wahre Liebe gibt es sowieso nur unter Frauen«, gurrte sie wie ein Turteltäubchen. »Meine Freundin ist auch vom anderen Ufer, deswegen weiß ich, dass Frauenhände viel geschickter sind als die Männer mit ihren Wurstfingern …« Sie kicherte anzüglich, fasste mich am Arm und zog mich zur Eingangstür des Mietshauses. »Komm, Schätzchen, dann lass uns mal reingehen, da drinnen im Treppenhaus sind wir ungestört.«

Die Haustür war nicht verschlossen, und ich trat hinter ihr in den dunklen Flur. Ein bisschen mulmig war mir schon beim Gedanken daran, dass jederzeit jemand kommen oder gehen könnte. Es musste also eine Blitzattacke werden. Geladen genug war ich ja. Eine Furie war ein Dreck gegen mich, darf ich im Nachhinein behaupten. Die Hure hatte sich noch nicht mal richtig auf den Treppenstufen

niedergelassen, damit ich sie bedienen konnte, als ich schon den
Dolch durch die Luft flirren ließ, den ich unter meinem Cape ver-
steckt hatte, und mit einer Raserei auf sie einstach, als gäbe es kein
Morgen mehr. Ich stach in ihren Hals, ihre Brust, den fetten, schwa-
bbeligen Wanst und den Unterleib, wobei es nach unten hin schon
eher ein Aufschlitzen wurde als ein Stechen, weil ich dabei regelrecht
durchdrehte vor Mordlust, die so lange – viel zu lange! – unterdrückt
worden war. Ich hätte auch nicht sagen können, wie oft ich auf das
Drecksding eingestochen habe, weil die Gäule derart mit mir durch-
gingen, dass ich nicht mehr eins und eins zusammenzählen konnte.
Inzwischen weiß ich, dass es 39 Stiche waren. Mir lief förmlich der
Geifer aus dem Mund, und ich hatte mir, wie könnte es auch anders
sein, wieder mal die Hose eingenässt. Aber gründlich! Als ich mit ihr
fertig war, spreizte ich ihre dicken Beine auseinander, zog ihren Rock
bis über den Bauch, damit auch alle Welt ihren Sündenpfuhl sah,
welcher nun gottlob kein Unheil mehr anrichten konnte. Dafür hatte
ich gesorgt. Ich wischte mir mit dem Unterrock rasch das Blut von
Gesicht und Händen und hastete hinaus in die Dunkelheit, noch ganz
berauscht von meiner Tat. Jeglicher Druck war von mir gewichen,
und ich fühlte mich zum ersten Mal im Leben wie im siebten Himmel.

Mathew war über die menschenverachtende Grausamkeit, mit der
Lilli den Mord schilderte, so schockiert, dass er ein Glas Gin hinunterstürzte, um seinen rebellierenden Magen zu beruhigen.
Dennoch zitterten seine Hände, als er die Seiten zurückblätterte,
um sie noch einmal zu überfliegen. Es bestand kein Zweifel, dass
es sich dabei um den Mord an der Prostituierten Martha Tabram
handelte, der damals ganz London erschüttert hatte. Auch er hatte
seinerzeit mit seiner Frau und den Kollegen darüber gesprochen,
und alle waren sich einig, dass es die Tat eines durchgedrehten

Irren sein musste. *Wenn die Leute vom Yard diesen kranken Bastard kriegen, dann landet der garantiert bei uns,* hatte Charles, der Oberaufseher der Kriminalabteilung für Männer, mit trockenem Humor geäußert und grimmig hinzugefügt, den würde er höchstpersönlich in die Zwangsjacke schnüren, und da könne er drinbleiben, bis er schwarz wurde. Tatsächlich hatte man den Mörder der Prostituierten niemals gefasst und die grauenhaften Hurenmorde in Whitechapel waren weitergegangen und von Mal zu Mal bestialischer geworden – auch wenn man sich das kaum vorstellen konnte. Jack the Ripper war im Hurenviertel umgegangen und hatte für Panik gesorgt. Die Scotland-Yard-Leute hatten im Zuge der Ermittlungen verlauten lassen, dass der Mord an Martha Tabram sehr wahrscheinlich die erste Tat der Serie war. Mathew erinnerte sich noch genau an die Aussage des Gerichtsmediziners, die in sämtlichen Londoner Tageszeitungen zu lesen gewesen war. Er hatte sie sich deshalb gemerkt, weil er sie so erschreckend fand. Demnach war allein schon die tiefe Wunde über dem Herzen tödlich gewesen. Der Täter musste also ein Geistesgestörter gewesen sein oder sich in einem hochgradigen Alkoholdelirium befunden haben, das war die einzig plausible Erklärung für die anderen 38 Stiche. Vor seinem geistigen Auge sah Mathew plötzlich Lilli vor sich, die genau die unauffällige, graue Maus war, die sie in ihren Aufzeichnungen beschrieben hatte, und er bekam eine Gänsehaut. Konnte es möglich sein, dass diese stets beherrschte, zurückhaltende Dame der feinen Gesellschaft, die beim Teetrinken immer distinguiert den kleinen Finger abspreizte und perfektes Oxford-Englisch sprach, tatsächlich diese Bestie in Menschengestalt gewesen war?

Es steht diesen Ungeheuern nicht auf der Stirn geschrieben, was sich für Abgründe dahinter verbergen. Das war Mathew durch langjährige Berufserfahrung hinlänglich bekannt, und er musste an Ada Miller denken, die Blut-Amme von Soho, die ein Paradebeispiel dafür war. *Wenn überhaupt, dann merkt man es vielleicht an ihren Augen, die viel seltener blinzeln als bei normalen Leuten.* Unversehens erinnerte er sich an die Schachpartien, die er in den vergangenen Jahren fast täglich mit Lilli gespielt und von denen er die meisten verloren hatte. Er spielte häufig mit Freunden, Kollegen und nicht zuletzt auch mit einigen seiner Patientinnen. Aber weder beim Poker noch beim Bridge machte ihm das Verlieren so viel aus wie beim Schach. Vom Gegner schachmatt gesetzt zu werden, war für ihn geradezu eine persönliche Niederlage und konnte ihm so richtig die Stimmung verhageln. Er geriet dabei ins Schwitzen, fing an zu fluchen oder verschaffte sich auf sonstige Weise ein Ventil, weil er den Druck kaum noch aushalten konnte. Nicht so Lilli. Sie zuckte mit keiner Wimper, wenn sie die Partie gewann, genauso wenig zeigte sie eine Gefühlsregung, wenn sie verlor – was selten genug geschah. Ein Wesen wie von einem anderen Stern, das weder Angst noch Freude kannte und dem jegliche Leidenschaft fremd war. Selbst in ihrer vertrackten Situation, vom eigenen Ehemann ins Irrenhaus abgeschoben worden zu sein, wo sie weggesperrt wurde wie eine Schwerverbrecherin und nicht ein einziges Mal Besuch bekam oder Post, blieb Lilli kalt wie ein Fisch. *Wer warst du? Warst du wirklich das Untier, das 39 Mal auf die arme Frau eingestochen hat?*

Sie zeigte keine Gefühle, weil sie keine hatte, wurde es Mathew bewusst – nur jemand mit einer Kaltblütigkeit, die nichts Menschliches hatte, konnte einem anderen Menschen so etwas antun. Diese arktische Gefühlskälte, gepaart mit der atemberaubenden Geschicklichkeit, die Umwelt darüber hinwegzutäuschen, erschien Mathew ohnegleichen. Lilli fühlte sich nach der schrecklichen Bluttat »wie im siebten Himmel«. Anscheinend war sie erst dadurch in der Lage, überhaupt etwas zu empfinden. Doch es musste sich bei alledem um eine Ausgeburt ihrer krankhaften Fantasie handeln, anders konnte es nicht sein. Es kam ja nicht von ungefähr, dass sie in der Irrenanstalt gelandet war. Im Wahnsinn konnte man sich vieles einbilden. Es gab Patienten und Patientinnen, die hielten sich für Newton, Shakespeare, King Arthur, Johanna von Orleans oder Maria Stewart – warum nicht auch für Jack the Ripper? Und Lilli hatte sich eben die Zeit damit vertrieben, sich in den Wahn hineinzusteigern, der Whitechapel-Mörder zu sein. Ganz im Stillen natürlich, wie es ihre Art war. Ihre Gedanken und Fantasien hatte sie nur ihrer Kladde anvertraut, die sie ihm nach dem Tod vermacht hatte. Der Mord an Martha Tabram war ja damals in den Zeitungen ausgeschlachtet worden bis zum Gehtnichtmehr, daher kannte Lilli die Einzelheiten und konnte sich alles so wirklichkeitsgetreu ausmalen, als hätte sie es selbst erlebt – und den Rest hatte sie sich in ihrer Fantasie vorgestellt, von wegen, dass sie sich als Lesbierin ausgegeben hatte und so weiter. Vielleicht hatte sie ja tatsächlich so eine Neigung. Man sagte diesen Frauen oft nach, dass sie im Grunde genommen verkappte Mannsbilder seien, und das traf auch ein Stück weit auf Lilli zu. Sie hatte so gar nichts Weibliches an sich, wirkte eher maskulin von Gesicht und Körperbau her, hatte so gut wie keinen Busen, einen gedrungenen, grobschlächtigen Körper ohne Rundungen und Taille, kurze Beine mit properen Schenkeln, groben Fesseln und kräftigen Waden. Die letzten Monate war sie jedoch nur noch Haut und Knochen gewesen.

Mathews Gedanken überschlugen sich, und um das Chaos im Kopf etwas zu glätten, schenkte er sich noch einen Gin ein. Mit einem Mal kam ihm der beängstigende Gedanke, der immer lauter wurde: Wahnsinn allein reichte nicht aus, dass jemand in der Kriminalabteilung landete. *Wer bei uns weggesperrt wird, hat auch mindestens einen oder mehrere Morde begangen.* Giftmörderinnen, die ihre halbe Sippe getötet hatten, sogenannte schwarze Witwen, die ihre Ehemänner oder Liebhaber ermordet hatten – im Kellergewölbe des Bethlem Royal Hospitals war alles vertreten. Sie hatten sogar einen Todesengel in der weiblichen Kriminalabteilung, eine Oberschwester aus dem London Hospital, die etliche Patienten zu Tode gespritzt hatte, um sie von ihrem Leiden zu befreien, wie ihr das die heilige Barbara, die Schutzpatronin der Sterbenden, eingegeben hatte. Allen Insassen war gemein, dass sie nicht ganz bei Trost waren, sonst wären sie ja auch für ihre Taten hingerichtet und nicht ins Irrenhaus gesperrt worden. Bei Lilli musste das ähnlich gelagert sein, sonst hätte sie ja keine 27 Jahre dort zugebracht. Aber was genau sie getan hatte, wusste Mathew bis heute nicht. Der verstorbene Anstaltsleiter Professor Hood, der Lady Wilson aufgenommen hatte, hatte ihm gegenüber lediglich angedeutet, dass sie möglicherweise eine Mörderin und sehr gefährlich sei. Was man ihr aber nicht im Geringsten angemerkt hatte. Er hatte ja auch keine Ahnung, welche blutrünstigen Geschichten sie sich all die Jahre zusammengesponnen und zu Papier gebracht hatte. Im Dienst hatte er genug andere Sachen um die Ohren, um sich für die Tagebuchaufzeichnungen einer Patientin zu interessieren. Außerdem erachtete er Lillis Notizbuch als das einzige Stückchen Privatheit, das ihr in der Anstalt noch geblieben war – und dieser Respekt, den er seinen Schützlingen zollte, wurde ihm von diesen auch entgegengebracht; und zwar doppelt und dreifach. Selbst die bösesten Mädchen, wie er seine Anempfohlenen scherzhaft zu nennen pflegte, schätzten und respektierten ihn. Das traf auch auf Lilli zu. Auf ihre spröde, zurückhaltende

Art hatte sie ihm immer gezeigt, dass sie ihn achtete, obgleich er nur ein einfacher Irrenhauswärter war, der es an Lebensart und Bildung nicht annähernd mit ihr aufnehmen konnte. Gelegentlich hatte sie sogar behördliche Briefe für ihn verfasst und ihm als Gattin eines angesehenen Geburtshelfers wertvolle Ratschläge in Bezug auf Schwangerschaft und Wochenbett seiner Ehefrau, einer vierfachen Mutter, gegeben. Selbst was das Stillen und die Säuglingspflege anbetraf, hatte sie ihm hilfreiche Tipps geben können. Lilli Wilson war blitzgescheit und wusste unheimlich viel, ohne sich jemals damit zu brüsten. Ganz im Gegenteil, sie war überaus bescheiden und neigte eher dazu, ihr Licht unter den Scheffel zu stellen, als damit zu protzen. Umso mehr schockierte ihn, was er soeben in ihren Aufzeichnungen gelesen hatte. Die nach außen hin so angenehme, unprätentiöse alte Dame hatte offenbar noch eine ganz andere Seite, vor der es selbst die Hölle noch gegraust hätte. Er musste morgen unbedingt Lillis Krankenakte lesen und würde sich keinesfalls von Professor Soderberg länger hinhalten lassen. Von daher blieb ihm nichts anderes übrig, als sich in Geduld zu üben und weiterzulesen, auch wenn es schon späte Nacht war und es ihn vor dem Weiterlesen schauderte. Da Lilli es sich in ihren Lebenserinnerungen zu eigen gemacht hatte, nur die für sie bedeutsamen und wichtigen Ereignisse aufzuzeichnen, war der nächste Eintrag fast vier Wochen später datiert.

Donnerstag, 30. August 1888

John und ich saßen einander schweigend am Esstisch des Frühstückszimmers gegenüber und tranken unseren Morgentee.

Wir vermieden es beide, den anderen anzuschauen. Von Zeit zu Zeit warf John einen Blick auf seine goldene Taschenuhr, während ich mit ausdrucksloser Miene die Regentropfen verfolgte, die der Wind gegen die bleiverglasten Fensterscheiben peitschte.

Obgleich es erst 6:30 Uhr war und ich für gewöhnlich nie vor acht Uhr aufstand, hatte ich es mir heute nicht nehmen lassen, meinem Gatten, der sich auf eine Dienstreise nach Paris begeben würde, um vor der medizinischen Fakultät der Charité einen Vortrag über antiseptische Geburtshilfe zu halten, beim Frühstück Gesellschaft zu leisten, auch wenn wir uns wie üblich nicht viel zu sagen hatten. Dennoch spähte ich in immer wiederkehrenden, flüchtigen Momenten aus den Augenwinkeln zu meinem Gatten hinüber, als könnten mir seine abweisenden Züge etwas anderes offenbaren als blanke Ablehnung. In jenen Sekundenbruchteilen verwandelte ich mich in eine Schlange, die auf Beute lauerte. Wenngleich mich meine Umwelt häufig unterschätzte, verfügte ich doch über das große Talent, die Schwächen anderer Menschen zu erkennen, und ich spürte, dass mein Mann etwas vor mir verbarg.

»Ich mache mich auf«, brach er das Schweigen und erhob sich. Sogleich stand auch ich von meinem Stuhl auf.

»Ich komme mit«, erklärte ich wie selbstverständlich.

Mein Mann musterte mich entgeistert. Immerhin schaust du mich jetzt einmal an, dachte ich und war nicht überrascht, als er gleich darauf äußerte, das halte er für keine gute Idee. Nichts anderes hatte ich erwartet. Die Zeiten, als ich meinen Gatten zum Zug begleitet und ihm zum Abschied zugewinkt hatte, waren lange vorbei. Ich war auch eher einer spontanen Eingebung gefolgt, die dem Zwecke diente, seine Reaktion zu beobachten, als dass ich ernsthaft in Erwägung gezogen hätte, ihn zu begleiten.

»Was wäre denn so schlimm daran?«, fragte ich scheinheilig. »Ich war schon lange nicht mehr in der Paddington Station, vom Bahnhofsrestaurant auf der Galerie hat man einen wunderbaren Aus-

blick auf die Züge und die Reisenden. Dort könnte ich mir doch später, wenn dein Zug abgefahren ist, ein wenig die Zeit vertreiben.«

John beäugte mich argwöhnisch. Ihm war hinlänglich bekannt, dass ich, der es in den sechzehn Jahren, die wir nun schon in London lebten, nicht gelungen war, einen eigenen Freundeskreis aufzubauen, mich häufig langweilte.

»Da wir noch einen Umweg fahren müssen, um Doktor Champneys, der mich zu meinem Vortrag an der Charité begleitet, abzuholen, kommt mir das wenig gelegen. Nimm es mir bitte nicht übel.«

»Aber das ist doch nur ein kleiner Schlenker. Doktor Champneys wohnt am anderen Ende der Harley Street, das liegt doch auf dem Weg«, insistierte ich, da es mir zunehmend Vergnügen bereitete, wie mein Gatte sich wand.

Obgleich John wusste, wie schwer es war, sich herauszuwinden, wenn ich mir etwas in den Kopf gesetzt hatte, blieb er unerbittlich.

»Ein anderes Mal vielleicht … aber heute passt es mir wirklich nicht«, erklärte er. »Ich bin ziemlich knapp dran, mein Gepäck muss noch verladen werden, der Halt bei Doktor Champneys wird auch ein Weilchen dauern, und Fahrkarten haben wir auch noch keine.«

Doch ich ließ nicht locker. »Soweit ich weiß, geht der Zug nach Bristol um acht Uhr fünfzehn – das sind noch gute anderthalb Stunden für eine Kutschenfahrt zur Paddington Station, die höchstens fünfzehn Minuten dauert.«

John errötete vor Ärger über das lästige Wortgefecht und nahm Zuflucht in seiner Arroganz, die er bei ehelichen Konflikten stets ins Feld zu führen pflegte.

»Es ist absolut nicht nötig, meine Liebe, dass du mich begleitest, und jetzt entschuldige mich bitte, ich muss noch mal in mein Arbeitszimmer, um die Mappe mit den Arbeitsunterlagen zu holen.«

Obgleich ich in unserer Ehe häufig eine Abfuhr von ihm bekommen hatte, ahnte ich, dass es in diesem Fall noch einen anderen Grund geben musste als den, dass ich ihm zuwider war. Ich würde es herausfinden, genauso, wie ich über all seine Affären Bescheid wusste, die er in sechzehn Ehejahren gehabt hatte. Ich hatte keine Kosten gescheut und etliche Privatdetektive damit beauftragt, John auszuforschen, und was die Spürnasen nicht ermitteln konnten, hatte ich persönlich ausspioniert. So war ich immer im Bilde, mit wem dieser Hurensohn es gerade trieb. Das akribische Ausforschen des notorischen Schürzenjägers hatte mir eine gewisse Genugtuung verschafft – und mir die Demütigung erträglicher gemacht.

Ich eilte in die Küche, um das Lunchpaket für meinen Gatten zu holen, das ich bei der Köchin in Auftrag gegeben hatte, und ging hinunter in die Halle, um es John vor der Abreise zu übergeben. Der Kutscher war schon dabei, das Gepäck in die Kutsche zu laden. Ein rauer Wind wehte kalte Regenschauer durch die offene Haustür. Ich fröstelte, während ich in dem mit Marmor verkleideten Foyer stand und auf meinen Mann wartete. Ein Jahr ohne Sommer! Anfang August war die Zinnfabrik meines Vaters in Konkurs gegangen. Kurz darauf hatte er sich eine Kugel in den Kopf geschossen, was für mich ein schwerer Schlag war, denn mit ihm verlor ich den einzigen Menschen, der mich aufrichtig geliebt hatte. Über seinen Tod war ich derart in Rage geraten, dass ich die schon so lange in mir tobende Mordlust endlich in die Tat umgesetzt hatte. Dadurch hatte sich alles verändert, und ich wusste jetzt, wofür ich lebte. Unlängst hatte mir John während eines heftigen Streits damit gedroht, mich zu verlassen – um vielleicht mit einer anderen Frau,, die nicht so ein frigider Eisblock sei, ein Kind zu zeugen … Als ich seine Schritte durch die Diele hallen hörte, gab ich mir einen Ruck und schlüpfte wieder in die Rolle der treu sorgenden Ehefrau. Ich reichte ihm das sorgsam in Pergamentpapier verschnürte Proviantpaket und wünschte ihm viel Erfolg bei seinem Vortrag und einen angenehmen Aufenthalt in Paris.

Ein gewinnendes Lächeln breitete sich über sein markantes Herrengesicht aus – das smarte Lächeln des Lady's Man, dem auch ich damals in Swansea auf den Leim gegangen war.

»Danke, meine Liebe – und auch vielen Dank, dass du meinen Vortrag redigiert hast.«

»Das mache ich doch gerne«, erwiderte ich geschmeichelt. »Ich habe doch Zeit genug, im Gegensatz zu dir.«

»Ich bin dann am Montagabend wieder zurück. Also, bis dahin, und gehab dich wohl.« John reichte mir die Hand und verabschiedete sich mit einem förmlichen Händedruck. Offenbar konnte er sich nicht dazu überwinden, mir einen Abschiedskuss zu geben – und sei es nur auf die Wange. Er finde es unschicklich, vor der Dienerschaft Zärtlichkeiten auszutauschen, hatte er einmal erklärt – doch auch, wenn wir ganz unter uns waren, war er nicht gerade verschwenderisch mit Liebkosungen. Die Küsse, die ich von ihm bekommen hatte, konnte ich an zwei Händen abzählen. Dennoch ging ich zur Tür, hob mechanisch die Hand, als die Kutsche sich in Bewegung setzte, und winkte meinem Gatten, der den Gruß hinter dem Kutschenfenster zerstreut erwiderte.

Unmittelbar nachdem er abgefahren war, nahm ich an der Ecke Queen Anne und Harley Street eine Mietdroschke zur Paddington Station. Am Bahnhofsvorplatz angekommen, entlohnte ich den Kutscher und hastete mit gesenktem Kopf unter meinem großen schwarzen Regenschirm zum Hauptportal. Selbstredend wollte ich es vermeiden, von meinem Mann gesehen zu werden. Sollte es aber dennoch passieren, dass wir uns »zufällig« über den Weg liefen, dann wäre mein Plan eben gescheitert, und ich würde mich damit *herausreden, dass ich ihn überraschen wollte – auch wenn das wenig glaubwürdig war. In der Bahnhofshalle strebte ich zu den Anzeige-tafeln mit den Fahrplänen, die im Zentrum der Halle aufgestellt waren, um zu sehen, von welchem Gleis der Zug nach Bristol abfuhr. Gleis 8. Ich steuerte auf die Treppe am Ende der Halle zu, die nach oben zur Galerie führte, wo sich der Wartesaal für Reisende der 1. Klasse befand, von dessen Fensterplätzen aus ich den Gleisbe-reich gut überblicken konnte. Ich hatte außerdem mein Opernglas dabei.*

Zu dieser frühen Stunde war die Wartehalle noch ziemlich leer, und ich fand ohne Probleme einen freien Fenstertisch. Ich bestellte bei dem livrierten Kellner ein Kännchen Earl Grey und ein Eclair. Es war 7:15 Uhr, bis zur Abfahrt des Zuges dauerte es also noch eine Stunde. Ich spähte über den Bahnsteig von Gleis 8 und auch über die angrenzenden Bereiche, doch von John war weit und breit nichts zu sehen. Ich hielt es auch eher für unwahrscheinlich, dass er schon eine Stunde vor Abreise am Gleis stand und auf den Zug wartete. Wa-rum hast du es nur so eilig gehabt?, sinnierte ich. Vielleicht hat er meine Gegenwart nicht mehr ertragen und sitzt noch bei Doktor Champneys und geht den Vortrag mit ihm durch. *Mein Instinkt soufflierte mir jedoch etwas anderes.*

Ich hatte gerade einen Schluck Tee zu mir genommen und von dem Eclair gekostet, als ich ein Paar die Treppe heraufkommen sah. Mir blieb das Gebäck fast im Halse stecken. Es war mein Mann in Begleitung einer jungen Frau, die ohne Weiteres seine Tochter hätte sein können. Sie gaben auch sonst ein seltsames Paar ab. Der wür-devolle, vornehm gewandete Professor, Fellow der Royal Society of Medicine, der erst kürzlich von Queen Victoria in den Adelsstand erhoben worden war, und die junge Frau in dem einfachen schwar-zen Kostüm, die mit ihrem grell geschminkten Gesicht billig und

153

vulgär anmutete – wenn auch auf eine gewöhnliche Art anziehend. Und dazu noch ihr plumper, ungraziöser Gang, dachte ich, die als Tochter eines reichen Mannes früh gelernt hatte, in der Öffentlichkeit stets eine gute Figur zu machen, immer hübsch zu lächeln und sich damenhaft zu bewegen, *mit abgrundtiefer Verachtung.*

John hatte seine Begleiterin untergehakt und strebte mit ihr dem Eingangsportal der Wartehalle zu. Ich musste unbedingt verschwinden. Was ich gesehen hatte, reichte mir. Das wird diese Hure aus Whitechapel sein, mit der er neuerdings eine Affäre hat, *dachte ich angewidert und eilte in den Waschraum.*

Hinter der verschlossenen Tür der Toilettenkabine malte ich mir in meiner Fantasie aus, was ich mit dem Dreckstück machen würde, wenn ich es in die Finger bekäme, und wie so häufig dachte ich auch an meinen letzten Mord. Die Vorstellungen erregten mich derart, dass ich laut aufstöhnte und mich einnässte. Ich kann nicht mehr länger warten, *dachte ich atemlos. Fast vier Wochen war es her, dass ich die fettleibige Hure abgestochen hatte, seither konnte ich kaum noch an etwas anderes denken, außer, es wieder zu tun. Ich träufelte etwas Eau de Cologne auf ein Taschentuch und wischte mich trocken. Es brannte wie Feuer, doch da ich sehr reinlich war und Angst vor Krankheitskeimen hatte, musste ich es wohl oder übel in Kauf nehmen. Dann richtete ich meine Kleidung und warf einen Blick auf die Taschenuhr. Mit einigem Erstaunen stellte ich fest, dass es bereits fünf Minuten nach acht war. Ich musste völlig die Zeit vergessen haben. Als ich in den Wartesaal zurückkehrte, blickte ich mich angespannt nach meinem Gatten und seiner Begleiterin um. Doch diese waren nirgendwo mehr auszumachen. Da der Zug in Kürze abfahren sollte, waren sie wahrscheinlich schon zum Bahnsteig gegangen. Das konnte mir nur recht sein. Während ich meinem Fensterplatz zustrebte, näherte sich mir der Kellner.*

»Bitte vielmals um Entschuldigung, Madam, aber ich habe Ihre Sachen schon abgeräumt, weil Sie so lange weg waren«, erklärte er mit betretener Miene.

Ich musterte ihn abschätzig. »Halten Sie mich etwa für eine Zechprellerin?«, erkundigte ich mich mit spöttischem Lächeln.

»Keineswegs«, erwiderte der Kellner errötend. »Ich bringe Ihnen selbstverständlich eine neue Kanne Tee und ein frisches Eclair.«

»Das können Sie sich sparen. Bringen Sie mir stattdessen bitte ein Glas Champagner.«

»Sehr wohl, Madam.«

Nachdem mir der Ober ein Glas mit perlendem Dom Pérignon gebracht hatte, prostete ich mir im Stillen zu und nippte an dem eisgekühlten Champagner. Ich hatte mich entschieden – heute war es so weit. Den ganzen August war ich an den Wochenenden, an denen John unterwegs war, durch Whitechapel gestreift, um mich auf den nächsten Mord vorzubereiten. Während die kreischende Schwesternschaft um die Ober-Suffragette Josephine Butler auf den Straßen des Elendsquartiers für die Rechte der Prostituierten demonstriert hatte, war ich durch die entlegensten Winkel des Viertels gestrichen und hatte die Lage sondiert. Inzwischen kannte ich Whitechapel wie meine Westentasche. Immer wieder war ich auch in das Treppenhaus des George Yard Building zurückgekehrt, wo ich die fette, alte Hure abgeschlachtet hatte, und die Zeit war überreif, es wieder zu tun. Ich blickte hinab auf Gleis 8. Der Zug war eingetroffen, und Scharen von Reisenden bestiegen die Abteile. Mein Blick war ganz ruhig geworden, er schweifte nicht mehr länger umher, um irgendwo unter den Menschenmassen meinen Ehemann auszumachen. Sollte er sich doch mit seiner Hure vergnügen und sich die Syphilis bei ihr holen. Das interessierte mich nicht mehr. Gedankenversunken beobachtete ich, wie der Zug abfuhr. Auch mein Zug war

abgefahren, in nahezu jeder Hinsicht. Ich war jetzt 38 Jahre alt, mei-
nen Kinderwunsch hatte ich schon lange begraben, und unsere Ehe
bestand nur noch auf dem Papier. Mein Mann hatte mich nie geliebt
und nur wegen meines Geldes geheiratet, genau wie es meine ver-
hasste Gouvernante Mary Beaver vorausgesagt hatte. Ich hatte we-
der eine Freundin noch sonst einen Menschen, der mir nahestand.
Alle meine Altersgenossinnen aus dem Westend hatten Kinder und
kannten kein anderes Thema mehr, als über ihre Blagen zu reden,
was mir entsetzlich auf die Nerven ging. Ich konnte diese Glucken
nicht ertragen und mied ihre Gesellschaft, so gut es ging. Ich hasste
diese ständig schwangeren Weiber, ich hasste ihre dicken Bäuche –
und ich hasste mich selbst, meinen plumpen Leib, mein Dutzend-
gesicht. Am allermeisten aber hasste ich die Huren, diesen Abschaum
der Gosse, der nur Krankheit und Unglück über die Menschheit
brachte. Dieser Abscheu hatte mich schon mein ganzes Leben lang
begleitet, und der Drang, mit ihnen abzurechnen, war immer mäch-
tiger in mir geworden. Was hatte ich denn noch zu verlieren? Mein
Vater, der einzige Mensch, dem ich etwas bedeutet hatte, hatte
Selbstmord begangen. Mit seinem Konkurs hatte ich auch noch die
letzte Trumpfkarte eingebüßt, die ich meinem Mann gegenüber
hatte. Die Glanmorgan Banking Company bekam alles, was mei-
nem Vater gehörte. Meine Stiefmutter war sogar gezwungen, das
luxuriöse Landhaus in Swansea zu verkaufen und in ein bescheide-
nes Cottage umzuziehen. Ich hatte nicht einmal mehr ein Erbe zu
erwarten und war finanziell abhängig von einem Ehemann, der
mich ablehnte, schlecht behandelte und mit Huren betrog. Aber das
alles ließ sich nun besser ertragen, seit ich meinen ersten Mord be-
gangen und dadurch meine wahre Berufung gefunden hatte. Ob-
gleich es mich unsagbar erregt hatte, wie ein wild gewordener
Fleischhauer auf das Miststück einzustechen, musste ich mir doch

eingestehen, dass mein Werk noch sehr stümperhaft geraten war. Aber aller Anfang ist schwer und beim nächsten Mal würde ich es besser machen!

Ich leerte das Champagnerglas in einem Zug. Mrs. Hyde hat heute Abend Ausgang, *ging es mir durch den Sinn. Beim Gedanken an meinen Lieblingsroman von Robert Louis Stevenson über das Doppelleben von Dr. Jekyll und Mr. Hyde, worin das abgrundtief Böse in das alltägliche Leben der Durchschnittsbürger einbrach, hatte ich unversehens Schmetterlinge im Bauch.*

Nachdem ich unserem Personal mit dem Hinweis, es genüge vollauf, wenn sie sich erst am Sonntagabend wieder zu ihrem Dienst einfinden würden, freigegeben hatte, stimmte ich mich ein wenig auf mein Vorhaben ein, indem ich im Buch des renommierten Londoner Arztes William Acton über die Prostitution las, das in den vergangenen Jahren zu einer Art Bibel für mich geworden war. In dieser barbarischen Zeit, in der sich Pastorengattinnen und neuerdings sogar Adelsdamen für bessere Lebensbedingungen der Huren einsetzten und diese Kanaillen auch von gesetzlicher Seite nur noch geschont wurden, war Acton, obgleich er bereits vor Jahren verstorben war, für mich noch immer ein Seelenverwandter und treuer Verbündeter im Kampf gegen das Laster, der mir aus dem Herzen sprach.

»Die Sünde versteckt sich nicht – sie säumt unsere Straßen, bricht in unsere Parks und Theater ein, bringt den Leichtsinnigen in Versuchung und verführt den Unschuldigen. Sie dringt ein in unser Heim, zerstört eheliches Glück und elterliche Hoffnungen. Wir wissen längst, dass Prostituierte trotz ihrer befleckten Körper und ihres verdorbenen Gewissens irgendwann zu Ehefrauen und Müttern werden …«

Wie wahr, dachte ich erbittert. In den vergangenen Jahren hatte ich meinen Ehemann mehrfach zu den Armenhospitälern von White-chapel begleitet, wo er im Zuge der Wohltätigkeit ehrenamtlich Prostituierte behandelte. Manchmal hatte er auch Abtreibungen bei ihnen vorgenommen, auch wenn das offiziell verboten war, und da ehrenamtliche Fachkräfte in den Armenhospitälern rar waren, hatte ich ihm dabei assistiert. Ich erinnerte mich noch genau an die elenden Huren, die allesamt schon einen Stall Kinder in die Welt geworfen hatten, die in Waisenhäusern untergebracht waren, weil diese Schlampen nicht für sie sorgten. Und weil sie nichts anderes taten, als immerzu zu saufen und rumzuhuren, wurden sie schwanger wie die Karnickel, und da es ja viel einfacher war, sich die Kinder herausschneiden zu lassen, als ihre Pflicht zu tun und ihnen eine gute Mutter zu sein, lagen sie auf dem Untersuchungsstuhl und flehten meinen Mann an, bei ihnen einen Abort durchzuführen. Was für eine himmelschreiende Sünde und Ungerechtigkeit, dass diesem Abschaum das beschieden war, was mir für immer verwehrt blieb!

Ich fühlte wieder den unbändigen Hass und die blinde Zerstörungswut in mir auflodern, die ich bei den Abtreibungen gegen die Huren empfunden hatte. Schneide doch diesem Miststück am besten gleich den Uterus und die Eierstöcke heraus, die hat es doch gar nicht verdient, schwanger zu werden, *hatte ich meinem Mann zugezischt, doch John hatte nur empört entgegnet, er betreibe Frauenheilkunde und sei doch kein Schlachter. Ich hatte damals die Lippen zusammengepresst und geschwiegen. Der Drang nach Grausamkeit hatte jedoch in meinem Inneren getobt wie ein Orkan, sodass ich fast geplatzt wäre.*

Ich nahm einen Schluck Tee und fuhr in meiner Lektüre fort:

»Manche unserer gesellschaftlichen Schichten sind jeglicher Moral bereits so beraubt, dass sie auf Frauen, die von der Vermietung ihres Körpers leben, nicht herabsehen, sondern sie als nahezu gleichwertig ansehen …«

Das ist inzwischen leider schwer en vogue, *dachte ich erbost. Ganz London hatte sich neuerdings auf die Fahnen geschrieben, die Huren aus der Gosse zu retten.*

»Es ist daher offensichtlich, dass selbst wenn wir diese Frauen als Ausgestoßene und Parias bezeichnen, sie das Böse in alle Schichten der Gesellschaft hineintragen. Der moralische Schaden, den sie unserer Gesellschaft zufügen, ist unermesslich. Der physische Schaden, den wir durch sie erleiden, ist fast genauso groß. Es müssen daher unbedingt weitreichende Maßnahmen eingeleitet werden, um diese verheerenden Schäden einzudämmen …«

»Der Meinung bin ich auch«, murmelte ich, legte das Buch beiseite und ging hinauf ins Arbeitszimmer meines Mannes, um meine Tasche zu packen.

Um zehn Uhr abends stand ich am Fenster des Salons und blickte gebannt gegen Osten in Richtung London Bridge, wo sich der Abendhimmel blutrot gefärbt hatte. Selbst im stillen Londoner Westend herrschte gewaltige Unruhe, und von allen Seiten war das durchdringende Läuten der Feuerwehrwagen zu hören. Da muss irgendetwas passiert sein, dachte ich und war schon im Begriff aufzubrechen. Was auch immer vorgefallen war, ich würde mich davon jedenfalls nicht aufhalten lassen. Ich zog mir das abgetragene schwarze Samtcape über, das ich bei meinem letzten Mord schon

getragen hatte. Darunter trug ich meine Rotkreuzschwesterntracht.
Die gestärkte weiße Haube würde ich erst später brauchen, sie lag
zusammengefaltet in meinem Schwesternköfferchen. Ich zog mir die
weite Kapuze über den Kopf, ergriff einen Schirm aus dem Schirm-
ständer in der Halle und trat hinaus in den strömenden Regen. Ich
war gerade ein Stück die Queen Anne Street entlanggelaufen, als
neben mir eine Kutsche hielt. Die Tür wurde einen Spaltbreit geöff-
net, und unsere Nachbarn, Lord und Lady Baxter, erkundigten sich
höflich, ob sie mich mitnehmen könnten. Auf mein begriffsstutziges
Stirnrunzeln hin erklärte Lord Baxter, dass um 21 Uhr im Shad-
well-Trockendock ein großes Feuer ausgebrochen sei, das sich bereits
über den ganzen Südkai des Hafenbeckens ausgebreitet habe.

»In London herrscht momentan Ausnahmezustand, ein Riesen-
aufgebot der Feuerwehr versucht nun schon seit über einer Stunde,
das Großfeuer zu löschen. Wir wollten gerade hinfahren, um die
Löscharbeiten zu verfolgen, und da wir davon ausgegangen sind,
dass auch Sie sich das anschauen wollten, haben wir angehalten, um
zu fragen, ob Sie mitfahren wollen, denn bei diesem Wetter jagt man
ja keinen Hund auf die Straße.«

»Das ist überaus liebenswürdig von Ihnen«, bedankte ich mich
freundlich. »Aber ich ziehe es vor, es mir zu Hause am Kamin ge-
mütlich zu machen, und bin auch nur hinausgegangen, um mir bei
einem der Zeitungsjungen ein Extrablatt zu holen. Unsere Dienst-
boten haben heute nämlich ihren freien Tag.«

»So ist das mit dem Personal. Wenn man es braucht, ist keiner
da«, näselte Lady Baxter aus dem Kutscheninneren. »Aber in so
einem Fall schicke ich immer meinen Mann vor, der bekommt nicht
so leicht eine Erkältung wie ich.«

»John befindet sich zurzeit auf einer Dienstreise in Paris, wo er im
Hôpital de la Charité vor der Académie Nationale de Medicine

einen Vortrag über antiseptische Geburtshilfe hält«, erklärte ich mit tadellosem französischem Akzent und deutete in der Hoffnung, dass die lästige Konversation endlich ein Ende habe, ein Frösteln an. Doch diesen Gefallen tat mir Lady Baxter nicht.

»Was? Sir John ist in Paris, und da nimmt er Sie nicht mit, meine Liebe?«, erkundigte sie sich mit geheucheltem Erstaunen.

Ich wusste, dass in der Nachbarschaft hinlänglich bekannt war, wie es um unsere Ehe stand, und beschloss kurzerhand, der scheinheiligen Schlange den Wind aus den Segeln zu nehmen.

»Ich fahre erst am Wochenende hin, wenn John seine Verpflichtungen hinter sich und mehr Zeit hat. Dann machen wir uns gemeinsam noch ein paar schöne Tage«, schwindelte ich, ohne mit der Wimper zu zucken.

»Wie wunderbar, dann wünsche ich Ihnen noch eine angenehme Zeit miteinander«, säuselte Lady Baxter und verzog die rosafarbenen Lippen zu einem schiefen Lächeln.

»Danke, die werden wir sicherlich haben.« Ich hob die behandschuhte Hand zum Gruß und ging weiter. Ich hatte noch nie Probleme damit gehabt, Leuten etwas vorzulügen, wenn ich dadurch meine Ruhe hatte und tun und lassen konnte, was ich wollte. Sollte es aus irgendeinem Grund ruchbar werden, dass ich geflunkert hatte, war mir das herzlich gleich. Es hatte mich nie besonders interessiert, was man von mir dachte. Die meisten hielten mich ohnehin für ein einfältiges Mauerblümchen – sollten sie nur, dann konnten sie mir wenigstens nicht in die Karten schauen und erkennen, dass hinter meiner unscheinbaren Fassade ein Berserker lauerte, der diesen selbstgefälligen Fratzen haushoch überlegen war.

Als ich die belebte Harley Street entlangging, musste ich feststellen, dass an keinem der Halteplätze eine Mietdroschke zu bekommen war. Sie waren wohl alle mit Schaulustigen unterwegs zu dem

Großbrand. Ich hob den Schirm und spähte durch den Regen in Richtung Hafenbecken. Der Anblick des Himmels über den lichterloh brennenden Trockendocks war gigantisch. Die mächtigen Flammen färbten die schwarzen Unwetterwolken karmesinrot, und ich hatte das Gefühl, das äußere Inferno spiegle wider, was sich in meinem Inneren vollzog.

Mit fliegenden Schritten mischte ich mich unter die Menschenströme, die alle in Richtung Ostend zogen.

Während des halbstündigen Marsches nach Whitechapel empfand ich eine Euphorie, als ginge ich zu einem Rendezvous.

Ich habe alle Zeit der Welt, *sagte ich mir und kehrte in ein Pub in der Thrawl Street ein, um mich aufzuwärmen. Ich setzte mich an einen freien Tisch am Fenster, von dem ich das Treiben auf der Straße gut im Blick hatte. Es herrschte deutlich weniger Betrieb als sonst, vermutlich waren auch viele Bewohner Whitechapels zum Hafen geeilt. Auch das Pub war für die Uhrzeit recht leer.*

Der Wirt trat an meinen Tisch, um die Bestellung aufzunehmen. Im Cockney-Akzent, den ich mir von unseren Domestiken abgelauscht hatte, bestellte ich einen doppelten Gin, um meine Hemmungen abzubauen. Auf der gegenüberliegenden Straßenseite befand sich das Thrawl Street's White House, ein heruntergekommenes Nachtasyl, vor dem sich ein paar abgerissene Gestalten aufhielten. Wie ich unschwer erkennen konnte, handelte es sich um Stadtstreicher, Trinker, Huren und anderes Gesindel – alles, was der Abschaum auf den Straßen Whitechapels so zu bieten hatte.

Es war kurz nach Mitternacht, und allmählich kehrten die Bewohner des Viertels, die die Löscharbeiten an den Docks verfolgt hatten, wieder zurück, und die Gasse belebte sich. Auch das Pub wurde deutlich voller. Ich beglich meine Zeche und schlenderte durch die Straßen. Es hatte aufgehört zu regnen, die Huren krochen aus ihren Löchern und tummelten sich in den Gassen, um Ausschau nach Freiern zu halten. Allerorts waren ihre derben Zoten zu hören, mit denen sie, unterlegt von vulgärem Gelächter, vorbeikommende Männer zu umgarnen suchten. Ich konnte ihren Branntweinatem riechen und all die anderen lasterhaften Ausdünstungen, die meinen unbändigen Hass unaufhörlich anstachelten. Mit dem kalten Blick einer Jägerin, die sich in ihre Beute einfühlt, um sie besser überwältigen zu können, musterte ich die Prostituierten. Doch ich fand keine Gelegenheit, mich einer von ihnen zu nähern und mit ihr in Kontakt zu treten. Es waren immer zu viele ringsum, und ich musste sichergehen, dass ich unbeobachtet blieb.

Gegen zwei Uhr morgens kam mir an der Kreuzung Osborne Street – Whitechapel Road eine kleine, verwahrloste Frau entgegen. Sie mochte um die fünfzig sein, ihr Gang war torkelnd, und das ausgemergelte Gesicht war stark vom Alkohol gezeichnet. Eine in die Jahre gekommene Trinkerin, die anschaffen ging, um sich ihre tägliche Schnapsration und einen Schlafplatz in einem der schäbigen Nachtasyle zu verdienen.

Sie wird leicht zu überwältigen sein, dachte ich und folgte ihr. Plötzlich tauchte in der nur spärlich erleuchteten Straße eine schmächtige Gestalt auf, die so betrunken war, dass sie ständig ins Stolpern geriet. Die Frau kannte sie offenbar und begrüßte sie lautstark.

»Na, Polly, wo willste denn so spät noch hin?«

Ich schlüpfte flink in eine Hofeinfahrt, aus der ich die beiden unbemerkt beobachten konnte.

Die Frau namens Polly, die noch alkoholisierter zu sein schien als ihre Bekannte, lehnte sich schwankend an eine Gaslaterne.

»Ich hatte schon dreimal das Geld für ein Bett im Thrawl Street's White House beisammen – und hab's jedes Mal wieder versoffen«,

lallte die Betrunkene mit schwerer Zunge. »Und jetzt hab ich keinen Penny mehr. Ich kann doch bei der Kälte nicht draußen schlafen!« Sie fing unvermittelt an zu weinen.

»Ich hab mein Bett vorhin schon bezahlt und bin nur noch unterwegs, um mir ein paar Pennys für einen letzten Drink zu verdienen«, sagte die andere und legte Polly tröstend den Arm um die hageren Schultern. »Du kannst bei mir im Bett schlafen, wenn du willst ... wir müssen nur achtgeben, dass der Aufseher es nicht mitkriegt, wenn du dich reinschmuggelst.«

»Ach, mit dem blöden Hund hab ich doch vorhin schon rumgestritten, weil er mir kein Bett frei halten wollte, obwohl ich ihm fest zugesagt habe, dass ich ihm das Geld später bringe«, zeterte Polly. »Ein Bett gibt's nur gegen Bares, hat er mich angeschnauzt und mir die Tür vor der Nase zugeknallt. Der merkt das bestimmt, wenn ich versuche, mich hinter dir reinzuschleichen, und dann setzt er uns beide auf die Straße.«

Im diffusen Licht der Gaslaterne konnte ich das verlebte, unattraktive Gesicht der Hure sehen, das verfilzte, dunkelbraune Haar, das von grauen Strähnen durchzogen war, die wenigen Zahnstummel in ihrem Mund, die dunkelbraun verfärbt waren. In dem abgetragenen rotbraunen Ulster, an dem zwei Knöpfe fehlten, und den ausgetretenen Männerstiefeln an den Füßen mutete sie an wie eine Landstreicherin.

Dieses Gossengesicht kenne ich doch, *wurde mir beim Anblick von Polly schlagartig bewusst – und mit einem Mal wusste ich auch, woher.*

Es war letzten Winter, kurz vor den Weihnachtsfeiertagen, in der Whitechapel Workhouse Infirmary, wo ich meinem Mann bei einem Schwangerschaftsabbruch assistiert hatte. Ich erinnerte mich plötzlich wieder an jedes Detail.

»Ich heiße Mary Ann Nichols, doch alle nennen mich Polly«, hatte sich die Hure am Anfang der Konsultation vorgestellt und uns mit ihren ekelhaften Zahnstummeln angegrinst.

»Alter?«, erkundigte ich mich, während ich neben meinem Mann am Schreibtisch saß und das Anmeldeformular ausfüllte, da Nichols, wie die meisten anderen Patientinnen aus dem Viertel, Analphabetin war.

»Dreiundvierzig«, gab die Frau, die wesentlich älter aussah, zur Antwort.

»Hatten Sie bereits Geburten?«, fragte John.

Die Frau nickte. Sie stank derart nach billigem Fusel, dass mir der Atem stockte.

»Ich habe fünf Kinder, zwei Jungen und drei Mädchen.« Die Hure senkte betreten den Blick. »Sie leben alle im Fürsorgeheim, seit mein Mann und ich uns vor acht Jahren getrennt haben.«

»Das ist bedauerlich, vor allem für die Kinder«, bemerkte John und erkundigte sich, weshalb die Ehe gescheitert sei.

»Wegen meiner Trinkerei«, gestand Nichols schuldbewusst. »Ich komm halt einfach nicht los vom Schnaps …«

»Mit eisernem Willen ist das zu schaffen, das sind Sie Ihren Kindern schuldig.« John musterte die Patientin tadelnd. »Es ist nie zu spät, bieten Sie der Trunksucht die Stirn, holen Sie sich Hilfe bei den Temperenzlern und werden Sie anständig, dann nimmt Ihr Ehemann Sie vielleicht wieder auf, und Sie können Ihre Kinder zu sich holen.«

Nichols schniefte. »Schön wär's ja, aber da glaub ich nicht mehr dran, Herr Doktor. Der Karren steckt schon zu tief im Dreck und kommt da nicht mehr raus.«

»Das liegt ganz bei Ihnen.«

Nichols nickte. Es war augenscheinlich, dass sie längst resigniert hatte.

»Hatten Sie schon einmal einen Abort?«

»Ja, das wär' jetzt der Dritte. Ich geb zwar immer acht, dass die Kerle nicht in mir kommen, aber manchmal passiert's halt doch«, erklärte die Hure verlegen lächelnd.

»Können Sie einschätzen, in der wievielten Woche Sie sind?«

Nichols zuckte mit den Achseln. »Keine Ahnung, ich krieg meinen Kram ziemlich unregelmäßig, im zweiten Monat vielleicht ...«

»Ab dem vierten Monat ist nämlich ein Schwangerschaftsabbruch nicht mehr möglich. Laut Gesetz ist es ohnehin verboten, einen Abort vorzunehmen, es sei denn, es liegen schwerwiegende medizinische Gründe vor, die das Leben von Mutter und Kind ernsthaft gefährden.« John betrachtete Nichols mit ernster Miene. »Das scheint mir jedoch in Anbetracht Ihrer Trunksucht, die dem Fötus im Mutterleib erheblichen Schaden zufügt und Missbildung und Schwachsinn zur Folge hat, durchaus vorzuliegen. Ich bitte Sie daher, sich hinter dem Paravent frei zu machen und sich auf den Untersuchungsstuhl zu begeben ...«

»Aber vorher sollten Sie sich unten herum erst einmal gründlich waschen«, stieß ich angewidert hervor, sprang auf, goss Wasser in eine Waschschüssel und drückte der Hure ein Stück Seife in die Hand. Ekelhaft waren diese Huren ja immer, aber diese war so widerwärtig, dass sich mir beim Gedanken an die gynäkologische Untersuchung regelrecht der Magen umdrehte.

»Was denken Sie denn von mir, Schwester?«, protestierte Nichols konsterniert. »Ich gehe doch nicht ungewaschen zum Frauenarzt ...«

»Für Sie immer noch Frau Professor Wilson«, erwiderte ich schneidend und hätte die impertinente Dirne am liebsten in Stücke gehackt.

»Ich denk, ich werd noch mal 'ne Runde drehen, um mir die Pennys für ein Bett zu verdienen«, riss Polly mich jäh aus meinen Erinnerungen. Die Huren umarmten sich zum Abschied und wünschten einander viel Glück. Polly legte die Hand an die Hutkrempe ihres schwarzen, verbeulten Strohhuts.

»Schau mal, was ich für einen hübschen Hut bekommen hab«, brabbelte sie kichernd. »Den hat mir vorhin ein Freier geschenkt.«

»Schick siehste aus, Polly – also, bis später!«

»Bis nachher, Ellen!«

Nichols stakste weiter die menschenleere, vom Licht der wenigen Gaslaternen nur schwach erleuchtete Whitechapel Road hinunter, während ihre Bekannte in die Osborne Street abbog. Der Nachthimmel über dem Hafen schimmerte noch immer purpurrot. Ich folgte ihr. Ich war vollkommen ruhig und konzentriert, als ich die Betrunkene fast erreicht hatte, und beschleunigte meine Schritte. Schon nach wenigen Sekunden hatte ich zu ihr aufgeschlossen.

»'n Abend!«, grüßte ich Nichols im Cockney-Dialekt der einfachen Leute.

»'n Abend«, erwiderte sie und schielte mit glasigem Blick zu mir herüber. Als sie die Schwesterntracht unter meinem Cape gewahrte, wurde sie gesprächiger. Das London Hospital war ja nur einen Steinwurf entfernt.

»Na, hamse Feierabend, Schwester?«

»Ja, ich komme gerade von der Nachtschicht, da war ganz schön was los heute«, seufzte ich. »Nach dem Tohuwabohu brauch ich jetzt erst mal 'nen Schnaps!«

»Den könnt ich jetzt auch gut gebrauchen«, bekannte Nichols grinsend.

»Dann komm halt mit, ich wohne gleich da vorne, in der Buck's

Row.« Ich wies auf eine abgelegene Hofeinfahrt, die vollkommen im Dunkeln lag und die ich von meinen Erkundungsgängen kannte.

»Da kannst du einen Schnaps kriegen – und die fehlenden Pennys für deine Unterkunft geb ich dir auch noch. Ich hab nämlich eben euer Gespräch mit angehört …«

»Sie schickt mir der Himmel, Schwester!«, rief Polly gerührt und folgte mir auf wackligen Beinen zu der finsteren Passage.

In der dunklen Einfahrt fiel es der Betrunkenen schwer, das Gleichgewicht zu halten und nicht unentwegt ins Straucheln zu geraten.

»Das ist ja stockdunkel hier«, murrte sie und torkelte gegen mich. Mit untrüglichem Instinkt erkannte ich, dass jetzt der richtige Zeitpunkt gekommen war. In einer blitzschnellen Attacke, die für Polly völlig unerwartet kam, erwürgte ich mein Opfer mit der Heftigkeit einer Königspython, bevor es sich noch zur Wehr setzen oder um Hilfe rufen konnte. Dann zückte ich unter meinem Cape ein scharfes, zweischneidiges Amputationsmesser und stach rasend vor Wut zwölfmal auf den Unterleib der leblos am Boden Liegenden ein, ehe ich der Toten mit flinkem Schnitt die Kehle durchtrennte. Der scharfe Chirurgenstahl durchschnitt die Aorta und den Kehlkopf wie Butter. Um mich noch einmal zu vergewissern, wie mühelos der Schnitt gelang, trennte ich meinem Opfer ein zweites Mal den Hals durch. Das diente mir auch als Übungszweck, da ich diesbezüglich noch über keinerlei Routine verfügte. Anschließend wandte ich mich wieder dem Unterleib der Toten zu, um meinen unbändigen Hass weiter auszuleben. Während ich die vulgärsten Flüche und Beschimpfungen zwischen den Zähnen hervorstieß, die so gar nicht dem Wortschatz einer Westend-Lady entsprachen, riss ich Polly den Rock hoch und schlitzte ihr mit einem einzigen jähen Schnitt vom Unterleib bis zur Brust den Bauch auf. Anschließend arrangierte ich die

Beine der Toten so, als wäre sie bereit zum Geschlechtsverkehr. Ehe ich mein Opfer zurückließ, spie ich noch eine letzte unselige Verwünschung gegen die Tote aus, wischte mir die blutverschmierten Hände an der Innenseite der Schwesterntracht ab und eilte zurück zur Whitechapel Road, um so schnell wie möglich das nahe gelegene London Hospital zu erreichen.

Als ich vor dem imposanten achtstöckigen Gebäude angelangt war, bog ich rechter Hand von der großen, von Säulen umgrenzten Hauptpforte auf einen gepflasterten Gehweg ab, der zum Personaleingang auf der rückwärtigen Seite führte. Mein Gatte, der im Hörsaal der gynäkologischen Abteilung Lehrveranstaltungen und Operationen für das Kollegium und die Studentenschaft abhielt, verfügte selbstredend über sämtliche Schlüssel für die jeweiligen Zugangsportale. Ich hatte sie am Abend aus seinem Arbeitszimmer entwendet, genauso wie das zwölf Zentimeter lange Amputationsmesser mit der rasiermesserscharfen zweischneidigen Klinge, das ich einem Koffer mit Chirurgenbesteck entnommen hatte, der noch aus Johns Studienzeit stammte. Es war für meine Zwecke besser geeignet als ein Skalpell, da es eine längere Klinge hatte und so scharf war, dass es auch Knochen und Knorpel mühelos durchschneiden konnte. Ich hatte es vor geraumer Zeit, als John nicht zu Hause war, ausprobiert, indem ich Geflügel und Suppenfleisch damit tranchiert hatte.

Ehe ich den Schlüsselbund aus der Ledertasche nahm, blickte ich mich um. Doch weder auf dem Weg noch am Personalzugang waren Leute zu sehen. Ich wischte mir noch einmal die Hände ab, zog mit spitzen Fingern die gestärkte Schwesternhaube aus dem Felleisen und stülpte sie über das straff zu einem Knoten gewundene, hochgesteckte Haar, um keinen Argwohn zu erregen, falls mir im Gebäude jemand begegnen würde.

Da in diesen frühen Morgenstunden kaum Personal anwesend war – die Frühschicht begann erst um 5:30 Uhr –, konnte ich unbemerkt in die Umkleideräume gelangen, wo sich auch die Waschräume befanden. Dort wusch ich mir sorgsam das Blut von Gesicht und Händen und stopfte die blutige Schwesterntracht in einen Wäschesack. Auf dem dunkelbraunen Rock, den ich unter dem Schwesternkleid trug, waren keine Blutspuren zu sehen. Ich legte mir das lange schwarze Cape um und verließ unbehelligt das Hospital. Zurück auf der Whitechapel Road, mischte ich mich unter die Passanten, die auf dem Weg zur Arbeit waren oder von der Nachtschicht zurückkehrten. Die Menschen um mich herum wirkten allesamt verschlafen oder übernächtigt. Es herrschte allenthalben Schweigen, jeder war mit sich selbst beschäftigt und nahm kaum Notiz vom anderen. Ich liebte diese Anonymität und genoss es, mit der Menge zu verschmelzen. Jeglicher Druck war von mir gewichen, und ich fühlte mich leicht wie eine Feder. Ich war absolut mit mir im Reinen, auch wenn ich meine Lust nach Grausamkeit nicht restlos ausgelebt hatte. Doch das würde schon von Mal zu Mal besser werden, dessen war ich mir gewiss.

September 1888 – Öffentliche Gerichtsverhandlung im Mordfall Mary Ann Nichols

Da ich gottlob über ein hervorragendes Gedächtnis verfüge, musste ich mir während der Gerichtsverhandlung über das Tötungsdelikt an der Prostituierten Mary Ann Nichols keine Notizen machen wie die zahlreich vertretenen Herrschaften von der Presse, sondern habe mir jede Einzelheit so deutlich eingeprägt, dass sie auch heute noch, rund zwanzig Jahre später, unauslöschlich in meinem Gedächtnis ist.

Der Richter rief den ersten Zeugen in den Zeugenstand. Es handelte sich bei ihm um den Fuhrknecht Charles Andrew Cross. Er war derjenige, der die Leiche von Nichols entdeckt hatte. Ich gebe seine Aussage hier wie folgt wieder:

»Um 3:40 Uhr an besagtem Morgen ging ich die Buck's Row entlang. Ich war auf dem Weg zur Arbeit in einer Großschlachterei in der Brady Street. Als ich an einem Fabrikgebäude vorbeikam, sah ich in einem Durchgang auf der anderen Straßenseite etwas auf dem Boden liegen, das im schwachen Licht der Gaslaterne aussah wie eine zusammengerollte Segeltuchplane. Ich überquerte die Straße, um sie mir genauer anzusehen. Beim Näherkommen sah ich, dass es sich bei dem Bündel um den Körper einer Frau handelte – die mit angezogenen, weit gespreizten Beinen und bis zur Taille hochgezogenem Rock auf dem Pflaster lag. Ich dachte zuerst, das wäre eine besoffene Hure. Auf einmal hörte ich hinter mir Schritte, und da kam ein Mann in Arbeitskleidung, der neben mir stehen blieb und auf die Frau am Boden herunterschaute. Er meinte noch zu mir, die tät ja da liegen, als ob sie auf einen Kunden warten tät. Und sturzbesoffen ist sie auch noch, sagte ich. Und weil in der Nachbarschaft auch Kinder wohnen, die so was nicht unbedingt sehen müssen, haben wir gedacht, wir wecken die mal auf. Dann haben wir die eben geschüttelt und laut gerufen, dass sie aufwachen soll, und auf einmal ist ihr Kopf vorgekippt und wir haben die klaffende Wunde um den Hals gesehen. Da waren wir beide zu Tode erschrocken und sind davongerannt, um einen Polizisten zu holen.«

Die Frage des Richters, ob ihm in der Straße oder in der Nähe des Tatorts irgendjemand aufgefallen sei, verneinte der Zeuge und sagte, es sei weit und breit niemand zu sehen gewesen.

Als nächsten Zeugen rief der Richter den Gerichtsmediziner Dr. Rees Ralph Llewellyn auf, der an der Toten die Leichenschau

vorgenommen hatte. »Als ich um vier Uhr am Tatort eintraf, war
die Leiche noch warm. Anhand der Körpertemperatur muss der Tod
gegen drei Uhr dreißig eingetreten sein«, erklärte der Gerichtsmedi-
ziner. »Also gerade einmal zehn Minuten, bevor die Tote entdeckt
wurde. Der Mord und die postmortalen Verstümmelungen müssen
demnach innerhalb von vier bis fünf Minuten begangen worden
sein. Dem Mordopfer fehlen fünf Zähne, und die Zunge hat eine
leichte Risswunde. Unterhalb des Kiefers, auf der rechten und linken
Gesichtsseite, befinden sich Blutergüsse, die möglicherweise durch
einen Faustschlag oder durch den Druck eines Daumens verursacht
wurden«, erläuterte Dr. Llewellyn. »Der Mörder hat demnach das
Opfer bei seiner Attacke heftig am Gesicht gepackt. Die Zunge der
Ermordeten ist dunkelblau verfärbt, was auf eine Strangulation hin-
weist. Auf der linken Seite des Halses, etwa zweieinhalb Zentimeter
unter dem Kiefer, verläuft vom Ohr ein länglicher Schnitt von etwa
zehn Zentimeter. Auf derselben Seite, nur etwa eineinhalb Zenti-
meter tiefer, befindet sich ein bogenförmiger Schnitt bis circa acht
Zentimeter unter den rechten Kieferknochen. Dieser Schnitt durch-
trennt vollständig das Gewebe bis zum Rückenwirbel. Die Adern
auf beiden Seiten des Halses wurden durchtrennt. Dieser Einschnitt
ist etwa zwanzig Zentimeter lang und muss mit großer Gewalt und
einem scharfen Messer mit langer Klinge ausgeführt worden sein.
Die beiden von links nach rechts verlaufenden Schnitte müssen post
mortem erfolgt sein. Ich kann mich des Eindrucks nicht erwehren,
dass der Mörder versucht hat, dem Opfer den Kopf abzutrennen,
doch er hat es sich wohl anders überlegt. Jedenfalls hat es ihm of-
fenbar nicht genügt, den Hals einmal durchzuschneiden, er hat es
noch ein zweites Mal getan. Der Unterleib wurde bis zum Brustbein
aufgeschnitten, sodass die Eingeweide herausquollen. Auf dem ge-
samten Körper der Toten befinden sich ein Dutzend tiefe Schnitte

und Stichwunden, der längste und zugleich auch tiefste Einschnitt verläuft quer über den ganzen Unterleib. Der Mörder muss also regelrecht in eine Raserei verfallen sein, als er sie dem Opfer zugefügt hat. Alle Schnitte verlaufen, genauso wie bei den Schnitten am Hals, von links nach rechts und könnten von einem Linkshänder ausgeführt worden sein. Alle Verletzungen stammen vom selben Instrument. An der Toten fanden sich keinerlei Spuren von sexueller Gewalt, demzufolge hatte der Mörder kein sexuelles Interesse an seinem Opfer. Lediglich die obszöne Zurschaustellung der Toten, die mit weit gespreizten Beinen und bis zur Brust hochgeschlagenem Rock aufgefunden wurde, tragen sexuelle Züge. Der Mörder verfügt zweifellos über gewisse anatomische Kenntnisse und muss ein äußerst scharfes Messer verwendet haben, welches er mit unsäglicher Gewalt eingesetzt hat. Ich glaube nicht, dass das Opfer von hinten angegriffen wurde. Vermutlich stand der Mörder dem Opfer gegenüber und hat ihm mit der rechten Hand den Mund zugehalten und mit der linken zum tödlichen Schnitt angesetzt. Da das Opfer sehr hinfällig und betrunken war, bedurfte es keines besonders kräftigen Mannes, um es zu töten«, beendete Dr. Llewellyn seinen Bericht.

Im Anschluss traten der mit dem Mordfall betraute Scotland-Yard-Inspektor Frederick Abberline und sein Assistent George Godley vor die Jury. »Es ist mir unbegreiflich, dass keiner der Zeugen den Mörder gesehen hat«, bemerkte der Inspektor verdrossen und erklärte, dass auch die auf das gesamte Terrain ausgeweitete Suche nicht die geringste Spur ergeben habe. Er übergab das Wort an seinen Gehilfen. »Wir haben in der Buck's Row jeden Winkel durchsucht und anschließend das gesamte Gleisgelände der East London Railway ins Visier genommen, doch es fand sich weder eine Waffe, Blut noch sonst ein Hinweis auf den Täter«, erläuterte Godley. »Die beiden Arbeiter, die die Leiche gefunden haben, wurden überprüft *und haben wasserdichte Alibis. Der Polizist Neil, der in der Nacht in dem Bezirk auf Streife war, hat keinerlei Hilferufe oder Schreie gehört. Er hat um die besagte Zeit auch niemanden gesehen, der über die Whitechapel Road geflüchtet ist. Lediglich, ich zitiere, ›ein paar Frauen, die vermutlich auf dem Heimweg waren‹.«*

Eine davon war ich, *dachte ich nicht ohne Häme, die ich mir natürlich nicht anmerken ließ. Ich hatte die gleiche Betroffenheitsmiene aufgesetzt wie alle anderen in dem überfüllten Gerichtssaal. Lediglich meine Sensationsgier war echt, aber auch das unterschied mich nicht von Krethi und Plethi, mit dem Unterschied, dass ich mehr über die wahren Hintergründe wusste als jeder andere Esel im Saal. Trotzdem lauschte ich gespannt, was diese Versager von Scotland Yard so herausgefunden hatten. Aber das war zum Glück mehr als dürftig, dafür hatte ich schon gesorgt. Der Milchbart vom Yard blickte konzentriert auf seinen Notizblock und fuhr fort. »Auch die Befragung der Anwohner hat nichts Stichhaltiges ergeben. Das Ehepaar Purkiss, dessen Schlafzimmer sich im ersten Stock direkt über dem Durchgang befindet, wo die Leiche entdeckt wurde, hat nicht das Geringste gehört oder gesehen. Obwohl, wie die Eheleute betont haben, sie beide einen leichten Schlaf haben. Das Gleiche gilt für den Nachtwächter des nahe gelegenen Lagerhauses. Wir haben alle Insassen des benachbarten Wohnheims befragt, sämtliche Händler, Ladeninhaber und Prostituierte verhört, doch ohne ein brauchbares Resultat«, beendete Godley seinen Bericht und übergab das Wort an seinen Chef.*

»Der Mörder ist das reinste Phantom für uns«, konstatierte Abberline und ging zu einem Beistelltisch, auf dem die Kleidung und die Habseligkeiten der Toten ausgebreitet waren.

»Sie hat zwei Röcke und Unterröcke übereinander getragen, vermutlich weil sie keinen festen Wohnsitz hatte und das alles war, was

sie besaß. Nach dem abgetragenen Zustand der Kleidung zu schlie-
ßen, muss sie eine bettelarme Person gewesen sein.« Der Inspektor
zog einen schmuddeligen weißen Leinenunterrock unter den Sachen
hervor und wies auf ein Wäscheetikett an der Innennaht.

»Der Unterrock stammt vom Lambeth Workhouse in der Princess
Road, das hat uns immerhin ermöglicht, die Identität der Toten he-
rauszufinden.« Abberline wies auf die Gegenstände, die auf der
Tischplatte lagen. »Ein Kamm, ein Taschentuch, ein gesprungener
Taschenspiegel und ein zerbeulter Strohhut – mehr hatte sie nicht
bei sich.«

Die Dinge auf dem Tisch erzählen die traurige Geschichte einer
wohnsitzlosen Hure, die das zweifelhafte Glück hatte, mir in einer
dunklen Gasse in die Fänge zu laufen, *ging es mir durch den Sinn,*
und ich konnte ein Schniefen nicht unterdrücken.

»Da es sich bedauerlicherweise nicht um den ersten Frauenmord
handelt, der in diesem Jahr in Whitechapel verübt wurde«, fuhr Ab-
berline fort, »stellt sich hier die Frage, inwieweit die einzelnen Morde
zusammenhängen. Am 3. April 1888 wurde Emma Elizabeth Smith
schwer verletzt in der Osborn Street, Whitechapel, aufgefunden. Sie
war vergewaltigt worden, und in ihrer Vagina steckte ein Holzpflock.
Sie war noch in der Lage, die Aussage zu machen, dass sie von zwei
bis drei Männern attackiert worden sei, die sie jedoch in Anbetracht
der Dunkelheit nicht genauer beschreiben konnte. Zwei Tage später
starb sie an den Folgen ihrer Verletzungen. Das zweite Opfer,
Martha Tabram, wurde am 7. August, also vor etwa einem Monat,
mit 39 Stichen ermordet – und jetzt haben wir wieder so einen bru-
talen Mord. Nach Rücksprache mit unserem Gerichtsmediziner, der
die Mordopfer untersucht hat, sind wir übereingekommen, dass die
erste Tat von einer rohen, angetrunkenen Männerhorde verübt
wurde, die einer Straßendirne grausame Gewalt zufügte. Die Tat

trug eindeutig sexuelle Züge, was bei den beiden Morden indessen nicht der Fall war. Wenn überhaupt, dann ist eher in diesen zwei Fällen eine Übereinstimmung zu erkennen hinsichtlich der rasenden Brutalität, mit der die Opfer verstümmelt wurden.«

Wie recht du hast, du Schlaumeier, *dachte ich bei mir und erinnerte mich überdeutlich an mein erstes Werk an der alten, abgehalfterten Hure, das reichlich stümperhaft geraten war. Aber schließlich fing jeder einmal an, und Übung machte den Meister, das hatte auch meine Gouvernante Miss Beaver immer zu mir gesagt.* Die meiste Übung hattest du im Rumhuren, *ging es mir durch den Kopf, und der Hass auf diese Schlampe, so musste ich einmal mehr erkennen, blieb unübertroffen.*

»Nach meinem Dafürhalten handelt es sich bei dem Täter um einen gefährlichen Geisteskranken, der einen unbändigen Hass auf Frauen, insbesondere auf Huren hat«, fasste der Inspektor seine Ausführungen zusammen.

Da bin ich ganz deiner Meinung, Herr Neunmalklug, allerdings nur was Letzteres anbetrifft, *stimmte ich dem Inspektor zu, doch gleich darauf enttäuschte er mich wieder. »Wer einer Frau so etwas antut, kann nur ein abartiger Irrer sein – mit gewissen anatomischen Kenntnissen, wie sie ein Schlachter oder Fleischhauer hat«, warf Abberline sich in die Brust.*

Mehr daneben liegen kann man gar nicht, *war mein Fazit, aber das konnte mir ja nur recht sein.*

»Daraufhin haben wir in sämtlichen Großschlachtereien Whitechapels ermittelt, doch auch das leider ohne den erhofften Erfolg.«

Nachdem dieser Jammerlappen mit seinem Sermon zu Ende war, rief der Richter einen Kanalarbeiter namens Patrick Mulshaw auf, der sich heute beim Gericht gemeldet hatte, um eine wichtige Zeugenaussage zu machen.

Da wurde mir auf einmal etwas mulmig zumute, weil ich mich an die Kanalratte noch gut erinnern konnte.

»Ich war am frühen Morgen in der Mordnacht nur wenige hundert Meter vom Tatort entfernt damit beschäftigt, einen verstopften Kanalschacht zu reinigen«, erläuterte der Gullyreiniger befangen. »Ich habe auf dem Boden gekniet und versucht, den verklumpten Dreck aus dem Gully zu ziehen, als plötzlich jemand an mir vorbeigelaufen ist und mir zugerufen hat: ›Alter Mann, ich denke da unten an der Straße wurde jemand umgebracht.‹ Der ist so schnell gelaufen, und die Sicht war auch so schlecht, dass ich kaum was von ihm erkennen konnte. Ich habe ihm hinterher geguckt und gesehen, dass er einen langen schwarzen Umhang anhatte und nicht übermäßig groß war. Sein Gesicht konnte ich nicht mehr sehen, weil er mir ja schon den Rücken zugekehrt hat. Mir ist nur aufgefallen, dass man seine Schritte gar nicht gehört hat, obwohl er es so eilig hatte. Er hatte einen Cockney-Akzent und eine ziemlich helle Stimme für einen Mann. Mehr kann ich leider nicht sagen.«

Zum Glück, dachte ich erleichtert. Da war ich wohl etwas unvorsichtig gewesen – vor lauter Übermut. Das durfte mir nicht noch einmal passieren.

Inspektor Abberline, der vorne in der ersten Reihe saß, schlug fassungslos die Hände zusammen. »Möglicherweise waren Sie der Einzige, der dem Mörder von Mary Ann Nichols begegnet ist!«, brach es aus ihm heraus, und er konnte sich kaum wieder einkriegen. »Wir haben nicht den allerkleinsten Beweis, um auch nur eine Person mit dem Mord in Verbindung zu bringen. Es fanden sich weder Zeugen, die den Mörder gesehen haben, noch gab es sonstige Spuren oder Hinweise auf die Identität des Täters. Auch sein Motiv bleibt völlig unklar«, flennte er, bis der Richter für Ruhe sorgte und Edward Walker, den Vater des Mordopfers, in den Zeugenstand rief.

Auf die Frage des Richters, ob Mary Ann Nichols irgendwelche Feinde habe, die ihr nach dem Leben trachteten, antwortete er: »Polly hatte keine Feinde, dafür war sie viel zu gut!«

Mr. Walker berichtete außerdem, dass Polly von Mrs. Fiedler, der Aufseherin des Lambeth-Arbeitshauses, im April noch eine letzte Chance erhalten hatte, den Arbeitshäusern zu entfliehen und wieder einer geregelten Arbeit nachzugehen, indem sie ihr eine Anstellung als Hausmädchen bei dem Ehepaar Cowdry in Wandsworth verschaffte. Am 12. Mai 1888 trat sie diese Arbeit an. Mit Tränen in den Augen präsentierte Walker dem Richter einen Brief, den ihm seine Tochter von ihrer neuen Arbeitsstelle geschrieben hatte. Der Richter erteilte dem Protokollführer die Anweisung, ihn laut zu verlesen:

> Lieber Daddy,
> ich schreibe dir nur, um dich wissen zu lassen, dass du froh sein wirst zu hören, dass ich mich in meinem neuen Heim gut eingelebt habe und es mir gut geht. Meine Herrschaften haben gestern das Anwesen verlassen und sind bis jetzt noch nicht zurückgekehrt, und deshalb bin ich die Herrin im Haus. Es ist ein großes Anwesen, mit Bäumen und Gärten, vor und hinter dem Haus. Alles wurde erst vor Kurzem neu gemacht. Sie sind beide Abstinenzler und religiös, somit müsste ich mit ihnen gut klarkommen. Sie sind nette Menschen, und ich muss nicht sehr viel arbeiten. Ich hoffe, Dir geht es gut und der Junge hat Arbeit. Für den Moment auf Wiedersehen.
>
> Mit lieben Grüßen, deine Polly. Bitte antworte mir bald und lass mich wissen, wie es dir geht.

Mr. Walker hüstelte betreten. »Am zwölften Juli stahl Mary ihren Herrschaften Kleidung im Wert von drei Pfund und zehn Schilling und machte sich aus dem Staub. In den nächsten Wochen habe ich nichts mehr von ihr gehört, sie hat wohl das Geld für Schnaps verpulvert, und als sie nichts mehr hatte, hat sie sich wieder in einem Arbeitshaus einquartiert, um ein Dach über dem Kopf zu haben. Der verfluchte Alkohol hat meine Polly ruiniert.«

Der gute Mann konnte einem leidtun, ein so missratenes Drecksbalg zur Tochter zu haben. Da hatte ich doch fürwahr ein gutes Händchen bewiesen, dass ich mir dieses verkommene Subjekt ausgesucht hatte. Die Gerechtigkeit hatte obsiegt, was mich mit großer Genugtuung erfüllte.

Am letzten Tag der strafrechtlichen Ermittlungen gab die Jury die offizielle Erklärung zu dem Mordfall Mary Ann Nichols ab:

»Ein willkürlicher Mord verübt von einer unbekannten Person oder unbekannten Personen. Es war nicht die Tat eines normalen Charakters«, fügte der Richter hinzu.

Dass ich anders bin als andere, weiß ich schon seit meinen Kindertagen, du Fatzke, dachte ich despektierlich. Aber zu meinem großen Glück beherrschte ich gleichzeitig auch die hohe Kunst, so normal zu wirken wie das Heimchen am Herd, aus dem Effeff.

Am Nachmittag des 6. September 1888 wurden die sterblichen Überreste von Mary Ann Nichols auf dem städtischen Friedhof von London in Little Ilford, Essex, beigesetzt. Auf dem polierten Ulmensarg, den Pollys Vater, ihr Ex-Ehemann und der gemeinsame Sohn Edward John gestiftet hatten, befand sich eine Messingplakette mit der Aufschrift: Mary Ann Nichols, 42 Jahre, gestorben am 31. August 1888.

Tausende Schaulustige drängten sich auf dem Friedhof und erwiesen der Ermordeten die letzte Ehre. Auch ich ließ es mir nicht nehmen, mich von meinem Opfer gebührend zu verabschieden.

Samstag, 8. September 1888

Pünktlich um ein Uhr kündigte der Wirt des Ten Bells Pub am Spitalfields-Markt die letzte Runde an. Die heruntergekommene Hure, die mit einer Handvoll anderer Gäste, zu denen auch ich gehörte, am Tresen der überwiegend von Straßenhändlern, Kleinkriminellen und Gelegenheitsprostituierten frequentierten Kneipe saß, blickte bekümmert in ihr leeres Gin-Glas. Für ein Weiteres fehlte ihr offenbar das Geld. Die Verzweiflung, nichts mehr zu trinken zu haben, verströmte die hässliche alte Gewohnheitstrinkerin aus allen Poren. Verstohlen beobachtete ich, wie ihr Blick panisch über die Thekenrunde schweifte. War denn keiner dabei, der ihr noch einen Drink spendieren würde? Ich dachte jedenfalls nicht im Traum daran, ihr einen auszugeben. Das wäre viel zu auffällig, mit ihr vor so vielen Zeugen in Kontakt zu treten. Also hielt ich mich zurück, wie ich es schon die ganze Zeit über getan hatte, und war einfach nur eine von ihnen: eine einsame, in die Jahre gekommene Krankenschwester, auf die zu Hause keiner wartete und die im Schnaps ihren Trost suchte, wobei ich natürlich eher maßvoll trank. Ihr abgerissen aussehender Trinkkumpan, der ihr vorhin noch einen Gin bezahlt hatte, schien ebenfalls blank zu sein, und auch bei dem vierschrötigen Wirt biss sie auf Granit. Lallend wandte sich die Kanaille an den Mann zu ihrer Rechten, der aussah wie ein russischer Jude. »Hey, Iwan, gibste einen aus?«, fragte sie schäkernd und entblößte ihre erstaunlich guten Zähne, die im Kontrast zu ihrem schlechten Teint und den von Schrunden überzogenen Lippen standen.

Der Mann mit den osteuropäischen Gesichtszügen schüttelte abweisend den Kopf. »Das, was ich in den Taschen hab, reicht gerade noch für einen letzten Schnaps«, grummelte er und zählte dem Wirt, der ihm sein Glas mit Rum auffüllte, die Zeche auf den Tresen.

»Komm, erzähl doch nix!«, murrte die Hure verdrossen. »Ihr Juden habt doch alle Geld wie Heu.«

»Schwall keinen Stuss und bleib mir vom Hals«, stieß der Straßenhändler zwischen den Zähnen hervor und kippte rasch seinen Schnaps hinunter, als er ihren gierigen Blick gewahrte. Doch so leicht ließ sich die Schlampe nicht abwimmeln – aus den Augenwinkeln konnte ich sehen, wie sie ihre Hand auf sein Knie legte und unablässig höher wandern ließ, bis sie auf seinem Schritt landete.

»Ich kann auch draußen ein bisschen nett zu dir sein, wenn du willst«, nuschelte sie schamlos. »Für 'n doppelten Gin mach ich's dir sogar französisch …« Mir stellten sich vor Abscheu die Nackenhaare auf. Dem Juden schien es ähnlich zu ergehen, er schüttelte grob ihre Hand ab. »Nicht mal geschenkt … ich bin doch nicht meschugge!«, raunzte er angewidert und hatte es plötzlich eilig hinauszugelangen.

Als auch alle weiteren Versuche der Hure, den Leuten an der Theke noch einen Gin abzutrotzen, erfolglos blieben, setzte sie der Wirt kurzerhand vor die Tür. Der Penner, der ihr einen ausgegeben hatte, folgte ihr nach draußen. Somit war für mich die Sache gelaufen. Schade, sie war genau die Sorte beschädigter Ware, die ich bevorzugte. Liebend gerne hätte ich dem verkommenen Subjekt das verpasst, was es verdiente. Aber das sollte wohl nicht sein. Also beglich ich meine Zeche und ging hinaus. Spontan beschloss ich, den zwei abgerissenen Gestalten, die sich in Richtung Dorset Street entfernten, in angemessenem Abstand zu folgen. Der Wermutbruder hatte die Hure, die vor Kälte schlotterte und sich kaum noch auf den Beinen halten konnte, untergehakt.

»*Du gehörst ins Bett*«, hörte ich ihn sagen. »*Wir machen uns jetzt auf zu unserem Lodging House in der Dorset Street, und da mummelst du dich ein und schläfst …*«

»*Schön wär's, doch mir fehlt das Übernachtungsgeld, ich hab keinen Penny mehr*«, krächzte die Hure und bekam einen heftigen Hustenanfall. Ihre Bemerkung machte mich hellhörig. Denn schon einmal war ich zum Zuge gekommen, weil einer dieser Schnapsdrosseln das Übernachtungsgeld für das Obdachlosenasyl gefehlt hatte.

»*Das hört sich ja gar nicht gut an*«, sagte ihr Kumpan und empfahl ihr, doch eine von ihren Tabletten zu nehmen. Sie hielten an, und ich trat in eine Mauernische, damit sie mich nicht sehen konnten. Im diffusen Licht der Gaslaterne konnte ich erkennen, dass die Hände der Hure derart zitterten, dass sie kaum in der Lage war, die Pillen aus der Schürzentasche zu nesteln. Mithilfe ihres Begleiters gelang es ihr schließlich, eine Tablette einzunehmen. Die Nacht war klirrend kalt, und es war kaum noch jemand unterwegs. »*Komm, lass uns schnell zum Lodging House gehen*«, mahnte der Herumtreiber, »*sonst frieren wir hier noch fest. Wenn der Nachtwächter sieht, wie krank du bist, wird er dich schon nicht abweisen.*« Sie staksten weiter, und ich folgte ihnen unauffällig, dank der Gummisohlen an meinen Stiefeln mit leisen Schritten.

»*Hoffentlich*«, sagte die Hure. »*Mir geht es nämlich viel zu beschissen, um heute noch anschaffen zu gehen …*«

»*Das wird schon klappen, Brummy ist doch kein Unmensch. Wenn du dem sagst, dass du ihm das Geld zurückzahlst, sobald es dir besser geht, wird er dich schon reinlassen.*«

Gleich darauf bog das Paar in die Dorset Street ein, die in dem Ruf stand, die schmutzigste und gefährlichste Straße Londons zu sein. Zu beiden Seiten befanden sich heruntergekommene Unterkünfte für Obdachlose, die dort für ein paar Pennys eine Schlafpritsche für *die Nacht mieten konnten. Zwischen den Nachtasylen lagen Pubs und Bordelle, vereinzelt auch kleine Ramschläden. Durch meine Erkundungsgänge kannte ich diesen Schandfleck. Für gewöhnlich wimmelte es bis in die späte Nacht hinein von Huren, Ganoven, Zuhältern, Entwurzelten und Gestrandeten. Erst in den frühen Morgenstunden, wenn die meisten in den Betten lagen, um ihren Rausch auszuschlafen, wurde es etwas ruhiger. Doch bei dieser Kälte waren nur ein paar zerlumpte Bettler und streunende Hunde zu sehen, die in dem stinkenden Abfall, der über das Straßenpflaster verteilt war, nach Essensresten suchten. Die Hure und ihr Begleiter blieben vor dem Crossingham's Common Lodging House in der Dorset Street 35 stehen. »Das wird schon klappen«, sagte der Mann zu der Hure, die wieder einen schlimmen Hustenanfall hatte, und betätigte den eisernen Türklopfer an der Eingangstür des vierstöckigen Backsteingebäudes.*

Nach einer Weile öffnete ihnen der Nachtwächter und blinzelte die beiden aus müden Augenschlitzen an.

»Du hast ja schon bezahlt«, sagte er zu dem Mann und ließ ihn eintreten. Dann wandte er sich der Hure zu, die sich wankend am Türrahmen festhielt. »Von dir krieg ich noch acht Pennys.«

»Ich hab das Geld nicht, Brummy«, lamentierte die Kanaille. »Ich bin schwach und krank und war im Krankenhaus ...«

»Du willst mir doch nicht weismachen, dass du aus dem Krankenhaus kommst, so sturzbesoffen, wie du bist«, gab der Nachtwächter zur Antwort. Er kannte augenscheinlich seine Pappenheimer.

»Ich bin nicht besoffen, ich bin krank«, plärrte die Hure, zog mit bebenden Händen das Kuvert mit den Tabletten aus der Schürzentasche und hielt es dem Nachtwächter unter die Nase. »Die haben sie mir im Whitechapel Workhouse Infirmary gegen meinen Husten gegeben, der Doktor hat gemeint, ich hätte eine schlimme Lungen-

krankheit.« Das Aas versuchte mit allen Mitteln, den Pförtner weichzuklopfen, und wandte die Mitleidsmasche an. Doch dieser durchschaute sie.

»Und warum haben sie dich nicht gleich dabehalten, wenn du so krank bist?«, fragte er skeptisch. »Wie auch immer, du gibst mir jetzt das Übernachtungsgeld oder machst 'nen Abgang.«

Durch meine umfassenden Recherchen, die ich in dem Elendsquartier getätigt hatte, war mir bekannt, dass die Wärter in den Obdachlosenunterkünften von den Eigentümern angewiesen wurden, unter keinen Umständen Gnade walten zu lassen, was die Übernachtungsgelder anbetraf. Eine wie immer geartete Nachgiebigkeit kam also nicht infrage, zumal die Wärter fehlende Gelder bei der Abrechnung aus eigener Tasche hinzuzahlen mussten.

Die Hure, der die Vorstellung, keinen Unterschlupf für die Nacht zu haben und draußen in der Kälte bleiben zu müssen, wenig behagte, unternahm noch einen weiteren Vorstoß. Was für eine Klette! Ich hätte dem aufdringlichen Weibsbild schon längst die Tür vor der Nase zugeknallt.

»Bitte, Brummy, ich bin doch jetzt schon seit vier Monaten Schlafgast im Crossingham's Common Lodging House, gib mir doch ausnahmsweise mal mein Bett auf Kredit! Ich gehe auch gleich morgen früh auf den Spitalfields-Markt und verdiene mir das Geld, und dann bringe ich dir die acht Pennys vorbei …«

Dem Pförtner wurde es langsam zu viel. Er musterte die heruntergekommene Gestalt vor der Tür, die bedrohlich hin- und herschwankte, mit verächtlicher Miene. »Für das Saufen hast du Geld, aber nicht für dein Bett«, *murmelte er vorwurfsvoll.* »Selbst schuld, hier gibt's keinen Kredit!«

Die Hure schlotterte am ganzen Körper. »Ich bin krank, mir geht es nicht gut …«, *sagte sie und wurde wieder von einem krampfarti-*

gen Hustenanfall geschüttelt. Die gibt eh bald den Löffel ab, *ging es mir durch den Kopf. Zu meinem Erstaunen schien nun der Wärter, den ich für abgeklärter gehalten hatte, einzuknicken.*

»Setz dich von mir aus in die Küche und wärm dich ein bisschen auf«, hörte ich ihn sagen. »Du kannst auch noch 'ne Pellkartoffel essen, wenn du Hunger hast – aber dann machste dich vom Acker, ist das klar?«

»Danke, Brummy, das ist sehr nett von dir«, krächzte die Hure und stakste durch die Tür. Ich würde also noch etwas Geduld haben müssen. Sei's drum, ich war warm angezogen – und schließlich war ich der reinste Terrier: Wenn ich mir etwas in den Kopf gesetzt hatte, war ich durch nichts und niemanden davon abzubringen. Da ich keine Lust hatte, mich auf der Straße herumzudrücken und zu warten, bis das Miststück herauskam, trat ich in einen angrenzenden Hauseingang, der dunkel genug war, dass ich in meinem schwarzen Samtcape nicht auffiel, und verhielt mich ruhig. Es dauerte etwa zwanzig Minuten, bis sich die Tür des Obdachlosenasyls öffnete und die Hure mit der Bemerkung »Ich bin bald wieder zurück, Brummy, halt bitte mein Bett, die Nummer 29, für mich frei« auf die Straße hinaustrat. Sie schlug den Weg zur benachbarten Spitalfields-Kirche ein, die ein beliebter Treffpunkt für Prostituierte und Freier war, und ich folgte ihr unauffällig.

Die Uhr der nahe gelegenen Black-Eagle-Brauerei schlug gerade zur halben Stunde, als die Hure vor dem Mietshaus in der 29 Hanbury Street anlangte, in dessen Hinterhof wir zu einem Stelldichein verabredet waren. Sie blieb stehen und gab mir, die ich einige Schritte Abstand zu ihr hielt, ein unauffälliges Zeichen. Es war schon 5:30 Uhr, und ich war froh, nach stundenlangen vergeblichen Streifzügen endlich zur Sache zu kommen.

»Ob Mann oder Frau, das ist mir einerlei«, hatte mir die Hure zugeraunt, als ich sie in der finsteren Brick Lane mit gesenkter Stimme angesprochen und mich bei ihr erkundigt hatte, ob sie auch Damen bediene.

»Ist aber mit Aufpreis, macht einen Schilling«, hatte sie geschäftstüchtig hinzugefügt.

»Soll mir recht sein«, hatte ich darauf geantwortet und ihr zugeflüstert, dass ich ganz in der Nähe einen Hinterhof kennen würde, wo wir ungestört wären. Ich hatte der Nutte die Adresse genannt und ihr verschämt vorgeschlagen, sie solle doch ein Stück vor mir gehen, denn wir müssten ja nicht unbedingt zusammen gesehen werden. Wenn ich mich schon als Lesbierin ausgab, so musste ich mich auch verhalten wie eine. Bei meinen Erkundungstouren war mir aufgefallen, wie genierlich die Weiber waren, die auf Frauen standen. Denn im Gegensatz zur männlichen Homosexualität, die von Queen Victoria aufs Härteste unter Strafe gestellt worden war, war die Liebe unter Frauen ein absolutes Unding, das überhaupt nicht zu existieren hatte. Die Lesben, die sich in Whitechapel herumdrückten, um die Dienste der Huren in Anspruch zu nehmen, legten größten Wert auf Diskretion und wollten um keinen Preis auffallen. Daher waren sie meistens auch tief verschleiert oder auf andere Art getarnt und verkleidet. Auch ich hatte mir die Kapuze meines Capes tief ins Gesicht gezogen.

Die Hure wollte gerade zur Tür gehen, die zu dem Hinterhof führte, als sie unversehens von einem Mann angesprochen wurde, den ich in der Straße gar nicht bemerkt hatte. Ich schlüpfte rasch in den Hauseingang des dreistöckigen Mietshauses in der 29 Hanbury Street, in dessen Erdgeschoss sich ein Katzenfuttergeschäft befand, lehnte mich an die Wand des dunklen Flurs und kochte vor Wut. Stundenlang war ich diesem Miststück durch halb Whitechapel gefolgt und nicht an sie rangekommen – warum mussten diese verdammten Huren auch immer so gesellig sein? –, und jetzt, wo sie endlich ange- bissen hatte, musste mir so ein Kerl in die Quere kommen! Wie aus dem Nichts war der Mann plötzlich auf der anderen Straßenseite aufgetaucht und wie ein geiler Straßenköter zu der Hure hingelau- fen. Man war eben nie vor Überraschungen gefeit! Und jetzt stand ich hier und wartete, bis die Luft rein war und die Hure sich mit ihrem Freier verzogen hatte. Dann würde ich mich wohl oder übel auf den Heimweg machen müssen, wenn auch unverrichteter Dinge, denn draußen würde es bald hell werden, und dann war die Gefahr, entdeckt zu werden, einfach zu groß. Ich würde mich damit begnü- gen müssen, an den Ort meines Wirkens zurückzukehren, um jede Einzelheit noch einmal zu durchleben – was mich allerdings auch bis an den Rand des Wahnsinns anstacheln würde, es wieder zu tun. Ohne dass ich auch nur im Mindesten damit gerechnet hätte, ging auf einmal die Tür auf, und die Hure kam hereingeschlurft.

»Tut mir leid, bin aufgehalten worden«, erklärte sie atemlos.

In der Enge des Flurs standen wir uns dicht gegenüber. Ich ver- nahm ihre pfeifenden Atemgeräusche und roch den scharfen Brannt- weingeruch, den sie verströmte. Der Abscheu und der Hass in mir schwollen zum Orkan an. Gleichzeitig breitete sich in mir eine eisige Ruhe aus, und ich war konzentriert bis in die Haarspitzen.

»Zum Hinterhof geht's da entlang«, flüsterte ich und wies auf eine Tür am Ende des Flurs, die sich unterhalb des Treppenhauses be- fand. Meine Schritte waren durch die Gummisohlen an den Stiefeln gedämpft, als ich den langen, mit Steinplatten gepflasterten Gang durchquerte und meine Begleiterin ermahnte, ebenfalls leise zu sein.

Als wir über die dreistufige Steintreppe auf den kleinen Hinterhof hinaustraten, der durch einen hohen Lattenzaun vom Nachbar- grundstück abgetrennt war und auf dem sich ein Holzschuppen und

ein Toilettenhäuschen befanden, forderte die Hure dreist den verein-
barten Schilling von mir ein.

Ohne einen Ton zu sagen, griff ich in die Innentasche meines Capes. Als die Hure das lange Amputationsmesser in meiner Hand
gewahrte, entrang sich ihr ein kurzes, fassungsloses »Nein«, dann
drängte ich sie mit aller Kraft gegen den Lattenzaun. »Ich werde dir
dein Schandmaul schon stopfen«, zischte ich, während ich meine
Hand in ihren Rachen rammte, ihre Zunge packte und versuchte, sie
herauszureißen. Noch während die Hure am Ersticken war, durchtrennte ich ihr mit einem tiefen Schnitt den Hals. Sie sank leblos zu
Boden. Ihr Kopf lag zwischen der Steintreppe und dem Lattenzaun.
Ich kniete mich neben sie und fing an, das Miststück in blinder Raserei aufzuschlitzen und auszuweiden. Mit flinken, gezielten Schnitten entfernte ich den Uterus, den oberen Teil der Vagina und zwei
Drittel der Blase und legte sie in ein medizinisches Behältnis in der
Ledertasche. Anschließend arrangierte ich die Leiche und die he-
rausgetrennten Eingeweide, sodass die Tote mit dem bis zum Kopf
hochgezogenen Kleid und den gespreizten Beinen anmutete, als sei
sie bereit zum Geschlechtsverkehr. Die Zunge meines Opfers steckte
ich zwischen die Schneidezähne, aber nur so weit, dass sie nicht über
die Lippen herausragte – wie es bei Schlachtfesten in ländlichen Regionen gerne mit Schweineköpfen gemacht wird. Die persönlichen
Gegenstände, die aus der aufgeschlitzten Schürzentasche der Toten
gefallen waren, sammelte ich ein, und da ich Unordnung hasste,
legte ich sie sorgsam neben die Leiche. Das Musselintuch, die kleine
Zahnbürste und den Taschenkamm ordnete ich in einer Reihe vor
die Füße des Leichnams und das Briefkuvert legte ich neben den
Kopf. Als ich mit dem Aufräumen fertig war und mein Opfer noch
ein letztes Mal in Augenschein nahm, fiel mir auf, dass sie am Ringfinger der linken Hand einen Ring mit einem roten Stein trug. Spon-

tan streifte ich ihn ihr vom Finger und verwahrte ihn in meiner Tasche. Es war zwar nur wertloser Tinnef, wie man ihn auf den Jahrmärkten für ein paar Pennys hinterhergeworfen kriegt, aber irgendwie gefiel er mir. Er war in jedem Fall eine nette Erinnerung an die erquicklichen Morgenstunden, die ich dem Miststück zu verdanken hatte.

Mathew stockte vor Entsetzen der Atem. Das war zweifellos der Ring aus Lillis Nachlass, den er gestern seiner Tochter geschenkt hatte! Der Ring, den die Bestie ihrem aufs Grausamste verstümmelten Opfer vom Finger gestreift hatte, um ihn in ihrer grenzenlosen Menschenverachtung als Trophäe aufzubewahren. Beim Gedanken daran, dass Maureen dieses schauderhafte Schmuckstück, an dem, wenn auch nicht mehr sichtbar, noch immer das Blut des Opfers klebte, an ihrem Finger trug, rebellierte Mathew der Magen, und er musste sich in krampfartigen Schüben übergeben, die einfach nicht mehr enden wollten. Zum Schluss würgte er nur noch Galle heraus, doch der Brechreflex ließ sich nicht stoppen, und er schlotterte am ganzen Körper wie bei heftigem Schüttelfrost. Es ging ihm so hundsmiserabel, dass er schon dachte, sein letztes Stündchen hätte geschlagen, und ihn überkam eine panische Todesangst. *Mandy, hilf mir,* flüsterte er verzweifelt, während ihm die Tränen übers Gesicht strömten und sich mit den anderen Ausscheidungen mischten, die ihm aus Mund und Nase troffen. Mit zittrigen Händen nestelte er unter seinem Kopfkissen ein zerknülltes Taschentuch hervor und wischte sich das Gesicht ab. *Ganz ruhig, altes Haus,* suchte er sich selbst zu beschwichtigen, als ob er zu einem alten, kranken Gaul sprechen würde – der er ja womöglich auch war, zumindest fühlte er sich so. Mathew hatte noch immer das Gefühl, ins Bodenlose zu stürzen, und sehnte sich unsagbar nach dem Beistand seiner Frau, resolut und boden-ständig, die ihm in solch tiefer Verzweiflung ein Halt sein würde. Aber er konnte doch Mandy und die Kleine nicht um drei Uhr nachts aus dem Schlaf klingeln und ihnen von Lillis schrecklichen Geschichten erzählen. Das ging ja überhaupt nicht! Es reichte schon, wenn er in diese Abgründe blicken musste, die drohten, ihm auch noch den letzten kümmerlichen Rest an Verstand zu rauben, den ihm der Suff noch gelassen hatte. Normalerweise gab es nichts, was er mit seiner Frau nicht besprechen würde, so hatten sie es in ihrer langjährigen Ehe immer gehalten, doch mit den Abscheulichkeiten, die Lilli in ihrem Tagebuch beschrieb, wollte er Mandy keinesfalls behelligen – und er musste sich auch genau überlegen, wie er Maureen dazu bewegen konnte, ihm den Ring mit dem roten Glasstein zurückzugeben, denn eines war klar: Tra-gen konnte sie ihn auf gar keinen Fall mehr. Die Vorstellung, dass das unschuldige, arglose Geschöpf das makabre Erinnerungsstück einer abartigen Mörderin trug, brach ihm schier das Herz. Unwill-kürlich tastete er nach der offenen Ginflasche, die wie immer in Reichweite stand, und er hielt sie schon in der Hand und wollte sie zum Mund führen, als er mit einem Mal einen derartigen Ekel vor dem ätzenden Zeug in sich auflodern fühlte, das ihm nicht nur die Eingeweide, sondern auch noch das Gehirn zerfraß, sodass er die halb volle Flasche in rasender Wut auf den Boden schleuderte, wo sie scheppernd zerbarst und sich der scharf riechende Alkohol über die ausgetretenen Bodendielen ergoss. Sogleich wurde von der Wohnung unter ihm mit dem Besenstiel gegen die Decke ge-klopft, und ein ärgerliches »Ist jetzt bald Ruhe?« war zu verneh-men. Gleichzeitig wurde Mathew bewusst, dass er keinen Tropfen Gin mehr zu Hause hatte – außer dem Rinnsal auf dem Fußboden. *Kannst es ja auflecken, du blöder Hund – mitsamt den Glassplittern,* dachte er grimmig, schlüpfte stattdessen in seine ausgetretenen Hausschuhe und ging zum Küchenschrank, um Schippe und Besen sowie Eimer und Putzlumpen zu holen und die Schweinerei zu beseitigen. Nachdem er damit fertig war, goss er sich einen Schluck Milch ein, um seinen Magen zu beruhigen, und trank sie in kleinen Schlucken. *Ohne Schnaps wirst du nicht pennen können*, meldete sich da sein innerer Schweinhund zu Wort. *In drei Stunden musst du schon wieder aufstehen, da lohnt sich das Schlafen sowieso nicht mehr*, konterte seine Vernunft abgeklärt. *Außerdem bist du dann nüchterner, wenn du auf die Arbeit gehst, und das ist besser so, in Anbetracht dessen, was du dir vorgenommen hast.*

Da nach der vernichtenden Lektüre an Schlaf ohnehin nicht mehr zu denken war, beschloss er, die letzten Seiten von Lillis Aufzeichnungen zu lesen. Es mochten noch etwa fünfzig sein, er würde sie im Schnelldurchlauf überfliegen und notfalls auch einige Passagen überspringen, wenn die Schilderungen gar zu drastisch wurden – aber viel schlimmer als das, was er bereits gelesen hatte, konnte der Rest auch nicht sein. Wie nicht anders zu erwarten, schilderte Lilli auch die weiteren Morde bis in jede Einzelheit. Sie schwelgte regelrecht darin, wie sie ihre Opfer abschlachtete und ausweidete. Damit nicht genug, verhöhnte sie die Frauen auch noch über den Tod hinaus, indem sie die Leichen auf obszöne Weise zur Schau stellte. *Das sind nicht nur die krankhaften Fantasien einer Geisteskranken, die sich einbildet, Jack the Ripper zu sein, und seine Schreckenstaten haargenau so wiedergibt, wie es damals in sämtlichen Londoner Zeitungen zu lesen war. Sie muss die Morde auch begangen haben, sonst könnte sie die Taten nicht mit dieser atemberaubenden Grausamkeit beschreiben.*

Zu dieser schrecklichen Gewissheit gelangte Mathew einmal mehr, und während er noch wie versteinert auf die Buchstaben starrte, kam es ihm so vor, als triefe jedes Wort vom Blutrausch, in den die Verfasserin beim Durchleben ihrer Erinnerungen zweifellos geraten war. Mathews Gedanken überschlugen sich. Das kleine Mädchen, das nicht um seine Mutter trauerte, sondern froh war, die ewig hustende, schlecht riechende Kranke endlich los zu sein. Bereits damals war Lilli bewusst geworden, dass sie anders war als andere, und sie begann damit, dies vor ihrer Umwelt zu kaschieren. Die Hassfantasien bezüglich ihrer Gouvernante und die seltsame Erregung, als sie ihrem Gatten bei Unterleibsoperationen assistiert hatte. Das passte doch alles zusammen. Andererseits überkamen Mathew auch Zweifel, ob eine Frau tatsächlich die rohen Gewalttaten begangen haben könnte, und durch seine Arbeit wusste er nur zu gut, was sich ein krankes Hirn alles einbilden konnte. Es ging bereits auf fünf Uhr zu, als er beim letzten Kapitel ankam.

Freitag, 9. November 1888

Ich fühlte mich so leicht und beschwingt, als hätte ich Champagner getrunken. Am liebsten hätte ich mich entspannt zurückgelehnt, um mein Werk grenzenlos zu genießen, doch hier in diesem Schweinestall gab es ja kein sauberes Fleckchen mehr. Ich blickte mich in dem Raum um, der nicht viel größer war als eine Gefängniszelle, und musste zufrieden feststellen, dass ich ganze Arbeit geleistet hatte. Noch nie zuvor hatte ich mich so restlos ausleben können – so sehr, dass ich dabei völlig die Zeit vergessen hatte, denn durch den schmalen Spalt unterhalb des ausgefransten Stoffes, mit dem das Fenster zugehängt war, drang bereits Tageslicht.

Das war schlecht, denn so, wie ich war, konnte ich unmöglich vor die Tür gehen. Ich sah aus, als hätte ich in Blut gebadet, und im

Grunde genommen hatte ich das ja auch. Selbst das lange schwarze Samtcape und die Pelzmütze, die ich über die Stuhllehne gelegt hatte, ehe ich mein Opfer blitzschnell angegriffen und getötet hatte, waren blutdurchtränkt. Während ich das Cape, dessen Stoff mit Blut vollgesogen war, in die Hände nahm und überlegte, ob es etwas nutzen würde, es auszuwringen, fiel mein Blick auf das rote Umhängetuch und das flaschengrüne Mieder, die über der Stuhllehne hingen. Sie waren vom Samtcape überdeckt gewesen und hatten daher nichts abbekommen von dem Blutbad, das ich angerichtet hatte. Sie gehörten dem Ding da drüben, mit dem ich gerade fertig geworden war. Die Hure hatte die Sachen auf meinen Wunsch hin ausgezogen und über den Stuhl gelegt.

War ich eben noch die reißende Harpyie, die ihr Opfer mit brutaler, tranceartiger Heftigkeit verstümmelt und ausgeweidet hatte, gewann allmählich mein messerscharfer Verstand wieder die Oberhand und sagte mir genau, was ich zu tun hatte.

Ich streifte das blutbesudelte braune Leinenkleid ab, das ich für gewöhnlich beim Rosenschneiden anhatte, und trug es gemeinsam mit dem Samtcape und der Pelzmütze zu dem kleinen Kohleherd. Da es in dem Zimmer keine Waschgelegenheit gab, wischte ich mir mit dem Unterrock, der nicht ganz so viel Blut abbekommen hatte, Gesicht und Hände ab. Obwohl ich nicht viel Übung im Feuermachen hatte, weil das die Aufgabe von Domestiken war, gelang es mir mithilfe der wenigen Zündhölzer in der Pappschachtel, die in einem Karton mit Kleinholzresten vor dem Ofen lag, die erloschene Kohle wieder anzufachen. Ich goss den Rest der Branntweinflasche, die neben dem Nachttisch stand, über meine Kleidungsstücke und verbrannte diese nach und nach. Es stank und qualmte zwar gewaltig, doch der Schnaps erwies sich als guter Brandbeschleuniger. Nachdem ich mich vergewissert hatte, dass alles verbrannt war, reinigte ich mir mit meinem Unterrock erneut Gesicht und Hände und zog die Kleidung der Toten über – obwohl es mir gehörig gegen den Strich ging, die Kleider einer Hure tragen zu müssen, doch es ging nun mal nicht anders. Wenn man mich am helllichten Tag mit meinen blutigen Sachen auf der Straße gesehen hätte, wäre ich mit Sicherheit aufgefallen. Ich musste mir eingestehen, dass ich bei den vorherigen Morden weitaus umsichtiger gewesen war. Im Schutze der Dunkelheit war ich im Anschluss zum nahe gelegenen London Hospital geeilt und hatte mich im Personalumkleideraum der Gynäkologie, wo mein Gatte als Chefarzt praktizierte, gewaschen und die blutige Schwesterntracht in einen Wäschesack gestopft. Doch das konnte ich jetzt, wo im Krankenhaus reger Tagesbetrieb herrschte, natürlich nicht machen. Außerdem hatte ich in diesem besonderen Fall auf meine Verkleidung verzichtet und nur alte, abgetragene Sachen angelegt, um in dem Elendsquartier nicht aufzufallen. Da ich nicht einkalkuliert hatte, dass das Gemetzel derart ausufern und ich mich einsauen würde wie ein Fleischhauer, hatte ich auch keine Kleidung zum Wechseln mitgebracht. Ich war einfach davon ausgegangen, mein knöchellanges schwarzes Samtcape würde die Blutspuren schon ausreichend kaschieren. Ich hatte es ja auch extra vor der Attacke abgelegt und über einen Stuhl gebreitet, doch das Blut des Drecksdings war gesprudelt wie eine Fontäne. Abschätzend blickte ich an mir hinunter. In dem grellen Rot und Grün kam ich mir vor wie ein Papagei, ich, die eigentlich eine Vorliebe für Schwarz oder Grautöne hatte. Da sich mein Haarknoten im Eifer des Gefechts gelockert hatte und mir die Haarsträhnen ins Gesicht hingen, verkrustet von getrocknetem Blut, öffnete ich die Haarspange, strählte mir in Ermangelung eines Kamms mit den Händen durch die Haare und wand das Haar zu einem straffen Knoten, den ich mit der Spange am Hinterkopf fixierte. Dann ging ich zum

Fenster, schob vorsichtig das Tuch beiseite und spähte hinaus. Dunkle Nebelschwaden hingen über der Straße, und die dichten Wolken am Himmel waren so düster, als würde es jeden Moment zu regnen anfangen. Nicht die schlechtesten Voraussetzungen, dachte ich zufrieden, *ergriff mit spitzen Fingern das blutige Amputationsmesser, das ich neben meiner Trophäe auf dem Tisch platziert hatte – welche heute etwas ganz Besonderes war, da das Abschlachten von Mary Kelly für mich stets ein Meilenstein bleiben würde –, und verstaute es in meiner Handtasche aus dunkelbraunem Rindsleder. Das Herz legte ich in eine eigens dafür vorgesehene Teedose, schraubte sie zu und verwahrte auch diese in dem Behältnis. Meine schwarzen Stiefel hatten durch das Blut eine rostrote Farbe angenommen. Ich hob die Füße an und wischte mit dem Zipfel meines Unterrocks über die Schuhe. Dann entriegelte ich die Tür, die Kelly von innen verschlossen hatte, damit wir unbehelligt blieben, setzte wie üblich, wenn ich mich von einem Tatort entfernte, meine unanfechtbare Noli-me-tangere-Miene auf, sperrte von außen ab und eilte zielstrebig durch den Torbogen auf die Straße hinaus. Auf der anderen Straßenseite gewahrte ich zu meinem Unmut eine alte Frau, die zu mir herüberschaute und mir zurief:* »Na, Mary, schon so früh unterwegs?«

Bleib mir bloß vom Hals, du alte Kuh, *dachte ich konsterniert und war für einen flüchtigen Moment ins Schleudern geraten, doch sogleich obsiegte meine Geistesgegenwart. Da ich Mary Kelly eingehend studiert und alles über sie herausgefunden hatte, was für mich von Belang war, war es für mich, die ich schon als Kind eine große Begabung hatte, andere Leute nachzuahmen, ein Leichtes, in Kellys Rolle zu schlüpfen.*

»Mir geht es so elend, weil ich so viel gesoffen habe, und ich brauche frische Luft«, *antwortete ich mit breitem walisischem Akzent* und ging, wie selbstverständlich Kellys Gang imitierend, einfach weiter.

Das ist ja gerade noch mal gut gegangen, *dachte ich, als ich in die Commercial Street einbog. Während ich am Britannia Pub vorbeilief, wo ich gestern Nacht mit Mary Kelly in Kontakt getreten war, winkte mir jemand vom Fenster aus zu. Ich erkannte den stiernackigen Wirt, bei dem ich eine Runde Gin für mich und Kelly bestellt hatte. Ich senkte den Kopf und grüßte zurück. Ich ging davon aus, dass auch er mich für Mary Kelly hielt, die zu seinen Stammgästen zählte, und ging zügig weiter. Die Situation wurde immer brenzliger. Da Kelly wohl im Viertel bekannt war wie ein bunter Hund, musste ich damit rechnen, früher oder später enttarnt zu werden. Außerdem wimmelte es in Whitechapel von Polizisten, die rund um die Uhr Streife gingen, um den Ripper zu fassen. In der Vergangenheit hatte ich bei meinen nächtlichen Exkursionen immer wieder beobachtet, dass Männer von den Polizisten überprüft worden waren. Da die Idioten von Scotland Yard davon ausgingen, dass der Ripper ein Mann war, war ich immer unbehelligt geblieben. Dennoch breitete ich mir das rote Umhängetuch über den Kopf, als mir auf dem Bürgersteig ein Polizeibeamter entgegenkam – was in Anbetracht des immer stärker werdenden Regens auch völlig plausibel war. Er konnte ja nicht wissen, dass ich mit dem Stricktuch meine blutverkrusteten Haare kaschierte. Als wir auf gleicher Höhe waren, deutete er einen Gruß an. Ich nickte grüßend zurück und zog das Tuch fester am Hals zusammen. Zu meiner Erleichterung konnte ich vor der Spitalfield Church eine Mietdroschke ausmachen. Ich beschleunigte meine Schritte und wies den Kutscher an, mich zur 28 Harley Street im Londoner Westend zu bringen. Erst als die Kutsche sich in Gang setzte, fühlte ich mich einigermaßen sicher. Mit untrüglichem Instinkt gelangte ich zu dem Schluss, dass ich mit den*

Morden aufhören musste. Einstweilen zumindest. Bislang hatte ich immer Glück gehabt und davon profitiert, dass die Polizeistreifen der unauffälligen Frau in der Schwesterntracht unter dem abgetragenen Samtcape, die zu später Stunde in Whitechapel unterwegs war, keine Beachtung geschenkt hatten. Doch ich durfte dieses Glück nicht überstrapazieren.

Als das Gefährt vor unserer Villa anhielt, bezahlte ich den Kutscher und schlüpfte durch die Gartenpforte. Denn ich wollte es unbedingt vermeiden, von den Patientinnen meines Mannes, der im Erdgeschoss seine Privatpraxis hatte, gesehen zu werden. Daher hielt ich es auch für ratsam, die Hintertür zu benutzen, die an den weitläufigen, parkähnlichen Garten angrenzte und in der Hauptsache von Dienstboten und Lieferanten benutzt wurde. Während ich noch im Schutz der alten Bäume durch den Garten huschte, vernahm ich plötzlich vom Haus her eine laute Frauenstimme.

»Was haben Sie denn hier zu suchen? Ich rufe gleich die Polizei!«

Ich gewahrte vor dem Dienstboteneingang das junge Dienstmädchen Martha, ein vorlautes, einfältiges Geschöpf, das im Haushalt mit den niederen Arbeiten betraut war. Martha stellte den Putzeimer ab und eilte angriffslustig auf mich zu, um die vermeintliche Einbrecherin zur Rede zu stellen, wurde aber sogleich von mir zur Räson gerufen.

»Hör sofort mit diesem Unfug auf, Martha, und mach dich gefälligst wieder an die Arbeit!«, wetterte ich erbost. »Darf ich mich nicht mehr frei in meinem eigenen Garten bewegen, ohne dass du hier den Wachhund spielst ...«

Martha wurde puterrot. »Ach, Ihr seid das, gnädige Frau! Bitte vielmals um Entschuldigung, aber ich hab halt gedacht, da ist eine

Landstreicherin auf dem Grundstück, die lange Finger machen will.«

Da ich wegen des Vorfalls am Miller's Court ohnehin noch geladen war, platzte mir nun regelrecht der Kragen. Ich schlug Martha mit der geballten Faust ins Gesicht und attackierte das am Boden liegende Dienstmädchen wie ein Berserker.

Martha hatte panische Angst vor mir und schrie um ihr Leben.

Aufgeschreckt von den verzweifelten Schreien, stürmten etliche Domestiken aus dem Lieferanteneingang in den Garten und gewahrten fassungslos, wie ich mit roher Gewalt auf Martha einprügelte. Keiner von ihnen hatte jedoch den Mut, dazwischenzugehen und mich zurückzuhalten. Lediglich der Butler und die Köchin, die schon lange in unserem Hause beschäftigt waren, wagten es, mir mit eindringlichen Ermahnungen Einhalt zu gebieten, was indessen nichts nutzte, da ich viel zu sehr in Rage war, um mich davon abhalten zu lassen. Erst als der mit der Grundstücks- und Pferdepflege betraute Kutscher hinzukam und mich mit starken Armen in den Schwitzkasten nahm, fand mein Gewaltausbruch ein jähes Ende.

»Was geht hier vor?«, war plötzlich aus dem Hintergrund Johns Stimme zu hören, der aufgestört von dem Tumult, der aus dem Garten bis in seine Behandlungsräume gedrungen war, seine Konsultation unterbrochen hatte, um nach dem Rechten zu sehen.

Mit Blick auf mich, die im Klammergriff des Kutschers zappelte wie ein Fisch, befahl er diesem im scharfen Tonfall, sofort seine Frau loszulassen.

»Auf Eure Verantwortung«, stieß der vierschrötige Mann zwischen den Zähnen hervor und wies auf das Dienstmädchen, das wimmernd am Boden kauerte.

»Wenn ich die gnädige Frau nicht zurückgehalten hätte, hätte sie Martha noch totgeprügelt.«

Johns Blick fiel auf die junge Hausangestellte, die übel zugerichtet war. Aus der Nase und der aufgeplatzten Oberlippe strömte Blut, und das Gesicht war voller Schrammen.

»Ich werde gleich deine Wunden verarzten, Martha«, erklärte John betroffen und ordnete an, dass der Butler und der Kutscher das Mädchen in sein Arbeitszimmer in den Privaträumen bringen sollten, da ihm wenig daran gelegen war, dass seine Patientinnen etwas von der Sache mitbekamen. Anschließend musterte er mich, die ich mit unbeteiligter Miene an der Seite stand, als würde mich das Ganze nichts angehen, mit einiger Empörung.

»Trifft es zu, was Thomas gesagt hat – hast du Martha so misshandelt?«, fragte er mit gesenkter Stimme, während er an mich herangetreten war.

»Nun – sie war so impertinent, und da habe ich eben die Contenance verloren«, entgegnete ich beiläufig und beschied die herumstehenden Dienstboten, die mich verstohlen beäugten, mit schneidender Häme, der Boxkampf sei beendet und sie könnten sich wieder ins Haus an ihre Arbeit machen.

John war in sechzehn Ehejahren hinlänglich bekannt, dass ich zuweilen recht impulsiv sein konnte und zu Wutanfällen neigte, wenn etwas nicht nach meinem Kopf ging, aber er hatte bislang noch nicht erlebt, dass ich Menschen gegenüber derart gewalttätig wurde; von gelegentlichen Ohrfeigen gegen renitente Dienstboten einmal abgesehen. Daher erkundigte er sich, nachdem sich die Domestiken ins Haus zurückgezogen hatten, einigermaßen bestürzt bei mir, was denn in mich gefahren sei.

»Und überhaupt – man gewinnt den Eindruck, meine Liebe, als ob du nicht ganz bei Trost wärst, in deiner seltsamen Aufmachung und wie du hier im Garten die Dienstboten verprügelst.« Er schüttelte indigniert den Kopf. »Wir sind hier schließlich im Londoner

Westend und nicht in irgendeiner Spelunke – und es wäre mir äußerst unangenehm, wenn meine Patientinnen oder jemand aus der Nachbarschaft deinen Auftritt mitbekommen hätten.«

Meine blinde Zerstörungswut, die ohnehin nie völlig schlief, bestenfalls für geraume Zeit ruhte, hatte an Mary Kelly wie ein Orkan gewütet und wirkte noch immer in mir nach. Der Tadel meines Gatten, dem wohlweislich sein Renommee und seine glanzvolle Karriere über alles gingen, entfesselte meine Grausamkeit aufs Neue. Ich werde dich vernichten, war mein übermächtiger Gedanke – und gleichzeitig wusste ich auch, wie.

»Meine seltsame Aufmachung – kommt sie dir nicht irgendwie bekannt vor?«, fragte ich lauernd.

John zuckte irritiert mit den Schultern. »Nicht, dass ich wüsste … an dir habe ich diese Sachen jedenfalls noch nicht gesehen …«

»Aber vielleicht an jemand anderem … denk doch mal nach …«

»Mit Verlaub, meine Liebe, aber für solche albernen Ratespiele fehlt mir momentan leider die Zeit«, erwiderte mein Gatte ungehalten.

»Keine Zeit oder keine Lust?«, bemerkte ich verächtlich. »Das höre ich seit sechzehn Jahren von dir, du armseliger Emporkömmling! Wenn du das Geld meines Vaters nicht gehabt hättest, würdest du jetzt noch als Geburtshelfer in einer schäbigen kleinen Provinzpraxis Dienst schieben!«

John wandte sich abrupt von mir ab und strebte aufgebracht dem Lieferanteneingang zu. Ich stürzte ihm nach und hielt ihn zurück – wie ich es in unserer Ehehölle schon so oft getan hatte. Zu oft!

»Du kommst jetzt auf der Stelle mit auf mein Zimmer. Ich habe dir etwas Wichtiges zu sagen.«

John musterte mich verwundert. Ich konnte seine Gedanken lesen: Will sie etwa die Trennung? dachte er hoffnungsvoll. Sicher, *das wäre ein Skandal, über den sich die Londoner Society das Maul zerreißen würde, obwohl es kaum noch jemanden überraschen dürfte, denn dass unsere Ehe nur noch auf dem Papier existierte, war längst kein Geheimnis mehr.*

Nachdem uns der Butler den Tee serviert hatte, ließ ich ihn wissen, dass wir keinesfalls gestört zu werden wünschten, und schloss hinter ihm die Tür ab.

»Nun? Was hast du mit mir zu besprechen?«, erkundigte sich John unterkühlt und verzog angewidert die Mundwinkel, als er die blutverkrusteten Haarsträhnen und den Blutschleier auf meinem Gesicht gewahrte. »Du solltest besser ein Bad nehmen«, bemerkte er stirnrunzelnd. »Marthas Blut klebt ja noch an dir.«

Ich musste unwillkürlich grinsen. »Das ist nicht Marthas Blut, Johnny Boy.« So hatte ich ihn in der ersten Zeit unserer Ehe immer genannt, als ich noch ganz angetan war von meinem gut aussehenden, tüchtigen Mann.

»Wen hast du denn sonst noch malträtiert?«, fragte er flapsig.

»Eine gewisse Mary Jane Kelly«, antwortete ich genüsslich. »Sie wohnt in einer Klitsche in 13 Miller's Court in Whitechapel – das sollte dir doch eigentlich geläufig sein, auch wenn du dich mit ihr immer in einem Hotel getroffen hast, vermutlich weil es dem Herrn Professor in der Absteige nicht fein genug war. Mich hat die Bruchbude deiner Nutte weniger gestört. Im Gegenteil, ich habe mich dort ausnehmend wohl gefühlt.«

Johns blasiertes Gesicht war plötzlich aschfahl geworden. »Willst du damit etwa sagen … dass du sie verprügelt hast? Das kann doch wohl nicht wahr sein!«, stieß er hervor und rang sichtlich um Fassung. »Woher hast du das denn überhaupt gewusst? Mit uns beiden … und wo sie wohnt?«

»Nun, dass du in Bezug auf deine Huren nicht sehr wählerisch bist, pfeifen die Spatzen von den Dächern, und dass du dir neuerdings nicht mal zu schade bist, es mit dem Abschaum von Whitechapel zu treiben, ist in den besseren Kreisen Londons ebenfalls in aller Munde. Du hattest ja sogar die Stirn, Ende August mit diesem Weibsstück ein verlängertes Wochenende in Paris zu verbringen. Das ist der Guten wohl etwas zu Kopf gestiegen, denn seitdem ist sie frankophil geworden und nennt sich Marie Jeanette.«

John stöhnte gequält, was mich nur weiter anstachelte.

»Es war nicht sonderlich schwer, ihre Adresse herauszufinden und in welchen Kaschemmen sie sich herumtreibt«, fuhr ich fort. »Dort sind wir uns auch gestern Nacht begegnet. Ich hab ihr einen Schnaps spendiert, und da wir sozusagen Landsmänninnen sind, war das Eis schnell gebrochen und wir haben Walisisch miteinander geredet und uns blendend verstanden«, erläuterte ich im Plauderton und lächelte verschmitzt, während mein Gatte, den bange Ahnungen beschlichen, immer verstörter wurde.

»Ich habe sogar ihre Sachen an. Ist dir das noch nicht aufgefallen?«

John verstand die Welt nicht mehr. »Wie kommst du denn dazu?«

»Sagen wir mal, die Umstände haben es erfordert.« Es bereitete mir ein diebisches Vergnügen, ihn auf die Folter zu spannen.

»Was hast du mit ihr gemacht?«, brach es aus ihm heraus, und er wischte sich die Schweißperlen von der Stirn.

Ich blickte ihn schweigend an, ehe ich zur Antwort gab: »Ich glaube, das willst du gar nicht so genau wissen, Johnny Boy. Aber falls dich dennoch die Neugier packt, dann lese nachher das Extrablatt, da wird es mit Sicherheit drinstehen, ausgeschmückt bis ins kleinste Detail, wie bei den anderen Ripper-Morden auch …«

»Was erzählst du denn da für einen Unsinn? Was hat das denn alles mit den Ripper-Morden zu tun?« John stockte der Atem, er *hastete zu einem der Beistelltische und schenkte sich mit bebenden Händen einen Scotch ein.*

»Mir kannst du auch einen eingießen«, sagte ich. »Nach den Aufregungen des Vormittags kann ich jetzt einen Malt gut gebrauchen.«

Während John den Whisky in einem Zug hinunterstürzte, prostete ich ihm zu, bevor ich das Glas zum Munde führte und trank. Meine vagen Andeutungen provozierten meinen Gatten so sehr, dass er die Beherrschung verlor, mich an den Schultern packte und schüttelte. »Du sagst mir jetzt sofort, was passiert ist, sonst vergesse ich mich!«

»Fass mich nicht an!«, fauchte ich und schüttelte seine Hände ab wie ein lästiges Insekt. »Du weißt ja nicht, wen du vor dir hast. Ich habe deine Nutte in ihre Einzelteile zerlegt, sie ist bestenfalls noch als Katzenfutter zu gebrauchen ...« Ich musste unversehens kichern und griff nach meiner Handtasche. Ich nahm die Teedose heraus und stellte sie meinem Mann vor die Nase. »Falls du mir nicht glaubst, dann schau doch da rein. Ich wollte es eigentlich an die Hunde verfüttern!«

John nahm seinen ganzen Mut zusammen und schraubte den Deckel ab. Als er das blutige Herz in der Dose gewahrte, gab er einen schrillen Schrei von sich wie ein hysterischer Backfisch und sank auf dem Stuhl in sich zusammen, als habe ihn der Schlag getroffen.

Mithilfe eines Riechfläschchens gelang es mir schließlich nach einer halben Stunde, ihn wieder zu sich zu bringen. Als er mein Gesicht vor sich sah, schrie er entsetzt auf, als ob ich der Leibhaftige wäre.

»Sag, dass das nicht wahr ist!«, stammelte er außer sich. »Bitte, ich flehe dich an, treib nicht so üble Scherze mit mir!«

Kurzerhand beschloss ich, ihm auch meine anderen Trophäen zu zeigen, die ich in einem abgeschlossenen Fach meines Schreibtischs aufbewahrte – und mir immer wieder gerne ansah. Ich hatte sie sorgsam in Präparationsgläsern, die ich aus seiner Praxis entwendet hatte, in Spiritus konserviert. Während ich die Gläser mit den Uteri und anderen Geschlechtsorganen meiner Opfer aus dem Fach nahm, sie behutsam auf den Schreibtisch stellte und John präsentierte, erklärte ich nicht ohne Stolz: »Ich bin Jack.«

John zitterte so heftig, dass seine Zähne klapperten. Vor Entsetzen strömten ihm Tränen über die Wangen. Er schien keinen Zweifel am Wahrheitsgehalt meines Geständnisses zu hegen – und ihn schauderte es vor mir.

Ich betrachtete ihn zufrieden. Ich hatte genau das erreicht, was ich mir vorgenommen hatte: Aus dem arroganten Emporkömmling war ein winselndes Wrack geworden.

»Da wird sein Heulen und Zähneklappern«, zitierte ich einen Bibelvers.

»Warum … hast du das nur getan?«, stieß er hervor.

»Weil ich es tun wollte«, gab ich wahrheitsgemäß zur Antwort. »Für dich gab es nur deine Arbeit, und an den Wochenenden hast du mich immer alleingelassen, um dich mit deinen Nutten zu vergnügen. Ich hatte einfach keine Lust mehr, eine frustrierte, gelangweilte Westend-Lady zu sein, und da habe ich mir eben ein Steckenpferd zugelegt, wenngleich ich zugeben muss, dass es ein wenig ausgefallen ist …«

John hielt es nicht mehr länger aus und flüchtete panisch zur Tür.

»Willst du mich jetzt etwa ans Messer liefern?«, fragte ich ihn abgeklärt. »Ich wollte sowieso mit den Morden aufhören, denn heute Morgen wäre ich um ein Haar aufgeflogen.«

John wandte sich jäh zu mir um. Sein Gesicht war verzerrt vor Abscheu. »Du widerst mich an, du blutrünstige Hyäne! Du bist kein Mensch, sondern ein kaltblütiges Ungeheuer, und deswegen werde ich alles in meiner Macht Stehende tun, um dich unschädlich zu machen!«

»Tu, was du nicht lassen kannst«, entgegnete ich unaufgeregt. »Ich habe meinen Spaß gehabt, und alles ist irgendwann mal vorbei. Das wird vielleicht einen Skandal geben, da freue ich mich jetzt schon drauf«, fügte ich glucksend hinzu und wusste sehr wohl, dass ich damit meinen Gatten an seiner empfindlichsten Stelle traf.

Johns Hände zitterten so stark, dass er kaum in der Lage war, die hoch dosierte Bromlösung in die Spritze zu ziehen. Ich ahnte, was er in diesem Moment dachte: Ihm kam der Gedanke, die Dosis so zu erhöhen, dass ich nicht mehr erwachen würde. Doch das brachte dieser Waschlappen natürlich nicht fertig.

Er hatte seine Angestellten mit der knappen Erklärung, er sei unpässlich, beauftragt, alle Termine abzusagen und Feierabend zu machen. Ich hatte in der Zwischenzeit ein Bad genommen und lag entspannt auf dem Diwan. Als John mich anblickte, verzerrte sich sein Gesicht vor Hass und Abscheu. Möglicherweise zog er es gar in Erwägung, doch Scotland Yard zu verständigen, damit ich meiner gerechten Strafe nicht entkam, aber die Angst vor dem gewaltigen Skandal hielt ihn davon ab.

»Du musst so schnell wie möglich aus London verschwinden«, richtete er das Wort an mich. »Am besten wird es sein, wir fahren nach Swansea, in das Haus deiner Stiefmutter, dort bist du fürs rste gut aufgehoben. Ich denke, wir sollten damit auch nicht mehr bis morgen warten, sondern noch heute Abend aufbrechen.«

»Ich wusste doch, dass ich mich auf dich verlassen kann, und finde deinen Vorschlag wunderbar«, erwiderte ich voller Genugtuung, dass meine Rechnung aufgegangen war und er mich nicht denunzieren würde. Genau wie ich vermutet hatte: Sein unerschütterlicher Opportunismus war stärker als der Drang nach Gerechtigkeit. Ich

vermied es jedoch geflissentlich, den Gedanken auszusprechen, da
es keinen Grund mehr gab, John weiter zu brüskieren.

Als er anschließend meinen Puls fühlte und mit einiger Erbitte-
rung konstatierte, dass dieser bei fünfzig liege, was in etwa einem
Ruhepuls bei Tiefenentspannung entspreche, bemerkte ich char-
mant, das liege sicher daran, dass ich mich bei ihm in besten Hän-
den wisse.

»Trotzdem werde ich dir jetzt eine Bromlösung spritzen, die dich
müde machen wird. Du wirst eine Weile schlafen, während ich mich
um die Reisevorbereitungen kümmere. Deiner Stiefmutter werden
wir sagen, dass du momentan unter einer gewissen Verstimmung
leidest und dich bei ihr ein wenig erholen möchtest.« Er sah mich
eindringlich an. »Von deinen Gräueltaten darf sie aber auf keinen
Fall erfahren – das sollte im Übrigen unser eiserner Grundsatz blei-
ben: Zu niemandem ein Wort!«

»Zu niemandem ein Wort!«, wiederholte ich nachdrücklich und
wollte das gegenseitige Versprechen mit einem Händedruck bekräf-
tigen, doch mein Gatte ignorierte die dargebotene Hand.

»Bin ich jetzt in deinen Augen eine durchgedrehte Irre, der man
nicht einmal mehr die Hand reicht?«, fragte ich mit gespielter Ent-
rüstung, während John mir mit geübtem Griff die Injektion setzte.

»Ungleich schlimmer«, erwiderte er mit bebender Stimme. »Du
bist verrückt, ohne verrückt zu sein.«

Als John und der Kutscher mich in die Kutsche verfrachteten, war
ich von dem Brom noch ziemlich benebelt. Es war bereits raben-
schwarze Nacht, und alles um mich herum erschien unwirklich und
seltsam verzerrt. Trotz der fortgeschrittenen Stunde herrschte auf
den Straßen noch reger Betrieb. Allerorts waren die lauten Rufe
der Zeitungsträger zu vernehmen. »Extrablatt – der Ripper hat

wieder zugeschlagen!«, verkündeten sie mit kehligen Stimmen, die vom vielen Anpreisen schon heiser geworden waren. Trotz der Betäubung, unter der ich stand, erfüllten mich ihre Rufe mit Stolz und Freude. Mein Werk war in aller Munde und würde die Zeit überdauern. John, der mir gegenüber auf der Kutschenbank saß, schwieg verbissen. Wir fuhren über die Themse, und die Kutsche hielt vor einem wuchtigen Gebäude, das auf mich wie eine Festung wirkte.

»Was hat das zu bedeuten?«, fragte ich meinen Gatten. Doch anstelle einer Antwort packte er mich unter den Achseln und hievte mich mithilfe des Kutschers aus der Tür. Da ich noch zu benommen war, um eigenständig zu gehen, stützten mich die beiden Männer und führten mich über einen weiß gekiesten Weg zu einem Seitenportal, wo ich von zwei weiß gewandeten Gestalten in Empfang genommen, in einen Rollstuhl gesetzt und durch endlos lange Gänge geschoben wurde. Die lauten Schreie, die von den kahlen Wänden widerhallten, drangen wie durch einen dichten Kokon zu mir durch. Auch die Stimmen meiner Begleiter und die vertraute Stimme meines Mannes schienen aus weiter Ferne zu kommen. Immerhin war ich in der Lage zu realisieren, dass ich in einem Krankenhaus sein musste.

»Wo sind wir?«, entrang sich mir die Frage, da ich mich plötzlich wieder erinnerte, dass John mich eigentlich nach Swansea zum Landhaus meiner Stiefmutter hatte bringen wollen.

»Im Bethlem Royal Hospital«, sagte einer der beiden Pfleger und grinste mich hämisch an.

»Im Bethlem …?«, fragte ich verstört, da es sich bei besagtem Hospital um die berüchtigte Londoner Irrenanstalt handelte. Doch niemand ging weiter darauf ein. Auch John nicht. Aber so leicht würde mir dieser feige Duckmäuser nicht davonkommen.

»Ich will sofort mit meinem Mann sprechen«, erklärte ich so nachdrücklich, wie es mir unter der Wirkung des Betäubungsmittels möglich war. Während ich weitergeschoben wurde, trat John, der sich die ganze Zeit im Hintergrund gehalten hatte, neben das Gefährt und krächzte mir beschwichtigend zu: »Es ist alles zu deinem Besten – und es ist ja auch nur für eine Zeit, bis Gras über die Sache gewachsen ist. Für deinen Unterhalt wird gut gesorgt, dir wird es an nichts mangeln, und du erhältst hier die optimale fachliche Betreuung.«

»Wie großherzig von dir«, konnte ich gerade noch entgegnen, als wir vor einer geöffneten Zimmertür anhielten, aus der uns ein fettleibiger Mann im weißen Arztkittel und ein baumlanger Kerl, der aussah wie ein Totschläger, entgegenkamen.

»Guten Abend, Lady Wilson«, begrüßte mich der Weißkittel mit ausgesuchter Höflichkeit und reichte mir die Hand. »Wir hatten ja bereits das Vergnügen, uns kennenzulernen. Ich bin Professor Hood, der Anstaltsleiter«, half er mir auf die Sprünge, als ich ihn begriffsstutzig anstarrte. Das ist ja dieser dämliche Irrenarzt, den ich auf Johns Drängen hin konsultiert habe, weil ich den Anblick dieser schwangeren Glucken nicht mehr ertragen konnte, die in seiner Praxis ein- und ausgingen, dämmerte es mir allmählich. Mit grimmiger Genugtuung erinnerte ich mich daran, dass sich dieser Seelenklempner an mir die Zähne ausgebissen hatte. Ich werde den Teufel tun, dich in meinen Kopf gucken zu lassen, lautete mein eiserner Grundsatz, den ich schon hatte, als ich noch mit Puppen spielte, und der durch nichts zu erschüttern war – schon gar nicht von so einem neunmalklugen Narrendoktor, der glaubte, die Weisheit mit Löffeln gefressen zu haben.

Der Fettwanst wies auf den Hünen mit den Armen eines Gorillas, der an seiner Seite stand, und stellte mir den Pfleger Mathew Morgan

vor, der mich künftig betreuen würde. Als der Kerl mir zur Begrü-
ßung die Hand reichte, die so groß war wie eine Dreckschaufel, hatte
ich das Gefühl, mit den Fingern in einen Schraubstock zu geraten.
Der ist nicht ohne, *ging es mir durch den Kopf – aber das war ich*
auch nicht, daher verkniff ich mir ein Stöhnen.

»Ich versichere Ihnen, Lady Wilson, dass Sie bei uns in den besten
Händen sind«, schwafelte der Psychiater. »Da es schon ziemlich spät
geworden ist und Sie auch noch etwas benommen sind, werde ich
das Aufnahmegespräch auf morgen verschieben.«

Mit der Erläuterung, er habe mit meinem Gatten und dem Pfleger
noch eine kurze Unterredung zu führen, wünschte mir der Anstalts-
leiter eine gute Nacht und erteilte den beiden Wärtern die Anwei-
sung, mich so lange in den Warteraum zu bringen.

Nachdem mich meine stiernackigen Bewacher im Rollstuhl in den
benachbarten Raum geschoben und neben einem kleinen Tisch ab-
gestellt hatten, lehnten sie sich an den Türrahmen und unterhielten
sich im Flüsterton.

»Sechzehn Jahre habe ich an ihrer Seite gelebt«, drang die erregte
Stimme meines Gatten aus dem Nebenzimmer. »Wie konnte mir
nur entgangen sein, dass sich hinter ihrer tadellosen, damenhaften
Fassade solche Abgründe auftun? Sicher, wir haben in den vergan-
genen Jahren nur noch nebeneinanderher gelebt, und ich habe Lilli
schmählich vernachlässigt.« Johns Stimme triefte förmlich vor
schlechtem Gewissen. Das kannst du dir schenken, *dachte ich nicht*
ohne Schadenfreude, ich habe dir alles auf Heller und Pfennig
heimgezahlt, du Hurenbock.

»Ich hätte sie damals gar nicht heiraten dürfen«, ging das Gejam-
mer weiter. »Es war alles andere als eine Liebesheirat, zumindest
nicht von meiner Seite«, gestand er zerknirscht. »Nun, Lilli war auch
alles andere als eine Schönheit, mit ihrem Allerweltsgesicht und der

unproportionierten Statur. ›Sie ist nicht gerade ein Ausbund an Liebreiz‹, sagte meine Mutter damals zu mir, nachdem sie sie kennengelernt hatte. Dennoch hatte Lilli durchaus ihren eigenen Charme, war blitzgescheit und überaus selbstbewusst. Man konnte mit ihr lachen, und sie war mir in der ersten Zeit unserer Ehe eine gute Kameradin. Ich war immer des Glaubens, wenn wir erst ein Kind hätten, würde ich sie schon lieben lernen. Doch Kinder sind uns leider verwehrt geblieben, und ich muss zugeben, dass Lilli auch nicht unbedingt dazu beigetragen hat, meine Manneskraft zu entfachen. Nicht selten habe ich ihr das zum Vorwurf gemacht und sie auch sonst nicht besonders liebevoll behandelt. Schon im ersten Jahr unserer Ehe hatte ich heimliche Affären, auch, um mir selbst zu beweisen, dass ich ein ganzer Mann war, dem die Lendenlust gottlob nicht abhandengekommen war. Das hat sich wie ein roter Faden durch unsere Ehe gezogen …« Langsam langweilte mich dieser Sermon, zumal es für mich nichts Neues war, was mein Gatte diesem Seelenklempner da anvertraute. Im Gegenteil, ich kannte unser Ehedrama bis zum Erbrechen. Mein Blick fiel auf die Magazine und Zeitschriften, die sich auf dem Tisch stapelten. Oben auf dem Stapel lag eine Abendausgabe des Daily Star, ein reißerisches Skandalblatt, das ich normalerweise niemals in die Hand genommen hätte. Aber in diesem Fall machte ich eine Ausnahme, da mir die fetten Lettern auf der Titelseite förmlich in die Augen sprangen.

JACK THE RIPPER IM BLUTRAUSCH – Zerstückelte Frauenleiche in Spitalfield las ich und mühte mich, mein Grinsen nicht zu offensichtlich werden zu lassen. Trotz meiner Betäubung war ich auf einmal wieder hellwach – oder besser gesagt, Mrs. Hyde war wieder hellwach und sog begierig jeden Buchstaben in sich ein.

Ein neuer Frauenmord in Whitechapel warf am heutigen Freitagmorgen einen traurigen Schatten auf das gerade stattfindende

Lord-Mayors-Fest. In den Mittagsstunden verbreitete sich das Gerücht, in Spitalfield sei des Morgens zwischen 10 und 11 Uhr ein neuer Mord begangen worden. Die Einzelheiten desselben sind fast noch entsetzlicher als die der schaurigen, jüngst in Whitechapel verübten Gräueltaten.

Das Opfer, eine 25-jährige Dirne, wurde in einem Logierhause in 13 Miller's Court tot aufgefunden. Ihr Kopf war fast vom Rumpf getrennt, das Fleisch vom Gesicht gerissen, die Brüste, Nase und Ohren waren abgeschnitten und der Unterleib ähnlich wie in den früheren Fällen verstümmelt.

Es unterliegt kaum einem Zweifel, dass der grause Mord auf dasselbe Ungeheuer zurückzuführen ist, welches nun schon seit Wochen das Londoner Eastend mit Schrecken erfüllt. Der Schauplatz des Verbrechens ist nicht weit von der Hanbury Street entfernt, wo das erste Ripper-Opfer, Mary Ann Nichols, ums Leben gebracht wurde. Die Ermordete war gebürtige Irin, die jedoch in Wales aufgewachsen war. Wie die meisten Frauenzimmer ihres Schlages war sie dem Trunke stark ergeben. Sie bewohnte ein möbliertes Zimmer in einem Hause in der Dorset Street, zu der der Eingang von 13 Miller's Court aus führte. Das Haus gehört einem Krämer, dessen Diener die Mordtat zuerst entdeckte. Da die Dirne mit ihrer Miete im Rückstand war, begab er sich am heutigen Vormittag um 11.00 Uhr in ihre Wohnung, wo er den grausam verstümmelten Leichnam der Unglücklichen fand. Sofort wurde die Polizei benachrichtigt. Der Leichnam wurde in eine Kiste gepackt und zur Morgue in Shoreditch gebracht, wo die Leichenschau abgehalten wird. Bemerkenswert ist, dass von den anwesenden Ärzten konstatiert wurde, dass das Herz der Ermordeten fehlte …

Weiter kam ich leider nicht, denn im nächsten Moment traten die beiden Wächter zur Seite, und mein Mann und der Totschläger kamen auf mich zu. Ich legte die Zeitung zurück auf den Stapel und gab mir Mühe, ein unbeteiligtes Gesicht zu machen, da beim Lesen des Artikels die Mordlust in mir so übermächtig geworden war, dass ich fürchtete, der Gedanke, der mich bis zur Besessenheit beherrschte, schreie mir förmlich aus allen Poren. Er lautete: ICH WILL ES WIEDER TUN!

Doch gelernt ist gelernt, denn schließlich hatte ich Übung darin, den Berserker in mir so in Schach zu halten, dass meine lieben Mitmenschen nichts davon ahnten. John stand noch viel zu sehr unter Schock, als dass er für etwas anderes zugänglich gewesen wäre als für sein überbordendes Selbstmitleid, und der als Krankenpfleger verkleidete Totschläger war wohl zu abgestumpft, um etwas zu bemerken. Nun ja, um als Irrenhauswärter bestehen zu können, war ein Kalbsgemüt unabdingbar.

John beugte den Kopf zu mir herab und senkte die Stimme, als er mir mitteilte, dass ich hier fürs Erste gut aufgehoben sei, bis sich die Gemüter wieder etwas beruhigt hätten. »Ich komme dich demnächst besuchen, und dann sehen wir weiter«, nuschelte er mit sichtlichem Unbehagen, einem Ungeheuer wie mir so nahe zu kommen. »Ich werde regelmäßig Geld für dich bei der Stationsleitung hinterlegen, falls du etwas von draußen brauchst. Pfleger Morgan wird es dir besorgen.«

»Wissen die hier Bescheid über mich?«, fragte ich leise.

»Nicht wirklich«, erklärte er ausweichend und traf Anstalten zu gehen. »Also, bis demnächst«, murmelte er und vermied es, mich dabei anzublicken, geschweige denn, mir zum Abschied die Hand zu reichen.

Das war das letzte Mal, dass ich meinen Mann gesehen habe. Und, was ungleich tragischer für mich war, ich würde niemals wieder morden können!

Schlusswort:

Inzwischen schreiben wir das Jahr 1915, 27 Jahre sind seit dem Mord an Mary Kelly vergangen, der mein Meisterstück und gleichzeitig auch mein Abschlusswerk bleiben sollte.

Unter der Obhut meines geschätzten Krankenpflegers Mathew Morgan führte ich mehr als ein Vierteljahrhundert in der Kriminalabteilung für Frauen des Londoner Irrenhauses das Leben einer Gefangenen. Mein Wärter verabreichte mir regelmäßig Medikamente, die mich die meiste Zeit mehr oder weniger vor mich hindämmern ließen. Am Anfang meiner Gefangenschaft schrieb ich meinem Mann mehrere Briefe, die dieser nicht beantwortete, und er besuchte mich in den 27 Jahren auch kein einziges Mal. In der Zeitung war damals zu lesen, dass Sir John Wilson aus gesundheitlichen Gründen seine Lehrtätigkeit und seine gynäkologische Praxis aufgegeben habe. In der Londoner Society hieß es, ihm mache der labile Gemütszustand seiner Gattin, die an einem heimtückischen Nervenleiden erkrankt sei und in die Irrenanstalt eingewiesen wurde, sehr zu schaffen.

Ich hätte niemals aufgehört zu morden, wenn ich nicht auf so arglistige Weise aus dem Verkehr gezogen worden wäre. Die Morde waren mein Lebenselixier, das mir half, die Widerwärtigkeiten meiner Gefangenschaft zu ertragen. Seit meinem Aufenthalt in der Kriminalabteilung für Frauen verging kein einziger Tag, an dem ich mir meine Taten nicht vergegenwärtigte und mich an ihnen berauschte. Ich begann schließlich damit, meine Lebenserinnerungen aufzuschreiben. Es bleibt offen, ob sie der Nachwelt erhalten bleiben.

Inzwischen bin ich 65 Jahre alt und an Unterleibskrebs erkrankt. Meine Tage sind gezählt, und ich werde in nicht allzu ferner Zeit vor meinen göttlichen Richter treten. Ich tue dies mit reinem Gewissen, denn ich habe mir nichts vorzuwerfen. Ich bin fest davon überzeugt, dass die Morde gerechtfertigt waren und ich der Menschheit einen großen Dienst erwiesen habe, indem ich, wenn auch nur zu einem viel zu geringen Teil, die Straßen Londons von Müll und Abfall gereinigt habe.

Mary Elizabeth Ann Wilson

Kapitel 5

London, 8. November 1915

Mathew war außer sich, als er die Lektüre im Morgengrauen beendete. Auf wackligen Beinen machte er sich auf den Weg zur Arbeit, um mit Professor Soderberg über Lillis Aufzeichnungen zu sprechen und sich endlich ihre Krankenakte anzuschauen. Als er sich bei der Vorzimmerdame anmeldete und um ein Gespräch bat, teilte ihm die Sekretärin mit, Professor Soderberg erwarte ihn bereits. Das hagere Gesicht des jungen Professors erschien Mathew an diesem frühen Montagmorgen noch hohlwangiger als sonst, und die müden, geröteten Augen hinter den Brillengläsern verrieten ihm, dass Soderberg, genau wie er selbst, ziemlich übernächtigt war.

»Morgen«, grüßte Soderberg ihn einsilbig und bat ihn, auf dem Stuhl vor seinem Schreibtisch Platz zu nehmen. Mit Blick auf die Kladde, die Mathew bei sich trug, sagte er, die könne er ihm gleich übergeben.

»Darüber muss ich unbedingt mit Ihnen sprechen, Chef«, erwiderte Mathew mit bebender Stimme und reichte dem Anstaltsleiter das in Leder gebundene Notizbuch. Seine Hände zitterten so stark, dass Soderberg ihn betroffen anstarrte.

»Was ist denn los mit Ihnen, Morgan? Sie sind ja mit den Nerven total am Ende ...«

Mathew verbarg sein Gesicht in den Händen. »Das kann man laut sagen – und wenn Sie gelesen hätten, was da drinsteht, wären Sie es auch, das kann ich Ihnen flüstern.«

Soderberg beäugte seinen Untergebenen alarmiert. »Ich werde es mir gleich durchlesen, aber sagen Sie mir doch vorab schon einmal in einfachen, klaren Worten, was Sie an den Aufzeichnungen so schockiert hat.«

»Im Grunde genommen alles – aber am meisten erschreckt mich, dass Lady Wilson in ihrem Tagebuch behauptet, Jack the Ripper zu sein«, brach es aus Mathew heraus, und gleichzeitig überkam ihn wieder dieser heftige Schüttelfrost. »Wenn das so weitergeht, kann ich mich auch noch hier einweisen lassen, wie mein Kollege Teddy.«

»Soll ich Ihnen etwas geben, Morgan?«, erkundigte sich Soderberg, der den Pfleger noch nie so aufgelöst erlebt hatte.

»Einen heißen Tee mit Sahne und Zucker, wenn's nicht zu viele Umstände macht«, erwiderte Mathew gepresst, worauf Soderberg seiner Sekretärin den entsprechenden Auftrag erteilte. Anschließend sah er Mathew eindringlich an und wies auf die Akte, die er vor sich auf dem Schreibtisch liegen hatte. »Das mit Jack the Ripper steht auch in Lady Wilsons Krankenakte«, äußerte er mit hochgezogenen Augenbrauen. »Natürlich ist das alles Unfug und nach meinem Dafürhalten nicht mehr als die Ausgeburt einer kranken Fantasie – weswegen Lady Wilson ja auch hier war. Wenn Sie wollen, können Sie sich die Akte durchlesen, Morgan. Ich schaue mir in der Zeit Lady Wilsons Aufzeichnungen an.« Er reichte ihm die mehrseitige, mit enger, schwer lesbarer Handschrift versehene Patientenakte.

Mathew warf einen Blick darauf und murrte: »Das kann man ja kaum entziffern, dieses Geschreibsel.«

Trotz des Ernstes der Lage musste Soderberg unwillkürlich lächeln. »Eine typische Ärzteschrift, würde ich sagen – wir Ärzte sind bekannt dafür, dass wir eine ziemliche Klaue haben, das gilt sowohl für meinen Vorgänger Professor Hood, der seinerzeit die Eintragungen getätigt hat, als auch für mich, wie ich zugeben muss. Immerhin habe ich als Nervenarzt einige Übung darin, die Hieroglyphen meiner Berufskollegen zu entziffern, und wenn es Sie nicht stört, kann ich Ihnen den Inhalt vorlesen.«

»Von mir aus gerne, Herr Professor«, stimmte Mathew zu.

Professor Soderberg beugte sich über das Deckblatt der Patientenakte, auf der die Stammdaten der Patientin verzeichnet waren, und las vor:

>> *Wilson, Mary Elizabeth Ann, geborene Hughes,*
geboren am 7. Februar 1850 in Swansea/Wales
Adresse: 28 Harley Street, London
Datum der Einweisung: 9. November 1888, durch ihren
Ehemann, Professor Dr. John Wilson, wohnhaft: s. o.«

Der Anstaltsleiter blätterte das Deckblatt um und las weiter:

»*Der Grund für die Einweisung in das Bethlem Royal Hospital:*
Sir John Wilson gibt an, seine Ehefrau habe am Morgen des 9. November 1888 in rasender Wut eines ihrer Dienstmädchen verprügelt. Anschließend habe sie ihrem Gatten ein menschliches Herz präsentiert und behauptet, dass es sich um das Herz seiner Geliebten Mary Kelly handle, die sie in der Nacht getötet habe. Sie habe angeblich auch die anderen Ripper-Morde begangen. Als Beweis zeigte sie ihrem Gatten medizinische Konservierungsgläser mit weiblichen Fortpflanzungs- und Geschlechtsorganen. Sir John räumt ein, dass sie diese auch aus seiner Praxis entwendet haben könnte, wo Uterusextirpationen an der Tagesordnung seien, und das vermeintliche menschliche Herz könnte auch ein Schweineherz gewesen sein. Professor Wilson

erklärt, er sei über das Geständnis seiner Frau so bestürzt gewesen,
dass er das Herz und die in Spiritus konservierten Präparate im
Kaminfeuer verbrannt habe. Er scheue davor zurück, gegen seine
Frau bei Scotland Yard Anzeige zu erstatten, und neige eher dazu,
ihr Gebaren ihrem labilen Gemütszustand zuzuschreiben – obgleich
er dagegenhält, dass Lady Wilson keineswegs verrückt anmute. In
Anbetracht ihres jüngsten Verhaltens müsse man jedoch von dieser
traurigen Tatsache ausgehen. Professor Wilson hatte ursprünglich
geplant, dass seine Ehefrau unter der Obhut eines Krankenwärters
im Hause ihrer Stiefmutter in Wales verwahrt werden sollte.

In dem Aufnahmegespräch, das ich danach mit Lilli Wilson führte,
bestätigte sich die Aussage ihres Mannes, sie sei verrückt, ohne ver-
rückt zu sein, was ich bei Patienten aus der Kriminalabteilung schon
häufiger erlebt habe. Lilli Wilson ist hochintelligent, äußerst elo-
quent und manipulativ. Eine narzisstische Persönlichkeit mit über-
steigertem Selbstwertgefühl. Sie fühlt sich ihrer Umwelt überlegen
und reagiert auf die Belange anderer Menschen mit großer Gefühls-
kälte. Von mir auf ihre angeblichen Trophäen angesprochen, erklärte
sie mit verschmitztem Lächeln, sie habe damit ihrem untreuen Gat-
ten nur eine Lektion erteilen wollen – was ihr ja wohl auch gelungen
sei. Die Kaltblütigkeit von Lilli Wilson, die häufig auch bei anderen
Mördern und Gewaltverbrechern zu beobachten ist, ist jedoch als
eindeutig pathologisch einzustufen. Daher halte ich es für angemes-
sen, die Patientin in der Kriminalabteilung unterzubringen, was
auch dem Wunsch ihres Gatten entspricht, der inzwischen Zweifel
hegt, ob eine Privatpflege für seine Ehefrau das Richtige ist.«

Professor Soderberg hielt kurz inne und sah zu Mathew, der ihm
konzentriert zugehört hatte. »Wie aus der Krankenakte hervor-
geht, hat mein geschätzter Vorgänger Lady Wilsons Behandlung

keineswegs auf die leichte Schulter genommen. Er hat sogar den berühmten Professor Freud aus Wien in der Angelegenheit zurate gezogen.«

»Daran kann ich mich noch gut erinnern«, erwiderte Mathew, der sich inzwischen wieder etwas beruhigt hatte. »Eines Tages ist Professor Hood mit einem bärtigen, dunkelhaarigen Mann in der Kriminalabteilung aufgetaucht, den er dem Pflegepersonal als den Psychiater Professor Sigmund Freud aus Wien vorgestellt hat. Der Professor hat die ganze Zeit gelächelt und unentwegt Zigarre gepafft, und dann ist er mit Professor Hood in Lady Wilsons Zelle gegangen, wo sie stundenlang geblieben sind. Das ging mehrere Tage so – nach jeder Sitzung konnte man die Luft in Lillis Zelle förmlich schneiden, so dick war sie vom Zigarrenqualm.«

Der Anstaltsleiter nickte amüsiert. »Ich kenne Professor Freud, er ist eine ganz herausragende Kapazität als Nervenarzt und Psychiater, aber ohne seine Zigarren geht bei ihm gar nichts. Er raucht sogar auf dem Podium im Hörsaal, wenn er seine Vorlesungen hält. Aber in Bezug auf die Patientin Wilson musste er wohl die Segel streichen.« Soderberg las den folgenden Eintrag vor:

»Nach zehn Sitzungen unter der Anleitung von Professor Freud hat sich die Patientin Wilson in Bezug auf die freie Assoziation, Traumdeutung und Analyse als völlig therapieresistent erwiesen. Auch die Versuche von Professor Freud, Lady Wilson in Hypnose zu versetzen, sind bedauerlicherweise allesamt gescheitert. Nach den ergebnislosen Bemühungen hielt es Professor Freud für naheliegend, die Behandlung der Patientin abzubrechen – zumal er ohnehin seinen Arbeitsschwerpunkt in der Behandlung von hysterischen Patienten sehe, und hysterisch sei die Patientin Wilson absolut nicht.«

»Auch Professor Hood musste seinerzeit resigniert haben«, erläuterte der Anstaltsleiter. »Nach dem Aktenvermerk ›nicht therapierbar‹ finden sich keine weiteren Einträge mehr. Als Medikation ordnete Hood an, der Patientin täglich eine Bromlösung zu injizieren, um sie in einen leichten Dämmerzustand zu versetzen – und das wurde auch unter meiner Federführung fortgesetzt«, endete Soderberg und schloss die Patientenakte. Anschließend nahm er sich Lady Wilsons Aufzeichnungen vor und blätterte darin.

Mathew räusperte sich. »Typisch Lilli, kann ich da nur sagen. Sie ließ sich von niemandem in die Karten schauen, auch von den besten Nervenärzten der Welt nicht – und dass sie sich dann beim Aufnahmegespräch mit Professor Hood noch so elegant herausredet – von wegen, sie hätte ihrem Ehemann wegen seiner Untreue mit der ganzen Ripper-Geschichte nur einen Streich spielen wollen –, passt auch zu ihr wie die Faust aufs Auge. Ich habe in meinem ganzen Leben noch keinen erlebt, der so einen rabenschwarzen Humor hatte wie Lady Wilson. Trotzdem möchte ich Sie bitten, Herr Direktor, sich die letzten zwanzig Seiten durchzulesen, und ich bin mir sicher, dann verstehen Sie, warum ich so aus dem Häuschen bin. Den Rest können Sie sich ja dann ein anderes Mal vornehmen.«

»Wenn Sie meinen, dann tue ich Ihnen eben den Gefallen«, sagte Soderberg so herablassend wie eh und je und suchte mit gerunzelter Stirn den entsprechenden Abschnitt.

»Das letzte Kapitel trägt das Datum Freitag, 9. November 1888«, half ihm Mathew auf die Sprünge und beobachtete den Anstaltsleiter mit sichtlicher Anspannung beim Lesen. Er brauchte auch nicht lange zu warten, bis sich *Fischauge* entsetzt die Hand auf den Mund presste und ein unheilvolles »Oh Gott, oh Gott« hervorstieß. Mathew konnte Soderbergs Entsetzen nur allzu gut verstehen und murmelte: »Sie muss das alles selbst erlebt haben, sonst könnte sie es nicht so haargenau beschreiben …«

»Unfug, Morgan«, unterbrach ihn Soderberg unwirsch. »Sie ahnen ja gar nicht, was sich ein Geisteskranker alles einbilden kann – und dafür sind Lady Wilsons blutrünstige Ripper-Geschichten das beste Beispiel. Sie ist doch schon in dem Wahn, Jack the Ripper zu sein, hier eingeliefert worden, das geht doch klar aus ihrer Krankenakte hervor.«

»In den siebenundzwanzig Jahren, die ich ihr Wärter war, hat sie mit keinem Wort erwähnt, dass sie sich für Jack the Ripper hält«, wandte Mathew mit skeptischer Miene ein.

»Warum sollte sie auch? Diese Wahnvorstellungen hat sie nur ihrem Buch anvertraut. Für Kranke, die unter dem Spaltungsirresein leiden, ist es ist typisch, ihre Wahnvorstellungen vor der Umwelt geheim zu halten«, erläuterte Soderberg blasiert und wandte sich wieder Lillis Aufzeichnungen zu.

Mathew versank ins Grübeln. Soderberg mochte ja recht haben mit seiner Behauptung, aber wirklich überzeugt war Mathew nicht. »So was kann nur einer schreiben, der es auch gemacht hat«, brach es aus ihm heraus.

Soderberg wiegelte ab. »Unsinn, Morgan, da fehlt Ihnen leider die fachliche Kompetenz, um so etwas beurteilen zu können.«

Arrogantes Arschloch, dachte Mathew erbost, *hätte ich mir ja denken können, dass der wieder alles besser weiß.* Aber er würde sich nicht ins Bockshorn jagen lassen. Mit der verschwindend geringen Hoffnung, dass der Anstaltsleiter nach Beendigung der schauderhaften Lektüre vielleicht doch noch zum gleichen Schluss gelangen würde wie er, schwieg er und hing weiter seinen Gedanken nach.

Professor Soderberg war ganz blass um die markante Adlernase, als er das Tagebuch zuklappte, und obgleich er sich die allergrößte

Mühe gab, seine Bestürzung zu kaschieren, musste ihm doch Lillis blutschwelgerisches Inferno schwer auf den Magen geschlagen sein, denn er äußerte schmallippig, dass er jetzt einen Cognac vertragen könne. Während er zum Beistelltisch am Fenster eilte, auf dem eine volle Kristallkaraffe und mehrere dickbauchige Cognacgläser standen, erkundigte er sich bei Mathew, ob er auch einen wolle.

»Nein, danke, das verträgt mein Magen nicht.« Mathew verstand sich plötzlich selbst nicht mehr. Es kam ihm so vor, als hätte ein anderes, ihm bislang völlig fremdes Ich an seiner Stelle geantwortet – und er war schon drauf und dran, seinen Chef wissen zu lassen, dass er es sich anders überlegt habe und gerne einen Cognac trinken würde. *Am besten einen doppelten oder dreifachen, du alter Saufaus.*

Aus mit dem Saufen! Oder willst du dir schon wieder die Seele aus dem Leib kotzen?, beschied ihn da der Spielverderber, und Mathew hielt die Klappe – auch wenn er seine Lippen so fest zusammenpresste, dass sie zitterten.

Zitterst ja wie ein Entenarsch.

Besser Entenarsch als Suffeule, konterte der Spielverderber und behielt das letzte Wort. Einstweilen zumindest, sinnierte Mathew grimmig und musste krampfhaft schlucken, als er mit ansehen musste, wie Soderberg in einem Zug das Glas leerte.

»Ich muss ja zugeben, mein lieber Morgan, dass Lady Wilsons Blutorgien an Abscheulichkeit kaum zu überbieten sind – hinsichtlich dessen, was sich Geisteskranke so ausmalen können. Daher kann ich Ihre Fassungslosigkeit auch ein Stück weit verstehen.« Der Anstaltsleiter zwang sich zu einem nachsichtigen Lächeln, das jedoch in deutlichem Widerspruch zu seinem gehetzten Blick und der angespannten Miene stand. Mathew wusste aus jüngster Erfahrung, dass es mit dem Entgegenkommen seines Chefs nicht allzu weit her war, und wartete bereits auf das »Aber«, das auch prompt folgte: »*Aber* ich halte es für hanebüchenen Unfug, dass sich hinter der Identität des berüchtigtsten Serienmörders aller Zeiten eine geistesverwirrte Dame verbirgt, die überdies in den langen Jahren ihrer Unterbringung im Bethlem Royal Hospital nie verhaltensauffällig geworden ist«, erläuterte der Professor mit Blick auf Mathew kopfschüttelnd. »Sie hätten sich mit alledem nicht belasten dürfen, mein lieber Morgan, sondern schon viel eher einen erfahrenen Nervenarzt in der Angelegenheit zurate ziehen müssen, der im Gegensatz zum Pflegepersonal über fundierte wissenschaftliche Kenntnisse in Bezug auf die Behandlung von Geisteskranken verfügt«, Soderberg wies auf die Kladde mit Lillis Aufzeichnungen, »um derartige Verirrungen angemessen zu diagnostizieren.«

Mathew musste schwer an sich halten, um nicht wieder an die Decke zu gehen. »Verstehe ich Sie richtig, Herr Direktor, dass Sie die Aufzeichnungen von Lady Wilson nicht ernst nehmen und als Wahnvorstellungen einer Geisteskranken abtun?«

Soderberg musterte ihn gereizt. »Was heißt hier abtun? Ich verbitte mir solche Unterstellungen, Morgan. Wie käme ich denn dazu, irgendetwas einfach abzutun, was eine der uns anvertrauten Geisteskranken von sich gibt? Die Aufgabe eines Nervenarztes ist es, die richtige Diagnose zu stellen, um dem Kranken eine angemessene Heilbehandlung zukommen zu lassen – was im Falle der Patientin Wilson leider nicht mehr möglich ist, da sie nicht mehr unter uns weilt.« Zu Soderbergs grenzenlosem Erstaunen schnellte Mathews langer, muskulöser Arm über den Schreibtisch, und er nahm wie selbstverständlich die Kladde wieder an sich. »Ich denke, es ist das Beste, wenn ich die Aufzeichnungen der Polizei übergebe«, erklärte er entschlossen. »Vielleicht können die ja dazu beitragen, die Ripper-Morde aufzuklären …«

Soderberg sprang empört hinter seinem Schreibtisch auf. »Auf gar keinen Fall, davon muss ich Ihnen als Ihr Vorgesetzter unbedingt abraten, Morgan!«, rief er in einer Schärfe, die keinen Widerspruch duldete. »Zum einen, weil Lady Wilson verstorben ist und daher für etwaige Verbrechen nicht mehr belangt werden kann, zum anderen, weil die Bekenntnisse einer Patientin nicht in fremde Hände gehören. Sie verbleiben in unserer Anstalt, es gibt schließlich so etwas wie eine ärztliche Schweigepflicht.«

Mathew gab ein höhnisches Lachen von sich. »Einer Toten gegenüber wohl kaum«, schnaubte er. »Und wie Sie schon richtig gesagt haben: Wenn Lady Wilson wirklich der Ripper war, kann sie zwar nicht mehr dafür belangt werden, aber der Fall könnte endlich abgeschlossen werden.«

Soderberg war an Mathew, der ihn um gut einen Kopf überragte und gegen den der hagere Anstaltsleiter wie ein Streichholzmännchen anmutete, herangetreten und versuchte ihm die Kladde zu entreißen. »Ich verbiete Ihnen, das Tagebuch der Polizei zu übergeben, Morgan!«, rief er aufgebracht. »Und ich verwehre mich ganz entschieden dagegen, dass Sie mit Ihrem blindwütigen Aktionismus meine Anstalt in Misskredit bringen.«

Jetzt ist es raus, dachte Mathew und musste unwillkürlich grinsen. »Ich verstehe, Sie wollen nicht, dass es am Ende noch heißt, wir hätten im Bethlem Royal Hospital Jack the Ripper beherbergt – ganze siebenundzwanzig Jahre lang –, und keiner hat's gemerkt.«

»Schweigen Sie still, Morgan, und geben Sie mir jetzt auf der Stelle das Buch. Es ist Eigentum der Anstalt.«

»Humbug, Lady Wilson hat es mir vermacht, und ich bringe es jetzt zu Scotland Yard.«

Soderberg gab schließlich klein bei. »Ich flehe Sie an, Morgan, bitte tun Sie das nicht. Wenn Lady Wilson tatsächlich der Ripper war, was ich mir fürwahr nicht vorstellen kann, wird das ein ganz schlechtes Licht auf unsere Anstalt werfen – auch auf Sie, mein Lieber. Oder wollen Sie vielleicht einmal Ihren Enkeln erzählen, Sie hätten Lady Ripper siebenundzwanzig Jahre lang den Tee serviert, Schach gegen sie gespielt und ihr zum Ende hin sogar noch den Hintern abgewischt?«

Mathew war total verdutzt, von dem hochgestochenen Anstaltsleiter solche Töne zu hören, und stieß einen tiefen Seufzer aus. »Da haste recht, Chef, meine zwei Weibsleute daheim in Southwark fassen mich nicht mal mehr mit der Kneifzange an, wenn sie davon erfahren«, raunzte er und musterte seinen Vorgesetzten, den er, wenn auch nur für einen flüchtigen Moment, fast schon leiden konnte. »In Ordnung, Chef, ich werde also nicht zur Polizei gehen … in nächster Zeit zumindest nicht. Ich möchte Sie aber bitten, mir die Anschrift von Lady Wilsons Ehemann zu geben, weil es mir sehr wichtig ist, mit ihm zu reden.«

Der Anstaltsleiter schien erneut aus allen Wolken zu fallen. »Großer Gott, Morgan, was sind denn das schon wieder für Anwandlungen?«, rief er alarmiert und schlug sich die Hände an den Kopf. »Sir John ist ein alter Mann von siebenundsiebzig Jahren, er hat London schon lange verlassen und führt in Wales ein sehr zurückgezogenes Leben. Ich glaube nicht, dass er sich sonderlich darüber freuen würde, wenn ihm der Irrenhauswärter seiner unlängst verstorbenen Gattin so Knall auf Fall einen Besuch abstattet …«

»Mir liegt aber viel daran, mit ihm zu sprechen, also geben Sie mir doch bitte seine Adresse, und ich verspreche Ihnen auch, mich dem alten Herrn gegenüber ordentlich zu benehmen und ihm nicht zu sehr zuzusetzen«, bat Mathew eindringlich.

»Was sind Sie doch für ein sturer Hund, Morgan. Hätte ich gar nicht von Ihnen gedacht. Also gut, in Gottes Namen – dann gebe ich Ihnen eben die Adresse. Aber Sie überlassen mir jetzt endlich Lady Wilsons Aufzeichnungen, damit ich sie durchlesen kann.«

»Tut mir leid, Chef, aber das geht noch nicht. Ich verspreche Ihnen aber, dass ich Ihnen in jedem Fall die Kladde übergebe, wenn ich wieder zurück bin, und ich gehe auch vorerst nicht zur Polizei.« Mathew reichte Soderberg zur Bekräftigung seine Pranke und drückte die feingliedrige Hand des Anstaltsleiters so herzhaft, dass dieser fluchte. »Sie wollen doch hoffentlich nicht Sir John mit diesem Machwerk behelligen?«, fragte er beunruhigt.

»Die eine oder andere Frage dazu werde ich ihm wohl schon stellen müssen, aber keine Sorge, ich werde zartfühlend mit ihm umgehen.« Mathew lächelte den Anstaltsleiter entwaffnend an.

»So zartfühlend wie ein Gorilla«, seufzte Soderberg resigniert und rief nach seiner Sekretärin. »Notieren Sie bitte für den Kollegen Morgan die Adresse von Sir John Wilson«, bellte er unduldsam. Als die Vorzimmerdame gleich darauf mit einem Zettel zurückkehrte, den sie Mathew überreichte, fiel diesem noch ein, um ein paar Tage Urlaub zu bitten, da Wales ja nicht gerade um die Ecke lag – und überhaupt, nach der ganzen Aufregung wegen Lady Wilson bräuchte er jetzt ein bisschen Erholung.

»Gehen Sie mir aus den Augen, Morgan – aber am Freitagmorgen sind Sie wieder hier, und Sie übernehmen dafür die komplette Wochenendschicht. Haben wir uns verstanden?«

»Alles klar, Chef – und danke.« Mathew deutete eine Verbeugung an und eilte mit der Kladde unter dem Arm hinaus.

Kapitel 6

Als Mathew um Punkt neun Uhr im Zug nach Bristol saß, wo er sogar einen Fensterplatz ergattert hatte, träufelte er sich fünf Tropfen von der Medizin, die er vom Stationsarzt der Suchtabteilung, Doktor Nicholson, erhalten hatte, auf die Zunge. Nicholson hatte ihn für die kluge Entscheidung, keinen Schnaps mehr anzurühren, gelobt und ihm ein kleines Fläschchen eines morphinhaltigen Sedativums mit auf den Weg gegeben, mit der strengen Ermahnung, sparsam damit umzugehen, da es bei erhöhten Dosen über einen längeren Zeitraum hochgradig abhängig mache. Der erfahrene Nervenarzt empfahl dem Irrenhauswärter, morgens und nachmittags jeweils fünf Tropfen davon einzunehmen und unmittelbar vor dem Schlafengehen zehn Tropfen – und das höchstens fünf Tage lang. *Sonst machen Sie sich zwar nichts mehr aus Schnaps, sind aber morphiumsüchtig, und das hieße ja, den Teufel mit dem Beelzebub auszutreiben,* hatte ihm der Doktor ans Herz gelegt und ihm einen schönen Urlaub gewünscht.

Bis Bristol waren es gute drei Stunden Zugfahrt, und Mathew konnte nach der aufwühlenden Nacht etwas Schlaf gut gebrauchen – auch seine zerrütteten Nerven lechzten förmlich nach Ruhe und Entspannung. Als der Zug Paddington Station hinter sich ließ und der Schaffner die Fahrkarten der Reisenden kontrollierte, bat ihn Mathew höflich, ihn doch bitte kurz vor Bristol aufzuwecken, und gab dem Dienstmann ein Trinkgeld. Als er zu Hause gewesen war, um das Nötigste einzupacken, hatte er kurz in Erwägung gezogen, rasch bei Mandy vorbeizuschauen, um ihr Bescheid zu geben und sich von ihr zu verabschieden, doch er entschied sich dagegen. Denn er hätte ihr zu viele Erklärungen abgeben müssen, was er momentan noch vermeiden wollte, und belügen mochte er sie nicht. Außerdem hatte er für sich beschlossen, die freien Tage für die Alkoholentwöhnung zu nutzen, die ihm trotz der sedierenden Wirkung des Beruhigungsmittels mit Sicherheit nicht leichtfallen würde. *Zieh es einfach durch und denk nicht weiter darüber nach,* lautete die Losung des Spielverderbers, der ihm indessen immer mehr zum Kumpel, wenn nicht gar zum Komplizen wurde. *Wenn du's diesmal endlich hinkriegst, Alter, kannst du dich von und zu schreiben,* hielt er den Abstinenzler bei Laune.

Es war bereits fünfzehn Uhr, als Mathew nach zwei Umstiegen in Bristol und Cardiff im Bahnhof von Swansea ankam. *Lillis Heimatstadt,* dachte er und schaute noch einmal auf den Zettel, auf dem Soderbergs Sekretärin die Anschrift von Sir John notiert hatte. *Plas Llanstephan, Carmathenshire.* Er hatte im Zug den Schaffner gefragt, ob es eine Zugverbindung von Swansea nach Carmarthenshire geben würde, was dieser verneint hatte. Da müsse er die Pferdekutsche nehmen, die am Bahnhofsplatz abfuhr, denn zum Laufen sei es zu weit – von Swansea nach Carmarthenshire seien es immerhin gute zwanzig Meilen.

Der Diener Thomas Blunt und die Hauswirtschafterin Martha Richards tranken in der Küche des herrschaftlichen Anwesens Plas Llanstephan gerade den Fünf-Uhr-Tee, als das Läuten der Türglocke sie aufschrecken ließ.

»Wer kann denn das nur sein?«, murmelte die fünfzigjährige Martha unwirsch, da es nur selten geschah, dass sich Besucher zu dem abgelegenen Landsitz verirrten. Da sie nicht nur die Jüngere war, sondern Thomas auch schon länger im Dienst als sie, oblag es ihr, zur Tür zu gehen. Thomas, der schon fast vierzig Jahre in Diensten von Sir John Wilson stand, blieb sitzen, schlürfte genüsslich seinen Tee und lauschte neugierig auf die Stimmen, die vom Portal durch die offene Küchentür zu ihm herüberdrangen. »Kommst du mal bitte, Thomas? Da ist jemand vom Irrenhaus«, vernahm er da den aufgeregten Ruf der Köchin, und obgleich er sich nicht sicher war, ob er sich am Ende nicht verhört hatte, eilte er, so schnell es seine Gicht erlaubte, zur Haustür. Der hünenhafte, muskulöse Mann mit dem offenen Blick und dem scheuen Lächeln war dem alten Diener, der in jungen Jahren ein begeisterter Anhänger von Ring- und Faustkämpfen gewesen war, auf den ersten Blick sympathisch.

»Entschuldigen Sie bitte die Störung, Sir«, richtete der Hüne das Wort an den knorrigen alten Mann. »Mein Name ist Mathew Morgan, ich bin Irrenhauswärter im Bethlem Royal Hospital in London und war lange Jahre der Wärter von Lady Wilson, die vorige Woche gestorben ist …«

Als Mathew Lillis Namen aussprach, merkte er sofort, wie die beiden Hausangestellten zusammenzuckten. Offenbar kannten sie die Lady. »Äh … Lady Wilson hat mir kurz vor ihrem Tod ihre Aufzeichnungen anvertraut, über die ich gerne mit Sir John Wilson sprechen würde.« Er wies auf sein Felleisen aus speckigem Rindsleder und fügte hinzu, dass er sie eigens mitgebracht habe.

»Es tut mir leid, Mister Morgan, aber Sir John ist momentan nicht im Hause«, äußerte der alte Diener bedauernd. »Er verbringt die meiste Zeit in seinem Cottage in Aberystwyth, wo er schon seit Jahren damit befasst ist, die Nationalbibliothek von Wales aufzubauen. Wir erwarten ihn allerdings am Abend zurück, da er wegen der anstehenden Beerdigung von Lady Wilson – Gott hab sie selig«, der Diener und die Dienerin bekreuzigten sich, »morgen nach Swansea fahren muss, um die Bestattungsformalitäten zu erledigen.«

Der vierschrötige alte Mann mit dem grauen Bürstenschnitt musterte Mathew interessiert. Ein Irrenhauswärter war ihm bislang noch nicht untergekommen – der hatte gewiss schon einiges erlebt und viel zu erzählen. Außerdem war er eigens aus London angereist, um Sir John Lady Wilsons Hinterlassenschaft zu übergeben, da war es ja nicht mehr als höflich, ihn hereinzubitten.

»Kommen Sie doch rein, Mister Morgan, Sie können gerne im Salon auf Sir John warten, und einen Tee und etwas Gebäck können Sie nach der Reise bestimmt auch gut gebrauchen.«

Mathew lächelte erfreut. »Sehr freundlich, Sir, da sage ich nicht nein.«

»Im Salon ist es aber noch kalt, ich muss erst noch den Kamin anzünden«, sagte die blondhaarige Frau mit der Stupsnase, die etwa im gleichen Alter sein mochte wie Mathew, zu dem alten Raubein mit dem Bürstenschnitt.

»Das solltest du aber unbedingt bald machen, Martha, du weißt doch genau, dass Sir John es gerne warm hat – erst recht, wenn es draußen so nasskalt und zugig ist wie heute«, murrte der alte Diener und forderte Mathew höflich auf, einstweilen mit in die Küche zu kommen, dort sei es geheizt und es gebe auch Tee und Sandkuchen, den Martha heute frisch gebacken habe, weil der Hausherr erwartet werde.

»Kannten Sie Lady Wilson?«, fragte Mathew den Diener, während dieser sich neben ihm am Küchentisch niederließ und ihn zuvorkommend bewirtete.

»Das kann man wohl sagen«, erwiderte der grauhaarige Mann prompt. »Ich diene Sir John seit rund vierzig Jahren. Als ich meine Stellung als Kutscher, Pferdepfleger und Gärtner bei meinen Herrschaften in der Harley Street im noblen Londoner Westend antrat, waren sie frisch verheiratet und ich selber ein junger Kerl von dreißig Jahren.«

»Das sieht man Ihnen aber gar nicht an, Sir, Sie haben sich gut gehalten«, sagte Mathew, was dem alten Diener offensichtlich schmeichelte.

»Lassen Sie mal den *Sir* stecken, junger Mann«, erwiderte er leutselig und reichte Mathew die Hand. »Ich bin Thomas.«

»Sehr erfreut, ich bin Mathew.«

»Das ist ja endlich mal einer, der einen anständigen Händedruck hat«, sagte Thomas lachend. »Na, in einem Irrenhaus muss man bestimmt feste zupacken können, und Sie sehen aus, Mathew, als ob Sie das könnten.«

Mathew grinste. »Ich denke schon. Bei uns gibt es ein paar Kandidaten, die man im Griff haben muss.«

Thomas wurde hellhörig. »War das bei Lady Wilson auch so?«

»Überhaupt nicht«, verneinte Mathew nachdrücklich. »Lady Wilson war in den siebenundzwanzig Jahren, die ich ihr Wärter war, immer ruhig und friedlich und kein bisschen aggressiv.«

»Hm – das ist ja schön«, sagte der alte Mann und verzog beklommen die Mundwinkel.

Sein Tonfall und seine Mimik ließen Mathew aufmerken. »Sie wirken so erstaunt – kannten Sie sie denn anders?«, fragte er unumwunden.

»Nein, nein«, kam die rasche Antwort. »Lady Wilson verhielt sich uns gegenüber immer einwandfrei.« Die Leutseligkeit des alten Domestiken war urplötzlich dahin, er wirkte seltsam reserviert, und seine Äußerung kam Mathew vor wie einstudiert. Um die angespannte Stimmung aufzulockern, vermied er es, diesbezüglich weiter nachzubohren, und schnitt unverfänglichere Themen an, indem er berichtete, dass er sich ein paar Tage Urlaub genommen habe und überaus froh sei, dem Londoner Irrenhaus, wo er schon so lange Dienst schiebe, wenigstens für kurze Zeit zu entkommen und etwas anderes zu sehen als den täglichen Irrsinn. Die richtige Entscheidung, wie sich schnell herausstellte, denn der alte Diener und die inzwischen in die Küche zurückgekehrte Wirtschafterin tauten merklich auf und bestürmten den Irrenhauswärter mit Fragen zu seiner beruflichen Tätigkeit. So erzählte Mathew zum geschätzten hundertfünfzigsten Mal die Geschichte von Ada Miller, der berühmt-berüchtigten »Blut-Amme von Soho«, und ihrer schrecklichen Missetaten, die selbst noch in der Irrenanstalt ihre Fortsetzung gefunden hatten. Der Diener und die einfältig anmutende Köchin gerieten dabei regelrecht ins Schwelgen und konnten in ihrer angestachelten Sensationsgier gar nicht genug bekommen von Mathews Anekdoten aus dem Alltag eines Irrenhauswärters – die Mathew, der viel ausgebuffter war, als es ihm seine Umwelt auf den ersten Blick zutraute, bereitwillig bediente. Natürlich mit dem Hintergedanken, die beiden Domestiken dadurch gleichfalls gesprächiger und mitteilsamer zu machen, was ihre Erfahrungen mit Lady Wilson anbetraf.

»Sie arbeiten doch in der Kriminalabteilung für Frauen, wo überwiegend Mörderinnen verwahrt werden?«, fragte Thomas nachdenklich. »Und Lady Wilson war dort Ihre Patientin. Was hat sie denn eigentlich angestellt, um dort zu landen? Äh … ich meine … hat sie denn jemanden umgebracht?« Thomas und Martha blickten ihn alarmiert an.

Mathew räusperte sich unbehaglich. »Nun – darüber darf ich eigentlich nicht sprechen, denn als Irrenhauswärter bin ich verpflichtet, keine Informationen über Patienten nach außen zu tragen.« Die Domestiken bekundeten ihr Verständnis – und platzten gleichzeitig vor Neugier. Mathew spannte sie noch eine Weile auf die Folter, bis er mit einem kleinen Teilchen der Wahrheit herausrückte, die harten Fakten aber geflissentlich zurückhielt.

»Ich denke aber, jetzt, wo Lady Wilson verstorben ist, kann ich das schon sagen, zumal Sie beide sie ja auch kannten. Also, laut Patientenakte war der Grund für ihre Einweisung, dass sie in einem schlimmen Wutanfall ein Dienstmädchen verprügelt und auch sonst lauter wirres Zeug von sich gegeben hat, aber von einem Mord oder anderen Gewaltverbrechen stand da glaube ich nichts drin ...« Mathew hielt inne, da die Köchin einen entsetzen Aufschrei hervorstieß und sich die Hand auf den Mund presste. Sie tauschte mit dem alten Diener beredte Blicke.

»Wir dürfen ja eigentlich nicht darüber reden und mussten damals Sir John hoch und heilig versprechen, über das Vorkommnis absolutes Stillschweigen zu wahren. Das hat er allen Dienstboten eingetrichtert, die dabei waren. Martha und ich waren die Einzigen, die er noch behalten hat, als er kurze Zeit später ganz plötzlich aus London weggezogen ist.« Der Diener gab einen tiefen Seufzer von sich, ehe er weitersprach. »Aber wie Sie eben schon gesagt haben, ist Lady Wilson ja nicht mehr am Leben, und Sie, Mathew, sind ja auch nicht irgendwer, sondern waren lange Zeit ihr Wärter, dem man vertrauen kann. Also, das Dienstmädchen, das Lady Wilson an besagtem Morgen aufs Übelste verprügelt hat, war die arme Martha. Ich habe mit eigenen Augen gesehen, wie sie auf Martha, die schon auf dem Boden lag, eingeprügelt hat, und wenn ich nicht dazwischengegangen wäre, hätte sie sie noch totgeprügelt. Man soll ja über Tote nichts Schlechtes sagen, aber eine Furie war ein Dreck gegen Lady Wilson, so wie die sich damals aufgeführt hat …«

Martha fing unversehens an zu weinen. Aus ihren blauen, tränenumflorten Augen sprach blankes Entsetzen. »Das war so schrecklich … das werde ich mein Leben lang nicht mehr vergessen«, schluchzte sie. »Ich träume sogar heute noch davon …«

Thomas legte fürsorglich den Arm um die füllige Frau.

»Äh … entschuldigen Sie, Ma'am, ich kann mir denken, dass es Ihnen bestimmt nicht leichtfällt, aber mir wäre viel daran gelegen, wenn Sie mir genauer erzählen könnten, was damals passiert ist«, erkundigte sich Mathew behutsam.

»Sag es ihm ruhig, Mathew hat als Irrenhauswärter ja Erfahrung mit solchen Leuten«, empfahl Thomas der noch immer aufgelösten Martha, ging zum Küchenschrank und kehrte – zu Mathews Bestürzung – mit einer Flasche Gin und drei Gläsern zum Tisch zurück, die er mit der Bemerkung »Einen Schnaps können wir jetzt alle gebrauchen« entkorkte.

»Danke, für mich bitte nicht«, presste Mathew mit einer so kläglichen, brüchigen Stimme hervor, als wäre es sein persönlicher Abgesang, der ihn eine fast übermenschliche Kraft kostete. »Ich habe mir nämlich den Magen verkorkst und muss ein Medikament einnehmen, das sich mit Alkohol nicht verträgt«, fügte er hinzu, nestelte mit flatternden Händen das Fläschchen aus der Hosentasche, welches ihm Doktor Nicholson gegeben hatte, und träufelte sich ein wenig mehr als das vorgeschriebene Quantum in den Mund.

Nachdem der Diener und die Köchin ihre vollgeschenkten Gläser in einem Zug geleert hatten, atmete Martha vernehmlich aus und fing stockend an zu berichten.

»Es muss so gegen zehn Uhr vormittags gewesen sein, und ich war gerade mit dem Schrubben der Böden in der oberen Etage fertig, und da bin ich runtergegangen, um das Putzwasser in den Abfluss neben dem Dienstboteneingang an der Gartenseite zu kippen, als ich gesehen habe, wie sich da jemand im Garten herumgedrückt hat. Es war ja sehr nebelig an dem Morgen und hat auch geregnet, und da habe ich erst mal gedacht, das ist eine, die lange Finger machen will. So verdruckst, wie die da rumgeschlichen ist, und so abgerissen, wie die ausgesehen hat. Ich sehe sie noch genau vor mir in ihrem flaschengrünen Mieder, dem zerknitterten braunen Rock, und sie hatte so ein feuerrotes Stricktuch um die Schultern. Da dachte ich noch: Die hat ein Muster wie eine, die nicht viel taugt, irgend so 'ne Pennerin, die bei uns was abstauben will.« Martha stöhnte gequält auf. »Da hab ich sie angeschnauzt, was sie hier zu suchen hat – und da hat die mich vielleicht angeschissen, und ich hab erst dann gemerkt, dass das die gnädige Frau war. Wie hätte ich das denn auch riechen können, wo unsere Herrschaft doch immer nur Schwarz und Grau trug, wie eine alte Betschwester – und da ist mir halt rausgerutscht, dass ich sie für eine Landstreicherin gehalten habe, die womöglich was klauen will, und da hat die sich auf mich gestürzt, als ob sie mich kaltmachen will …« Martha, die ihre Schilderung noch einmal zu durchleben schien, zitterte wie Espenlaub und gab ein unterdrücktes Wimmern von sich. »Die hat mit Fäusten auf mich eingeprügelt und mich so übel beschimpft, dass ich gedacht habe, ich hör nicht recht – unsere feine Lady Wilson, die sonst immer so vornehm tut, als wär' sie die Queen persönlich. Ich hab die kaum noch wiedererkannt mit ihrem blutroten Gesicht, das ganz verzerrt war vor Zorn und aussah wie ein Teufelsfratze. Die war total am Durchdrehen und hat mit einer Wucht auf mich eingedroschen wie ein Schiffschaukelbremser – und gestunken hat die, dass sich einem der Magen umgedreht hat. Als hätte sie sich in die Hose geseicht«, fügte Martha mit gedämpfter Stimme hinzu und verdrehte peinlich berührt die Augen. »Aber am meisten geekelt habe ich mich, weil sie so nach Blut gerochen hat – da kenn ich mich aus, mein Daddy hatte nämlich früher eine Metzgerei in Tottenham …«

Just in diesem Moment läutete die Glocke und die Haustür wurde geräuschvoll aufgeschlossen. Mathew und die beiden Bediensteten schraken heftig zusammen.

»Das ist Sir John – ich muss raus und ihm die Sachen abnehmen«, stammelte Martha und hastete davon.

»Das ist der Irrenhauswärter Mathew Morgan, der Lady Wilson betreut hat«, stellte Thomas ihn seinem Herrn vor, der in dem behaglich ausgestatteten Salon in einem Ledersessel am Kamin saß und den angekündigten Besucher bereits erwartete. Mathew verneigte sich vor Sir John, reichte ihm die Hand und sprach ihm sein Beileid zum Tode seiner Ehefrau aus, wofür ihm der Hausherr förmlich dankte.

»Darf ich Sie fragen, Sir John, wann die Beisetzung von Lady Wilson stattfinden wird? Als ihr langjähriger Pfleger möchte ich es nämlich nicht versäumen, ihr die letzte Ehre zu erweisen.«

»Die Beerdigung meiner verstorbenen Frau wird am kommenden Donnerstag, dem elften November, um vierzehn Uhr auf dem Friedhof von Swansea stattfinden«, gab Sir John zur Antwort und musterte Mathew abwartend. Der von Queen Victoria in den Adelsstand versetzte Baronet war auch mit siebenundsiebzig Jahren noch ein attraktiver, stattlicher Mann, genau wie ihn Lilli in ihrem Tagebuch beschrieben hatte. Was für Mathew indessen ebenso auffällig war, war die kalte Selbstgefälligkeit, die sein distinguiertes Herrengesicht verströmte. Mathew erinnerte sich daran, dass er seinen beruflichen und finanziellen Aufstieg zu einem nicht unbeträchtlichen Teil der großzügigen Unterstützung seines Schwiegervaters zu verdanken hatte – was ihn offenbar keineswegs bescheidener gemacht hatte –, und er spürte einen gewissen Unmut gegen den blasierten Erfolgsmenschen in sich aufsteigen. Sir John war höflich genug, dem Besucher einen Sessel anzubieten, der sich ihm gegenüber auf der anderen Kaminseite befand, dennoch gewann Mathew zunehmend den Eindruck, dass er über den unerwarteten Besuch keineswegs erfreut war.

»Nun, Mister Morgan, was liegt an? Da Sie ja eigens von London angereist sind, gehe ich davon aus, dass es wohl einen triftigen Grund geben muss.« Mit herablassendem Lächeln betrachtete er den Pfleger. Mathew spürte seine Verachtung, die ihn nur noch mehr verunsicherte.

»Wie Sie wissen, Sir, habe ich Ihre verstorbene Ehefrau siebenundzwanzig Jahre in der Anstalt betreut, und ich kann im Nachhinein sagen, dass wir immer gut miteinander ausgekommen sind. In der Nacht vor ihrem Tod hat sie sich noch bei mir bedankt für alles, was ich für sie getan habe – und mir eine Kladde mit ihren Aufzeichnungen anvertraut, an denen sie bis kurz vor ihrem Tod geschrieben hat.« Mathew wies auf sein Felleisen. »Ich habe mir die Aufzeichnungen die letzten Tage durchgelesen und muss zugeben, Sir, dass ich von Lady Wilsons Schilderungen total schockiert bin. Sie beschreibt die schrecklichen Morde von Jack the Ripper bis in die kleinste Einzelheit und schwelgt regelrecht im Blutrausch.« Er spürte, dass er immer aufgeregter wurde, und versuchte tapfer dagegen anzukämpfen. »Ich habe heute Morgen mit meinem Chef, Anstaltsleiter Professor Soderberg, darüber gesprochen und bin mit ihm Lady Wilsons Krankenakte durch-gegangen. Daraus geht hervor, dass Ihre Frau Ihnen am Tag vor ihrer Einweisung ins Londoner Irrenhaus gebeichtet hat, sie hätte all die Ripper-Morde begangen, und sie hat Ihnen wohl auch die Organe gezeigt, die sie den ermordeten Frauen angeblich heraus-geschnitten hat.« Er blickte Sir John, dessen Miene sich während seiner Ausführungen zunehmend verdüstert hatte, eindringlich an. »Daher möchte ich Ihnen nun die Frage stellen, Sir, ob Sie das glauben, was Ihnen Ihre Frau damals gebeichtet hat, und es für möglich halten, dass Lady Wilsons tatsächlich Jack the Ripper war?«

Auf Sir Johns markantem Altherrengesicht spiegelte sich hoch-gradige Bestürzung. »Das ist doch mehr als lächerlich, so etwas Haarsträubendes zu glauben!«, sagte er empört. »Es ist ein abso-lutes Ding der Unmöglichkeit, dass Lady Wilson diese bestiali-schen Frauenmorde begangen haben soll – das sagt mir mein ge-sunder Menschenverstand, und das sollten Sie, mein lieber Morgan, als erfahrener Irrenhauswärter eigentlich auch wissen.« Trotz seiner hochfahrenden Art verrieten das Zittern in Sir Johns Stimme und sein angstvoller Blick etwas anderes.

»Mit Verlaub, Sir, aber ich habe eher den Eindruck, dass Sie da-mals den Skandal gefürchtet haben – und das hat sich bis heute nicht geändert«, hielt Mathew unumwunden dagegen.

»Verehrter Mister Morgan, vielleicht entzieht sich ja Ihrer Kenntnis, dass meine berufliche Karriere, die ich zweifellos hatte, nach Lillis Beichte ohnehin zu Ende war. Daher frage ich Sie: Was also habe ich denn noch zu verlieren?« Sir John lächelte bitter.

»Darf ich Ihnen die Frage stellen, Sir, warum Sie damals so schlagartig Ihre gynäkologische Praxis und Ihren Lehrstuhl auf-gegeben haben und von London weggezogen sind? Sie waren doch eine Kapazität auf dem Gebiet der Frauenheilkunde, und Ihre Arbeit muss Ihnen doch sehr viel bedeutet haben?«

In den Augen des Professors schimmerten Tränen. »Nach allem, was sich zu jener Zeit zugetragen hatte, war ich einfach nicht mehr in der Lage, Frauen zu behandeln«, brach es aus ihm heraus, während seine Gesichtszüge bebten.

»Das sagt doch alles, Sir«, erwiderte Mathew begütigend. »Meinen Sie nicht, es wäre langsam mal an der Zeit, dass die Wahrheit ans Licht kommt?«

Sir John erstarrte augenblicklich. »Welche Wahrheit denn, Morgan?«, fuhr er ihn an. »Die Sie sich über meine Frau zusammenreimen? Das sind doch nur die Hirngespinste einer Geisteskranken!«

»Ich werde Lady Wilsons Aufzeichnungen der Polizei übergeben. Mal sehen, ob die Kriminalkommissare bei Scotland Yard der gleichen Meinung sind wie Sie.«

»Das verbiete ich Ihnen, Morgan, das werden Sie nicht tun!«, herrschte Sir John ihn an und erhob sich wütend aus seinem Ledersessel.

»Sie haben mir gar nichts zu verbieten – ich bin doch nicht Ihr Lakai.« Mathew erhob sich ebenfalls, unbeeindruckt. »Bemühen Sie sich nicht, Sir John, ich finde schon allein hinaus. Und vielen Dank, dass Sie mir Ihre Zeit geopfert haben.«

»Verschwinden Sie, Sie unverschämter Lümmel, ich werde mich bei Professor Soderberg über Sie beschweren«, keifte Sir John hinter ihm her.

Mathew drehte sich an der Tür noch einmal zu ihm um. »Machen Sie nur, das juckt mich nicht im Geringsten«, äußerte er abfällig und hielt kurz inne. »Ach, da fällt mir noch was ein, was ich Sie fragen wollte, Sir John …«

»Scheren Sie sich zum Teufel, Morgan«, raunzte der Baronet und stieß erbost seinen Gehstock auf das blank gewienerte Parkett.

»Warum haben Sie Lady Wilson in all den Jahren in der Anstalt kein einziges Mal besucht? Immerhin war sie doch Ihre Frau.«

»Ich wüsste nicht, was Sie das angeht, Sie impertinenter Narrenwärter. Und jetzt raus mit Ihnen!«, lautete die scharfe Entgegnung.

»Sie mich auch«, fluchte Mathew zwischen den Zähnen und zog es vor zu gehen.

Es goss in Strömen und war schon stockdunkel, als er vor dem Bahnhofsgebäude in Swansea aus der Pferdekutsche stieg und zum Eingang hastete, um auf dem Abfahrtsplan in der Bahnhofshalle nachzuschauen, wann der nächste Zug nach Cardiff fuhr. Ein Blick auf die große Bahnhofsuhr verriet ihm, dass es bereits auf 20 Uhr zuging, und er hoffte, in Bristol noch einen Anschlusszug nach London zu erwischen. Er hatte Glück, denn der nächste Zug nach Cardiff fuhr schon in zehn Minuten ab. Zeit genug, um am Fahrkartenschalter ein Ticket zu lösen und sich im Verkaufskiosk eine Kleinigkeit zu essen zu holen. Mathew kaufte sich eine Tüte Fisch und Chips, eine Flasche Zitronenlimonade und eine Abendausgabe des *Star*, um auf der Zugfahrt etwas zu lesen zu haben. Um diese Uhrzeit waren nur noch wenig Reisende unterwegs, und er hatte im Abteil 2. Klasse nahezu freie Platzwahl. Als der Zug wenig später anfuhr, hatte er auf einmal wieder heftigen Schüttelfrost, gepaart mit Schweißausbrüchen. *Der Affe sitzt dir ganz schön im Nacken,* ging es ihm durch den Sinn. Als langjähriger Gewohnheitstrinker kannte er solche Entzugssymptome zur Genüge. Seine Brust fühlte sich an wie in eine Zwangsjacke geschnürt, die immer enger wurde. Eine ausufernde Panik drückte ihm die Kehle zu, und sein Magen und alle Sinne schrien nach Schnaps. Er war schon drauf und dran, das Fläschchen aus der Tasche zu holen und sich die volle Abenddosis in den Rachen zu kippen, die er laut Doktor Nicholson eigentlich erst vor dem Zubettgehen nehmen sollte, aber ehe er jetzt noch in dem menschenleeren Zugabteil die Grätsche machte ... *Ist doch gut, dass es so leer ist, da sieht wenigstens niemand, dass du zitterst wie ein Entenarsch,* meldete sich wieder einmal der Spielverderber zu Wort. *Jetzt sauf deine Limo und friss deine Chips, dann wird es dir schon besser gehen – und lies verdammt noch mal deine blöde Zeitung, damit du auf andere Gedanken kommst.* »Ist recht, Boss«, murmelte Mathew. Anfangs schmeckte das Essen noch wie aufgeweichter Karton und die Limonade nach Putzmittel, doch bald ging es ihm tatsächlich eine kleine Winzigkeit besser, und als die Chipstüte leer war, griff er mit fettigen, aber ruhigen Händen nach dem *Star* und blätterte darin.

Jack the Ripper – »Eine ganz heiße Kartoffel!«
  Wussten die Ermittler mehr, als sie offiziell bekannt gaben?

Mathew stach auf der dritten Seite die fette Überschrift ins Auge, und er las gebannt den Artikel.

In der Nacht zum Dienstag, den 9. November 1915, jährt sich der grausame Mord an der Prostituierten Mary Kelly, der gleichzeitig auch der letzte Mord von Jack the Ripper war, zum siebenundzwanzigsten Mal, und es ist davon auszugehen, dass die schrecklichen Whitechapel-Morde für immer unaufgeklärt bleiben und der berüchtigtste Serienmörder aller Zeiten nie überführt werden wird.

Laut Expertenmeinung war Jack the Ripper ein psychopathischer Sadist, der einen krankhaften Hass auf Frauen, insbesondere auf Huren, hatte. In Insiderkreisen wurde jedoch schon mehrfach gemutmaßt, dass es in der Londoner Polizeibehörde jemanden gibt,

241

der mehr über den Ripper weiß als andere – und der nach außen nicht bereit ist, das zuzugeben.

Es handelt sich hierbei um keinen Geringeren als den ehemaligen Polizeipräsidenten James Monro, der sich inzwischen im Ruhestand befindet. Dem eng mit dem Secret Service verbandelten Polizeipräsidenten wird allgemein nachgesagt, dass er die wahre Identität von Jack the Ripper kennt. Im Jahre 1895 äußerte sein Enkel Christopher Monro der Presse gegenüber, sein Großvater halte den Lehrer Montague John Druitt, der kurz nach den Ripper-Morden Selbstmord beging, für Jack the Ripper. Er habe dies jedoch stets vor der Öffentlichkeit geheim gehalten, weil der Bruder von Druitt ihm mit einem riesigen Skandal gedroht habe, falls der Name seines Bruders im Zusammenhang mit den Ripper-Morden genannt werde. Denn er könne belegen, dass sich in den höchsten politischen Ämtern, bei der Armee, in der Kirche und auch bei der Polizei zahlreiche Homosexuelle befänden. Monro habe seinen Söhnen gegenüber erwähnt, das sei »eine ganz heiße Kartoffel«, an der er sich gewiss nicht die Finger verbrennen würde.

Ähnliches bemerkte der vom Star *zu den Mordermittlungen interviewte Inspektor Abberline: »Ich habe mein Wort gegeben, den Mund zu halten. … Ich weiß, dass meine Vorgesetzten über genauere Informationen verfügen. … Nur so viel sei gesagt: Der Ripper war weder ein Metzger noch ein ausländischer Matrose. Ihr braucht ihn nicht auf dem Boden der Londoner Gesellschaft zu suchen, sondern ein ganzes Stück weiter oben.«*

Darunter befand sich eine Abbildung des mit dem Ripper-Falls betrauten Inspektors mit dem folgenden Text:

Scotland-Yard-Inspektor a. D. Frederic Abberline vor seinem Cottage im Seebad Bournemouth, wo er seinen wohlverdienten Ruhestand genießt.

Laut Abberline treiben ihn die unaufgeklärten Ripper-Morde
auch 27 Jahre später noch um – was wohl auch für den Rest der
Bevölkerung gilt.

Mathew stieß einen Pfiff aus. Ihm kam plötzlich die kühne Idee, dem Inspektor in Bournemouth einen Besuch abzustatten. Das träfe sich gut, er würde in Bristol aussteigen und von dort aus weiterfahren. Von Bristol zum Seebad Bournemouth war es nämlich nicht mehr weit, das wusste er, weil er schon einmal einen Ausflug dorthin gemacht hatte – mit Mandy und den Kindern, vor gut zwanzig Jahren.

Als er in Bristol anlangte, war es fast 23 Uhr, und er nahm sich in der Nähe des Bahnhofs ein einfaches und billiges Zimmer in einer Fremdenpension. Er war nach der durchwachten Nacht und dem langen und anstrengenden Tag ziemlich erledigt, bettete sich gleich nach der Ankunft auf die durchgelegene Matratze und träufelte sich seine Schlafmedikation auf die Zunge. Das Medikament begann rasch zu wirken, und ehe er sich's versah, sank er in einen tiefen, narkotischen Schlaf.

Kapitel 7

Bournemouth, 9. November 1915

Als Frederic Abberline um die Mittagszeit von seinem Strandspaziergang zurückkehrte, sah er schon von Weitem, dass jemand vor der Tür seines Hauses stand, der ihn offenbar erwartete. Die große und wuchtige Gestalt des Mannes war ja auch kaum zu übersehen. *Was will denn dieser Kleiderschrank von mir?*, überlegte der 72-Jährige und brachte den Mann unwillkürlich mit dem Militär oder der Polizei in Verbindung. *Könnte auch ein Ganove sein, der würde aber sicher nicht an meine Tür klopfen.*

»Guten Tag, Sir, mein Name ist Mathew Morgan, und ich bin Wärter in der Kriminalabteilung für Frauen des Londoner Irrenhauses. In der Nachbarschaft sagte man mir, dass Sie Ihren täglichen Strandspaziergang machen und gegen Mittag zurückkommen, da habe ich mir erlaubt, hier auf Sie zu warten. Ich hoffe, Herr Inspektor, ich komme nicht ungelegen, aber ich muss unbedingt mit Ihnen reden, wenn Sie gestatten.« Der Kleiderschrank reichte ihm höflich die riesige Pranke.

Abberline, der während seines Dienstes bei Scotland Yard in die tiefsten menschlichen Abgründe geblickt hatte – insbesondere während der Ermittlungen in den Ripper-Morden –, mochte den Hünen auf Anhieb. *Der sieht zwar aus wie ein Totschläger, aber er kann keiner Fliege was zuleide tun,* wurde dem Menschenkenner sogleich bewusst. Er schüttelte herzlich die ihm dargebotene Hand und bot dem Besucher an, mit ins Haus zu kommen. »Wenn

Sie extra aus London angereist sind, um mich zu sprechen, haben Sie doch jetzt bestimmt Hunger, Mister Morgan?«, erkundigte sich der Ruheständler freundlich. »Um diese Zeit nehme ich nämlich immer mein Mittagessen ein, und meine Haushälterin kocht immer so viel, dass es für eine ganze Fußballmannschaft reicht. Darf ich Sie also einladen, mit mir gemeinsam zu speisen? Und wenn es Ihnen recht ist, können Sie mir dann beim Essen erzählen, um was es geht.«

Mathew war angenehm überrascht, wie entgegenkommend der Inspektor war, und willigte dankbar ein. »Nur, Sir ... es ist alles andere als ein nettes Tischgespräch, was ich Ihnen zu sagen habe«, warf er ein.

Abberline, dessen Neugierde ohnehin schon angestachelt war, lächelte abgeklärt. »Nach über dreißig Dienstjahren bei der Mordkommission ist man da nicht mehr so zimperlich«, erklärte er und bot Mathew einen Platz am Esstisch in dem behaglich eingerichteten Wohnzimmer an. »Und Sie als Irrenhauswärter sind es bestimmt auch nicht«, fügte er hinzu und beauftragte die matronenhafte Hausangestellte, ein weiteres Gedeck für seinen Gast aufzulegen. »Was gibt es denn heute, Abigail?«

»Irish Stew, Sir, und zum Nachtisch Plumpudding, den essen Sie doch so gerne«, erwiderte die Matrone mit verschmitztem Lächeln um die Grübchen und stellte eine Korbflasche mit Portwein und zwei Gläser auf den Tisch.

»Äh ... für mich bitte nicht, Ma'am«, äußerte der Kleiderschrank unsicher, als Abigail ihm einschenken wollte, und Abberline erkannte sofort am leichten Zittern seiner Hände, was Sache war. »Bringen Sie dem jungen Mann einen Sanddornsaft«, ordnete der Inspektor an und genehmigte sich mit der höflichen Bemerkung »Sie gestatten doch« einen ordentlichen Schluck Port. »Ich habe auch schon oft versucht, von dem Zeug loszukommen, aber es ist mir nie gelungen«, bekannte er mit verblüffender Offenheit. »Und jetzt auf meine alten Tage ist es ohnehin zu spät – zumindest versuche ich mir das einzureden.«

»Lassen Sie sich den Port ruhig schmecken, Sir. Je eher ich mich daran gewöhne, dass andere trinken und ich nicht, desto besser ist es«, erklärte Mathew mit grimmigem Unterton.

»Verdammt hart, das – aber bei Ihnen habe ich das Gefühl, Sie schaffen es«, sagte Abberline ermutigend.

»Hoffentlich«, erwiderte Mathew ebenso aufrichtig. »Ich habe es auch schon zigmal versucht, aber nie hingekriegt.«

»Vielleicht klappt's ja dieses Mal – ich wünsche es Ihnen.«

»Danke, Sir«, sagte Mathew. Er war von der Persönlichkeit des Inspektors tief beeindruckt. Er fühlte sich in der Gesellschaft des bärtigen Mannes mit den dunklen, melancholischen Augen ausnehmend wohl und hatte, obgleich er ihn gerade erst kennengelernt hatte, das Gefühl, in ihm eine verwandte Seele gefunden zu haben. Das Irish Stew schmeckte vorzüglich, und Mathew erzählte dem Inspektor von Lilli und ihren Lebenserinnerungen. Ganz entgegen seiner bisherigen Erfahrungen traf er damit bei Abberline von Anfang an auf offene Ohren, was sich im Zuge seiner Erläuterungen noch zunehmend steigerte, und als er geendet hatte, brannte der Inspektor regelrecht darauf, Lillis Aufzeichnungen zu lesen. Er schlug entgeistert die Hände zusammen. »Ein Polizist, der während der Ripper-Morde in Whitechapel auf Streife war, hat mal im Spaß geäußert, der Ripper müsste eine Frau sein, denn die Männer vor Ort wären ja alle überprüft worden, doch das hat außer mir keiner ernst genommen. Zeitweise gehörte sogar eine Frau namens Mary Pearcey zum engeren Kreis der Verdächtigen. Sie tötete kurz nach den Ripper-Morden die Frau ihres Geliebten auf ähnliche Weise wie der Ripper. Doch dieser Verdacht ließ sich nicht lange aufrechterhalten. Ich habe mir schon öfter den Kopf darüber zerbrochen, dass der Ripper eine Frau gewesen sein könnte, und habe auch mit meinem Freund Sir Arthur Conan Doyle darüber gesprochen, der daraufhin gemeint hat, der Ripper könnte eine Hebamme sein – aufgrund der gewissen anatomischen Kenntnisse, über die der Täter offenbar verfügte. ›Dann muss es aber eine *mörderische Hebamme* sein‹, hatte ich damals geflachst, mir aber trotzdem weiterhin meine Gedanken gemacht. Ich habe diese Überlegungen auch Kollegen und Vorgesetzten gegenüber geäußert, doch jegliche Gedankenansätze, der Ripper könnte eine Frau sein, wurden gleich vom Tisch gefegt«, bemerkte der Inspektor resigniert, während er von Mathew die Kladde entgegennahm. »Lilli Wilson hieß Ihre Patientin, und sie war die Gattin von Sir John Wilson, dem Gynäkologen und Geburtshelfer?«, brach es jäh aus ihm heraus, und er schaute Mathew verstört an. »Wir haben damals im Zuge der Mordermittlungen auch Sir John Wilson befragt, denn er hatte zwei der ermordeten Frauen im Zuge der Wohltätigkeit als Patientinnen behandelt, und mit dem letzten Mordopfer, Mary Kelly, hatte er eine Affäre. Doch es stellte sich rasch heraus, dass Professor Wilson zur Tatzeit wasserdichte Alibis hatte und daher als Mörder nicht infrage kam. Wir haben ihn sogar zu Hause aufgesucht, in seiner feinen Villa im Westend – und ich kann mich noch dunkel erinnern, bei dieser Gelegenheit auch seine Frau gesehen zu haben, die uns empfangen und in den Salon geführt hat, wo wir auf Sir John warteten. Sie war so eine verhuschte graue Maus mit einem Gesicht, dass sich keiner merken kann …«

»Dessen war sich Lilli sehr wohl bewusst, und das hat sie sich zunutze gemacht … auch bei den Morden«, sagte Mathew mit kehliger Stimme.

Abberline fuhr sich fahrig durch das lichte graue Haar. »Ist ja schon ein merkwürdiger Zufall, dass ihr Mann sie haargenau an dem Tag, an dem Mary Kelly ermordet wurde, ins Irrenhaus eingeliefert hat – und von da an haben ja auch die Morde aufgehört. Und das mit dem Herz und den anderen Trophäen, die sie ihrem Mann präsentiert hat, ist so makaber, dass sich einem schon beim Zuhören die Nackenhaare aufstellen. Ich muss unbedingt das Kapitel über den Mord an Mary Kelly lesen, bitte zeigen Sie mir, wo ich es finden kann.«

Mathew schlug das Buch auf, blätterte darin, bis er die entsprechende Stelle gefunden hatte, und reichte die Kladde an Abberline weiter, der mit hochgradiger Anspannung zu lesen begann. Mathew staunte nicht schlecht, als der abgebrühte Polizeiinspektor beim Lesen sichtlich aus dem Häuschen geriet und ein ums andere Mal fassungslos bekundete: »Das gibt's doch nicht!« oder »Das kann doch nicht wahr sein!« Als er seine Lektüre nahezu beendet hatte, wandte er sich mit ernster Miene an Mathew. »Ich würde ja fast sagen, das ist Täterwissen, was diese Lady da so beschreibt – wenn die ganzen Berichte über den Mordfall nicht in sämtlichen Londoner Zeitungen bis ins kleinste Detail durchgehechelt worden wären, sodass jedermann – vom Dreikäsehoch bis zum alten Tattergreis – darüber Bescheid wusste.« Abberline wischte sich die Schweißperlen von der Stirn, erhob sich und ging zu einem Teewagen, auf dem mehrere Flaschen und Gläser standen. »Entschuldigen Sie, Morgan, aber ich brauche jetzt was Stärkeres.« Er goss sich ein gut gefülltes Glas Brandy ein, stürzte es hinunter und kehrte an den Tisch zurück. »Das mit den Kleidungsstücken der Toten, die Lady Wilson in diesem Abschnitt erwähnte, gibt mir schwer zu denken, wie ich zugeben muss. Denn unmittelbar nachdem Mary Kellys Leiche entdeckt wurde, gab eine gewisse Caroline Maxwell, eine Frau aus der Nachbarschaft der Ermordeten, bei der Befragung eine Zeugenaussage zu Protokoll, die mir auch heute noch Kopfschmerzen bereitet. Ich habe ihre Aussage eigens aufgenommen und protokolliert. Maxwell behauptete nämlich, Kelly am Morgen um acht Uhr dreißig gesehen zu haben. Sie beschrieb eingehend die Kleidung, welche die vermeintliche Mary Kelly getragen habe. Die Zeugin räumte ein, dass Nebel die Sicht beeinträchtigt habe, außerdem habe die Frau auf der anderen Straßenseite gestanden. Da Mary Kelly zu diesem Zeitpunkt bereits seit Stunden tot war, gingen wir davon aus, dass sich die Zeugin getäuscht hatte, und schenkten ihrer Aussage keine weitere Beachtung mehr.«

»Es stimmt, dass Lady Wilson am Morgen nach dem Mord diese Kleidung getragen hat! Das Dienstmädchen Martha, das sie später im Garten fast zu Tode geprügelt hätte, hat dies gestern, als ich bei Sir John in Carmarthenshire war, bestätigt«, stieß Mathew alarmiert hervor. »Sie hat außerdem gesagt, das Gesicht von Lady Wilson wäre blutrot gewesen und sie hätte nach Blut gestunken …«

Abberline starrte ihn mit glasigen Augen an, aus denen tiefe Bestürzung sprach. »Ich habe damals die Asche aus dem Herd in Mary Kellys Zimmer untersucht und darin ein angekohltes Pelzstück, einen dunkelbraunen Baumwollfetzen und ein angesengtes Stück schwarzen Samt gefunden. Die Befragungen im Freundeskreis des Opfers haben ergeben, dass niemand Mary Kelly jemals in dieser Aufmachung gesehen hat. Die Kleidung des Opfers blieb jedoch unauffindbar, lediglich die Unterwäsche der Ermordeten konnte auf einer Stuhllehne in Mary Kellys Zimmer sichergestellt werden, die seltsamerweise frei von Blutspuren war – in Anbetracht des Blutbads, das ringsherum stattgefunden hatte, erschien uns das unvorstellbar. Das lässt mir jetzt alles keine Ruhe, ich gehe in mein Arbeitszimmer und hole die Durchschläge von Maxwells Protokoll, die ich damals angefertigt habe – und die ich mir auch heute noch im Ruhestand von Zeit zu Zeit vorknöpfe.« Wenig später kehrte der Inspektor mit einer Mappe zurück. »Ich sollte in Bezug auf die Zeugin nicht unerwähnt lassen, dass sie meinen Leuten schon den ganzen Tag auf die Nerven ging. Ein junger Officer, der in dem Mietshaus in der Dorset Street, das direkt gegenüber des Tatorts lag, vor der Eingangstür Wache hielt, berichtete, dass eine ältere, offenbar angetrunkene Mieterin ihn immer wieder angesprochen hätte, dass sie eine ganz wichtige Aussage zu machen habe, die keinen Aufschub dulde. Denn sie sei höchstwahrscheinlich die Letzte gewesen, die Mary Kelly am Morgen noch lebend gesehen habe, und deswegen sollten doch die Inspektoren ihre Aussage auch gefälligst vordringlich behandeln, anstatt sich im Haus von unten bis oben durchzufragen und wertvolle Zeit zu verplempern. Jedes Mal habe sie der Officer aufgefordert, wieder in ihre Wohnung zu gehen und zu warten, bis sie an die Reihe käme. Worauf sie ihn angeschrien und gedroht hätte, sie würde sich nachher bei den Scotland-Yard-Beamten über ihn beschweren. Er würde einen ordentlichen Rüffel bekommen. Auch mir selbst war die Frau schon unangenehm aufgefallen, als ich abends gegen achtzehn Uhr nach einem langen und nervenzerreißenden Tag in das oberste Stockwerk des Mietshauses kam, um die Anwohnerbefragung fortzuführen. Da stand eine alte, nachlässig gekleidete Frau im Flur, deren Schnapsfahne man schon von Weitem riechen konnte, und wankte mir entgegen, kaum dass ich die Treppe hochgekommen war. Ich sehe sie noch vor mir, mit ihren heruntergelassenen Strümpfen in den ausgetretenen Pantoffeln. Sie erkundigte sich bei mir, ob ich von Scotland Yard sei. Sie wohne nämlich in der Wohnung Nummer 512 und habe etwas sehr Wichtiges zu sagen. Solche Behauptungen hatte ich den Tag über schon häufiger gehört, und doch war bei den zahllosen Befragungen noch nichts Stichhaltiges herausgekommen, außer dass zwei Bewohnerinnen der Fremdenpension am Miller's Court angegeben hatten, gegen vier Uhr morgens aus der Richtung von Mary Kellys Zimmer gedämpfte Hilfeschreie gehört zu haben. Denen sie aber nicht nachgegangen wären, weil es in der Pension häufiger Streit gebe. Ich sagte der alten Frau, dass ich gleich bei ihr vorbeikommen würde. Als ich dann eine halbe Stunde später bei ihr vorstellig wurde, schnauzte sie mich an, das würde aber auch Zeit – wo sie doch eine ganz wichtige Aussage zu machen habe, das habe sie schon mehrfach dem jungen Polizisten an der Eingangstür gesagt, und man habe sie trotzdem so lange warten lassen.« Abberline lächelte gequält. »Ich erklärte ihr daraufhin, dass wir Hunderte von Anwohnern zu befragen hätten, und da wären Wartezeiten leider nicht zu vermeiden. Dann nahm ich ihre Personalien auf und bat sie, ihre Aussage zu machen.« Der Inspektor schlug den Ordner auf und fing an vorzulesen:

»*Mein Name ist Caroline Maxwell, ich bin dreiundsechzig Jahre alt und arbeite im London Hospital als Putzfrau. Ich habe Mary Kelly noch um 8:30 Uhr heute Morgen gesehen. Ich kam gerade vom London Hospital, wo ich seit zehn Jahren als Putzfrau arbeite. Sie kam gerade aus der Pension 13 Miller's Court und trug ein flaschengrünes Mieder, einen braunen Leinenrock und ein rotes Strickschultertuch. Es war die gleiche Kleidung, die Mary getragen hat, als ich ihr gestern begegnet bin. Sie hatte die Sachen oft an, weil sie nicht so viel zum Wechseln besaß.*« Abberline hielt kurz inne und massierte sich die Schläfen.

»Ich muss zugeben, dass ich der Aussage skeptisch gegenüberstand. Zum einen wirkte die angetrunkene Frau auf mich wenig glaubwürdig, zum anderen war es absolut unmöglich, dass sie die Ermordete um acht Uhr dreißig morgens auf der Straße gesehen hatte. Denn um diese Zeit war Kelly schon seit mindestens vier Stunden tot. Daher gab ich im weiteren Gespräch mit der Zeugin zu bedenken, dass es in London momentan sehr neblig sei, vor allem in dem nahe am Hafen gelegenen Whitechapel – und die Frau, die sie als Mary Kelly erkannt zu haben glaubte, außerdem noch auf der anderen Straßenseite stand. Ich fragte sie, weshalb sie trotzdem so sicher sei, dass die Frau, die aus der Pension kam, Mary Kelly war.« Abberline beugte sich wieder über den Ordner und las weiter.

»*Natürlich habe ich nicht die beste Sicht gehabt. Aber das Rot von Marys Schultertuch und das flaschengrüne Mieder waren so grell, dass ich sie auch bei dem Nebel noch erkannt habe. Außerdem habe ich ja auch mit ihr geredet, ich habe sie sogar mit ihrem Namen angesprochen, und sie hat mir sofort geantwortet.*«

Der Inspektor sah kurz auf. »Ich hakte nach, ob sie bei dem Nebel überhaupt ihr Gesicht hatte erkennen können.«

»*Nicht so richtig. Mir ist es nur so vorgekommen, als ob sie krank aussah, ihr Gesicht war irgendwie ganz rot und aufgedunsen, als ob sie Fieber hätte – und ihr ging es ja auch nicht gut, das hat sie mir doch selber gesagt.*«

»Das, was die Zeugin steif und fest behauptete, war so haarsträubend, dass ich langsam die Geduld verlor. Es hätte schließlich auch jemand ganz anderes sein können, eine andere Mieterin aus der Pension, die ähnlich gekleidet war wie Mary Kelley – die zufällig auch Mary hieß oder vielleicht gar nicht richtig mitbekam, dass Maxwell diesen Namen verwendet hatte.« Abberline seufzte schwer, bevor er mit dem Lesen des Protokolls fortfuhr.

»Ich kenne doch Marys Stimme und ihren walisischen Dialekt, mit dem sie immer gesprochen hat – und das habe ich mir mit Sicherheit nicht eingebildet. Und es war nicht nur die Kleidung und ihre Stimme mit dem Akzent. Es war auch die Art, wie sie gegangen ist, dieser Gang, der für Mary so typisch war. Die Füße waren leicht nach innen gebogen, und sie hat immer so große Schritte gemacht, als ob sie es sehr eilig hätte. Ich habe sie doch oft nachts die Straße entlanglaufen sehen, wenn ich oben an meinem Fenster saß, weil ich mal wieder nicht schlafen konnte, und mit der Zeit konnte ich sie schon am Gang erkennen. ›Da kommt Mary‹, habe ich dann immer gedacht, wenn sie mit ihren Riesenschritten die Dorset Street entlang marschiert ist, selbst dann noch, wenn sie ›hohen Seegang‹ hatte, wenn Sie verstehen, was ich meine. Als ich sie heute Morgen getroffen habe, war ich mir ganz sicher, dass es Mary war. Wie hätte ich denn auch ahnen können, dass sie kurze Zeit später dem Ripper in die Hände fällt? Vielleicht hätte ich das ja irgendwie verhindern können. Ich mochte Mary, und es macht mich fix und fertig, dass sie so bestialisch abgeschlachtet wurde. In dem Zimmer soll es ja ausgesehen haben wie in einem Schlachthaus. Es tut mir so entsetzlich leid um die arme Mary. Sie war so ein liebes Ding und noch so jung. Vielleicht hat der Ripper ja schon irgendwo auf sie gelauert, als ich sie getroffen habe. Wenn ich sie nur mit zu mir nach oben genommen hätte, dann würde sie jetzt vielleicht noch leben.«

»Irgendwie tat mir die Frau sogar leid«, erklärte der Inspektor nachdenklich. »Ein einsames, altes Muttchen, das sich auf seine alten Tage noch mit Putzarbeiten durchschlagen musste, und obwohl es hanebüchener Unfug war, was sie sich da zusammenreimte, so schien doch ihre Betroffenheit echt zu sein. Daher entschloss ich mich entgegen meinem eisernen Grundsatz, keine

Interna an Außenstehende weiterzugeben, in Bezug auf Mary Kellys Todeszeitpunkt mit offenen Karten zu spielen. Ich sagte ihr, dass sie sich keine Vorwürfe machen müsse – aus dem einfachen Grund, weil Mary Kelly um acht Uhr dreißig schon längst nicht mehr am Leben war. Nach Einschätzung der Gerichtsmediziner war ihr Tod zwischen ein und vier Uhr früh eingetreten. Die Frau, die sie um halb neun gesehen habe, könne also unmöglich Mary Kelly gewesen sein.«

»Aber sie hatte doch Marys Sachen an und hat auch so gesprochen wie Mary, und als sie dann weitergelaufen ist, wo es zu regnen angefangen hat, hab ich ihr noch hinterhergeguckt, und sie ist auch genauso gegangen wie Mary! Da bin ich mir absolut sicher, und ich bin auch jederzeit bereit, das zu beeiden.«

Der Inspektor sah auf, während er sich nachdenklich die Stirn rieb. »Ich sagte ihr, dass ich mir ihre Aussage notiert hätte und zu gegebener Zeit darauf zurückkommen würde, als mir plötzlich eine Idee kam. Ich fragte die Zeugin, ob die Person, die sie am Morgen für Mary Kelly gehalten habe, auch ein Mann gewesen sein könnte. Ein Mann, der Mary Kellys Kleidung trug. Doch Caroline Maxwell verneinte das rigoros und behauptete, es sei hundertprozentig eine Frau gewesen, darauf schwöre sie jeden Eid. Dann schien sie wohl den Schluss zu ziehen, dass die Frau damit auch der Mörder gewesen sein könnte. Natürlich sagte ich ihr, dass dies ein Ding der Unmöglichkeit und völlig ausgeschlossen sei. Dann gab ich ihr zu verstehen, dass die Befragung hiermit beendet sei und ich sie benachrichtigen ließe, falls ich noch Fragen an sie hätte.«

Mathew schlug fassungslos die Hände zusammen. »Der Mörder war eine Frau!«, gab er im Brustton der Überzeugung von sich. »Lilli Wilson. Nach dem, was ich eben gehört habe, bin ich mir da sicherer denn je. Unglaublich, wie dicht Sie damals dran waren, den Fall zu lösen, wenn Sie nur weiter in dieser Richtung ermittelt hätten.«

»Da mögen Sie recht haben«, erklärte der Inspektor bedrückt. »Und ich muss zugeben, dass mich diese Ungereimtheiten bis ins Grab verfolgen werden. Aber die Zeugin war einfach nicht glaubwürdig, und dass sie später alles, was sie zu Protokoll gegeben hat, an sämtliche Londoner Sensationsblätter verschachert hat, machte sie in meinen Augen auch nicht seriöser.«

»Aber es kann doch kein Zufall sein, dass auch das Dienstmädchen Lady Wilson am Morgen nach dem Mord an Mary Kelly so gesehen hat. Für mich besteht jedenfalls kein Zweifel, dass Lilli Wilson Jack the Ripper war, das schreit einem ja förmlich entgegen, wenn man ihre Aufzeichnungen liest.«

Abberline schlug entschlossen mit der Hand auf die Tischplatte. »Genau das werde ich jetzt tun, wenn Sie gestatten, Mister Morgan. Ich gebe Ihnen jetzt einen warmen Schal von mir und eine Mütze, und dann machen Sie einen langen Strandspaziergang. Es ist zwar ziemlich ruppig draußen, aber die frische Seeluft wird Ihnen bestimmt guttun. Ich lasse Ihnen ein Gästezimmer herrichten, dann brauchen Sie sich für die Nacht keine Unterkunft zu suchen, und wir können später, wenn ich die Aufzeichnungen gelesen habe, in Ruhe über alles sprechen. Was halten Sie davon?«

»So können wir es gerne machen, Herr Inspektor. Ich hoffe, es macht Ihnen nicht zu viele Umstände, und vielen Dank für Ihre Gastfreundschaft.« Mathew lächelte dankbar und folgte Abberline in den Flur, um sich für die raue Seeluft wetterfest auszustatten. Denn trotz des trüben Novemberwetters freute er sich, dem Meer einen Besuch abzustatten.

Es dämmerte bereits, als er zu dem schmucken Cottage des Inspektors in der Holdenhurst Road zurückkehrte. Mehr als drei Stunden war er am Strand entlangspaziert, hatte die vom Wind aufgewühlte See betrachtet, tief die salzige Meeresbrise inhaliert, den Möwen bei ihren gigantischen Sturzflügen zugesehen und seinen Gedanken freien Lauf gelassen. Das überwältigende Naturschauspiel hatte ihn geerdet, und schließlich hatte er angefangen, wie ein kleiner Junge Muscheln zu sammeln, und dabei ein Liedchen geträllert. Die Muscheln würde er Maureen mitbringen. In einem kleinen Laden an der nahezu menschenleeren Strandpromenade kaufte er eine hübsche Ansichtskarte vom Seebad Bournemouth, lieh sich vom Ladenbetreiber einen Stift aus, schrieb mit ungelenker Schrift Grüße an Mandy, Maureen und den Rest der Familie, mit dem Vermerk, dass er dienstlich unterwegs sei und ihnen demnächst ausführlicher davon berichten werde. Beim Gedanken an seine Lieben stiegen ihm die Tränen in die Augen, so sehr sehnte er sich nach ihnen. Er liebte sie unsagbar, und er würde ihnen ein schönes Geschenk mitbringen: einen nüchternen Daddy und Ehemann. Das hatte er fest vor, obgleich die mannigfaltigen Anfechtungen ihn allerorts heimsuchten und peinigten wie ein wild gewordener Hornissenschwarm – der Anblick der handlichen kleinen Schnapsflaschen in dem Souvenirladen, die Biertrinker an den Fenstern des Pubs. Der innere Schweinehund hätte sich nur allzu gerne volllaufen lassen und haderte mit dem Spielverderber, den er am liebsten vergrault hätte, doch er ließ sich einfach nicht abschütteln. Mit ihm an der Seite war alles fade und langweilig, aber *nüchtern!* Den heutigen Tag nicht mitgerechnet, hatte er immerhin schon einen ganzen Tag und eine ganze Nacht keinen Schnaps mehr angerührt. *Besser als nichts,* sagte sich Mathew. *Besser als saufen,* sagte der Spielverderber, der ja immer das letzte Wort haben musste, und das war gut so.

Als er in die angenehm warme Wohnstube trat, in der ein behagliches Kaminfeuer prasselte, blickte ihm der Inspektor mit glasigen, rot unterlaufenen Trinkeraugen vom Tisch entgegen, vor sich die aufgeschlagene Kladde, und erklärte mit schwerer Zunge, er sei über die Tagebuchaufzeichnungen hochgradig erschüttert. Die nahezu leere Brandy-Flasche auf dem Tisch sprach Bände – und war zum Greifen nahe, wie Mathew beim Näherkommen bemerkte. Angesichts von Abberlines Alkoholfahne hielt er unwillkürlich den Atem an, vor Abscheu ebenso wie vor Entzücken. »Trotzdem ist es für mich nach wie vor ein Unding, dass eine Frau die bestialischen Morde begangen haben soll«, fuhr Abberline fort und rief nach seiner Haushälterin. »Bring dem jungen Mann einen Tee, Abigail, der sieht ja ganz durchgefroren aus«, posaunte er in ihre Richtung.

»Ihnen auch einen Tee, Sir?«, fragte die Matrone mit tadelndem Blick auf die Brandy-Flasche.

»Nee, kannst aber noch 'ne Flasche Brandy aus der Küche mitbringen, denn die hier is ja fast leer«, erwiderte der Inspektor trocken. »Wissense, Morgan«, wandte er sich an Mathew, »dagegen spricht auch meine langjährige Berufserfahrung. Ich war nämlich früher vor den Ripper-Morden im Bereich *ripper crimes* für Scotland Yard tätig, und eine Frau ist normalerweise zu solchen Gewalttaten gar nicht in der Lage.« Er goss sich den Rest Brandy ins Glas und kippte ihn hinunter. »Andererseits, wie heißt es doch so schön in dem bekannten Gedicht von William Congreve? *Der Hölle Zorn kann nicht schlimmer wüten als der Hass einer verschmähten Frau.*«

Mathew runzelte verdutzt die Stirn. »Wieso denn *verschmäht?* Lilli hat sich doch aus ihrem Ehemann gar nicht viel gemacht …«

»Aus ihrem Ehemann nicht, aber aus ihrer Gouvernante Miss Beaver dafür umso mehr – und die hat Lilli doch eiskalt abserviert«, äußerte der Inspektor nachdenklich.

»Das stimmt«, pflichtete Mathew ihm bei. »Aber der Hölle Zorn nährt sich bei Lilli aus einer anderen Quelle.«

»Aus welcher?«, fragte der Inspektor, der bei aller Trunkenheit plötzlich wieder erstaunlich nüchtern wirkte.

»Aus der grausamen Mordlust einer gefühlskalten Bestie.«

Der Inspektor nickte ernst. »Und somit wären wir wieder bei Jack the Ripper. Ich erinnere mich noch gut an den Mord an Annie Chapman, den Lady Wilson ja in ihren Aufzeichnungen detailliert beschrieben hat. Die Schürzentasche der Toten war aufgeschlitzt worden und enthielt zwei Kämme, ein Stofftuch, was Huren häufiger bei sich tragen, um sich nach dem Beischlaf zu säubern, und ein Briefkuvert mit zwei Tabletten. Diese drei persönlichen Habseligkeiten der Toten wurden vom Mörder mit einer gewissen Sorgfalt neben die Leiche gelegt, das Tuch und die Kämme zu den Füßen der Toten, das Kuvert neben ihren Kopf. Einerseits zeichnete sich bei dem Mord eine brutale, rasende Attacke ab, andererseits gab es auch diese sorgfältigen, rituellen Elemente. Der Uterus, die Hälfte der Vagina und ein Großteil der Blase wurden aus dem Körper entfernt, auch das geschah offenbar mit einiger Sorgfalt. ›Die Frau ist operiert worden, die Schnitte sind alle wohlüberlegt‹, sagte der mit dem Fall betraute Gerichtsmediziner Doktor Llewellyn. Und die herausgeschnittenen Organe wurden nicht bei der Leiche aufgefunden, weil der Mörder sie wahrscheinlich als Trophäen mitgenommen hat. Das alles war damals unfassbar für mich und hat mir fast den Verstand geraubt. Morde an Straßenprostituierten hat es zwar schon immer gegeben, aber derartige postmortale Verstümmelungen waren mir bis dato unbekannt. Daher war mir auch das Motiv des Täters völlig unklar und ich grübelte ganze Nächte und fragte mich immer wieder: *Wer bist du – du Bestie?* Dem Ripper ging es nicht nur um Mord, dem ging es um etwas ganz anderes. Wir hatten es hier nicht nur mit einem irrsinnigen Abschlachten des Opfers zu tun, sondern mit einem Mörder, der anatomische Trophäen mitnimmt. Das Entfernen des Uterus und der Vagina weist auf jemanden, der Frauen hasst, möglicherweise aber auch fürchtet. Das Entfernen der Sexualorgane ist eine Art Versuch, das Opfer zu neutralisieren. Er oder *sie* entfernt das, was er für eine sexuelle Bedrohung hält. Die Furcht vor Frauen und ihrer Sexualität ist ein starkes Motiv. Ich beriet mich damals mit dem Leibarzt von Queen Victoria, Sir William Gull, der auch auf dem Gebiet von Geisteskrankheiten über ein komplexes Wissen verfügte. Ich fragte ihn, ob der Mörder verrückt sei. ›*Was genau heißt denn verrückt?*‹, stellte mir Doktor Gull die Gegenfrage. Er vertrat die Ansicht, dass wir es mit jemandem zu tun haben, der sowohl normal als auch verrückt ist – was auch auf Lady Wilson zutraf, ihr Gatte äußerte ja bei ihrer Einweisung ins Irrenhaus dem Anstaltsleiter Professor Hood gegenüber, sie sei verrückt, ohne verrückt zu sein.«

»Das ist absolut richtig, Sir«, bekräftigte Mathew. »Alles in allem war das auch mein Eindruck von Lady Wilson. Während dieser langen Zeit hatte ich nicht mal den Hauch einer Ahnung, welch schreckliches Geheimnis sich hinter ihrer harmlosen Fassade verbarg. So ist es Jack the Ripper nicht nur gelungen, Scotland Yard und die gesamte Polizei von London hinters Licht zu führen, sondern auch noch diejenigen, die auf den menschlichen Irrsinn spezialisiert sind – mich selbst nicht ausgenommen. Von ihren Mordschilderungen einmal abgesehen, deren Einzelheiten sie auch aus den Zeitungen abgekupfert haben könnte, gibt es doch auch Beweise, dass sie die Whitechapel-Morde begangen hat. Das blutverschmierte Gesicht, die Kleidung der Ermordeten, die nie gefunden wurde, der starke Blutgeruch und die angesengten Stoffreste, die Sie in der Herdasche gefunden haben. Das schwarze Stück Samt stammte doch garantiert von Lillis Samtcape, das sie bei den Morden immer getragen hat.«

Inspektor Abberline schüttelte verzagt den Kopf. »Das sind doch alles keine richtigen Beweise, die Kleidung könnte sie sonst woher gehabt haben, und auch wenn das alles mehr als ein Zufall ist, so haben wir doch heute nicht mehr das Geringste in den Händen, um eindeutig zu beweisen, dass Lady Wilson die Morde begangen hat.«

Mathew berichtete dem Inspektor von dem billigen Metallring mit dem roten Glasstein, der sich in Lillis Nachlass befunden hatte. »Ich habe ihn meiner kleinen Tochter geschenkt«, fügte er betreten hinzu. »Das war, bevor ich die Aufzeichnungen gelesen habe. Es ist aber kein Problem für mich, den Ring zu holen und Ihnen zu zeigen.«

Abberline stieß vernehmlich die Luft aus. »Freunde und Bekannte von Annie Chapman gaben damals übereinstimmend zu Protokoll, dass Chapman immer einen billigen Ring trug, der bei der Toten jedoch nicht gefunden wurde. Wir gingen davon aus, dass ihn entweder der Mörder oder einer der Passanten entwendet hatte. Aber auch das beweist gar nichts. Lady Wilson könnte den Ring auch in irgendeinem Ramschladen oder auf dem Jahrmarkt erstanden haben. Das Einzige, was uns eventuell weiterhelfen könnte, wäre ein Schuldgeständnis von Lady Wilson, was aber in Anbetracht ihres Geisteszustands äußerst fragwürdig wäre.«

»Aber sie hat doch ein Geständnis abgelegt – durch ihre Aufzeichnungen. Lilli hat genau gewusst, dass ich sie lesen und den schockierenden Inhalt nicht für mich behalten würde«, warf Mathew ein.

»Ich merke schon die ganze Zeit, Mister Morgan, dass Sie felsenfest davon überzeugt sind, dass Ihre ehemalige Patientin Jack the Ripper war – und nach allem, was ich über sie gelesen habe, erscheint es auch mir überaus plausibel, dass diese Dame tatsächlich über das grausige Potenzial verfügte, um die bestialischen Ripper-Morde zu begehen. Sie passt nahezu perfekt in das Täterbild von Jack the Ripper, mit der einzigen Einschränkung, dass sie eine Frau war – und Frauen treten in der Kriminalgeschichte nur äußerst selten als sadistische Lustmörderinnen in Erscheinung. Die meisten Mörderinnen töten mithilfe von Gift und meiden eher die körperliche Gewalt. Da gibt es die sogenannten Schwarzen Witwen, die ihre Ehemänner oder andere Verwandte töten, um sich persönlich zu bereichern. Oder die Todesengel, zumeist Krankenschwestern, die in Hospitälern und Pflegeheimen arbeiten, wo sie sich daran berauschen, Macht über Leben und Tod zu haben. Dann gibt es noch die Mörderinnen aus Rache und die Profitmörderinnen, die gut drei Viertel der weiblichen Mörder ausmachen. Und schließlich noch die sendungsbewussten Mörderinnen, die glauben, Gott und der Menschheit einen Gefallen zu erweisen, indem sie bestimmte verachtenswerte Subjekte aus dem Weg räumen – was zweifellos auch auf Lady Wilson zutrifft. Aber die sadistischen Gewaltfantasien, die Lady Wilson zu den Hurenmorden getrieben haben, sind normalerweise eher bei männlichen Mördern vorhanden.«

»Ich stimme Ihnen zu, Herr Inspektor, dass die rasende Bestie in Lady Wilson alle Kategorien sprengt. Ich habe mir vorhin bei meiner Strandwanderung so meine Gedanken über sie gemacht und bin zu dem Schluss gekommen, dass sie eigentlich nur nach außen hin der Gattung Mensch angehörte, in ihrem Inneren aber ganz eigenen Gesetzen folgte. Sie kannte weder Gefühle, die ihr Verhalten beeinträchtigten, noch so etwas wie Mitgefühl«

»Ja, was für ein unglaublicher Charakter«, bemerkte der Inspektor.

»Lady Wilson konnte sehr charmant sein und so skrupellos, dass sie noch jeden Massenmörder in die Tasche gesteckt hätte.« Mathew schnaubte verächtlich. »So ein Untier wie sie ist mir selbst in der Kriminalabteilung für Geistesirre noch nicht untergekommen.«

»Wenn ich es nicht besser wüsste, würde ich sagen, sie hat den Sadismus erfunden«, sagte der Inspektor mit grimmigem Unterton. »Wobei sie eine besonders raffinierte Sadisten-Spezies war, denn in Bezug auf ihre Opfer hatte sie durchaus so etwas wie Empathie, die allein zwei Zwecken diente: Sie musste sich in ihre Lage versetzen, um sie besser hereinlegen zu können und um es noch intensiver auszukosten, sie leiden zu sehen. Der Schmerz und die Erniedrigung des Opfers waren für sie so stimulierend, als hätte sie ein Glas Champagner getrunken. Sie war eine Sadistin, die hochintelligent war und sich perfekt kontrollieren konnte, wenn es die Situation erforderte. Sie beging ihre Taten vorsätzlich und weniger aus einem Impuls heraus. Mit der postmortalen Verstümmelung der Opfer erreichte sie die Befriedigung ihrer sadistischen Triebe. Sie hatte ein Feingefühl für die Schwächen ihrer Opfer und konnte diese schon an Haltung und Gang erkennen. Mit Ausnahme der erst fünfundzwanzigjährigen Mary Kelly waren die Opfer allesamt gealterte Huren, die geschwächt, hinfällig und heruntergekommen anmuteten und sturzbetrunken waren, wie sie im Elendsquartier Whitechapel an jeder Straßenecke zu finden sind. Dort unternimmt sie ihre Streifzüge, verwandelt sich von der vornehmen Westend-Lady in eine rastlose Nachtgestalt, die unaufhörlich auf der Suche nach neuen Opfern ist. Ihr Charme dient ihr als Deckmantel, der die wahren Absichten verhüllt. Sie liebt die Anonymität, liebt es, mit der Menge zu verschmelzen. Von Mal zu Mal werden die Morde grausamer, sie lechzt förmlich nach neuen, intensiveren Erfahrungen wie ein Opiumraucher nach der nächsten Pfeife – nach der Macht, einem anderen Menschen das Leben zu nehmen.« Der Inspektor verfiel in düsteres Grübeln.

»Sie glauben also auch, Herr Inspektor, dass Lilli Wilson die Morde begangen hat?«, durchbrach Mathew das Schweigen.

»Mehr oder weniger schon«, gab Abberline zur Antwort. »Aber glauben heißt nicht wissen – und letzte Gewissheit werden wir wohl nie erhalten. Wie auch immer, ich werde Ihnen morgen ein Empfehlungsschreiben für Scotland Yard mitgeben. Überlassen Sie den Kollegen Lady Wilsons Aufzeichnungen, damit sie sich ihre Meinung bilden können. Aber versprechen Sie sich nicht zu viel davon, denn Polizisten sind von Haus aus Skeptiker, und es gab im Ripper-Fall schon mehr als genug falsche Verdächtige.«

Es war schon spät geworden, als der Inspektor seiner Haushälterin die Weisung erteilte, heißen Kakao und Butterbrote für sie zu bereiten. Mathew und Abberline nahmen die Brote und ihren Schlummertrunk zu sich, der Inspektor versah den seinigen mit einem ordentlichen Schuss Brandy, sie sprachen noch ein Weilchen wie alte Freunde über persönliche Belange, ehe sie sich zu Bett begaben – beide in der vagen Hoffnung, trotz des Eintauchens in das abgrundtief Böse einen erholsamen Schlaf zu finden.

Kapitel 8

London, 10.-20. November 1915

Wie sich am Mittwochnachmittag im Hauptquartier von Scotland Yard herausstellte, lag Abberline mit seiner Prognose keineswegs falsch. Zwar hörte sich Chefinspektor MacFaden Mathews Anliegen an und warf auch einen zerstreuten Blick auf Abberlines Empfehlungsschreiben, doch es war nur allzu offensichtlich, dass der Kriminalinspektor von der Behauptung eines Irrenhauswärters, seine verstorbene Patientin sei Jack the Ripper gewesen, keineswegs beeindruckt war. »Sie können uns die Aufzeichnungen ja dalassen, wir prüfen sie zu gegebener Zeit und melden uns dann bei Ihnen«, erklärte der junge Mann mit den rötlichen Stoppelhaaren und dem noch röteren Oberlippenbart, der locker Mathews Sohn hätte sein können, lapidar und erklärte sich bereit, ihm dafür einen Beleg auszustellen. Mathew erinnerte sich an die Zusage, die er Professor Soderberg gegeben hatte, und seufzte unbehaglich. »Es ist so … die Aufzeichnungen unserer Insassen gehören eigentlich ins Patientenarchiv des Bethlem Royal Hospitals, und ich habe meinem Vorgesetzten, Anstaltsleiter Professor Soderberg, versprochen, die Kladde am Freitag wieder zurückzubringen.«

MacFaden verzog unwirsch die Mundwinkel. »Das wird aber knapp, Mister Morgan«, sagte er und wies verdrossen auf den riesigen Aktenstapel auf seinem Schreibtisch. »Wir haben Arbeit bis unter die Decke, und ich kann momentan keine Leute von den laufenden Ermittlungen abziehen, um sich die Tagebucheintragungen einer Verrückten aus dem Irrenhaus durchzulesen. Nichts für ungut, Mister Morgan, ich sage nur, wie es zurzeit bei uns aussieht.«

»Aber das, was in der Kladde steht, kann nur der Mörder selbst geschrieben haben, und Inspektor Abberline ist ebenfalls der Ansicht, dass es durchaus plausibel erscheint, dass Lady Wilson die Ripper-Morde begangen ...«

»*Lady* Wilson – warum denn nicht gleich *Queen Victoria*?«, spöttelte der Chefinspektor mit hochgezogenen Brauen, und Mathew spürte, dass den abgeklärten Kriminalisten so leicht nichts beeindrucken konnte.

»Ich kann die Kladde auch wieder mitnehmen, wenn es Sie nicht interessiert«, erwiderte er verärgert.

»Nein, lassen Sie den Kram mal da, ich werde sehen, was ich tun kann«, sagte MacFaden und stellte Mathew eine Quittung aus. »Nehmen Sie es bitte nicht persönlich, Mister Morgan, aber seit den Ripper-Morden anno 1888 hat Scotland Yard mehrere tausend Briefe und Bekennerschreiben erhalten. Das meiste davon war krudes Zeug von irgendwelchen Spinnern, die von sich behaupteten, Jack the Ripper zu sein. Einige wenige stammten von Leuten wie Ihnen, die in guter Absicht Ratschläge und Tipps zur Ergreifung des Mörders geben wollten. Es gab etwa siebzig Verdächtige, die von der Polizei auf Herz und Nieren geprüft wurden, doch wer Jack the Ripper wirklich war, wissen wir bis heute nicht – und so leid es mir tut, aber diesbezüglich hat sich Inspektor Abberline auch nicht gerade mit Ruhm bekleckert, obwohl er zweifelsfrei ein tadelloser Polizist war, dem alle Ehre gebührt. Die Ripper-Morde fanden vor siebenundzwanzig Jahren statt, doch es gibt auch heutzutage noch Leute, die glauben oder von sich behaupten, sie hätten das Rätsel um den Ripper endlich geknackt. In regelmäßigen Abständen erscheinen irgendwelche Zeitungsartikel oder andere Machwerke, in denen eine neue Sau durchs Dorf getrieben wird. Der größte Teil davon ist Blödsinn, in dem die vermeintlichen Fakten von den Verfassern so zurechtgebogen werden, dass sie auf die vorgeschlagenen Verdächtigen passen. So viel dazu, Mister Morgan, aber ich kann Ihnen versprechen, dass ich Ihren Fall prüfen lasse, und dann sehen wir weiter.« Er erhob sich und reichte Mathew zum Abschied die Hand. »Mannomann, Sie können aber zupacken«, feixte MacFaden. »Einen wie Sie könnten wir im Yard gut gebrauchen.«

»Dann stellen Sie mich doch ein«, scherzte Mathew, der Mac-Fadens Standpunkt im Ripper-Fall inzwischen besser verstehen konnte. »Der wahre Irrsinn findet sowieso *außerhalb* des Irrenhauses statt …«

»Wohl wahr«, grummelte der junge Kriminalinspektor. »Also dann, bis Freitag, bis dahin wissen wir mehr – oder auch nicht«, verabschiedete er sich von Mathew und klopfte ihm kameradschaftlich auf die Schulter.

Nachdem der Irrenhauswärter gegangen war, rief MacFaden den kurz vor dem Ruhestand stehenden Officer Charles Windus, der aufgrund seines Alters seit geraumer Zeit ausschließlich für den Innendienst abgestellt war, in sein Büro. Er informierte ihn kurz über den Sachverhalt und erteilte ihm den Auftrag, die Aufzeichnungen zu lesen.

»Ach, schon wieder so ein Ripper-Scheiß«, murrte Windus missmutig.

»Genau. Lies dir den Scheiß mal durch und erstatte mir dann Rapport – aber gefälligst bis Freitag, bis dahin will der Klappsenwärter nämlich wissen, was Sache ist.«

Windus, der in seinem Leben noch kein einziges Buch gelesen

hatte und dessen Leseinteresse sich ausschließlich auf den *Star*, eine der übelsten Gazetten des lokalen Sensationsjournalismus, konzentrierte, warf eine halbe Stunde vor Feierabend einen Blick in die Kladde. Er überflog die ersten Seiten, las im Schnelldurchlauf die Schlussbemerkung und klappte sie anschließend wieder zu, da er ja in zehn Minuten Feierabend hatte und vorher noch seine Tasse und die Brotbüchse spülen wollte. Auf dem Flur traf er Chefinspektor MacFaden, der ihn fragte, ob er sich die Tagebuchaufzeichnungen schon angesehen habe.

»Hab ich«, erwiderte Windus wahrheitsgemäß und rollte mit den Augen. »Die Alte hat einen Knall, und was das alles mit Jack the Ripper zu tun haben soll, verstehe ich auch nicht. Die hat doch nur davon gequatscht, dass sie die Straßen Londons vom Abfall gereinigt hat – eine Art Müllsammlerin also. Was soll denn daran so schlimm sein? Alte Leute machen so was manchmal, wenn sie ein bisschen sonderbar werden. Gucken in Abfalleimer, lesen den Kehricht von der Gasse auf, weil sie sich sagen, das ist doch viel zu schade zum Wegwerfen – und Essen wirft man sowieso nicht weg, das hat es bei uns daheim nie gegeben …«

Der Chefinspektor, der aus Erfahrung wusste, dass der bejahrte Officer häufig kein Ende fand, wenn er anfing, aus seiner bewegten Kindheit und Jugend zu berichten, in der die Not so groß und das Leben ungleich härter gewesen war als in den modernen Zeiten, winkte ungeduldig ab. »Schon gut, Charlie, das war ja auch nicht anders zu erwarten bei so einer Psycho-Tante. Dann sag ich das dem Gorilla am Freitag, und dann kann er seinen Krempel gleich wieder mitnehmen.«

Mathew fühlte sich auf dem Weg zu seiner Dachmansarde ziemlich angeschlagen und hatte das Gefühl, eine Erkältung auszubrüten. Während ihm die rauen Windböen eisige Regenschauer ins Gesicht fegten und seine Kleidung so durchnässt war, dass er vor Kälte schlotterte, freute er sich zum ersten Mal auf sein ärmliches Zuhause, wo er sich einigeln und ausruhen konnte. Er würde vorher noch in dem kleinen Krämerladen an der Ecke das Nötigste einkaufen, und dann nichts wie heim, um der Welt für eine Weile den Rücken zu kehren und nur noch seine Ruhe zu haben. Im Laden kostete es ihn einige Überwindung, den Blick vom Schnapsregal abzuwenden und der verlockenden Vorstellung, sich mit einer ordentlichen Ladung Gin in den wohlverdienten Schlaf zu saufen, tapfer Paroli zu bieten. Mit einem Anflug von Panik wurde ihm bewusst, dass er nichts *Trinkbares* mehr im Hause hatte. *Ist auch besser so,* meldete sich der Spielverderber, und Mathew hätte dem lästigen Besserwisser am liebsten in den Arsch getreten. *Heiße Milch mit Honig soll ja gut bei Erkältungen sein ...* Er erstand sogar noch zusätzlich Kakaopulver, da er plötzlich Lust auf einen heißen Kakao verspürte, wie er ihn vor dem Zubettgehen in Bournemouth bei Inspektor Abberline getrunken hatte. Er holte sich noch ein paar Butterkekse dazu und war selbst erstaunt darüber, dass er jetzt auch noch zum Süßmaul wurde. Die Kommunikation mit der Ladeninhaberin Bertha, die gesprächig und neugierig wie immer war, beschränkte er aufs Wesentliche. Und als sie ihn beim Bezahlen an der Kasse fragte »Fehlt da nicht noch was?«, gab er trotzig zur Antwort: »Nein, ich habe alles!«

Zu Hause in der kalten, zugigen Dachkammer zündete er erst mal den Ofen an, dann briet er sich zum Abendessen ein paar Würste mit Bohnen, Speck und Eiern und trank mit Honig gesüßten Tee dazu. Er fühlte sich so hundemüde und gleichzeitig auch angenehm leer im Kopf, dass er beschloss, zu Bett zu gehen. Obwohl er sich sicher war, auch ohne seine Abenddosis einschlafen zu können, nahm er die vorgeschriebene Anzahl Tropfen, sank auf die Matratze und zog sich wohlig die Decke über die Ohren. Sein letzter Gedanke lautete: *Ihr könnt mich alle mal!*

Gleich darauf schlief Mathew Morgan so tief und fest wie ein Säugling.

Da er an der Paddington Station in kluger Voraussicht den frühen Acht-Uhr-Zug genommen hatte, schaffte er es bis Viertel vor zwei zum Friedhof von Swansea. Er hatte sich zwar einen ordentlichen Schnupfen geholt, fühlte sich aber sonst so ausgeschlafen und gefestigt wie schon lange nicht mehr. In einem Blumengeschäft unweit des Friedhofs erstand er einen Strauß weiße Nelken, die er der Verstorbenen aufs Grab legen wollte. Als er den weitläufigen Friedhof betrat, um zu schauen, wo sich das Grab für die anstehende Beisetzung befand, fuhr gerade die Kutsche eines Bestattungsunternehmens vor. Ein Mann in livrierter Trauerkleidung mit den silbernen Schriftzügen *Pietät Ecclestone* auf der schwarzen Schirmmütze stieg vom Kutschbock und öffnete die beiden Portalflügel, sodass das Gefährt passieren konnte. Mathew gewahrte hinter den Glasscheiben der von zwei Rappen mit schwarzen Federbüschen auf den Köpfen gezogenen Bestattungskutsche einen mit Kränzen geschmückten Sarg und lüftete unwillkürlich seinen Sonntagshut. *Das wird Lillis Sarg sein,* ging es ihm durch den Sinn und er entdeckte im Kutscheninnern eine Dame mit einem Trauerschleier. *Ob Sir John auch kommt?,* fragte er sich und folgte der Kutsche mit weit ausholenden Schritten, während die eisigen Graupelschauer, die unablässig vom bleigrauen, wolkenverhangenen Himmel herniedergingen, sich allmählich in Schneeflocken verwandelten. *Wir haben gerade den elften November, und schon gibt es den ersten Schnee,* sinnierte er und beobachtete versonnen die Flocken, die immer dichter wurden und wie weiße Daunenfedern durch die Luft schwebten. Alles wirkte so friedvoll und durch den Schnee auch irgendwie verzaubert. *Für die Beisetzung einer Bestie.* Wenngleich ihm dieser Gedanken heute nicht zum ersten Mal kam, hatte er doch den Entschluss, der Beerdigung seiner langjährigen Patientin beizuwohnen, niemals in Frage gestellt. Auch die Blumen waren eine Selbstverständlichkeit, wie sein bester dunkler Anzug und ein ziemlich zerknittertes weißes Hemd, da er weder ein Bügeleisen noch ein Bügelbrett besaß. Wenn Mandy ihn so sehen würde, hätte sie sich bestimmt über ihn lustig gemacht. *Siehst aus wie ein Oberkellner – oder ein Totengräber.* Das passte ja.

Er sah, wie die Bestattungskutsche von dem langen, von Ulmen gesäumten Hauptweg links in einen kleineren Weg abbog, und tat wenig später das Gleiche. Nur einen Steinwurf von ihm entfernt hatte die Kutsche angehalten, und die Angestellten des Bestattungsinstituts waren der Dame mit dem Trauerschleier beim Aussteigen behilflich. Vor der imposanten Grabstätte aus weißem Marmor stand ein überlebensgroßer Engel mit gramgebeugtem Haupt. Beim Näherkommen konnte Mathew anhand der eingelassenen goldenen Lettern ausmachen, dass es sich um die Grabstätte von Lady Wilsons Eltern, ihrer früh verstorbenen Mutter Anne und ihres Vater Richard Hughes, handelte. Ein Geistlicher mit zwei Messdienern war auch schon anwesend, von Lillis Ehemann, Sir John, war jedoch nichts zu sehen. *Das sieht dem Mistkerl ähnlich, keinen Anstand in den Knochen,* dachte Mathew ergrimmt, ging auf die Dame mit dem Trauerschleier zu, kondolierte ihr und stellte sich als Lady Wilsons langjähriger Pfleger Mathew Morgan vor.

»Wie schön, dass Sie gekommen sind, Mister Morgan«, begrüßte ihn die alte Dame mit glockenheller Stimme und teilte ihm mit, dass sie Lady Wilsons Stiefmutter Mary Hughes sei. *Das lammfromme, blutarme Geschöpf* – so hatte sie Lilli in ihrem Tagebuch bezeichnet, und Mathew erinnerte sich, dass sie ihre tugendhafte wie bibelfeste Stiefmutter stets respektiert hatte. Durch den hauchdünnen schwarzen Spitzenschleier gewahrte er das frische, rosige Gesicht der alten Dame mit den strahlend blauen Augen, die arglos in die Welt blickten. *Der Inbegriff der Blauäugigkeit. Sie weiß mit Sicherheit nicht, wen wir hier zu Grabe tragen.* Während die Angestellten des Bestattungsunternehmens zwei prachtvolle Kränze vor dem offenen Grab aufstellten, auf deren schwarzen Seidenbändern in goldenen Buchstaben zu lesen war: *In liebevollem Angedenken – Deine Stiefmutter Mary* und *RUHE IN FRIEDEN – Dein Ehemann John*, erkundigte sich der Geistliche mit gesenkter Stimme bei Mary Hughes, ob denn noch Trauergäste zu erwarten seien, ansonsten würde er mit der Aussegnung beginnen.

Mrs. Hughes blickte sich bedauernd um. »Es sieht so aus, als ob Mister Morgan und ich die einzigen Trauergäste sind. Sir John hat mir nämlich heute Morgen telegrafiert, dass er unpässlich ist und daher bedauerlicherweise der Beisetzung seiner Frau fernbleiben muss. Sie können also gerne anfangen, Hochwürden Hawthorne.«

Als die Bestatter den dunklen Eichensarg neben dem ausgehobenen Grab rechts der Grabstätte von Lady Wilsons Vater abgestellt hatten, segnete der Priester den Sarg und sprach den Psalm:

»*Wenn die Gerechten schreien, so hört der Herr und errettet sie aus all ihrer Not.*

Der Herr ist nahe bei denen, die zerbrochenen Herzens sind, und hilft denen, die ein zerschlagenes Gemüt haben.

Der Gerechte muss viel leiden, aber der Herr hilft ihm aus dem allem.

Er bewahrt ihm alle seine Gebeine, dass deren nicht eins zerbrochen wird.«

Offenbar war der Geistliche darüber informiert, dass es mit Lady Wilsons geistiger Gesundheit nicht zum Besten bestellt gewesen war und sie viele Jahre in einer Irrenanstalt zugebracht hatte. Im Anschluss beteten die Trauergäste mit dem Pfarrer ein Vaterunser für die Verstorbene, und die Bestattungsgehilfen ließen den Eichensarg mit Lillis sterblichen Überresten an Seilen in das ausgehobene Grab hinab. Der Priester intonierte die Aussegnung:

> *»Es segne dich Gott, der Vater,*
> *der dich nach seinem Bild geschaffen hat.*
> *Es segne dich Gott, der Sohn,*
> *der dich durch sein Leiden und Sterben erlöst hat.*
> *Es segne dich Gott, der Heilige Geist,*
> *der dich zum Glauben gerufen und geheiligt hat.*
> *Gott, der Vater und der Sohn und der Heilige Geist*
> *geleite dich durch das Dunkel des Todes.*
> *Er sei dir gnädig im Gericht*
> *und gebe dir Frieden und ewiges Leben. Amen.*«

»Amen«, wiederholten Mathew und Mary Hughes und bekreuzigten sich. Während Mathew auf den Sarg hinunterblickte, musste er unversehens an Lillis Schlusswort denken, das sie ans Ende ihrer Aufzeichnungen gesetzt hatte. *In nicht allzu ferner Zeit werde ich vor meinen göttlichen Richter treten. Ich tue dies mit reinem Gewissen, denn ich habe mir nichts vorzuwerfen.*

Mathew war kein besonders gläubiger Mensch, andererseits aber auch skeptisch genug, um von einer absoluten Gottlosigkeit nicht restlos überzeugt zu sein. Er wusste, dass Lilli bis zuletzt nicht einen Funken Reue für ihre Taten empfunden hatte, geschweige denn so etwas wie Mitgefühl. *Dafür wirst du in der Hölle schmoren. Friede deiner Seele.* Er warf den Nelkenstrauß ins Grab, fragte sich gleichzeitig, ob Lilli überhaupt eine Seele hatte, und war sich auch in diesem Punkt nicht sicher.

Das Schneegestöber war stärker geworden, und Mrs. Hughes erkundigte sich freundlich bei ihm, ob sie ihn in ihr Landhaus zum Tee einladen dürfe. »Sehr gerne, Madam«, antwortete er und half der alten Dame ritterlich in die Kutsche, um anschließend an ihrer Seite Platz zu nehmen. Während der Fahrt durch Swansea unterhielten sie sich angeregt über Mathews Tätigkeit und seine Familie, wobei er geflissentlich verschwieg, dass er von seiner Frau getrennt lebte. »Schade, dass Sir John nicht kommen konnte«, bemerkte er mit einer gewissen Scheinheiligkeit.

»In der Tat«, erwiderte Mrs. Hughes, und im weiteren Gespräch erwies sich, dass sie mit Sir John nach wie vor gut befreundet war. Wie Mathew bereits vermutet hatte, kannte die alte Dame die genaueren Hintergründe von Lillis Einweisung ins Irrenhaus nicht. Dass es in der Ehe ihrer Stieftochter und Sir John jedoch schwer gekriselt hatte, war ihr hinlänglich bekannt. Daher wunderte sie sich auch nicht, als Mathew ihr berichtete, dass Sir John seine Frau in den Jahren ihrer Unterbringung in der Anstalt kein einziges Mal besucht hatte. »Ich weiß zwar nicht genau, was zwischen den beiden vorgefallen ist, aber so ganz in Ordnung war das nicht«, äußerte sie vorsichtig. »In der Bibel heißt es ja auch folgerichtig *In guten wie in schlechten Tagen,* nicht wahr?«

Mathew stimmte ihr zu und äußerte seine Verwunderung darüber, dass Lady Wilson nicht im Familiengrab ihres Gatten beigesetzt worden war, wie das normalerweise bei Eheleuten üblich sei.

»Nun – soweit mir bekannt ist, wollte Sir John nicht, dass Lilli im Familiengrab der Wilsons beigesetzt wird. Er hing ja sehr an seiner Mutter und mochte sich einfach nicht mit dem Gedanken anfreunden, dass Lilli an der Seite seiner geliebten Mutter Eleanor zur letzten Ruhe gebettet wird. Das muss man wohl leider respektieren, obgleich Lilli das sicherlich nicht verdient hat, da sie ihm gegenüber stets ausgesprochen loyal war.«

»Nichts anderes habe ich von Lady Wilson erwartet. Sie war auch in all den Jahren in der Anstalt eine Dame von Format, und ich hatte nie einen Grund zur Klage. Sie verhielt sich mir gegenüber immer einwandfrei und hatte stets ein offenes Ohr, was meine Frau und meine Kinder anbetraf.«

Die alte Dame lächelte betrübt. »Schade, dass ihre Ehe kinderlos geblieben ist. Ich bin mir sicher, dass Lilli und John als Eltern glücklicher gewesen wären und Lilli wahrscheinlich auch nicht gemütskrank geworden wäre.« Sie seufzte tief. »Gut, dass mein verstorbener Mann das alles nicht mehr miterleben musste. Er hat seine Tochter über alles geliebt und wäre daran zerbrochen. Auch mir hat es sehr zugesetzt, als Lilli damals in die Anstalt eingewiesen wurde. Aber nach allem, was John mir gegenüber angedeutet hat – er hat sich ja immer sehr zurückgehalten, was das Thema anbetraf, und ich hielt es auch für angemessen, diesbezüglich nicht weiter nachzufragen –, war es wohl das Beste für die arme Lilli.« Die alte Dame gab ein dezentes Schniefen von sich und tupfte sich mit einem blütenweißen Damasttaschentuch über die Augenwinkel. »In all den Jahren habe ich immer wieder schwer mit mir gerungen, ob ich meine Stieftochter in der Anstalt besuchen soll. Doch zum einen schreckte mich die lange, beschwerliche Fahrt nach London ab, wo ich ja auch nicht mehr die Jüngste bin, und zum anderen muss ich zugeben, dass ich mich fürchtete, eine Irrenanstalt zu betreten. Sir John bestärkte mich darin, indem er zu bedenken gab, dass Lilli ohnehin durch die Medikamente in eine Art Dämmerschlaf versetzt werde, in dem man sie ihrer Gesundheit zuliebe auch besser belassen sollte. Da dachte ich bei mir, dass es sowohl für Lilli als auch für mich das Klügste wäre, von einem Besuch Abstand zu nehmen und die Bedauernswerte so in Erinnerung zu behalten, wie ich sie in ihren besseren Jahren gekannt hatte.« Sie schniefte und nestelte wieder ihr Taschentuch hervor. »Es ist jedoch seither kein Tag vergangen, Mister Mathew, das dürfen Sie mir glauben, dass ich die arme Lilli nicht in meine Gebete einschließe, und daran wird sich auch jetzt nichts ändern.« Eine Träne glitzerte auf der rosigen Wange, die sie anmutig wegtupfte.

Mathew erkannte mit einigem Zynismus, dass die Naivität und Blauäugigkeit der reizenden alten Dame durchaus ihren Preis hatten. Er lautete: unerschütterliche Ignoranz, gepaart mit einem beträchtlichen Quantum an Herzlosigkeit – wie sie bedauerlicherweise gerade bei höheren Töchtern, die wohlbehütet unter einer sicheren Glasglocke aufgewachsen waren, zuweilen vorzufinden waren. Jegliche Anwandlungen, die vermeintlich heile Welt in Frage zu stellen, wurden mit eisernem Charme in Grund und Boden gelächelt. Wie anders dagegen seine Mandy, die selbst dann ihr Lächeln nicht verlor, wenn das Schicksal sie beutelte. Auch dafür liebte er sie.

Als Mathew und Mrs. Hughes in dem kleinen, aber gemütlichen Salon des bescheidenen Cottages ihren Tee zu sich nahmen und frisch gebackenes Früchtebrot dazu aßen, berichtete ihm Lillis Stiefmutter von dem prächtigen Anwesen, das sie nach dem Konkurs und dem darauffolgenden Freitod ihres Gatten hatte verkaufen müssen. Mit glänzenden Augen schwärmte sie von dem luxuriösen Leben, welches ihr seit dem wirtschaftlichen Niedergang der einstmals so florierenden Zinnfabrik, dem Lebenswerk von Mister Hughes, auf ewig verwehrt geblieben war. Sie führte ihren Besucher zum Kaminsims, auf dem Fotografien des schlossartigen Landsitzes sowie diverse Familienfotos standen. Mathew betrachtete sie mit regem Interesse; vor allem eine Fotografie von Lilli, die sie als Jugendliche zeigte, stach ihm ins Auge. Es war das Konterfei eines jungen Mädchens mit schulterlangem braunem Haar und einem weißen Rüschenkleid. Auffällig waren die völlig ausdruckslose Miene der jungen Dame und der stechende Blick, der so typisch für Lilli gewesen war. Sie hatte schon damals diese starren, trägen Reptilienaugen gehabt, die nie zu blinzeln schienen, und Mathew überkam ein heftiges Schaudern.

»Damals war Lilli fünfzehn Jahre alt, das muss die Zeit gewesen sein, als mein verstorbener Mann und ich geheiratet haben«, erläuterte die alte Dame mit einer gewissen Wehmut und wandte ihre Aufmerksamkeit einer Fotografie zu, die das frisch vermählte Paar gemeinsam mit Lilli zeigte, die neben ihrem Vater stand, der innig den Arm um sie gebreitet hatte und nur Augen für seine Tochter zu haben schien.

Mrs. Hughes lächelte nachsichtig. »So war er nun mal, mein Richard, er hat seine Lilli total vergöttert und ihr jeden Wunsch von den Augen abgelesen, bevor sie ihn überhaupt äußern konnte. Von daher ist es auch ganz in seinem Sinne, dass seine Tochter an seiner Seite beigesetzt wurde, denn er war der einzige Mensch, der Lilli bedingungslos geliebt hat.«

Mathew war über ihre Aussage etwas irritiert. »Haben Sie denn Ihre Stieftochter nicht gemocht?«, fragte er unwillkürlich.

Mrs. Hughes musterte ihn nachdenklich, ehe sie antwortete. »Wir haben uns immer gut verstanden, und ich kann mich über meine Stieftochter in keiner Weise beklagen.« Ihr Lächeln wirkte gezwungen, und sie schüttelte zerknirscht den Kopf mit dem sorgfältig ondulierten silbergrauen Haar, das im Nacken zu einem Knoten zusammengesteckt war. »Man soll ja über einen Verstorbenen nichts Schlechtes äußern, aber zum einen bin ich mir ziemlich sicher, dass sich Lilli dessen voll und ganz bewusst war, und zum anderen, dass ihr das absolut gleichgültig war – daher denke ich, sie würde es mir bestimmt nicht übel nehmen, wenn ich das nun sage. Also, im Grunde genommen hat niemand Lilli besonders gemocht, was allerdings umgekehrt genauso zutraf.« Sie hielt kurz inne, und ein verschmitztes Lächeln spielte um ihre rosafarbenen Lippen. »Mit Ausnahme ihrer Gouvernante natürlich, denn Lilli hat Miss Beaver ja regelrecht angehimmelt – sie schwärmte in den hellsten Tönen von ihrer neuen Miss. Den ganzen Tag hieß es, Miss Beaver hat das gesagt oder Miss Beaver findet … So hatte ich Lilli noch nie erlebt, die eigentlich immer ihren eigenen Kopf hatte und sich von niemandem etwas sagen ließ. Mein Mann und ich waren ja sehr glücklich darüber, dass sie endlich die perfekte Erzieherin gefunden hatte. Bis dann eines Tages das dicke Ende kam.« Lillis Stiefmutter verzog indigniert die Mundwinkel. »Es stellte sich nämlich heraus, dass die nach außen hin so tugendhafte Dame in Wirklichkeit ein liederliches Frauenzimmer war, das gleich mit mehreren verheirateten Männern aus Swansea Affären hatte und außerdem noch dem Trunke zugeneigt war. Mein Mann entließ die Kanaille auf der Stelle, und da Lilli sich verständlicherweise vehement dagegen sperrte, eine neue Erzieherin zu bekommen, beschlossen Richard und ich zu heiraten, damit das Mädchen endlich wieder eine Mutter hatte, die sich um ihr Wohl und ihre Erziehung kümmerte. Selbstverständlich hätten wir das nie ohne Lillis Einwilligung getan, die indessen voll und ganz damit einverstanden war und mich sofort akzeptierte.« Die blauen Augen der alten Dame blickten betrübt. »Es hätte ja alles so schön sein können – und nach außen hin war es das ja auch. Aber nach dem schrecklichen Vorfall mit Miss Beaver war Lilli irgendwie … sonderbar. Sie hat zwar nie darüber geredet, aber ich hatte damals das Gefühl, irgendetwas war in ihr zerbrochen. Sie war einfach nicht mehr dieselbe wie vor dem unglückseligen Ereignis. Seitdem hatte sie angefangen, ins Bett zu nässen«, fügte sie mit peinlich berührter Miene hinzu. »Und dann dieser schlimme Brand, der kurze Zeit nach Miss Beavers Rauswurf stattfand … Ich habe das ja niemals ausgesprochen, aber ich hatte damals Lilli in Verdacht, der Brandstifter gewesen zu sein.« Mit Blick auf den alarmiert dreinblickenden Mathew erläuterte sie verschämt, es habe sich um die Fischerhütte am nahe gelegenen Strand gehandelt, in der Miss Beaver sich des Nachts immer mit ihren Liebhabern verlustiert habe. Die Hütte sei seinerzeit bis auf die Grundmauern abgebrannt, und im Ort habe man gemunkelt, dass eine der betrogenen Ehefrauen das Feuer aus Rache gelegt habe. »Aber …« Mrs. Hughes stockte und presste die dezent geschminkten Lippen zusammen. »Nun, mit meinem verstorbenen Gatten konnte ich ja nicht darüber sprechen, denn er nahm seine Tochter ja immer in Schutz und wollte nicht wahrhaben, dass mit Lilli etwas nicht stimmte.« Zu Mathews Verwunderung ergriff sie plötzlich beistandsheischend seine Hand und war den Tränen nahe. »Ich glaube, Ihnen kann ich es anvertrauen, Mister Mathew, Sie kennen sich ja damit aus und verstehen mich, wenn ich Ihnen verrate, dass ich im Grunde genommen nicht wirklich erstaunt darüber war, dass Lilli in eine Anstalt eingewiesen werden musste, denn … So leid es mir auch tut, das sagen zu müssen: Das Mädchen war damals schon – wie soll ich sagen? – nicht ganz richtig im Kopf.«

»Das will ich jetzt aber genauer wissen!«, platzte es aus Mathew heraus, und er hätte die zaudernde alte Dame, die noch immer zögerte, mit der Wahrheit herauszurücken, am liebsten geschüttelt.

»Nun – da war diese Sache mit den Zeichnungen«, murmelte sie mit brüchiger Stimme. »Lilli hatte von ihrer so glühend verehrten Gouvernante mehrere Zeichnungen angefertigt, die allesamt in Goldrahmen an den Wänden ihres Zimmers hingen. Und eines Abends – es war, glaube ich, kurz nach Miss Beavers unrühmlichem Ausscheiden und mein Gatte war noch auf der Arbeit –, da hörte ich vom Flur her ein lautes Klirren, so, als ob eine Fensterscheibe eingeschlagen würde, und ich eilte aus dem Wohnzimmer, um erschrocken nach dem Rechten zu sehen. Die Geräusche kamen aus Lillis Zimmer, da war ich mir sicher, und ich hastete dorthin, hochgradig besorgt, da ich inzwischen auch noch unterdrückte Schreie und ein dumpfes Scheppern hörte, als würde jemand randalieren. Jedenfalls stürzte ich ohne anzuklopfen in das Zimmer, und da sah ich, wie Lilli in blinder Zerstörungswut mit einer großen Schere in der Hand auf etwas einstach, das auf dem Tisch lag. Es war ein so unbändiger Hass in ihr, dass ich mich richtig vor ihr fürchtete. ›Hau ab‹, herrschte sie mich an, und ich ging, oder besser gesagt, *flüchtete* hinaus. Es waren die Zeichnungen von Miss Beaver, auf die Lilli wie eine Furie mit der Scherenspitze einhackte, als wäre sie nicht mehr bei Sinnen. Der Tisch war anschließend Kleinholz, und ich beauftragte später, als Lilli sich wieder etwas beruhigt hatte, eines der Mädchen, ihn wegzuräumen und im Küchenherd zu verbrennen. Es war ein hübscher runder Beistelltisch aus poliertem Wurzelholz. Die Platte war von Lillis Wüten so demoliert, als wäre sie mit einer Axt bearbeitet worden.« Mrs. Hughes stöhnte gequält und erkundigte sich bei Mathew, ob er auch einen Sherry trinke, was er verneinte. Ihre

Hände zitterten, als sie wenig später das zierliche Glas an die Lippen führte und damenhaft daran nippte. »Das war aber noch lange nicht das Schlimmste«, ächzte sie und presste sich entsetzt die Hand auf den Mund. »Der arme Shaggy, er hat doch keinem was zuleide getan«, brach es aus ihr heraus.

Mathew strich der alten Dame beruhigend über den Arm und raunte: »Sprechen Sie es aus, Madam, dann wird es Ihnen besser gehen.«

Lillis Stiefmutter brach in Tränen aus. »Shaggy war der Kater des Gärtners, und Miss Beaver mochte ihn und hatte es sich zur Gewohnheit gemacht, ihm immer ein Schälchen Milch hinzustellen, wenn sie ihren Abendspaziergang machte«, stieß sie schluchzend hervor und vermochte kaum weiterzusprechen. »Der Gärtner fand ihn eines Tages im Gebüsch, nahe der Gartentür, die zum Strand führte. Er hat gemeint, so schlimm wie das arme Tier zugerichtet worden sei, müssten das Wölfe gewesen sein. Allerdings wurden in Swansea seit Menschengedenken keine Wölfe mehr gesichtet, und ich wurde einfach den Verdacht nicht los, dass Lilli den Kater getötet hat. Natürlich ist das nicht mehr als eine bloße Mutmaßung, aber ich muss zugeben: Nach ihrem schrecklichen Wutausbruch traute ich ihr alles zu.«

»Das kann ich verstehen, Madam«, sagte Mathew beklommen und trank seinen Tee aus. *Wenn du wüsstest, wie recht du hast,* dachte er und musste einräumen, dass ihr Instinkt trotz ihrer Blauäugigkeit bestens funktionierte.

Sie sprachen noch eine Weile über unverfängliche Belanglosigkeiten wie das Wetter und das Backrezept des Früchtebrots, welches Mathew ausdrücklich gelobt hatte – da es ihnen beiden gelegen kam, nach dem düsteren Gesprächsstoff das Thema zu wechseln –, und um kurz vor sechs Uhr verabschiedete sich

Mathew von der alten Dame, da er ja noch eine längere Zugfahrt vor sich hatte. Mrs. Hughes ließ es sich nicht nehmen, ihm den Rest des Früchtebrots als Reiseproviant mitzugeben, und dankte ihm noch einmal aufrichtig, dass er zur Beerdigung ihrer Stieftochter gekommen war.

Um Punkt acht Uhr morgens machte sich Mathew auf den Weg nach Westminster zum Hauptquartier von Scotland Yard. Nach allem, was er in den vergangenen Tagen erlebt hatte, vom Besuch bei Sir John, dem aufschlussreichen Austausch mit Inspektor Abberline bis hin zum gestrigen Gespräch mit Lillis Stiefmutter, war er mehr denn je davon überzeugt, dass nichts von dem, was Lilli in ihren Aufzeichnungen beschrieben hatte, das Produkt ihrer kranken Fantasie war, sondern tatsächlich stattgefunden hatte. Daher war er auch entsprechend angespannt, als der wachhabende Officer ihn zum Büro von Chefinspektor MacFaden führte.

Der junge Kriminalinspektor, der noch reichlich verschlafen wirkte, verzog den Mund zu einem säuerlichen Lächeln, als er den Irrenhauswärter gewahrte, und obgleich er Mathew jovial begrüßte, bot er ihm jedoch noch nicht mal einen Stuhl an, wie er es beim letzten Besuch getan hatte.

Während er mit einem raschen Handgriff die Kladde von einem der Aktenstapel auf seinem Schreibtisch herunternahm und sie Mathew reichte, teilte er ihm kurz und bündig mit, dass er sie wieder mitnehmen könne, wie sie es am Mittwoch besprochen hätten. »Vielen Dank, dass Sie sich die Mühe gemacht haben, sie uns zur Prüfung zu überlassen, Mister ...« Er blickte Mathew betreten an, da er anscheinend seinen Namen vergessen hatte.

»Morgan«, ergänzte Mathew und musterte den Chefinspektor abwartend.

MacFaden lachte verlegen. »Ach so, Sie wollen natürlich unsere Einschätzung dazu wissen.« Er fuhr sich zerstreut über das rötliche Stoppelhaar. »Also, das ist folgendermaßen: Nach unserem Dafürhalten sind die Aufzeichnungen Ihrer verstorbenen Patientin für Scotland Yard unerheblich, was die Aufklärung der Ripper-Morde anbetrifft. Da bei der sorgfältigen Durchsicht schnell deutlich wurde, dass sie von einer Geisteskranken aus dem Irrenhaus verfasst wurden und daher von uns bei etwaigen Ermittlungen nicht ernst genommen werden können.«

Mathew hatte das Gefühl, mit dem Kopf gegen eine Wand zu rennen, sodass ihm zunächst die Worte fehlten. Erst allmählich begriff er, dass das im übertragenen Sinne tatsächlich der Fall war: eine Wand aus Ignoranz, Desinteresse und Voreingenommenheit.

»Das kann doch nicht wahr sein!«, rief er außer sich. »Die Schilderungen der Ripper-Morde haben die Wucht eines Erdbebens, und Sie wollen mir weismachen, Sie können das nicht ernst nehmen! Ich bin mir inzwischen sicher, dass Sie sich noch nicht mal die Mühe gemacht haben, die Aufzeichnungen überhaupt durchzulesen, nämlich vollständig, vom Anfang bis zum Ende, wie man es bei einer *sorgfältigen Prüfung* auch erwarten kann. Sie hören nur, dass es um Jack the Ripper geht, und schon geht bei Ihnen im Yard die Klappe runter. Sie sind total vernagelt, was den Fall anbetrifft, weil Sie ständig mit neuen Räuberpistolen vom angeblichen Ripper zugeschissen werden bis unter die Decke, und können vor lauter *Säuen, die unentwegt durchs Dorf getrieben werden,* die Wahrheit nicht mehr erkennen! Ihr Pech, Herr Chefinspektor, Sie hätten den Fall lösen können, wenn Sie nur einen Funken Interesse gehabt und nicht so vorschnell alles abgetan hätten. Ich wünsche Ihnen noch einen guten Tag und darf mich einstweilen empfehlen.« Mathew hatte das Gefühl, noch nie in seinem Leben so viel an einem Stück geredet zu haben, und war gleichzeitig überwältigt von der Vehemenz, mit der er seinem Unmut Luft gemacht hatte, was für einen wortkargen, in sich gekehrten Mann wie ihn ein völlig neues Erlebnis darstellte, welches ihm bei aller Verärgerung auch unglaublich guttat. Er deutete eine knappe Verbeugung an und eilte zielstrebig zur Tür.

»Leck mich«, fluchte MacFaden leise dem Besucher hinterher, konnte sich aber des Unbehagens nicht erwehren, möglicherweise einen Fehler gemacht zu haben. Stunden später saß es ihm immer noch im Nacken, sodass er schließlich den mit der Aktenablage befassten Officer Windus herbeizitieren ließ. »Du hast dir doch den Kram von der Irrenhaus-Patientin genau durchgelesen?«

»Natürlich, Chef – von A bis Z, was haben Sie denn gedacht?«, äußerte der Angesprochene verschnupft.

»Willst du es genau wissen, Charlie?«, raunzte MacFaden höhnisch. »Dir war schon auf der ersten Seite klar, dass das Geschreibsel Humbug ist, und da hast du gar nicht mehr weitergelesen.«

Windus bekam unversehens einen roten Kopf. »Stimmt ja gar nicht, Chef, ich hab auch das Ende gelesen«, protestierte er nachdrücklich. »Und was ich davon halte, hab ich Ihnen doch gesagt … und mehr war da auch nicht.«

»Mehr war da auch nicht …«, murmelte der Chefinspektor geistesabwesend und erwog die Möglichkeit, die Kladde der Irrenhaus-Patientin demnächst, wenn es etwas ruhiger war, höchstpersönlich einer genaueren Prüfung zu unterziehen. »Die kommt ja jetzt wieder ins Irrenhaus und läuft uns nicht weg …«, sagte er wie zu sich selbst.

»Was? Ich hab gedacht, die wäre schon längst tot?«, fragte bass erstaunt der Kollege Windus.

»Die Kladde meine ich, du Armleuchter!«, fuhr ihn MacFaden an und zog es vor, die Konversation mit dem alten Trottel zu beenden.

Mensch, du machst dich, altes Haus. Mathew klopfte sich im Geiste auf die eigene Schulter, als er aus dem Haupteingang von Scotland Yard auf die gleichnamige Straße trat, und machte sich auf den Weg zum Bethlem Royal Hospital. Als er die zugige Westminster-Brücke überquerte, hatte er mit einem Mal wieder heftige Schüttelfrostanfälle, und seine Knie fühlten sich so wacklig an, dass er sich kurzzeitig auf das Brückengeländer stützen musste. Gleichzeitig hatte er Schweißausbrüche, ihm wurde schwarz vor Augen, und sein Herz raste wie ein davongaloppierendes Pferd. Vermutlich hatte er Fieber. Auf der anderen Uferseite konnte er die düsteren Mauern der Anstalt ausmachen. *Mach jetzt bloß nicht schlapp,* ermahnte er sich und fragte sich, was plötzlich mit ihm los war. Die ganze Woche hatte er tapfer durchgehalten und jetzt auf einmal – und noch dazu kurz vor Dienstantritt – verließen ihn seine Kräfte, und er hatte das panische Gefühl, kurz vor einer Ohnmacht – oder, fast noch schlimmer – vor einem Nervenzusammenbruch zu stehen. *Mach nur so weiter, dann kannst du dich gleich selbst einweisen.* Er zitterte wie ein ... *Entenarsch. Ist das vielleicht der Schnapsentzug?* dachte er alarmiert. Heute war der fünfte Tag ohne Alkohol, da sollte er ja eigentlich schon übern Berg sein. Hektisch suchte er in seinen Hosentaschen nach dem Fläschchen mit den Beruhigungstropfen, doch er fand es nicht. Er musste es in der Eile heute Morgen zu Hause vergessen haben. *Auch das noch!* Ihm war klar, dass er in seiner momentanen Verfassung nicht in der Lage war, seine Schicht anzutreten, und unbedingt Hilfe benötigte, also beschloss er stattdessen, so schnell es ihm seine wackligen Beine erlaubten, zur Suchtabteilung zu gehen, um Doktor Nicholson zu konsultieren. Während er den langen Gang entlangstakste, der zu der geschlossenen Station mit den Opiumsüchtigen und Trinkern führte, sah er am Ende des Flurs eine Krankenschwester stehen, die etwas aus ihrer Schürzentasche nahm und ihm den Rücken zukehrte. Als er an ihr vorbeiging und hastig ein »Guten Morgen« murmelte, wandte sie sich ihm zu und lächelte ihn an. Mathew wollte seinen Augen nicht trauen und war davon überzeugt, vollends den Verstand zu verlieren, denn er blickte in das Gesicht von Lady Wilson – daran bestand für ihn nicht der leiseste Zweifel.

»Guten Morgen, Mathew«, grüßte sie höflich zurück. »Wie schön, Sie zu sehen – erst recht, da wir beide ja nun unser kleines Geheimnis haben.« Ihre schmalen Lippen kräuselten sich zu einem verschmitzten Lächeln, das immer diabolischer wurde. Mathew war gelähmt vor Entsetzen. *Lady Satan!,* gellte es durch seine Sinne, und Lilli, die seine Gedanken lesen konnte, nickte amüsiert. »Wie recht Sie haben. Nun, mein Guter, nach allem, was Sie unternommen haben, um der schnöden Welt mein Werk zu präsentieren, muss man indessen davon ausgehen, dass es unser Geheimnis bleiben wird – weil die menschliche Dummheit fürwahr keine Grenzen kennt. Von dem alten Säufer Abberline einmal abgesehen, den sowieso niemand mehr ernst nimmt. Letztendlich bin ich jedoch ganz froh darüber, Mister Morgan, dass Sie nun gewissermaßen mein einziger Komplize sind, derjenige, der den Mut hat, der Wahrheit ins Gesicht zu sehen.« Lady Wilson gab ein neckisches Kichern von sich. »Genauso habe ich mir das vorgestellt, sonst hätte ich Ihnen das Buch auch nicht anvertraut. Ich mag Sie nämlich, Mathew, und wären wir uns in jüngeren Jahren begegnet, hätte ich mich vielleicht sogar in Sie verlieben können –

und dann wäre alles anders gekommen und ich hätte nicht … na, Sie wissen schon ….« Als Mathew das Skalpell in ihrer Hand bemerkte, entrang sich ihm ein verzweifelter Aufschrei. »*Bleib mir vom Hals, Lady Satan!*«, schrie er gellend.

»Er halluziniert«, rief Schwester Betty den herbeieilenden Kollegen zu und schloss die Tür der Suchtstation auf. »Holt sofort Doktor Nicholson.« Was sich indessen als unnötig erwies, da der Psychiater, alarmiert von Mathews durchdringenden Schreien, ihnen bereits entgegenhastete.

»Ich kann nicht mehr«, wimmerte Mathew beim Anblick des Arztes und ging zu Boden wie ein gefällter Baum.

»Trockendelirium«, konstatierte Doktor Nicholson und beauftragte zwei kräftige Wärter, den Delirierenden auf einer Trage ins Untersuchungszimmer zu bringen, um ihm eine Bromlösung zu injizieren. Der Psychiater wollte gerade die Injektionsnadel in Mathews Vene stechen, als dieser unversehens einen wachen Moment hatte und inständig darum bat, seine Frau Mandy zu verständigen. »Sie betreibt das Fishermen's Inn an der Southwark-Brücke«, stieß er mit schwacher Stimme hervor, ehe er vollends das Bewusstsein verlor.

Als Mathew am späten Freitagabend die Augen aufschlug und in das geliebte Gesicht von Mandy blickte, die bereits seit Stunden an seinem Bett ausharrte, ihm die Hand gehalten und den Schweiß von der Stirn getupft hatte, brachen bei ihm alle Dämme, und er weinte in ihren Armen wie ein kleines Kind. Hinter dem Paravent, der ihn nur notdürftig von den anderen Patienten im Krankensaal abschirmte, erzählte er ihr, untermalt von den panischen Schreien der anderen Gepeinigten, von Lillis Tagebuch und allem, was sich seit der grauenhaften Lektüre zugetragen hatte. Die resolute Mandy, die so leicht nichts erschüttern konnte, war fassungslos, als sie seine Schilderungen vernahm, und nun war sie es, die ihrem Mann bebend vor Entsetzen in die Arme sank und in haltloses Schluchzen ausbrach. *Wir stehen das gemeinsam durch,* war der einzig tröstliche Gedanke, der sie durch die Finsternis geleitete. Irgendwann mussten sie eingeschlafen sein, eng aneinandergeschmiegt unter der wärmenden Daunendecke wie zwei verängstigte Kinder, als der Paravent zur Seite geschoben wurde, Schwester Betty ihnen munter einen »Guten Morgen« wünschte und ein Tablett mit Tee und Marmeladebroten auf den Nachttisch stellte. Nachdem sie sich bei Mathew erkundigt hatte, wie es ihm ging, und er zur Antwort gab, dass er sich schon deutlich besser fühle, lächelte die Schwester erfreut und reichte ihm die Hand. »Das höre ich gerne, Kollege Morgan – ich bin übrigens Schwester Betty und nicht *Lady Satan,* wie sie mich gestern auf dem Flur tituliert haben.«

Mathew, der sich nur verschwommen daran erinnern konnte, biss sich betreten auf die Unterlippe und murmelte eine Entschuldigung.

»Nicht der Rede wert«, wiegelte Schwester Betty ab. »Da hab ich mir hier bei unseren Opium- und Suffleichen schon ganz andere Sachen anhören müssen.«

»Das kann ich mir denken, Kollegin, und nochmals danke für alles.«

»So, ihr zwei Hübschen, jetzt lasst euch erst mal das Frühstück schmecken, und anschließend kommen Doktor Nicholson und der Chef vorbei, um nach Ihnen zu schauen.«

»Was – der Alte kommt auch?«, seufzte Mathew unwirsch und war für einen flüchtigen Moment schon wieder ganz im Hier und Jetzt.

»Was machen Sie denn nur für Sachen, Mister Morgan, da muss man sich ja richtig Sorgen machen«, begrüßte Professor Soderberg ihn mit bekümmerter Miene und dienerte vor Mandy, als Mathew sie ihm als seine Frau vorstellte. »War wohl alles ein bisschen viel für Sie in letzter Zeit – und der andauernde Alkoholabusus trägt ja auch nicht gerade zur geistigen Gesundheit bei«, äußerte er mit vielsagendem Blick zu Mandy, die jedoch mit keiner Wimper zuckte.

»Ich bin inzwischen fünf Tage trocken und habe fest vor, es auch weiterhin zu bleiben«, erwiderte Mathew entschlossen.

»Lobenswert, mein lieber Morgan, durchaus lobenswert, und wenn ich Ihnen dabei auf irgendeine Art behilflich sein kann, dann lassen Sie es mich wissen.«

»Danke, Chef, darauf komme ich gerne zurück.« Mathew hüstelte befangen. »Ich hab da noch was, was ich Ihnen geben will.« Er öffnete die Nachttischschublade, nahm die Kladde heraus und reichte sie dem Anstaltsleiter.

»Ach, das hätte doch Zeit gehabt, bis Sie wieder voll und ganz auf dem Dampfer sind, mein lieber Morgan.« Obgleich sich Soderberg betont hemdsärmelig gab, versteifte er sich auf der Stelle, als er das Tagebuch in Empfang nahm. »Jetzt werden Sie erst mal wieder gesund und kommen zu Kräften und machen sich über Ihre Arbeit mal keine Gedanken. Ich würde es für das Klügste erachten, wenn Sie sich im Anschluss an Ihre Entlassung von der Suchtstation ein, zwei Wochen Urlaub nehmen, um sich zu erholen, und auch, um etwas Abstand von der Anstalt zu gewinnen, denn Sie wirken zwar nach außen hin so stabil, sind aber ein ganz sensibles Pflänzchen, wie man gesehen hat …«

»Da bin ich ganz Ihrer Meinung, Herr Direktor. Ich brauche Abstand von der Anstalt – unbedingt sogar, sonst werde ich hier selbst noch Kunde, genau genommen bin ich das ja schon. Deshalb hab ich mir auch so meine Gedanken gemacht, Chef, und für mich entschieden, meine Stelle als Irrenhauswärter zu kündigen. Ich hoffe, Sie haben dafür Verständnis und nehmen mir das nicht übel. Seit über dreißig Jahren arbeite ich jetzt schon als Irrenhauswärter in der schlimmsten und gefährlichsten Abteilung, die das Bethlem Royal Hospital zu bieten hat. Im Laufe dieser Zeit habe ich zu saufen angefangen, meine Familie verloren und zu guter Letzt auch noch meinen Verstand. Ich bin zwar schon über fünfzig, aber ich meine, es wäre langsam an der Zeit, ein neues Leben anzufangen …«

»Aber, Morgan, was ist denn nur in Sie gefahren? Sie machen einen großen Fehler, wenn Sie jetzt auch noch so mir nichts, dir nichts Ihren Job an den Nagel hängen. Dann straucheln Sie doch erst recht und werden wieder rückfällig, wenn Sie keine Arbeit mehr haben – das können doch auch Sie, Mrs. Morgan, bestimmt nicht gutheißen?« Soderberg wandte sich kopfschüttelnd an Mandy, die sich die ganze Zeit zurückgehalten hatte.

»Im Gegenteil, Herr Direktor Soderberg, ich kann meinen Mann in seiner Entscheidung nur bestärken«, erwiderte sie mit fester Stimme. »Ich bin genauso wie er davon überzeugt, dass es das Beste für ihn ist – und wegen einer anderen Arbeit finden wir schon eine Lösung.«

Soderberg stieß vernehmlich die Luft aus und schien sehr betroffen. »Sie sind einer meiner besten Wärter, Mister Morgan, und ich bedauere es sehr, wenn Sie uns verlassen. Ich schätze Sie aber auch als Mensch und will Ihnen daher keine Steine in den Weg legen. Deswegen möchte ich Ihnen nun das folgende Angebot machen: Ich gebe Ihnen vier Wochen Urlaub mit laufender Lohnfortzahlung und Sie überlegen sich das noch mal. Egal wie Sie sich entscheiden, ich bin jederzeit für Sie und Ihre Familie da, wenn

Sie Hilfe brauchen. In diesem Sinne, Mister Morgan, gute Besserung und alles Gute.« Professor Soderberg reichte Mathew und Mandy die Hand. Mathew war ganz gerührt von dem Angebot und dankte ihm mit großer Hochachtung.

Als Mathew und Mandy wieder unter sich waren, lächelten sie einander an und umarmten sich fest, während sie einstimmig sagten: »Wie Pech und Schwefel!«

»Ich bin zwar noch ziemlich neben der Spur, aber unheimlich glücklich, dass du da bist«, sagte Mathew bewegt, »obwohl ich in den tiefsten Abgrund der Hölle geblickt habe.«

»Mit dieser Hölle wirst du leben müssen, aber ich helfe dir dabei«, erwiderte Mandy grimmig und küsste ihn.

Nachdem Mandy ihn am Montagmorgen von der Suchtstation abgeholt hatte, schlenderten sie Hand in Hand Richtung Southwark. Mathew konnte kaum seine Freude darüber bändigen, nun bald wieder seine Kinder im Arm zu halten. Dann schlich sich allerdings ein weniger behaglicher Gedanke dazwischen. »Der verfluchte Ring!«, rief er aus, als er an das Geschenk an seine Tochter dachte. »Maureen kann ihn nicht behalten. Ich werde mit ihr darüber reden müssen. Aber auf keinen Fall darf sie erfahren, warum sie ihn wieder hergeben muss! Ich will gar nicht daran denken, wie sehr sie das belasten würde. Das würde ich mir nie verzeihen.« Er sah bekümmert seine Frau an.

»Wir sollten es ihr schonend beibringen«, sagte Mandy. »Sie hatte eine schwierige Zeit. Ich denke, die Aufregungen der letzten Monate haben sie sehr mitgenommen. Letzte Woche hatte ich ein Gespräch mit ihrer Klassenlehrerin. Maureen hat eine Mitschülerin so drangsaliert, dass das Mädchen weinend zur Lehrerin gegangen ist. Maureen sollte sich als gute Schülerin eigentlich um sie kümmern. Das arme Mädchen hat acht Geschwister und kommt aus elenden Verhältnissen. Aber anstatt das zu tun, quälte und schikanierte Maureen das arme Ding. Sie wäre ihr zu dreckig, meinte Maureen nur zu mir, und hat gar nicht abgestritten, was passiert war. Ich hoffe, eine Woche Hausarrest wird ihr eine Lehre sein.« Als Mandy Mathews betroffene Miene sah, knuffte sie ihn aufmunternd. »Aber jetzt bist du ja wieder da, und da wird sie sich schon wieder fangen.«

»Hoffentlich«, sagte Mathew. Er hatte seine Tochter eigentlich immer für hilfsbereit und gutmütig gehalten. Unwillkürlich musste er an Lilli denken, die als Kind hinter ihrer Unschuldsmiene ein echter Satansbraten gewesen war.

Als Maureen um die Mittagszeit von der Schule kam, jubelte sie beim Anblick ihres Vaters vor Glück und fiel ihm um den Hals. Die Wiedersehensfreude war so groß, dass er es erst am Abend übers Herz brachte, mit Maureen über den Ring zu sprechen. »So leid es mir tut, Darling, aber du musst mir den Ring wieder zurückgeben – er gehört einer Toten, und ich muss ihn dem rechtmäßigen Besitzer aushändigen. Sir Wilson hat sich anders entschieden und möchte ihn zurückhaben – als Erinnerung an seine verstorbene Frau.«

Ihre Mutter wollte ihr schon behutsam den Ring vom Finger streifen, als die sonst so fügsame Maureen plötzlich einen Wutanfall bekam und sich mit Händen und Füßen wehrte.

»Ihr lügt!«, schrie sie ihre Mutter wutentbrannt an. »Lady Wilsons Mann will den Schmuck doch gar nicht, das hat ja Daddy auch gesagt, als er ihn uns mitgebracht hat. Du willst nur nicht, dass ich den Ring bekomme, das hast du von Anfang an nicht gewollt!«, fuhr sie ihre Mutter an.

Mathew verstand die Welt nicht mehr und versuchte mit Engelszungen, sie zur Vernunft zu bringen. »Bitte gib ihn mir doch zurück, mein Schatz. Ich möchte nicht, dass du den Ring einer Toten trägst – das bringt Unglück. Ich verspreche dir auch, dir dafür einen viel schöneren Ring zu schenken.«

»Ich will aber keinen anderen Ring als den. Ich finde ihn schön, und er bringt mir Glück, weil du ihn mir geschenkt hast, Daddy, und ich gebe ihn nicht wieder her.« Sie blickte ihre Eltern trotzig an.

»Das wollen wir doch mal sehen«, sagte Mandy resolut und versuchte, dem Mädchen den Ring vom Finger zu nehmen, worauf Maureen wütend nach der Mutter schlug. Mandy war von dem Gebaren so vor den Kopf gestoßen, dass sie ihr eine Ohrfeige verpasste – was sie noch nie zuvor getan hatte. Maureen streifte sich den Ring vom Finger, warf ihn ihren Eltern vor die Füße und rannte weinend aus dem Zimmer.

Das hässliche Zerwürfnis hing der Familie noch den ganzen Abend nach und vergiftete die Stimmung. Mandy und Mathew hatte es zunächst die Sprache verschlagen. Sie saßen schweigend und bedrückt am Kamin und brüteten vor sich hin. So hatte sich Mathew den ersten Abend zu Hause nicht vorgestellt. In seiner niedergeschlagenen Stimmung hätte er gut einen Schnaps vertragen können. Als hätte sie seine Gedanken erraten, ging Mandy in die Küche und bereitete heißen Kakao zu. Anschließend sprachen sie über den hässlichen Streit mit Maureen und über Mathews Vorhaben, die Gräber der Mordopfer aufzusuchen – wozu er sich verpflichtet fühlte, nachdem er die schrecklichen Hintergründe der Morde gewissermaßen hautnah miterlebt hatte. Als sie später zu Bett gingen und sich in den Armen hielten, versicherten sie einander ihre Liebe, und Mathew fühlte sich bei Mandy unendlich geborgen.

Am nächsten Tag besuchte er gemeinsam mit Mandy die Gräber der sechs ermordeten Frauen auf dem Städtischen Friedhof von London in Little Ilford. Sie hatten für jede Frau eine weiße Rose gekauft, die Mathew ihnen aufs Grab legte. Der Besuch der Grabstätten wühlte ihn sehr auf, und er zitterte am ganzen Körper. »Sie haben all ihre Mühsal hinter sich und sind bei den Engeln«, sagte Mandy eindringlich.

»Dafür bete ich«, erwiderte Mathew und wünschte den Bedauernswerten aus tiefstem Herzen, dass ihre Seelen Frieden gefunden hatten. Den Ring von Annie Chapman steckte er in die Erde ihrer Grabstätte, direkt unterhalb des Grabsteins.

Auf dem Nachhauseweg kauften sie für Maureen in einem kleinen Juweliergeschäft in Little Ilford einen Silberring mit einem himmelblauen Aquamarin, der die Farbe ihrer Augen hatte. »Das ist für dich, meine Prinzessin, ich hoffe, er gefällt dir«, sagte Mathew, als er seiner Tochter später den Ring feierlich überreichte.

Maureen sah eine Weile auf das Geschenk hinab, ohne eine Regung zu zeigen, doch schließlich sah sie mit einem kleinen Lächeln zu Mathew auf. »Bleibst du denn jetzt für immer bei uns, Daddy?« Sein Herz zog sich vor Schmerz und Glück zusammen. »Ja. Ja, für immer!« Unendliche Erleichterung machte sich in ihm breit. Er nahm Maureen hoch und wirbelte mit seiner lachenden Tochter ausgelassen durch die Wohnung.

Epilog

In the stormy seas and the living gales
Just to earn your daily bread you're daring
From the Dover Straits to the Faroe Islands
As you're following the shoals of herring.
(Traditionelles irisches Fischerlied, *The Shoals Of Herring*, Ewan MacColl, 1960)

Kurz nach dem Tod von Lady Wilson zog John Wilson mit seiner langjährigen Lebensgefährtin, Lillis Stiefmutter Mary Hughes, zusammen. Das Paar lebte fortan auf Sir Johns Anwesen Snowdon House in Aberystwyth, wo Wilson die Nationalbibliothek von Wales gründete, deren Präsident er zeitlebens blieb. Im Jahre 1924 spendete er der Bibliothek eine riesige Marmorstatue von sich selbst. Sie ziert heute noch die Eingangshalle. Sir John Wilson starb 1926 im Alter von 86 Jahren.

In seinem Nachlass fanden sich mehrere Dias von weiblichen Fortpflanzungsorganen sowie ein Chirurgenmesser, welches exakt die Maße aufwies, die der Gerichtsmediziner Dr. Llewellyn anhand der Untersuchungen der Mordopfer dem Whitechapel-Mörder zugeschrieben hatte: »Vermutlich ein Amputationsmesser, mindestens sechs Zoll lang, sehr scharf, oben spitz und ungefähr einen Zoll breit.«

Mathew Morgan kündigte seine Stellung als Krankenwärter im Bethlem Royal Hospital. Nach all den Schrecken stand ihm der

Sinn nach Geborgenheit. Er verkaufte den wertvollen Schmuck, den Lilli ihm hinterlassen hatte, um sich aus dem Erlös eine neue Existenzgrundlage zu schaffen. Sie kauften einen alten, aber gut erhaltenen Fischkutter, der den Namen *Fata Morgana* erhielt. Zur Crew des Schiffes gehörten die Söhne der Familie, Jonathan und Andrew, die bei ihrem Onkel das Fischerhandwerk gelernt hatten und nun erstmals gemeinsam mit ihrem Vater auf dem eigenen Schiff den Heringsströmen folgten. Mathew erwies sich als gelehriger Schüler, und dank seiner Kraft und Geschicklichkeit wurde aus ihm ein vortrefflicher Fischer. Der raue Seewind und die Urgewalt des Meeres waren Balsam für seine gepeinigte Seele. So hätte er mit der Zeit durchaus Ruhe finden können, wäre nicht gleich nach Mathews Rückkehr in die Arme seiner Familie ein Schatten auf das zerbrechliche Glück gefallen …

***

Nur wenige Tage, nachdem er seiner Tochter den neuen Ring geschenkt hatte, sah er, dass Maureen einen anderen am Finger trug – der haargenau so aussah wie der Ring aus Lillis Nachlass.

»Wo hast du den Ring her?«, fragte er alarmiert.

»Den hat mir eine Freundin geschenkt. Er ist nicht echt und gebraucht, gar nichts Besonderes«, tat sie leichthin ab. Dabei vermied sie es jedoch, ihn anzusehen.

Mathew wollte ihr gern glauben, doch in seinem Bauch breitete sich eisige Kälte aus. Seine Gedanken überschlugen sich »Du warst nicht zufällig in Little Ilford und hast ihn dort geholt? Nachdem du deine Mutter und mich belauscht hast?«, fragte er mit brüchiger Stimme.

Maureen zuckte irritiert mit den Schultern. »Littleford? Das kenne ich doch gar nicht.« Sie schaute ihn mit ihren unschuldigen blauen Augen nun so treuherzig an, dass Mathew fast entwaffnet war. Aber nur fast, denn er musste wieder an Lilli denken, die bereits als Kind das Blaue vom Himmel herunter gelogen hatte, ohne mit der Wimper zu zucken. Er war sprachlos und wandte sich jäh zum Gehen. »Ich muss noch mal an die frische Luft, mir brummt der Schädel«, sagte er zu der erstaunt dreinblickenden Mandy, nahm seinen Mantel vom Haken und stürzte hinaus in den kalten Novemberregen. Der schreckliche Verdacht, der ihm gekommen war, raubte ihm fast den Verstand, und er brauchte unbedingt Gewissheit, koste es, was es wolle.

Die weiße Rose vor dem Grabstein lag noch da, wie er sie vor zwei Tagen hingelegt hatte. Das war gut so, denn darunter hatte er den Ring vergraben, etwa drei Daumen breit unter der Erde. *Lieber Gott, mach, dass das nicht wahr ist*, murmelte er, als er in die Knie ging und in der aufgeweichten Erde nach dem Ring tastete. Doch seine Finger stießen nur auf schlammigen Morast. Ungeachtet des nassen Untergrunds kniete er sich nieder und suchte verbissen weiter, pflügte mit seinen großen, schaufelartigen Händen die ganze Erde vor dem Grabstein durch, doch der Ring mit dem roten Glasstein blieb unauffindbar. Eine große Leere breitete sich in ihm aus.

Er sah das hübsche Gesicht seiner kleinen Tochter vor sich – und den Ring an ihrem Finger rötlich schimmern. *Kann das Böse denn ansteckend sein?*, fragte er sich voller Grauen.

Schlussbemerkung

War Lilli Wilson alias Lizzie Williams tatsächlich »die Mutter aller Serienmörder«?

Bei der Recherche für einen neuen Romanstoff beschäftigte ich mich u. a. auch mit dem berüchtigtsten Serienmörder aller Zeiten, Jack the Ripper, und stieß dabei im Rahmen der neueren Ripper-Forschung auf die These, dass Jack the Ripper eine Frau war – eine Dame aus der viktorianischen Gesellschaft. Das interessierte mich brennend, und ich besorgte mir sogleich das betreffende Sachbuch des Dubliner Anwalts und Ripper-Forschers John Morris mit dem Titel *Jack the Ripper – The Hand of a Woman – The Compelling New Account* aus dem Jahr 2012.

John Morris geht in seiner Abhandlung davon aus, dass Mary Elizabeth Ann Williams, genannt »Lizzie«, die Frau des Gynäkologen Dr. John Williams, die Morde aus Eifersucht und Rache wegen ihrer eigenen Unfruchtbarkeit begangen habe. In einem Zeitungsinterview äußerte Morris: »Es gibt absolut keinen Zweifel daran, dass der Ripper eine Frau war. Aber weil alle glaubten, der Mörder sei ein Mann, wurden alle Beweise, die auf eine Frau hindeuteten, stets ignoriert.« Als weiteres Indiz für seine These führt Morris an, dass keines der Opfer sexuell missbraucht wurde. Außerdem seien in der Blutlache des Mordopfers Catherine Eddowes drei Knöpfe eines Damenstiefels gefunden worden, die nicht vom Opfer stammten, da Eddowes Männerschuhe mit Schnürsenkeln getragen habe. Auch die Art und Weise, wie die persönlichen

Habseligkeiten des dritten Opfers Annie Chapman neben der Leiche abgelegt worden seien, sieht er als »typisch feminin« an. Als den ausschlaggebenden Beweis für Lizzies Täterschaft wertet der langjährige Ripper-Forscher indessen den Umstand, dass Lizzies Ehemann eine Affäre mit Mary Jane Kelly hatte, die angeblich sogar ein Kind von ihm erwartete. Mit dem Tod von Mary Kelly im November 1888 endete auch die Mordserie des Rippers. Unmittelbar danach habe Lizzie Williams einen schweren Nervenzusammenbruch erlitten und sei von ihrem Ehemann auf den Landsitz ihrer Eltern nach Swansea gebracht worden, wo sie von einem Krankenpfleger betreut worden sei.

Grundsätzlich fand ich Morris' These, dass Lizzie Williams die Morde begangen haben könnte, sehr spannend und war bald lichterloh entflammt für das Thema – was sich im Zuge der weiteren Recherche noch verstärkte. Obgleich das Ripper-Thema literarisch und filmisch ausgeschlachtet wurde wie kaum ein anderes, entschloss ich mich, darüber zu schreiben, weil ich diesen neuen Aspekt für bahnbrechend hielt und immer noch halte. Um dem atemberaubenden Aspekt, dass Jack the Ripper eine Frau war, gerecht zu werden, sollte das Buch jedoch ganz anders werden als die bisherigen blutrünstigen Ripper-Romane. Denn mich interessierte vor allem das Innenleben dieser Lady aus dem vornehmen Londoner Westend, ihre Biografie und Sozialisation, verbunden mit der Frage, wie Lizzie Williams alias Lilli Wilson zu jenem menschlichen Alien der schrecklichsten Ausprägung werden konnte.

Im Wesentlichen habe ich mich bei Lillis Biografie an die Fakten gehalten. Als Lizzie alias Lilli fünfzehn Jahre alt war, hatte sie tatsächlich eine Gouvernante namens Mary Beaver, alles andere in Bezug auf Miss Beaver ist jedoch Fiktion. John Morris äußerte zwar die Vermutung, dass sich Lizzie Williams möglicherweise zu Frauen hingezogen fühlte, was auch einer der Gründe für das Scheitern ihrer Ehe gewesen sein könnte, und zog in Erwägung, dass sich Lizzie ihren Opfern gegenüber als Lesbierin ausgegeben habe, doch auch das ist nicht belegt. Lizzie Williams hatte unmittelbar nach dem Mord an Mary Kelly einen schweren Nervenzusammenbruch und wurde unter die Obhut eines Krankenpflegers namens Edward R. Morgan gestellt. Mein Protagonist, der Irrenhauswärter Mathew Morgan, ist in Anlehnung an ihn entstanden. Lillis Unterbringung im Bethlem Royal Hospital ist ebenso fiktiv wie die Lebenserinnerungen, die sie ihrem Pfleger kurz vor ihrem Tod anvertraut hat. Lady Williams hat ihrem Mann tatsächlich bei Operationen und Schwangerschaftsabbrüchen assistiert und verhielt sich dabei so geschickt, dass Sir John geäußert haben soll, an ihr sei ein Chirurg verloren gegangen. Die von mir geschilderten Ripper-Morde sind detailgetreu den Polizeiakten entnommen, auch die Zeugenaussage von Caroline Maxwell, die vermutlich die Mörderin am Morgen nach dem Mord an Mary Kelly gesehen hat, ist real. Es trifft außerdem zu, dass die Kleidung des Opfers unauffindbar blieb und Inspektor Abberline in der Herdasche die erwähnten Kleidungsreste (schwarzer Samt und Fellstücke von einer Pelzmütze) fand, die laut Zeugenaussagen nie vom Opfer getragen wurden.

Zunächst habe ich sämtliche Standardwerke über Jack the Ripper gelesen, anschließend die aktuellsten Studien über Psychopathen und psychopathische Serienmörder, erstellt von internationalen Profilern und forensischen Psychiatern. Der Chef-Profiler des FBI, John Douglas, entwickelte anhand der Polizeiakten ein fundiertes Profiling über Jack the Ripper – auch das war für mich Pflichtlektüre. Wenngleich Douglas felsenfest davon überzeugt war, dass der Ripper ein Mann war:

»Die Verstümmelungen der Opfer tragen eindeutig die Handschrift eines ›Lust-Mörders‹. Das Wort ›Lust‹ meint nicht Liebe
und hat keinerlei sexuelle Bedeutung, außer der Tatsache, dass der
Mörder den genitalen Bereich der Opfer verstümmelte. Daher ist
davon auszugehen, dass der Täter ein Mann war.«

Da es in der Kriminalgeschichte jedoch häufiger vorkam, dass ein
homosexuell veranlagter Serienmörder männliche Opfer tötete,
kann dies nach meinem Dafürhalten im Umkehrschluss auch für
Frauen gelten. Von daher fand ich diese Einschätzung nicht sehr
überzeugend, auch wenn Douglas betont, dass weibliche Sexual-
serienmörder im Vergleich zu männlichen nur äußerst selten in
Erscheinung treten. Dennoch gibt es sie.

Die folgende Täter-Charakteristik des FBI-Profilers erschien
mir indessen besonders aussagestark für die Entwicklung des Psy-
chogramms eines weiblichen Jack the Ripper:

»Der Ripper ist jemand, der Frauen hasst, gleichzeitig aber auch
eine bizarre und krankhafte Neugier für den weiblichen Körper
hegt. Er ist unauffällig und durchschnittlich von seinem Äußeren
und wird leicht übersehen, da er nicht dem Bild entspricht, das
Polizei und Öffentlichkeit von Jack the Ripper haben. Der Ripper
glaubt, dass es ihm obliegt, die Straßen Londons vom menschlichen Abfall zu säubern. Er hätte niemals mit dem Morden aufgehört, wenn er nicht, aus welchen Gründen auch immer, aus dem
Verkehr gezogen worden wäre.«

John Morris geht in seinem Sachbuch von der These aus, Lizzie
Williams habe die Morde aus Wut über ihre eigene Unfruchtbarkeit und aus Eifersucht begangen, da ihr notorisch untreuer Ehe-

mann eine Affäre mit Mary Kelly hatte, die angeblich ein Kind von ihm erwartete. Was mich nicht restlos überzeugte, wie ich zugeben muss. Denn Wut und Eifersucht sind als Mordmotive bei Weitem nicht ausreichend für die unglaubliche Bestialität, mit der die Mordopfer abgeschlachtet und postmortal verstümmelt wurden. Jack the Ripper war ein sadistischer Psychopath, darin sind sich die Experten einig.

Anhand des Profilings und der Fachliteratur im Rahmen der Psychopathen-Forschung entwickelte ich das Psychogramm der Mörderin. Die psychologische Persönlichkeitsstudie meiner Figur Lilli Wilson sollte so realistisch wie möglich werden, sie ist gewissermaßen mein eigenes Profiling von Lady Wilson.

Lilli Wilson ist mein Geschöpf, genauso wie Hannibal Lecter das Geschöpf von Thomas Harris ist. Irgendwie mag man sie, obwohl oder gerade, *weil* sie so abscheulich sind. Der Kriminalpsychologe Stephan +3 spricht hier treffend von der »Faszination des Abscheulichen«. Dennoch waren für mich die realen Schilderungen der Ripper-Morde nach den Prozessakten eine große Zumutung – dadurch habe auch ich, genauso wie mein tapferer Protagonist Mathew Morgan, in die Hölle geblickt, und das wird meinen Lesern sicher ähnlich ergehen.

Dass es die entsetzlichen Morde eines Jack the Ripper tatsächlich gegeben hat, ist für mich das eigentlich Erschreckende – und dass vieles darauf hindeutet, dass diese Taten von einer Frau begangen wurden, erfüllt auch mich mit namenlosem Entsetzen.

Nach dem von mir entwickelten Psychogramm könnte die Psyche eines weiblichen Jack the Ripper in etwa so ausgesehen haben. Es liegt mir jedoch fern, im Rahmen der Ripper-Forschung zur Wahrheitsfindung beizutragen, da ich mich als Schriftstellerin, genauso wie meine Figur Lilli Wilson, ausschließlich im Fiktionalen beheimatet fühle. Daher überlasse ich die Entscheidung, ob Lilli Wilson alias Lizzie Williams tatsächlich Jack the Ripper war, meinen hochgeschätzten Lesern.

Ursula Neeb, im Juli 2018

Danksagung

Mein ganz besonderer Dank gilt meiner famosen Verlegerin Beate Kuckertz, die von Anfang an von DER HÖLLE ZORN begeistert war, was mich bei der Weiterentwicklung des Plots und dem Schreiben ungemein beflügelte. Ebenso danke ich meiner Lektorin Ronja Beck für die tolle Zusammenarbeit und dass sie von DER HÖLLE ZORN gleichermaßen überzeugt wie fasziniert war – bei ihr und dem Verlagsteam von dotbooks weiß ich mein Werk in besten Händen. Herzlichen Dank auch an Ralf Reiter für die Korrekturen und den sprachlichen Feinschliff.

Bevor ein Buch das Licht der Bücherwelt erblickt, hat es einen langen, beschwerlichen Weg hinter sich, der viel Kraft kostet und einem Schriftsteller einiges abverlangt. Daher gilt mein Dank auch den Menschen, die DER HÖLLE ZORN von der Idee bis zur Fertigstellung begleitet haben – und mir auch in schweren Zeiten den Rücken stärkten:

Markus Wild, Jürgen Blümel, Gerold Hens und Silke Schimmelschmidt für ihr reges Interesse an meiner Arbeit und ein stets offenes Ohr für meine Sorgen und Nöte. Meinem Freund Gerold Hens danke ich außerdem in seiner Eigenschaft als literarischer Übersetzer für die wunderbare Übersetzung der Gedichtzeile von William Congreve.

Vor allem aber danke ich meinen Lesern, für die ich dieses Buch geschrieben habe.

Quellennachweis

William Acton: *Prostitution, Considered in its Moral, and Sanitary Aspects, in London and other Large Cities and Garnison Towns, with Proposals for the Mitigation and Prevention of its Attendant Evils*, London 1870.